陈文新 著

吴敬梓与《儒林外史》

古典名著释读丛书

中州古籍出版社
·郑州·

目 录

绪　论 | 1
　一　吴敬梓是一个具有思想家气质的小说家……………………… 1
　二　《儒林外史》尤为关注知识阶层的精神独立性………………… 10
　三　王冕是《儒林外史》中所有读书人的参照系………………… 18

第一章　《儒林外史》的科举叙事与历史参照（明洪武至天顺年间）| 23
　第一节　《儒林外史》中的明初科举与吴敬梓的基本判断………… 24
　第二节　从历史上的明初科举看吴敬梓的文化反思………………… 28

第二章　《儒林外史》的科举叙事与历史参照（明成化至正德年间）| 39
　第一节　《儒林外史》的科举叙事（成化至正德年间）…………… 40
　第二节　成化至正德年间科举叙事的历史参照……………………… 55

第三章　《儒林外史》的科举叙事与历史参照（明嘉靖、隆庆年间）| 61
　第一节　《儒林外史》的科举叙事（嘉靖、隆庆年间）…………… 62

第二节　嘉靖、隆庆年间科举叙事的历史参照……76

第四章　《儒林外史》的科举叙事与历史参照（明万历至崇祯年间） |83

第一节　文官制度内读书人的整体堕落……84
第二节　"四大市井奇人"所彰显的文化意义……86
第三节　历史上的明末科举……94

第五章　《儒林外史》视野下的科举功名 |105

第一节　功名与人品……105
第二节　功名与世情……112
第三节　功名与风水……114
第四节　功名与"揣摩"……117

第六章　《儒林外史》所展现的贤人风范 |121

第一节　虞博士以"养家活口"为人生第一要务……122
第二节　庄绍光"高尚"而又平凡……126
第三节　虞、庄是哲人也是诗人……130
第四节　贤人风范与名士风流……136

第七章　吴敬梓笔下的"名士习气" |141

第一节　故为矫激之行以调侃流俗……142
第二节　杜慎卿的成名之道……145
第三节　"借幽雅以博荣名"……148
第四节　权勿用的怪诞……151
第五节　斗方名士之"酸"……154

第六节　呆名士之"呆" ·· 157

第八章　侠客梦的破灭与侠文化的反思 | 161
　　第一节　娄家两公子养士梦的破灭 ································ 162
　　第二节　凤四老爹：仗义行侠的意义何在 ························ 166
　　第三节　沈琼枝：一味负气斗狠为哪般 ··························· 169

第九章　青楼才女与情感浪漫主义的没落 | 175
　　第一节　青楼佳人聘娘的素养与白日梦 ··························· 175
　　第二节　天真的名士被销金窟的名妓涮了一把 ·················· 179

第十章　山水、田园与南京风物 | 183
　　第一节　《儒林外史》中的山水风景 ································ 184
　　第二节　《儒林外史》中的田园风光 ································ 188
　　第三节　《儒林外史》中南京的名胜与风物 ······················ 192

第十一章　《诗经》解读在《儒林外史》中的多重功能 | 197
　　第一节　关于《女曰鸡鸣》的解读 ··································· 199
　　第二节　关于《溱洧》的解读 ··· 202

第十二章　《儒林外史》的六种笔法 | 207
　　第一节　用正笔、直笔写"书中第一人" ···························· 208
　　第二节　用直接心理描写揭示礼贤下士的表演意味 ············ 211
　　第三节　"三顾茅庐"的戏拟与解构 ································· 215
　　第四节　局内人视角与生活的原生态 ······························ 218
　　第五节　局内人的相互攻讦与讽刺效果 ··························· 221

第六节　拆谎的技巧 …………………………………………… 224

第十三章　胡适何以扬《儒林外史》而抑《红楼梦》| 229
　　第一节　婚姻与恋爱 …………………………………………… 232
　　第二节　责任与感情 …………………………………………… 236
　　第三节　儒家与道家 …………………………………………… 240
　　第四节　胡适是一个现代儒生 ………………………………… 242

第十四章　《儒林外史》研究的五个阶段与热点问题 | 247
　　第一节　《儒林外史》研究的五个阶段 ……………………… 247
　　第二节　《儒林外史》研究中的热点问题 …………………… 259

主要参考文献 | 273

附　录　《儒林外史学术档案》关于陈文新的评介 | 293

后　记 ………………………………………………………………… 304

绪　论

《儒林外史》是中国古代讽刺小说的代表作。鲁迅在《中国小说史略》第二十三篇《清之讽刺小说》里说："迨《儒林外史》出，乃秉持公心，指摘时弊，机锋所向，尤在士林；其文又戚而能谐，婉而多讽：于是说部中乃始有足称讽刺之书。"① 他又在《中国小说的历史的变迁》里说："讽刺小说从《儒林外史》而后，就可以谓之绝响。"② 鲁迅的这些见解，获得了学术界持续而广泛的认同。

一　吴敬梓是一个具有思想家气质的小说家

《儒林外史》的作者吴敬梓，是一位具有思想家气质的小说家。

吴敬梓（1701—1754），字敏轩，晚年自号文木老人、秦淮寓客，安徽全椒人。全椒吴氏在明清科举史上颇有名气。金和的《儒林外史·跋》说："吴氏固全椒望族，明季以来，累世科甲；族姓子弟声气之盛，俨然王谢。"③ 吴敬梓的曾祖辈，五人中有四人中过进士，曾祖吴国对是顺治年间的探花。故吴敬梓自

---

① 鲁迅：《中国小说史略》，北京：中华书局，2010年，第137页。
② 鲁迅：《中国小说史略》，北京：中华书局，2010年，第216页。
③ 吴敬梓著，李汉秋辑校：《儒林外史》（会校会评本），上海：上海古籍出版社，2010年，第687页。本书所引《儒林外史》原文、序跋及回评等，均据此本，余不另出注。

原图取自《儒林外史》清同治十三年本"序一"

己在《移家赋》中写道:"五十年中,家门鼎盛。"① 不过,到了吴敬梓的祖父一辈,兴衰就有了分别。他的族曾祖吴国龙的后人依然有位高权重者,而他的亲曾祖吴国对的子嗣,即吴敬梓的祖辈吴勖、吴旦,生父吴雯延、嗣父吴霖起这两代,已经没有什么值得夸耀的人物了。吴勖是增贡生,吴旦是增监生,吴雯延是秀才,吴霖起是拔贡,只做过一任苏北赣榆县教谕。吴霖起为人正直,淡于名利,对吴敬梓有较大的影响。

关于吴敬梓的身世,有一点特别之处,即他出生不久,便以吴雯延的亲生之子出嗣给长房吴霖起为嗣子,这样,吴敬梓就获得了宗子身份。根据传统的宗法制度,宗子在分配财产时可多得一份,于是吴敬梓成为族人嫉妒的对象。他二十三岁那年,嗣父吴霖起去世,遗产之争随之爆发:近房中有人率领打手,冲入吴敬梓家抢夺财产。赖长者刘翁和从兄吴檠加以调解,纠纷才渐渐平息。

---

① 吴敬梓:《文木山房集》,《续修四库全书》本,上海:上海古籍出版社,2001年,第1428册第442页。

这场变故对吴敬梓刺激很大。他厌恶族中某些人谋财夺产的卑劣行径和丑恶灵魂，因激愤而变得偏激。在那些"豪奴狎客"式的朋友的引诱下，吴敬梓故意胡作非为，胡嫖、乱赌、随意花钱。族人愈是眼红他的家产，他就愈不把钱财放在眼里。吴檠有一首《为敏轩三十初度作》的七古，其中说：

　　一朝愤激谋作达，左骐史妠恣荒耽。
　　明月满堂腰鼓闹，花光冉冉柳鬖鬖。
　　秃衿醉拥妖童卧，泥沙一掷金一担。
　　老子于此兴不浅，往往缠头脱两骖。
　　香词唱满吴儿口，旗亭法曲传江潭。
　　以兹重困弟不悔，闭门嗟嗜长醺酣。
　　国乐争歌康老子，经过北里嘲颠憨。
　　去年卖田今卖宅，长老苦口讥喃喃。
　　弟也叉手谢长老，两眉如戟声如魑。
　　男儿快意贫亦好，何人郑白兼彭聃。
　　安能瑟缩如新妇，钩较蕴盐手馈盦。①

陈汝衡《吴敬梓传》在引用了吴檠的诗后，作了这样的解读："嫖娼狎优，唱戏堂会，只要玩得高兴，少爷们几个臭钱是满不在乎的。一班帮闲朋友，既是逢迎凑趣，吹吹捧捧，又合伙同传主所狎玩的男女有计划地布置迷阵，使他乐而忘返，而金钱就如泥沙一般，不断地从传主手中流入优伶和女伎的腰包中去了。诗中的'左骐史妠'是古代乐工和歌伎，指吴敬梓沉迷声色而言，而'醉拥妖童'，简直到了狎弄娈童的地步。我们能说这时吴敬梓的生活和旧社会狂嫖滥赌的贵家子弟有什么不同？能说他这时生活还不糜烂吗？"② 吴敬梓的生活，一度荒唐至极，确属事实。而在他败掉了家产以后，曾经环绕在身边的那些优伶和女伎便不再理会他。吴敬梓的这一经历，使他对青楼极度厌恶，《儒林

---

① 李汉秋编：《儒林外史研究资料》，上海：上海古籍出版社，1984年，第3页。
② 陈汝衡：《吴敬梓传》，上海：上海文艺出版社，1981年，第31页。

外史》中聘娘等青楼名妓的形象，就是因为这些刺激而塑造出来的。

　　吴敬梓迅速落到了"去年卖田今卖宅"的地步。苏轼《东坡志林·平王》说："今夫富民之家，所以遗其子孙者，田宅而已。不幸而有败，至于乞假以生可也，然终不敢议田宅。"①可吴敬梓却轻率地将田宅卖掉了。长辈苦口婆心地劝阻他，他竟叉手竖眉，像老虎咆哮一样对长辈吼叫。吴敬梓以任侠不羁的姿态宣称"男儿快意贫亦好"，岂能学那才出嫁三天的新娘子，瑟瑟缩缩、斤斤计较地过日子！他对自己轻财放浪的行为丝毫不感到惭愧。

　　在这种境况下，吴敬梓成了全椒"响当当"的败家子，以致"乡里传为子弟戒"②。他有事去找人，常常得不到通报，无法与主人见面；偶尔到了别人家中，主人会当着他的面故意呵责甚至杖击奴仆，让他难堪。他受够了家乡人的白眼和冷遇。《儒林外史》中的五河县，其蓝本就是全椒，从吴敬梓的描写中，不难体会出他当年内心的痛苦。

　　对于故乡全椒，吴敬梓伤透了心，决意离开。三十三岁那年，他变卖了祖产，举家迁至南京，寄居秦淮水亭。早在吴敬梓二十来岁的时候，他就多次到过南京，对于六朝古都十分眷念。迁居一年以后，他写的《移家赋》这样描绘南京：

　　　　金陵佳丽，黄旗紫气。虎踞龙盘，川流山峙。桂桨兰舟，药栏花砌。歌吹沸天，绮罗扑地。实历代之帝都，多昔人之旅寄，爰买数椽而居，遂有终焉之志。③

秦淮河畔的人情风俗，让吴敬梓体会到了生活的美好。他晚年自号"秦淮寓客"，表明他对秦淮的好感延续到了人生的终点。《儒林外史》对南京玄武湖、

---

① 苏轼：《东坡志林》，北京：中华书局，1981年，第100页。
② 吴敬梓：《文木山房集》，《续修四库全书》本，上海：上海古籍出版社，2001年，第1428册第465页。
③ 吴敬梓：《文木山房集》，《续修四库全书》本，上海：上海古籍出版社，2001年，第1428册第443—444页。

清凉山、姚园等处的描写，充满了诗情画意，其中就寄寓了他对南京的深情厚谊。

在南京期间，吴敬梓结识了许多朋友，除程廷祚（《儒林外史》中庄征君的原型）、吴蒙泉（《儒林外史》中虞博士的原型）、樊明征（《儒林外史》中迟衡山的原型）外，还有诗人朱卉、李葂、徐紫芝、姚莹、黄河，词人陈希廉，画家王宓草、王溯山，学者刘著、周榘，以及严长明、涂长卿、冯粹中等。他和朋友们集资，修复了南京雨花台的先贤祠①。这些交往和活动，为他以后创作《儒林外史》奠定了深厚的生活基础。② 《儒林外史》的贤人群像，如虞博士、庄征君、迟衡山等人，就是参照这些朋友写成的。

年轻时的吴敬梓功名心极强，一直渴望着光宗耀祖。无奈他在十八岁考取秀才后，一直困于科场，心头的阴影一年比一年重。二十六岁那年，他去滁州参加科考——乡试之前的预试，成绩不错，但试官听说他平日为人古怪，斥责他"文章大好人大怪"。吴敬梓慌了，害怕一旦被黜影响进取，于是向试官"匍匐乞收"③。其功名心之强，由此可见。可他始终未能博得一个举人，这使吴敬梓懊丧至极，痛感对不起家族，对不起祖先。他三十四岁写下《乳燕飞》一词，感叹道："令节穷愁里。念先人生儿不孝，他乡留滞。风雪打窗寒彻骨，冰结秦淮之水。自昨岁移居住此。三十诸生成底用？赚虚名，浪说攻经史！捧卮酒，泪痕渍。　　家声科第从来美。叹癫狂，齐竽难合，胡琴空碎。数亩田园生计好，又把膏腴轻弃。应愧煞谷贻孙子。倘博将来椎牛祭，总难酬罔极恩深矣。

---

① 先贤祠，即泰伯祠，泰伯为周代吴国的始祖，周太公长子，太公欲立幼子季历，他与弟仲雍同避江南，为古贤人。

② 1957年，何泽翰《儒林外史人物本事考略》一书问世，将小说的重要人物与原型依次对照，蔚为观止，向为学术界所重。

③ 金两铭《和作》，见李汉秋编：《儒林外史研究资料》，上海：上海古籍出版社，1984年，第5页。

也略解，此时耻。"① 沮丧之情，溢于言表。

就在吴敬梓垂头丧气写下《乳燕飞》词的第二年，命运向他露出了微笑。清廷诏开博学鸿词科，江宁训导唐时琳将吴敬梓推荐给上江督学郑江，又由郑江推荐给安徽巡抚赵国麟。对于推荐他的唐时琳、郑江，许多年后，吴敬梓依然感戴不已。其《西子妆》词说："旌门幕府，有多少感恩知遇。"②《送学使郑筼谷（江）夫子还朝三十韵》诗也说："知遇真难报，蹉跎尚若斯。"③ 明清时代的读书人，常常称长者的提携为知遇之恩，吴敬梓也不例外。

乾隆元年（1736），吴敬梓三十六岁，三月，他预试合格，安徽巡抚赵国麟正式荐举他入京应博学鸿词科的廷试。偏偏在这节骨眼上，吴敬梓病倒了，不能成行。一次机遇竟意外地失去了，这令他失望、懊恼。这年年底，他作《丙辰除夕述怀》诗，感慨自己因病不能赴试，有如网罗中的鸟，失去了奋飞的可能。当时的吴敬梓没有料到，这次因病未能赴试，竟然成为他深刻反省科举制度与中国文化的一个契机。

清代由皇帝特诏举行的博学鸿词科一共两次。一次在己未年即康熙十八年（1679），称己未词科，参加考试的共143人。计录取一等20人，二等30人，俱授为翰林官。其中李因笃、朱彝尊、潘耒、严绳孙等以布衣入选，称"四大布衣"。这次考试，网罗了大量"奇才硕彦"，影响深远。另一次在丙辰年即乾隆元年（1736），称丙辰词科，参加考试的共202人，录取的仅20人，一些著名学者如桑调元、顾栋高、程廷祚，著名文人如厉鹗、沈德潜、刘大櫆、袁枚等均铩羽而归。丙辰词科远比己未词科逊色。

---

① 吴敬梓：《文木山房集》，《续修四库全书》本，上海：上海古籍出版社，2001年，第1428册第468页。

② 吴敬梓：《文木山房集》，《续修四库全书》本，上海：上海古籍出版社，2001年，第1428册第470页。

③ 吴敬梓：《文木山房集》，《续修四库全书》本，上海：上海古籍出版社，2001年，第1428册第461页。

在丙辰词科铩羽而归的学者名流中，程廷祚是吴敬梓的"至契"之交，他的落选，激活了吴敬梓的思想家禀赋。

丙辰词科，两个主考官张廷玉和鄂尔泰之间的矛盾颇为激烈，都想利用阅卷的机会网罗门生，培植各自的势力。程廷祚，字绵庄，是当时颜（元）李（塨）学派的传人之一，致力于提倡礼、乐、兵、农等实学。以程廷祚的才学和声望，加上同乡的关系，他理所当然成了张廷玉笼络的对象。据程晋芳《程廷祚墓志铭》记载，张曾托人致意，如果程肯归附他的门下，翰林不成问题，云云。但程对此不以为然，他给张写了一封《上宫保某公书》，云"……以阁下之贵盛，天下之士，思一见以为荣而不可得。若是者，则唯阁下之命可矣；然不足为离群绝俗者道也"①，宁可落选，也不攀附权贵。程廷祚的"离群绝俗"的品格，令吴敬梓十分佩服。而程廷祚因此落选，也促发了吴敬梓对科举制度的反思。他后来在《儒林外史》中把程廷祚塑造成庄征君，着意渲染其辞征辟之举，就与丙辰词科程廷祚的所作所为有关。

吴敬梓四十二岁的时候，从繁华热闹的秦淮水亭搬到大中桥畔，过着灌园种菜的清贫生活。大约在这个时期，他开始创作《儒林外史》。

程晋芳是吴敬梓的挚友之一。他的《文木先生传》，对吴敬梓这个时期生活的记叙以下面三个片断为核心：

> 乃移居江城东之大中桥，环堵萧然，拥故书数十册，日夕自娱。窘极，则以书易米，或冬日苦寒，无酒食，邀同好汪京门、樊圣谟辈五六人，乘月出城南门，绕城堞行数十里，歌吟啸呼，相与应和。逮明，入水西门，各大笑散去。夜夜如是，谓之"暖足"。

> 余族伯祖丽山先生与有姻连，时周之。方秋，霖潦三四日，族祖告诸子曰："此日城中米奇贵，不知敏轩作何状。可持米三斗，钱二千，往视之。"至则不食二日矣。然先生得钱，则饮酒歌呶，未尝为来日计……

---

① 程廷祚：《青溪文集》，《清代诗文集汇编》本，上海：上海古籍出版社，2010年，第269册第126页。

余生平交友，莫贫于敏轩。抵淮访余，检其橐，笔砚都无。余曰："此吾辈所倚以生，可暂离耶？"敏轩笑曰："吾胸中自有笔墨，不烦是也。"其流风余韵，足以掩映一时。①

程晋芳的记叙令人想起萧统笔下的陶渊明，知天乐命，安于贫穷。的确，吴敬梓颇有晋人风度，晚年还常倒戴着白色的头巾，一个人独自饮酒自遣，"乡里小儿或见之，皆言狂疾不可治"②。面对贫穷，他自有一种书生意气和豪迈气象。

乾隆十九年（1754）深秋，吴敬梓去游扬州，程晋芳正打算离开扬州返回淮安。程家原本是两淮有名的富家，几代人都在淮安做盐商。但这个时候由于盐务经营不善，家境已急遽衰落了。当吴敬梓得知程晋芳现在很贫困时，握着程的手，流泪感叹道："子亦到我地位，此境不易处也，奈何！"③ 言语间流露出难以遣释的凄凉之感。《儒林外史》一再强调读书人要有"弄一碗饭吃"的能力，就与吴敬梓经历过常人难以忍受的贫穷这种人生体验有关。

这是十月七日，过了七天，吴敬梓就去世了。据说，去世前几天，他把剩下的一点钱都买了酒，召朋友来痛饮。醉了，还在吟诵唐代诗人张祜的《纵游淮南》一诗：

十里长街市井连，月明桥上看神仙。

人生只合扬州死，禅智山光好墓田。④

程晋芳《哭吴敏轩》诗这样哀悼他：

生耽白下残烟景，死恋扬州好墓田。

---

① 程晋芳：《勉行堂文集》，《清代诗文集汇编》本，上海：上海古籍出版社，2010年，第343册第497页。

② 金兆燕：《棕亭诗钞》，《清代诗文集汇编》本，上海：上海古籍出版社，2010年，第344册第173页。

③ 程晋芳：《勉行堂文集》，《清代诗文集汇编》本，上海：上海古籍出版社，2010年，第343册第497页。

④ 彭定求等编：《全唐诗》，北京：中华书局，1979年，第5946页。

  涂殡匆匆谁料理,可怜犹剩典衣钱。①

  据金和《儒林外史·跋》,吴敬梓最终安葬在"金陵南郊之凤台门花田中",又说葬于南京城西北的清凉山脚下,今已无遗迹可寻。

  在吴敬梓一生中,其生活和思想都经历了巨大的变化。生活上,他早年挥金如土,"倾酒欢呼穷日夜";四十一岁以后,卖文为生,穷困异常,"日惟闭门种菜,偕佣保杂作"②,有时甚至无米下锅。思想上,他早年热衷于功名,对"家声科第从来美"③津津乐道;三十六岁后,吴敬梓开始反思"如何父师训,专储制举才"④的问题。由于家庭的教育和影响,吴敬梓的思想主要是传统的儒家思想,但他的在野儒生的身份,使他保持了较强的反思能力。许倬云在讨论孔子这些轴心时代的知识分子之所以具有反思和批判的能力时曾说:"当这些知识分子还在执行他们的祖业时,他们必然一心一意维持传统的神圣性。但是商代新旧两派交替时,一定会有一部分知识分子失势,甚至失业;在殷商之际也可能有一部分贞人、卜人失去祖业。周代的贵族,大多是受过六艺教育的新知识分子,在春秋战国翻天覆地的巨变中,有不少贵族的子孙失去了贵族的地位。孔子的家世即是由宋国卿大夫沦落为流亡鲁国的士。古代知识分子中失业的一些成员,仍旧保有知识分子的条件,他们仍旧知道礼仪和传统。原来传统已失去了神圣性,于是传统的持守人,就不能不追问传统的意义何在,寻找对于传统的新解释,甚至提出一些新的宇宙观、社会观及人生观。对于过去视所

---

  ① 程晋芳:《勉行堂诗集》,《清代诗文集汇编》本,上海:上海古籍出版社,2010 年,第 343 册第 309 页。

  ② 顾云:《钵山志》,台北:文海出版社,第 81 页。

  ③ 吴敬梓:《文木山房集》,《续修四库全书》本,上海:上海古籍出版社,2001 年,第 1428 册第 468 页。

  ④ 王又曾《书吴征君敏轩先生文木山房诗集后》云:"古风慷慨迈唐音,字字卢仝月蚀心。但诋父师专制举,此言便合铸黄金。"句下原注:"'如何父师训,专储制举才。'诗中句也。"见王又曾:《丁辛老屋集》,《清代诗文集汇编》本,上海:上海古籍出版社,2010 年,第 305 册第 432—433 页。

当然的道理，这些人会提出疑问，也会进一步地思考。"① "由疑问而反省，并遽然提出新的见解（如孔子及先秦诸子）。这才能突破与超越习俗，把古代文化提升到枢轴时代的新境界。"② 从这个角度来看吴敬梓，对他的深刻反思能力可以获得较为亲切的理解。

吴敬梓写作《儒林外史》，大约用了十年的时间。乾隆十四年（1749），吴敬梓的朋友程晋芳作《怀人诗》云："《外史》纪儒林，刻画何工妍。吾为斯人悲，竟以稗说传。"③《儒林外史》最初以抄本形式流传，在作者去世十几年以后，由金兆燕（号棕亭）刊刻于扬州（据1869年苏州书局活字本《儒林外史》金和跋），此本今不存。现存最早的刻本是清嘉庆八年（1803）的卧闲草堂本，原书藏于北京图书馆，1975年人民文学出版社影印出版。1977年人民文学出版社出版了由南京师范大学中文系校点的排印本。1984年上海古籍出版社又出版了李汉秋辑校的会校会评本《儒林外史》。其他排印本甚多。

除《儒林外史》外，吴敬梓还著有《文木山房诗文集》十二卷和《诗说》七卷。长期以来，学界普遍认为《诗说》已经失传，只能从金和的《儒林外史·跋》及金兆燕的《寄吴文木先生》中窥其一斑。1999年，《文木山房诗说》旧抄本在上海图书馆被发现（发现者周兴陆），有周延良笺注本（齐鲁书社2002年版）。2002年，人民文学出版社出版了李汉秋辑校的《吴敬梓诗文集》。

二 《儒林外史》尤为关注知识阶层的精神独立性

在传统的社会结构中，阐释世界、指导人生的担子几乎责无旁贷地落在读书人肩上，古埃及的祭司阶层、印度的婆罗门、中国古代的士，都以解说历史、

---

① 许倬云：《中国古代文化的特质》，厦门：鹭江出版社，2016年，第137页。
② 许倬云：《中国古代文化的特质》，厦门：鹭江出版社，2016年，第138页。
③ 程晋芳：《勉行堂诗集》，《清代诗文集汇编》本，上海：上海古籍出版社，2010年，第343册第263页。

提供社会生活指导为天职。这种阐释世界、指导人生的角色使读书人踞于一个极其显赫的位置上，大睨雄谈，意气扬扬。西方教会的神圣不可侵犯的尊严已为世人所熟知。中国古代的士，尽管气概稍逊，却也充满了对自身历史使命感的自信。据《史记》记载，孔子曾被匡人围困，危急时刻，孔子对弟子们讲了一句意味深长的话："天之未丧斯文也，匡人其如予何！"① 以"斯文"（礼乐制度）的承继者自居，孔子的这种当仁不让的自尊心态，显示了早期读书人的独立性和豪迈感。

士阶层的独立性从一开始就是相对的。士的祈向是"仕"，即做官。"士之仕也，犹农夫之耕"②，这是读书人生存的基本手段。而社会并没有为所有读书人准备好足够的职位，要仕，就必须赢得君王的信赖。在政治领袖的权势的俯瞰下，士的豪迈气概有可能为谦恭所取代。孔子在《论语》中说，君子有三件惧怕的事情：怕天命、怕有德有位的大人、怕圣人的言语。这就隐隐约约地流露出对权势者的谦恭。但孔子身上更多的还是尊严感，他强调：天下有道则现，无道则隐。"道"比权势具有更加永恒的价值。知识阶层是"道"的承担者，在君主面前挺直腰杆，不止事关一个阶层，也关系到整个社会的文化走向。无疑这要付出相应的代价，自尊、自爱常常伴随着隐居，隐居不仕又往往意味着贫困。故孔子反复表示：士，应当安贫乐道，决不为了富贵而丧失人格；读书人有志于"道"而又视贫贱为可耻，这种人不值得交往；"枉道而从势"，"曲学以阿世"，放弃以"道"自重的节操，就不配称为士。吴敬梓之所以推崇隐居的士人，就在于他们有勇气昂然面对权势的控制和挤压。吴敬梓之所以希望隐居的士人有能力解决一家的衣食之需，就因为只有这样才能真正做到隐居不仕。

孔子这种以"道"自任的自豪感，在战国时期的孟子等人身上得到进一步的弘扬。孟子傲然宣称，天下最值得看重的有三个方面：社会地位、年龄和德

---

① 司马迁著，裴骃集解，司马贞索引，张守节正义：《史记》，北京：中华书局，2013年，第2314页。

② 朱熹：《孟子集注》，《四书章句集注》本，北京：中华书局，2012年，第270页。

行。在朝廷，社会地位最重要；在乡里，年龄最重要；但真正具有普遍和永恒价值的，却是德行。我们眼中的孟子，以这种气概与君主打交道，充盈着"至大至刚"的"浩然之气"，有胆识、有热情、有风度、有气魄，从不在君王面前唯唯诺诺，倒是时常摆出师长的姿态："说大人，则藐之。"① 孟子的言行较孔子更富想象力，更富诗意。

孔孟之后，仍有一些读书人一如既往地弘扬着知识阶层的尊严感，在整个社会体系中矢志不渝地扮演导师的角色。他们被称为"狂生"，因为他们的确具有"狂"的作派，《史记·太史公自叙》说：

> 先人有言，自周公卒五百岁而有孔子，孔子卒后至于今五百岁，有能绍明世，正《易传》，继《春秋》，本《诗》《书》《礼》《乐》之际，意在斯乎！意在斯乎！小子何敢让焉？②

这是司马迁的自尊与自信。《金楼子·立言》说：

> 周公没五百年有孔子，孔子没五百年有太史公，五百年运，余何敢让焉？③

这是萧绎的目无余子。韩愈说：

> 古之学者必有师。④

韩愈所谓的"师"，并非寻常意义上的"童子之师"，而是"传道受业解惑"的导师。童子之师，仅仅传授讲解书上的文句；导师则志在传授儒家之道。以此为基点，韩愈断言，"无贵无贱，无长无少，道之所存，师之所存也"⑤。谁继承了儒家的道，谁就是全社会的导师！在这样的表述中，韩愈那种"舍我其谁"

---

① 朱熹：《孟子集注》，《四书章句集注》本，北京：中华书局，2012年，第382页。

② 司马迁著，裴骃集解，司马贞索引，张守节正义：《史记》，北京：中华书局，2013年，第3974页。

③ 萧绎撰，许逸民校笺：《金楼子校笺》，北京：中华书局，2011年，第798页。

④ 韩愈撰，马其昶校注：《韩昌黎文集校注》，上海：上海古籍出版社，1986年，第42页。

⑤ 韩愈撰，马其昶校注：《韩昌黎文集校注》，上海：上海古籍出版社，1986年，第42页。

的气概,读者是不难感受到的。也许与读书人数量的增加有关,韩愈之后,这种狂放气概的表现,偶尔采取了戏剧性的方式。比如,南宋的陆象山说过:"仰首依南斗,翻身倚北辰,举头天外望,无我这般人。"① 明代的王艮甚至有过梦中托天的壮举:"一夕梦天坠,万人奔号。先生独奋臂托天起。又见日月列宿失次,手自整布如故,万人欢舞拜谢。"②

这种唯我独尊、目无余子的狂放作风,与道统论是密切相关的。道统论认为:儒家之"道",往往得之极难而失之极易,往往几百年才出现一个重拾坠绪的人。因此,在孟子之前,才有尧、舜等八人,孟子之后、韩愈之前,竟然一个也没有。既然如此,那么一个真能继承孔孟道统的人,不能不以导师自居,不能不以圣贤自居。以导师自居,以圣贤自居,于是在不知不觉间化身为道德主体,一往无前地要将其价值理念向全社会推广。

然而,秦汉以降的大一统的专制政权却力图横扫士阶层的这种浩然之气。他们不能容忍士阶层以帝王师自居的传统,他们努力把读书人变为大一统的国家权力的忠实追随者。在种种引导士阶层就范的措施中,始于隋唐的科举制度尤为有效。

据五代王定保《唐摭言》记载,唐贞观(627—649)初年,进士考试放榜的那天,太宗来到端门,目睹进士们在榜下成行出来,兴奋地对侍臣们说:"天下英雄入吾彀中矣!"③

唐太宗何以如此兴奋呢?北宋苏轼《战国任侠论》一文曾提出这样的见解:君主要保持国家的安宁,务必与天下的"秀杰"共享富贵;杰出的人才被笼络住了,那些"椎鲁"的人,想闹事也无人领头,自然就闹不起来了。而"隋、

---

① 陆九渊:《陆九渊集》,北京:中华书局,1980年,第459页。

② 王艮:《明儒王心斋先生遗集》,《王心斋全集》本,南京:江苏教育出版社,2001年,第68页。

③ 王定保:《唐摭言》,《唐五代笔记小说大观》本,上海:上海古籍出版社,2000年,第1578页。

唐至今"的科举制度，则是君王与"秀杰"共享富贵的一种得力措施。①

这里，苏轼显然只说对了一半，"以饵取鱼，鱼可杀；以禄取人，人可竭"②。帝王在将功名利禄给予"英雄"的同时，也以此实施对"英雄"的控制和改造。毋庸置疑，考试标准是帝王定的，考试题目是帝王或他人揣摩帝王的心思出的。所以，并非所有的"英雄"都可从帝王那儿分得一杯羹，有幸"入彀"的，只是那些合标准、顺乎帝王心意的人。倘若不合标准而又歆羡富贵，则只好委屈自己，千方百计去适应迁就，到头来，其中的许多人便成了清人龚自珍所说的"病梅"。

"太宗皇帝真长策，赚得英雄尽白头。"唐人李肇《国史补》所引用的这两句诗，道破了帝王实行科举制度的主观愿望。朝廷对于读书人仕进关口的控制，尤能体现出帝王的至高无上的权威。可以说，科举制度是中国大一统天下的特有产物，只有统一的中央集权的王朝才能大规模地实施这一制度。因此，这一制度本身便威风凛凛地宣告了帝王（"势"的代表者）对士（"道"的承担者）的居高临下的地位。

《儒林外史》所展示的，是科举制度下知识阶层丧失精神独立性的一幕幕触目惊心的场景。且让我们走近这部名著，先作一番宏观的巡礼。

读书人向来看重个人价值。在"以成败论英雄"的世俗背景之前，怀才不遇的读书人常寄慨于知音难得。著名的高山流水的故事结束于钟子期死，伯牙终身不复鼓琴，尤其显示出个体价值得不到了解或认可的凄凉。科举制度将确认读书人价值的标准空前地简单化、程式化了：榜上有名即意味着学识过人，名落孙山则证明了其学识浅陋。万中书推想迟衡山、武正字的学问"必也还是好的"，高翰林当即不容置辩地下结论道："那里有什么学问！有了学问倒不做老秀才了。"功名成了学问的标尺；要证明自己有学问，便非挣个功名不可。浦墨卿也认为"读书毕竟中进士是个了局"。他还举了一个例证：先年有一位老先

---

① 曾国藩：《经史百家杂钞》，长沙：岳麓书社，2015年，第88页。

② 盛冬铃：《六韬译注》，石家庄：河北人民出版社，1992年，第5页。

生,儿子已做了大位,他还要科举。后来点名,监临不肯收他,他把卷子掼在地下,恨道:"为这个小畜生,累我带个假纱帽!"这位老先生何以如此热衷于进士的功名,想来绝不是为了利,而是为了名——为了证明自我的价值。

以科名的得否作为衡量学识的标尺,这标尺可靠吗?明朝的解缙、胡俨一同去看进士榜,解缙因为胡俨不是科举出身,就指着进士榜,说这黄榜上头都是些大丈夫。胡俨笑道:其中也有侥幸中榜的!胡俨的意思是,科举考试存在偶然性,中进士、登高科的,不一定就有学问。因此,《儒林外史》中的迟衡山,曾不无愤激地说:讲学问的只讲学问,不必问功名;讲功名的只讲功名,不必问学问。他把学问与功名放在截然对立的位置上,虽不一定妥当,但功名与学问不吻合的情形,确乎所在多有。

举业无凭,功名偶然,于是信命数、信风水。于是,不求文章中天下,但求文章中试官。部分读书人的这种畸形心态,《儒林外史》一一作了喜剧性的展示。王惠煞有介事地宣称:他的八股文中"尤其精妙"的"后面两大股文章""不是俺作的";"虽不是我作的,却也不是人作的",原来是伏着打盹时受了鬼神的启示。王惠这种"命里该中"的得意气概,其实是许多人所共有的。而高翰林之论"揣摩",则表现了部分士人但求高第、不讲实学的状况。

实行科举制度的理论宗旨之一是把读书人培养成为熟悉儒家经典并根据它来为人处世的君子,但"主卖官爵,臣卖智力"①,这种潜在的买卖关系却促使一部分读书人从一开始就以"学成文武艺,货与帝王家"为目的,眼睛里只有功名富贵。民间社会对于功名富贵的迷信仰慕又加剧了这种倾向。马二先生说:人生世上,除了文章举业,就没有第二件可以出头。所谓"出头",其一是扬名显亲,其二便是物质利益了。比如:范进中举之后,立马就有许多人来奉承他,有送田产的,有送店房的,还有那些破落户,两口子来投身为仆图荫庇的,不到两三个月,范进家奴仆、丫鬟都有了,钱、米更是不消说了。使王惠、王德、王仁、严贡生、匡超人等孜孜以求科名的,不就是科名所带来的名、利吗?

---

① 王先慎集解,姜俊俊校点:《韩非子》,上海:上海古籍出版社,2015年,第411页。

自然，科举制度并不能牢笼所有的读书人。蓬景玉说："人生贤不肖，倒也不在科名。"这样的见解便摆脱了科名的羁绊。只是，不求科名的读书人，却也并非同一色调，他们大体上可分为两类：一类是士人中的佼佼者，他们继承了知识分子的任道传统，另一类则实际上是科举制度的副产品，他们借清高或风雅为名，打着无意于功名富贵的幌子，以获取高第者从科名中得到的名利。

先看第一类人。说来中国的读书人是顶追求仕进的：孔子奔走列国，孟子游说诸侯，仕进即其目的之一。之所以如此，是因为做官是读书人的基本生存方式。但比仕进更本质的知识阶层的历史使命却是任道，当仕进与任道发生冲突时，为了弘道，为了向"势"显示"道"的尊严，他们宁可不再"进取"，其结果，崇拜隐逸的处世态度和行为方式便成为题中应有之意了。中国文化对于隐士的推重只有从这一角度才能索解开，《儒林外史》对于隐逸的偏爱也正基于对"道"的执着，对知识分子的独立社会角色和文化职能的执着。

南朝宋范晔在《后汉书·逸民列传》的序中曾将隐士区分为六个类型：（一）隐居以求其志，（二）回避以全其道，（三）静己以镇其躁，（四）去危以图其安，（五）垢俗以动其概，（六）疵物以激其清。① 照笔者的看法，（二）（五）（六）可归为一类，都以追求人格的纯粹为旨归。无论是"回避以全其道"，还是"垢俗以动其概"，或是"疵物以激其清"，所重视的均为"道""概""清"等人格范畴。《儒林外史》中的王冕、虞博士（他虽做官，实为隐居，故杜少卿称他是柳下惠、陶渊明一流人物）、庄绍光、杜少卿、四大市井奇人等，便属于这一类。隐士或许会被批评为缺少社会责任感，比如纪昀《阅微草堂笔记》就说：阴司厌恶对名利的热衷，认为种种坏事，都由此而来；但不怎么看重隐逸，因为天地生才，原是为了有补于世事；倘若人人都做巢父和许由，那么至今洪水横流，怕是想找一块隐居之地也找不到。② 纪昀的话无疑有他的道理。但清高自许，淡于名利，贫贱不能移，威武不能屈，所彰显的正是

---

① 范晔：《后汉书》，北京：中华书局，1997年，第2755页。

② 纪昀：《阅微草堂笔记》，上海：上海古籍出版社，1980年，第33、88页。

以"道"自任的传统儒家精神,这是社会责任感的另一种实践方式。

"去危以图其安",属于避难之隐。《儒林外史》第一回借王冕母亲之口指出,"做官的都不得有甚好收场",嘱咐王冕"不要出去做官",王冕哭着答应了。在吴敬梓看来,官场是势利所在,那里处处都有风波,人生之舟随时可能倾覆。一个以"道"自任的士,万不可轻易涉足官场。《儒林外史》中的王惠,其人生之舟就是在宦海风波中沉没的。

退出势利场,不困于功名富贵的牢笼。这部分士人对于自身的地位、性质和作用有相当清醒的意识。《论语》提醒读书人不可不抱负远大、意志坚强,因为责任重大,而道路遥远。以仁为己任,这样的责任,不重大吗?死而后已,这样的道路,不遥远吗?北宋范仲淹在《岳阳楼记》中说:士当"先天下之忧而忧,后天下之乐而乐"。在学识之外兼重或更重社会使命感,中国古代读书人的人生态度,是一贯的。王冕、虞博士、庄绍光、迟衡山、杜少卿等便大体具备这两种素质。比如虞博士,他的学问不必我们来饶舌。而他对社会风气的改善,确曾做出有目共睹的贡献。《儒林外史》第四十七回说:

> 看虞博士那般举动,他也不要禁止人怎样,只是被了他的德化,那非礼之事,人自然不能行出来。

由此可以引申出一个判断:虞博士等人性情恬退,其前提是"心忧天下",而并非一种机智的老庄情趣,并非心满意足的自我陶醉。

再看第二类人,杨执中、权勿用、陈和甫、景兰江、赵雪斋、支剑峰、浦墨卿等是其代表。其中,杨执中、权勿用属于范晔所说的"隐居以求其志",走的是唐人所谓终南捷径。他们以退为进,以隐邀名,近乎诡道。但他们居然赢得了广泛的社会声誉,以致娄家两公子向慕不已。他们的技巧是,让世人相信,他们就是未能被科举制度所网罗尽的人才。

景兰江、赵雪斋等则热衷于自命风雅:写斗方、写诗集,便是他们在人生舞台上的主要节目。但他们的风雅,实在档次太低,杜慎卿就将他们那套"即席分韵"的把戏鄙之为"雅的这样俗"。而他们的人生目标,即使与俗不可耐的鲁翰林相比也是卑贱的。景兰江曾不无自豪地宣称:"可知道赵爷虽不中进士,

绪 论 17

外边诗选上刻着他的诗几十处，行遍天下，哪个不晓得有个赵雪斋先生？只怕比进士享名多着哩！"如此心态，正是钻了科举制度衡尺人物不完全可靠的空子。

匍匐在权力与利益脚下的体制内或向往进入体制之内的"俗儒"，年复一年地被制造出来，也日渐销蚀着儒家的活力。与体制内的"俗儒"不同，作为在野儒生，吴敬梓在失去了太多现实利益的同时，也因其在野的视角而获得了观察的深度和批评的力度。他执着于知识阶层的历史使命，痛苦于"俗儒"对于道义理想和独立人格的放弃，满怀悲壮之情地展示了科举制度下士人生活和社会活动的方方面面。向社会、向历史、向未来发出了悲怆的呼号：读书人，保持你的自尊和精神的独立！作为"道"的承担者，必须保持超然于"功名富贵"的儒生情怀！吴敬梓以在野儒生的身份反思体制的弊端，重新激活了儒家思想。

三　王冕是《儒林外史》中所有读书人的参照系

名士是中国读书人中的一种重要类型。古代典籍中，这一称谓层见叠出，含义也纷纭不定。或指德高望重而隐居不仕的人；或指有才名而尚未出仕的人；或指所有得名早于得官，得名并非由于得官的人；或指那些具有名士风度的人。所谓名士风度，正式形成是在魏晋时期，其含义也大致相当于魏晋风流。这种风流的最高境界是深情，真率，襟怀冲淡，以品行、识见或才学而知名。而外在表现则可用"狂""逸""怪""侠"四字加以概括：对四平八稳的乡愿的不屑构成豪宕不羁的"狂"的风度，对缺少生气的芸芸俗众的抗争构成浪漫潇洒的"逸"的风度，对平凡琐碎的日常生活的超越构成脱略形骸的"怪"的风度，对圆滑世故的谦谦君子的背离构成高立崖岸的"侠"的风度。"狂""逸""怪""侠"，这是名士阶层具有标签意味的行为方式，我们所说的名士就是指具有这种行为方式的士。

吴敬梓对魏晋风流至为向慕，程晋芳《寄怀严东有》诗说他：

> 敏轩生近世，而抱六代情。
>
> 风雅慕建安，斋粟怀昭明。①

吴敬梓自己也经常以六朝名士自比，《移家赋》这样描写他移居南京后的纵心肆志的生活情趣：

> 常扪虱而自如，乃送鸿而高视。②

"扪虱"是用王猛的典故，《晋书·王猛传》载：桓温入关时，王猛披褐去见，"扪虱而言，旁若无人"③。后来。"扪虱而言"成为显示一个人任诞不羁的典型细节。"送鸿高视"取嵇康《赠秀才入军》第十四首诗意："目送归鸿，手挥五弦。俯仰自得，游心太玄。"④ "送鸿高视"也是表现一个人风神气韵异于寻常的重要意象。其他如吴敬梓《买陂塘》词自述："身将隐矣，召阮籍嵇康，披襟箕踞，把酒共沉醉。"⑤ 金兆燕《寄吴文木先生》写他"有时倒著白接篱，秦淮酒家杯独持。乡里小儿或见之，皆言狂疾不可治。"⑥ 都可以看出他对魏晋风流的服膺或追慕。

但《儒林外史》将故事的年代托为明朝，这就排除了选择魏晋名士来"檃栝全文"的可能性。吴敬梓于是就近取材，他看中了元末明初的王冕。

王冕是元末的著名诗人、画家。比他小二十三岁的宋濂第一个为他作传，从宋濂《王冕传》，我们了解到，王冕确乎有些怪诞：

---

① 程晋芳：《勉行堂诗集》，《清代诗文集汇编》本，上海：上海古籍出版社，2010年，第343册第286页。

② 吴敬梓：《文木山房集》，《续修四库全书》本，上海：上海古籍出版社，2001年，第1428册第444页。

③ 房玄龄等：《晋书》，北京：中华书局，2010年，第2930页。

④ 嵇康著，戴明扬校注：《嵇康集校注》，人民文学出版社，1962年，第16页。

⑤ 吴敬梓：《文木山房集》，《续修四库全书》本，上海：上海古籍出版社，2001年，第1428册第467页。

⑥ 金兆燕：《棕亭诗钞》，《清代诗文集汇编》本，上海：上海古籍出版社，2010年，第344册第173页。

> 母思还故里,冕买白牛驾母车。自被古冠服,随车后,乡里小儿竞遮道讪笑,冕亦笑。①

《儒林外史》中王冕的一些惊世骇俗的举动,就是据此渲染而成的:

> 又在《楚辞图》上看见画的屈原衣冠。他便自造一顶极高的帽子,一件极阔的衣服。遇着花明柳媚的时节,把一乘牛车载了母亲,他便戴了高帽,穿了阔衣,执着鞭子,口里唱着歌曲,在乡村镇上,以及湖边,到处顽耍,惹的乡下孩子们三五成群跟着他笑,他也不放在意下。

何以要怪模怪样的呢?没别的用意,只是要让世人晓得他王冕是个目空千古的豪杰。魏晋时代的许多高自期许的名士,常以怪诞的言行震慑世俗,或借以引起世俗的关注,他们是王冕的老师。比如:刘伶常常纵饮,无拘无束。有时居然脱去衣服,在房子里赤身裸体。别人讥笑他,刘伶却说大地就是他的房屋,房屋就是他的衣服裤子,并反问别人,干吗钻到他的裤子中来?这故事见于《世说新语·任诞》。

故意惊世骇俗,意在表达对世俗的不屑。这是个体自豪感的呈现。魏晋名士如此,王冕亦然。他高自标置,志气宏放,甚至故意找世俗的茬子。假如有谁把他视为可用利禄收买的庸人,他会毫不迟疑地加以调侃。宋濂《王冕传》记下了他玩世不恭的"狂"举:

> 著作郎李孝光,欲荐之为府史,冕骂曰:"吾有田可耕,有书可读,肯朝夕抱案立庭下备奴使哉?"每居小楼上,客至,童入报,命之登乃登。部使者行郡,坐马上求见,拒之去。去不百武,冕倚楼长啸,使者闻之惭。②

《儒林外史》未写王冕骂人和戏侮部使者的情节。但时知县来访,他却让牧童秦小二谎称"他在二十里路外王家集亲家家吃酒去了",也正是"怠慢"得紧。秦小二的出场尤具调侃意味:

> 知县正走着,远远的有个牧童,倒骑水牯牛,从山嘴边转了过来。

---

① 宋濂:《芝园后集》,《宋濂全集》本,杭州:浙江古籍出版社,1999年,第1474页。
② 宋濂:《芝园后集》,《宋濂全集》本,杭州:浙江古籍出版社,1999年,第1474页。

秦小二是受王冕之托来"撒谎"的,"倒骑水牯牛"含有不想正眼看时知县的意思。何以不想正眼看这个七品芝麻官?不是因为他的官小,而是因为他是个混账的官,王冕说得明白:"时知县倚着危素的势要,在这里酷虐小民,无所不为,我为什么要相与他?"这就赋予了王冕之"狂"以深厚的内涵。

宋濂《王冕传》突出了王冕的"逸",即隐逸,其中一节专写他携妻子儿女隐居九里山的生活:

> 乃携妻孥隐于九里山,种豆三亩,粟倍之,树梅花千,桃杏居其半,芋一区,薤韭各百本,引水为池,种鱼千余头,结茅庐三间,自题为"梅花屋"。①

同时,宋濂也突出了王冕的用世之志:

> 尝仿《周礼》著书一卷,坐卧自随,秘不使人观。更深人寂,辄挑灯朗讽,既而抚卷曰:"吾未即死。持此以遇明主,伊吕事业,不难致也。"②

在宋濂看来,王冕的隐居,其性质近于孔明而异于陶渊明:他期待着明主的赏识,向往着建功立业。但清初朱彝尊已不满于宋濂的描叙,他重写《王冕传》,着力塑造一个没有用世之志的隐士:朱元璋听说了王冕其人后,打算任命他做咨议参军,但王冕却在正式任命之前死去了。之所以突然去世,朱彝尊以为,"盖不降其志以死者也"③,也就是不愿与朱元璋合作,迫不得已,只好以死来证明自己的清白和高洁。

朱彝尊笔下这个将"隐"的品格贯彻到人生终点的王冕,更符合吴敬梓的宗旨。闲斋老人说《儒林外史》"以辞却功名富贵,品地最上一层为中流砥柱","辞却功名富贵",非隐而何?所以,《儒林外史》采用了朱彝尊的说法:当朝廷派人来授王冕咨议参军之职时,王冕已逃往会稽山,隐姓埋名,后来得

---

① 宋濂:《芝园后集》,《宋濂全集》本,杭州:浙江古籍出版社,1999年,第1474页。
② 宋濂:《芝园后集》,《宋濂全集》本,杭州:浙江古籍出版社,1999年,第1474页。
③ 朱彝尊:《曝书亭集》,《清代诗文集汇编》本,上海:上海古籍出版社,2010年,第116册第487页。

病死去，"可笑近来文人学士，说着王冕，都称他做王参军，究竟王冕何曾做过一日官"？

朱彝尊《王冕传》的王冕不愧为真正的名士，《儒林外史》同样将他作为名士来塑造，只不过进一步强化了他的"逸"的品格。盖吴敬梓并不鄙薄名士，他鄙薄的只是那种并无真本事，并不清高，却借着"狂""逸""怪""侠"的外在举止骗得高名的人。真名士与假名士的区别，关键不是外在的行为方式，而是内在的素质：他真的淡泊宁静，可以坦然"辞却功名富贵"吗？他真的秉赋有超世拔俗的才具吗？"是真名士自风流"，假名士则只是装腔作势。吴敬梓用"不独不要功名富贵，并且躲避功名富贵"的王冕来"隐栝全文"，这个参照系的选择提示读者：《儒林外史》将对待功名富贵的态度作为评价人物的核心标尺；在"狂""逸""怪""侠"诸种人格因素中，"逸"格外受到重视。滚滚红尘中，一个可以超然于名利之外的人，才是吴敬梓所敬仰的，才够得上做知识阶层的表率。

第一章 《儒林外史》的科举叙事与历史参照

（明洪武至天顺年间）

吴敬梓《儒林外史》的明代科举叙事，由四个时间段组成：洪武至天顺年间（1368—1464），成化至正德年间（1465—1521），嘉靖、隆庆年间（1522—1572），万历至崇祯年间（1573—1644）。第一个时间段出现的科举状况仅在《儒林外史》第一回作为背景加以交代，并未展开描写，第四回则以第一个时间段出现的刘基等人作为小说人物谈论的话题，既是对小说人物的刻画，也是有意唤起读者对明初科举的关注；第二个时间段占了九回，即从《儒林外史》第二回到第十回，叙事密度显著加大；第三个时间段一共四十四回，即从第十一回到第五十四回，构成《儒林外史》的主体；第四个时间段只有一回，即第五十五回，是全书的尾声。第五十六回《幽榜》是否系吴敬梓原作，史学界尚存争议。本书拟以这四个时间段为脉络，各用一章的篇幅，就《儒林外史》中的明代科举和历史上的明代科举加以对比、阐释，以期对吴敬梓关于明代科举的历史记忆和文化反思有较为清楚的理解。

第一章以第一个时间段为讨论对象。

原图取自《儒林外史》第一回"说楔子敷陈大义 借名流橥栝全文"

第一节 《儒林外史》中的明初科举与吴敬梓的基本判断

《儒林外史》第一回"说楔子敷陈大义 借名流橥栝全文",从王冕的视角对明初所定的"用《五经》《四书》八股文"的"取士之法"做了简约而老辣的评述:

> 不数年间,吴王削平祸乱,定鼎应天,天下一统,建国号大明,年号洪武。乡村人各各安居乐业。到了洪武四年,秦老又进城里,回来向王冕道:"危老爷已自问了罪,发在和州去了。我带了一本邸抄来与你看。"王冕接过来看,才晓得危素归降之后,妄自尊大,在太祖面前自称老臣。太祖大怒,发往和州守余阙墓去了。此一条之后,便是礼部议定取士之法:三年一科,用《五经》《四书》八股文。王冕指与秦老看,道:"这个法却定的不好!将来读书人既有此一条荣身之路,把那文行出处都看得轻了。"说着,天色晚了下来。此时正是初夏,天时乍热,秦老在打麦场上放下一张桌子,两人小饮。须臾,东方月上,照耀得如同万顷玻璃一般。那些眠鸥宿鹭,阒然无声。王冕左手持杯,右手指着天上的星,向秦老道:"你看贯索犯文昌,一

代文人有厄!"话犹未了,忽然起一阵怪风,刮的树木都飕飕的响,水面上的禽鸟格格惊起了许多,王冕同秦老吓的将衣袖蒙了脸。少顷,风声略定,睁眼看时,只见天上纷纷有百十个小星,都坠向东南角上去了。王冕道:"天可怜见,降下这一伙星君去维持文运,我们是不及见了!"

这一段叙事,虽然篇幅不大,却构成了《儒林外史》科举叙事的总纲。其要点有三:(一)明代的科举"取士之法",被简要概括为"三年一科,用《五经》《四书》八股文"。(二)对于明代的科举"取士之法",《儒林外史》的基本判断是:"这个法却定的不好!将来读书人既有此一条荣身之路,把那文行出处都看得轻了。"(三)明代的科举制度将导致"一代文人有厄",或者说,一代文人将在这种体制下沉沦,要么堕落,要么随波逐流,要么被生活的苦难所压倒。尽管有几个"星君"来维持世道,但终归是无济于事的。

《儒林外史》第四回"荐亡斋和尚吃官司 打秋风乡绅遭横事",写举人张静斋夸夸其谈,随口编造明初掌故,可以视为第一回科举叙事的余波:

> 张静斋道:"老世叔,这话断断使不得的了。你我做官的人,只知有皇上,那知有教亲?想起洪武年间,刘老先生——"汤知县道:"那个刘老先生?"静斋道:"讳基的了。他是洪武三年开科的进士,'天下有道'三句中的第五名。"范进插口道:"想是第三名?"静斋道:"是第五名。那墨卷是弟读过的。后来入了翰林。洪武私行到他家,就如'雪夜访普'的一般。恰好江南张王送了他一坛小菜,当面打开看,都是些瓜子金。洪武圣上恼了,说道:'他以为天下事都靠着你们书生!'到第二日,把刘老先生贬为青田县知县,又用毒药摆死了。这个如何了得?"

据王世贞《弇山堂别集》卷八十一,明初的乡试始于洪武三年八月,会试始于洪武四年二月。张静斋说刘基是洪武三年开科的进士,犯了两个常识错误。其一,洪武三年的乡试,录取的是举人,不是进士,换句话说,"洪武三年开科的进士"这个表述是信口胡诌;其二,刘基是元末进士,洪武三年的乡试主试,说他是明初进士,更是一个笑话。吴敬梓写举人张静斋等闹出这样违背常识的笑话,呼应了他在第一回对明代科举所做的基本判断:"这个法却定的不好!"

一般认为，科举制度是中国古代最为健全的文官制度。孙中山在《五权宪法》等演讲中反复强调，中国的科举制度是世界各国中所用以拔取真才之最古最好的制度。胡适也说"中国文官制度影响之大，及其价值之被人看重"，"是我们中国对世界文化贡献的一件可以自夸的事"①。胡适是新文化运动的旗手，以不留情面地批判传统的中国文化著称，他对科举制度的认可，因而也格外引人注目。既然科举制度曾在中国历史上发挥如此积极的作用，何以吴敬梓的评价却如此负面？

科举制度的产生有一个基本前提，就是国家的权力不再掌握在世袭贵族手里。在"封建"（封邦建国）时代，不可能发生科举。这种没有世袭贵族掌握国家权力的时代，中国从秦王朝就正式开始了；西方比较晚，日本更晚。没有了掌握国家权力的世袭贵族，就出现了一个问题：一个王朝与谁共享权力？反过来提问或许更好：这个时候所有有能力的人都希望与王朝共享权力，他们经由什么途径达到这个目的？从治理天下的角度来看，有能力的人，主要在读书人里面。余英时的一个观点是，采用科举制度，不仅仅是帝王的意愿，更是读书人的意愿，是帝王与读书人"协商"的结果。这个"协商"过程很长，两汉魏晋南北朝，经历了好几百年的时间。汉朝实行的是推荐与考试相结合的察举制。察举制的短处是，你再有才能，只要没人推荐你，你就失去了机会，这是它跟科举制最大的不同。科举制的特点是，只要你有能力，想考就考，谁也不能阻止你。科举制比察举制更有利于读书人与帝王共享权力。北宋苏轼《战国任侠论》一文就曾说过，"隋、唐至今"的科举制度，是君王与"秀杰"共享富贵的一种较好的体制。② 对于科举制度有利于读书人的这一面，吴敬梓是视而不见还是另有他的思考？

科举制度经常被提及的一个长处是其"程序的公正"。官员选拔的理想境界是"实质的公正"，即将所有优秀的人才选拔到合适的岗位上。但这个境界人类至今未达到过，不得已而求其次，"程序的公正"就成为优先选择。"中国古代

---

① 胡适：《胡适文集》，北京：北京大学出版社，1998年，第12册第508页。
② 曾国藩：《经史百家杂钞》，长沙：岳麓书社，2015年，第88页。

独特的社会结构是家族宗法制。家长统治、任人唯亲、帮派活动、裙带关系皆为家族宗法制的派生物。在重人情与关系的社会文化背景下，若没有可以操作的客观标准，任何立意美妙的选举制度都会被异化为植党营私、任人唯亲的工具，汉代的察举推荐和魏晋南北朝的九品官人法走向求才的死胡同便是明证。"①"古往今来科举考试一再起死回生的历史说明：自古以来，中国就是一个人情社会，人情与关系在社会生活中起着重要的作用，为了防止人情的泛滥，使社会不至于陷入无序的状态，中国人发明了考试，以考试作为维护社会公平和社会秩序的调节阀。悠久的科举历史与普遍的考试现实一再雄辩地证明，考试选才具有恒久的价值。"②从这一角度看，科举制度不但在诞生之初有着巨大的进步意义，而且在整个中国历史和世界历史上，都是一个了不起的创举。较之前代的选官制度，如汉代的察举、征辟制和魏文帝时开始推行的九品中正制等，科举制度都更加公正合理。对这一面，吴敬梓何以并不看重？

1951年，钱穆发表了《中国历史上的考试制度》一文。针对民国年间（1912—1949）人事管理腐败混乱的状况，他痛心疾首地指出：科举制"因有种种缺点，种种流弊，自该随时变通，但清末人却一意想变法，把此制度也连根拔去。民国以来，政府用人，便全无标准，人事奔竞，派系倾轧，结党营私，偏枯偏荣，种种病象，指不胜屈。不可不说我们把历史看轻了，认为以前一切要不得，才聚九州铁铸成大错"③。1955年，他在《中国历代政治得失》一书中进一步指出："无论如何，考试制度，是中国政治制度中一项比较重要的制度，又且由唐迄清绵历了一千年以上的长时期。中间递有改革，递有演变，在历史进程中逐渐发展，这绝不是偶然的。直到晚清，西方人还知采用此制度来弥缝他们政党选举之偏陷，而我们却对以往考试制度在历史上有过上千年以上根柢的，一口气吐弃了，不再重视，抑且不再留丝毫顾惜之余地。那真是一件可诧

---

① 刘海峰：《科举学导论》，武汉：华中师范大学出版社，2005年，第113页。
② 刘海峰：《科举学导论》，武汉：华中师范大学出版社，2005年，第136页。
③ 钱穆：《国史新论》，台北：东大图书公司，1984年，第114—115页。

怪的事。"① 钱穆这些话，都说得很中肯。生活于清代中叶的吴敬梓，他对科举制度在人事管理方面的优点，何以忽略不计？

"这个法却定的不好！"吴敬梓的基本判断是否有更为深刻的内涵和翔实的理据？这正是下一节的重点所在。

第二节　从历史上的明初科举看吴敬梓的文化反思

明代科举考试的文体，《儒林外史》仅仅强调了八股文，这究竟是出于无知，还是另有深意？

据洪武十七年礼部颁行的《科举成式》，乡、会试的考试内容如次："凡三年大比，子午卯酉年乡试，辰戌丑未年会试。举人不拘额数，从实充贡。乡试八月初九日第一场，试《四书》义三道，每道二百字以上，经义四道，每道三百字以上，未能者许各减一道。《四书》义主《朱子集注》；经义：《诗》主《朱子集传》，《易》主程朱《传》《义》，《书》主蔡氏《传》及古注疏，《春秋》主左氏、公羊、穀梁、胡氏、张洽《传》，《礼记》主古注疏。十二日第二场，试论一道，三百字以上，判语五条，诏诰、章表、内科一道。十五日第三场，试经史策五道，未能者许减其二，俱三百字以上。次年礼部会试，以二月初九日、十二日、十五日为三场，所考文字与乡试同。"②《科举成式》所提到的考试文体，包括后世俗称为八股文的"《四书》义""经义"，也包括八股文之外的论、判、诏、诰、章、表、经史策等，文体类型颇为丰富。之所以把这些文体类型纳入考试范围，乃是基于这样的考量：未来的国家文官，就来自于这些参与考试的读书人；他们在处理公务的过程中，会经常用到这些文体。应该说，要求考生掌握众多应用性的文体，确有其必要性。

---

① 钱穆：《中国历代政治得失》，北京：生活·读书·新知三联书店2001年，第89页。
② 陈文新、何坤翁、赵伯陶主撰：《明代科举与文学编年》，武汉：武汉大学出版社，2009年，第116页。

一方面考试内容的设计注重众多文体，另一方面在实际操作中又明显偏重八股文，这是明代科举中一个毋庸讳言的事实。之所以在实际操作中畸轻畸重，缘于明代科举对头场《四书》义和经义的重视。洪武十七年（1384），明太祖恢复取消十一年之久的科举考试，废弃元代科举所设的"经疑"，第一场《四书》义和经义由元代的各一道增加至总共七道；科举精神也由"任陈时事"变为"代圣人立言"。"《四书》义""经义"即后来俗称的八股文，考生是否被录取，这几道题占有决定性的权重。久而久之，无论是考官，还是考生，也就习惯性地将八股文视为最为重要的考试文体，把其他文体看得无足轻重了。《儒林外史》将明朝的科举定性为"八股取士之法"，可以说是对一个既成事实的概括。

明代科举考试的内容，《儒林外史》在"八股文"之前，加了"用《五经》《四书》"的限定，这也是一个意味深长的用法。

洪武至天顺年间，《四书》《五经》作为八股文题库的地位一直没有改变，但如何使用这个题库，永乐（1403—1424）是一个关键的时段。明成祖朱棣在凭借武力夺取帝位后，尤急于建立御用的意识形态，以赋予其统治合法地位。1414年末，朱棣令一批翰林学士汇编程朱学派关于《四书》《五经》的注疏，以《五经大全》《四书大全》和《性理大全书》为名，于1417年4月颁行。他之所以热衷于这桩事情，原因在于：第一，由这样一批经典所造成的意识形态的一致性，有助于正统观念的确立，朱棣在将自己塑造为奉行理学的圣君形象时，他也获得了打击异端的权力。陈鼎《东林列传》卷二："饶州儒士朱季友，诣阙上书，专诋周程张朱之说，上览而怒曰：'此德之贼也。'命有司声罪杖遣，悉焚其所著书。"[①] 明成祖严酷镇压向他钦定的理学经典质疑的人，其现实效果是杀一儆百，不仅警示了政敌，而且警示了所有质疑其政权合法性的人，至于其深远后果，则是压制了所有新鲜活泼的思想。第二，以功名作为诱饵，引导读书人集中研习几部有限的经典，甚至只研习有关的注疏，客观上使广泛阅读和富于创造性的学术探索失去了基础。何良俊《四友斋丛说》卷三指出："太祖

---

① 陈鼎：《东林列传》，扬州：广陵书社，2007年，第39页。

时,士子经义皆用注疏,而参以程朱传注。成祖既修《五经大全》《四书大全》之后,遂悉去汉儒之说,而专以程朱传注为主。夫汉儒去圣人未远,学有专经,其传授岂无所据?况圣人之言广大渊微,岂后世之人单辞片语之所能尽?故不若但训诂其辞而由人体认,如佛家所谓悟入。盖体认之功深,则其得之于心也固;得之于心固,则其施之于用也必不苟。自程朱之说出,将圣人之言死死说定,学者但据此略加敷衍,凑成八股,便取科第,而不知孔孟之书为何物矣。以此取士,而欲得天下之真才,其可得乎?呜呼!"① 许多士子的目标是科场得意,如果仅读程朱传注便可以达到目的,他又何必潜心体味原著、广泛阅读其他学者的著述?而在一个原著搁置、阅读范围狭窄的时代,其整体的儒学水准绝不可能太高。②永乐至天顺年间的思想文化状况,常常给人一种荒漠之感,缘由在此。

由洪武以迄天顺,明代八股文的最大特色即谨守程朱传注,尤其是朱注。这一特色的形成,当然与《五经大全》《四书大全》及《性理大全书》的统一

---

① 何良俊:《四友斋丛说》,北京:中华书局,1997年,第22页。
② 《四库全书总目》卷九十三著录《性理大全书》七十卷,其提要曰:"大抵庞杂冗蔓,皆割裂襞积以成文,非能于道学渊源真有鉴别。"同书卷三十六著录《四书大全》三十六卷,其提要曰:"明永乐十三年翰林学士胡广等奉敕撰。成祖御制序文,颁行天下,二百余年,尊为取士之制者也。其书因元倪士毅《四书辑释》稍加点窜。顾炎武《日知录》曰:'自朱子作《大学》《中庸》章句、或问,《论语》《孟子》集注之后,黄氏有《论语通释》。其采语录附于朱子章句之下,则始于真氏。祝氏仿之,为附录。后有蔡氏《四书集疏》、赵氏《四书纂疏》、吴氏《四书集成》,论者病其泛滥。于是陈氏作《四书发明》,胡氏作《四书通》,而定宇之门人倪氏(按定宇,陈栎之别号)合二书为一,颇有删正,名曰《四书辑释》。永乐所纂《四书大全》,特小有增删,其详其简,或多不如倪氏;《大学》《中庸》或问则全不异,而间有舛误云云。'于是书本末言之悉矣。考士毅撰有《作义要诀》一卷,附刻陈悦道《书义断法》之末,今尚有传本。盖颇讲科举之学者。其作《辑释》,殆亦为经义而设。故广等以夙所诵习,剽剟成编欤?初与《五经大全》并颁,然当时程式,以《四书》义为重,故《五经》率皆废阁。所研究者惟《四书》,所辨订者亦惟《四书》。后来《四书讲章》,浩如烟海,皆是编为之滥觞。盖由汉至宋之经术,于是始尽变矣。特录存之,以著有明一代士大夫学问根柢具在于斯,亦足以资考镜焉。"

使用有关。清初廖燕作《明太祖论》，曾断言"明太祖以制义取士，与秦焚书之术无异"①。何以得出这样的结论呢？廖燕的理据是："士惟习四子书，兼通一经，试以八股，号为制义，中式者录之。士以为爵禄所在，日夜竭精敝神以攻其业，自《四书》一经外，咸束高阁，虽图史满前，皆不暇目，以为妨吾之所为，于是天下之书不焚而自焚矣；非焚也，人不复读，与焚无异也。"②廖燕以为，用这种方式实行思想专制，"愚天下之心"，其危害甚至比始皇焚书还大。其实，假如廖燕把题目改成《明太祖明成祖论》，也许可以说得更为透彻，因为明成祖下令编纂的几部《大全》，尤为充分地发挥了"愚天下之心"的效用。《儒林外史》将明代科举概括为"用《五经》《四书》八股文"取士，虽然有化约的意味，却也突出了事情的实质，抓住了问题的要害。

《儒林外史》淋漓尽致地渲染了"贯索犯文昌，一代文人有厄"的凄迷氛围。古人以为天空星位的移动和人事有关：贯索有九星，连在一起，被认为是牢狱的象征；文昌有六星，如半月形，被认为是主持文运的。"贯索犯文昌"是说象征牢狱的贯索星侵犯了主持文运的文昌星，对下界文人不利。《儒林外史》对明代科举与一代文人的关系做出如此定位，这是一种怎样的视野？究竟包含了多深的感慨？

许倬云曾经分析过中国传统的文官体系与王权之间的对抗关系。他认为："欧洲那一种所谓自由职业性的知识分子，古代中国是没有的。中国不是没有医生，但是并不能成为一个阶层或人群。中国基本上没有律师，也没有会计师。中国的知识分子是和农业联结在一起，是和国家机构连接在一起，是和社会的统御运作联结在一起，却不与专业的知识联结在一起，尤其不和实用的知识联结在一起。这样的知识分子和文官体系不能分开。"③"照理说，文官体系应该与国家互补，但因为文官体系具有儒家意念的目的论，所以与王权实际上不断

---

① 廖燕：《廖燕全集》，上海：上海古籍出版社，2005年，第12页。
② 廖燕：《廖燕全集》，上海：上海古籍出版社，2005年，第13页。
③ 许倬云：《中国古代文化的特质》，厦门：鹭江出版社，2016年，第85页。

有对峙的紧张。专业的官员总是怀有儒家的理想,碰到不合理的现象时,国家的文官系统就会用社会的后援力来与王权对抗,这也是韦伯的工具性文官制度所缺少的成分。"①"文官制度选拔的背后有一大群社会精英,他们受过专业训练,等着出仕,但能够出仕者往往只是其中少数,而未出仕的人仍留在社会的一端,站在儒家意念的立场,监督政府的作为。为了培养文官制度,中国也同时培养了一大群以天下为己任的士大夫,带动社会来抗衡国家,否则自从汉武帝打击社会经济实力后,社会上已无足够与王权抗衡的势力,而由国家自己培养出了制衡的力量,这也可说是辩证式的发展了。"②确实,中国古代的士大夫,兼有双重身份。一方面,作为文官体系的一员,他们属于官吏;另一方面,作为儒家知识分子,他们理应成为"社会的良心"。其中一部分人偏于官吏的属性,可能会沦为浊流;另一部分人执着于"仁以为己任"的原则,比较充分地体现了儒家思想的社会责任感和士的超越精神,是为清流。中国历史上诸多大义凛然的士大夫,就是从清流中产生的。

　　许倬云所说的,是汉代以来的一般状况。而就明代政治而言,其特点是皇权的极端膨胀,皇权对士大夫阶层的压制在明初达到了罕见的程度。宋代"偃武修文",士大夫阶层得到空前的礼遇。从消极方面说,宋代不诛大臣,对大臣的优容"超越古今";从积极方面说,宋代帝王承认士大夫与皇权是并立的政治主体,"共治天下","共商国是",士大夫阶层的政治地位得到体制的保障。而在明代,自开国之日起,就针对士大夫阶层设立了种种凌辱和杀害的方法。明朝大臣被诛戮是司空见惯的事情,贬谪和挨廷杖更是史不绝书。废除历时一千余年的丞相制度和历时七百多年的三省(中书、门下、尚书)制度是制度设计上的一件大事,它强有力地表明,只有皇权才是政治主体,士阶层不过是服务于皇权的政治工具而已。永乐、宣德年间又致力于削弱诸王权力、建立内阁制度,进一步巩固、发展了皇权。作为极端皇权的附属品,"奸臣"专权和宦官干

---

① 许倬云:《中国古代文化的特质》,厦门:鹭江出版社,2016年,第43页。
② 许倬云:《中国古代文化的特质》,厦门:鹭江出版社,2016年,第43页。

政是明代政治生活中反复出现的严重事态。

朱元璋对孟子的憎恶是中国思想史上一桩令人悚然的史实。孟子的思想中，包含了若干提倡民主精神和批判精神的因素。他与齐宣王讨论过君臣关系，其立论是："君之视臣如手足，则臣视君如腹心；君之视臣如犬马，则臣视君如国人；君之视臣如草芥，则臣视君如寇仇。"① 根据名实必须相符的原理，孟子确信，桀纣虽有"君"之名，却未行"君"之实，因此，他们不配居于"君"位，而只是"一夫"；"汤放桀，武王伐纣"，并非"臣弑其君"，而是代表民众除掉了两个"残贼之人"②。这样一位孟子，被专制帝王视为不受欢迎的人，一点儿也不令人感到奇怪。洪武三年（1370），朱元璋读到《孟子》这些对君上不客气的地方，大为恼怒，下令国子监撤除孔庙中孟子配享的神位，把孟子逐出孔庙。洪武二十七年（1394）特别敕命组织一套班子检删《孟子》一书，领衔执行这一"圣旨"的是当时的老儒刘三吾。一共删去了85条，如《尽心篇》的"民为贵，社稷次之，君为轻"，《梁惠王篇》的"国人皆曰贤""国人皆曰可杀"一章，《离娄篇》的"桀纣之失天下也，失其民也，失其民者，失其心也"一章，《万章篇》的"天与贤则与贤"一章以及"天视自我民视，天听自我民听"，"民有大过则谏，反复之而不听，则易位"，"闻诛一夫纣矣，未闻弑君也"，"君之视臣如草芥，则臣视君如寇仇"等章节。仅剩的170余条，以《孟子节文》为书名，刻板颁行全国学校。所删掉的85条，"课士不以命题，科举不以取士"，无异于成了禁书。成祖朱棣在建立御用的意识形态方面，手笔更大，编刊科举考试的通用教材《五经大全》《四书大全》和《性理大全书》，就是他的代表作之一。

明代的其他帝王，在致力于扩张皇权方面，各有其举措，而明世宗的做法尤为不加掩饰。嘉靖二十六（1547）年，明世宗给参与殿试的考生们出了一道策问，其要害是：谁才有资格承继道统？唐代的韩愈曾在《原道》一文中说：

---

① 朱熹：《孟子集注》，《四书章句集注》本，北京：中华书局，2012年，第295页。

② 朱熹：《孟子集注》，《四书章句集注》本，北京：中华书局，2012年，第221—222页。

"尧以是传之舜,舜以是传之禹,禹以是传之汤,汤以是传之文、武、周公,文、武、周公传之孔子,孔子传之孟轲,轲之死,不得其传焉。"① 韩愈之后,宋代知识分子作为与帝王共治天下的政治主体,把韩愈未能清楚说明的一个意思明确化了:作为政治主体的帝王,其权威来自于权力;作为政治主体的知识分子,其权威来自于道统,因为他们是"道"的承担者。"道"与"势",两者之间形成了一种对立互补的关系:一个帝王只有按照儒家的原则行使权力,他的权力才有正当性。所以,在宋代,周、程、张、朱等理学家,虽然并不拥有至高无上的世俗权力,但真理在手,他们自有一种和帝王平起平坐的气度。明代的王阳明,是这种气度的典型的保持者。而王阳明,却也正是嘉靖皇帝耿耿于怀的人。嘉靖皇帝出的这道策问,标准答案是:只有帝王才是政治主体,只有政治主体才能把"道"付诸实施,才有资格承继道统;至于周、程、张、朱等理学家,他们的价值仅仅在于论道,只有辅助帝王"行道"的"著述之功",其重要性不能与"行道"的帝王同日而语。嘉靖皇帝在取消了知识分子作为政治主体的地位时,也取消了他们作为道统承继者的地位。嘉靖皇帝振振有词地说:"朕惟人君受天之命而主天下,任君师治教之责,惟聪明睿智,足以有临。自古迄今,百王相承,继天立极,经世牧人,功德为大,是故道统属之,有不得而辞焉者。唐韩愈氏,乃谓尧,舜,禹,汤,文,武,周公,孔子之传,至孟轲而止。孟子则以尧、舜、禹、汤、文、武之为君,皋陶、伊尹、莱朱、太公望、散宜生之为臣,各有闻知见知之殊,其详略同异,果何义欤?其授受之微,有可指欤?宋儒谓周敦颐、程颢兄弟,朱熹四子,为得孔孟不传之绪,而直接夫自古帝王之统,道果若是班欤?其讲求著述之功,果可与行道者并欤?抑门人尊尚师说,递相称谓,而忘其僭欤?汉、唐、宋而下,虽不能比隆唐虞三代之盛,其间英君谊辟,抚世宰物,德泽加于四海,功烈著诸天地者,不可概少,果尽不可以当大君道统之传欤?法惟我太祖高皇帝,体尧舜授受之要,

---

① 韩愈撰,马其昶校注:《韩昌黎文集校注》,上海:上海古籍出版社,1986年,第18页。

而允执厥中,论人心虚灵之机,而操存弗二。我成祖文皇帝言帝王之治,一本于道。又言六经之道明,则天地圣人之心可见,至治之功可成。斯言也,真有以上继皇王道统之正,下开万世太平之基。迨我列圣,克笃前业,所以开天常,叙人纪者,历百八十余年于兹。朕缵绍祖宗鸿绪,登践宝祚,惟敬惟一,叙彝伦,惇典礼,祈天命,拯民穷,思弘化理,以成参赞继立之功者,宵旰孳孳,不遑宁处。兹欲远绍二帝三王大道之统,近法我祖宗列圣心学之传,舍是又何所致力而可?夫自尧、舜、禹、文之后,孔孟以来,上下千数百年间,道统之传,归诸臣下,又尽出于宋儒一时之论,此朕所深疑也。子大夫学先王之道,审于名实之归,宜悉心以对,毋隐毋泛,朕将注览焉。嘉靖二十六年三月十五日。"①

嘉靖皇帝的这道策问,直接针对的是已去世将近二十年的王阳明。王阳明重提孟子"先立乎其大者,则其小者不能夺"的命题,教人在一念发动处把握住良知、天理,目的是为了"觉民行道"。而王阳明之所以如此热心于"觉民行道",一方面是因为失望于极端专制的明代政体和嘉靖本人,"得君"无望;另一方面也是因为他对"皆知自致其良知"的"天下之人"充满信心,"觉民行道"有其现实的可能性。阳明去世之后,阳明心学尽管受到朝廷的持续打压,但影响力依然不衰,以至于嘉靖皇帝亲自出马,指挥对阳明心学的围剿。这道策问的结论是:只有唐太宗、明太祖等君临天下的明君,包括他嘉靖皇帝本人,才堪为道统的继承者;阳明等人的导师地位,只是门人弟子吹捧出来的,不能算数。

要想使人服从,或者使用权力,或者使用智慧。前者是那些掌握了权力的人,其他人在权力的威逼下表示服从,这在茹毛饮血时代既已成为一个不争的事实。"在人类使用文字以前,有一二禀赋特高的人可以其智力令人信服,一二长老,也可以以其有用的个人经验令人信服。但在有了文字以后,智慧可由累

---

① 陈文新、何坤翁、赵伯陶主撰:《明代科举与文学编年》,武汉:武汉大学出版社,2009年,第2132页。

积前人经验而获得,也可由抽象思考而发展。智慧遂制度化而成为以文字作为媒介的礼法传统。掌握文字工具的若干人,例如祝宗卜史,遂成为掌握智慧的一个特殊群体。"① 这个掌握智慧的特殊群体,后世习称为知识分子。在明代,最杰出的掌握智慧的代表人物,是王阳明,嘉靖皇帝则是居于权势之巅的帝王。他与许多帝王有所不同的是,他不满足于拥有最高的世俗权力,他还要天下的人承认,他是最杰出的掌握了智慧的人,他是"普天之下""率土之滨"所共同拥戴的导师。

殿试是科举考试的最高层级,经过了这个层级,所有的进士都是"天子门生"。"天子门生"是一个别有意味的称呼。其含义是,天子不仅高踞于世俗权力之巅,也高踞于人类智慧之巅;嘉靖皇帝的殿试题,就是要考生们确认他的这种双重身份。而殿陛之下的考生们,他们历经千辛万苦,不就是为了成为"天子门生"吗?所以,他们理所当然地努力满足这位皇上的心愿。且看状元李春芳的答卷。"夫惟道化衰于上,而后讲学倡于下,此宋之四子所由兴也。以周敦颐言之,学以主静为宗,以一为要,而究其极于明通公溥,不由师传,默契道体者也。以程颢兄弟言之,涵养则曰用敬,进学则曰致知,而又欲以大公顺应,学天地之常,宽和严毅,殊途同归者也。以朱熹言之,以讲学为入门,以践履为实地,博极群书,而会通于心,集诸儒之大成者也。此四子之学之大较也。是其学,固亦远宗乎周孔,而授之以政,则亦伊傅之俦耳。夫即为伊傅也,犹不可与帝王并,况无伊傅之业乎!何也?道在天下,惟帝王为能行。故道统在天下,惟帝王为能传。而臣之贤者能者,则效用仰成于下者也。辄欲接续帝王道统之传,不亦僭乎?故四子者,谓之有功于斯道可也,以之直接帝王之道统不可也。"②"故四子讲明著述之功,不可谓其无裨于道,而直以为远续道统

---

① 许倬云:《中国古代文化的特质》,厦门:鹭江出版社,2016年,第131页。
② 陈文新、何坤翁、赵伯陶主撰:《明代科举与文学编年》,武汉:武汉大学出版社,2009年,第2134页。

之传，与帝王并论焉，是诚门人推尊之过，恐亦非四子之心也。"① "臣尝求我二祖圣学之精，则《存心》一录与夫《圣学心法》，尤其至要者欤？《存心录》凡历代帝王祭祀有感于灾祥者，备载以垂训，而于敬天之怒无敢戏豫者，尤致意焉。《圣学心法》，凡有关于君臣父子之道者，详述以迪后，而于敬天法祖用人理财者，尤申重焉。则我二祖之所以为学者，具见于二书，而精纯贞一，心即二帝三王之心，太和咸熙，治即二帝三王之治。天德王道，巍然焕然，又奚惑哉？此列圣之所以克笃前业，开天常，叙人纪，历百八十余年而皇图巩固者，信皆有得于是也。恭惟陛下以聪明圣智之资，懋精一执中之学，心之所裕者，与天地合，其德治之所成者，与皇王匹其休。肆今大化流衍，百姓太和，德浃于中夏，威行于蛮貊，至治馨香，达于上下，而休征毕集，千古所未有也，臣何幸躬逢其盛哉！臣尝窃窥陛下之所以臻此者，信本于学，而学之精实典要，则又莫过于《敬一》之一箴，而彝伦之叙、典礼之敦所由出也，臣请得而飏言之。"② 李春芳恭恭敬敬地阐发了这样几个观点：其一，只有在帝王无道的时候，讲学才会兴盛，周、程、张、朱就是在这种背景下出现的。其二，周、程、张、朱的著述确有其价值，但只是坐而论道的价值，不能与帝王的"行道"相提并论，他们没有资格承继道统。其三，历史上不乏有道的帝王，尤其是明太祖、明成祖，尤其是嘉靖皇帝本人，这些有道的帝王，既可以论道，也可以"行道"，才足以承继道统。李春芳对嘉靖皇帝心理的揣摩，是相当准确到位的。

由嘉靖皇帝一例可以看出，科举制度在把有能力的读书人选拔到重要岗位之时，也进一步强化了专制皇权对臣民的钳制。吴敬梓在《儒林外史》中对于读书人的独立性的关注，就是基于专制皇权空前强化和思想钳制日渐严酷的现实状况。所谓"一代文人有厄"，首先就是指一代文人精神独立性的丧失。"从

---

① 陈文新、何坤翁、赵伯陶主撰：《明代科举与文学编年》，武汉：武汉大学出版社，2009年，第2134页。

② 陈文新、何坤翁、赵伯陶主撰：《明代科举与文学编年》，武汉：武汉大学出版社，2009年，第2135页。

文化的发展说，分裂时代有个好处，就是不定于一尊。可是政治统一的时代也不见得文化思想就必然定于一尊，所以政权的分裂或统一，与文化的发展并没有直接的关系。思想不定于一尊是好的，定于一尊就不行了。中国在康熙时代国力鼎盛，可是在文化上没有生气，艺术也没有创意、没有活力。唯有在思想受震撼、被逼得面临种种刺激的时代，才是最有活力的时候。在没有文化主流压迫时，文化发展力也最活泼。若要有文化发展的原动力，分裂的时代很可能比统一的时代更有利。可是普遍的文化提升要在安定和平的环境下才有可能。"① 许倬云以康熙时代国力鼎盛而文化衰落的事实来说明文化定于一尊的弊病，他没有提到明朝，而明朝的洪、宣盛世等朝代也正是这种状况。一个在文化上没有活力、没有生气、没有道义理想的时代，正是文人的巨大灾难。

---

① 许倬云：《中国古代文化的特质》，厦门：鹭江出版社，2016年，第48—49页。

第二章 《儒林外史》的科举叙事与历史参照

（明成化至正德年间）

关于明代八股文的发展历程，清人李光地倾向于划分为五个阶段。他不仅将成化、弘治单独作为一期，还明确以"成、弘为盛"："明代时文，洪、永、宣、景、天为初，成、弘为盛，正、嘉为中，庆、历为晚，天启以后，不足录已。"① 另一位清人方苞则将"洪、永、宣、景、天"和"成、弘"合为一期，且对这一时期评价不高："明人制义，体凡屡变。自洪、永至化、治，百余年中，皆恪遵传注，体会语气，谨守绳墨，尺寸不逾。至正、嘉作者，始能以古文为时文，融液经史，使题之义蕴，隐显曲畅，为明文之极盛。隆、万间兼讲机法，务为灵变。虽巧密有加，而气体荼然矣。至启、祯诸家，则穷思毕精，务为奇特，包络载籍，刻雕物情，凡胸中所欲言者，皆借题以发之。就其善者，

---

① 李光地著，陈祖武点校：《榕村语录 榕村续语录》，北京：中华书局，1995年，第527页。

原图取自《儒林外史》第二回"王孝廉村学识同科　周蒙师暮年登上第"

可兴可观,光气自不可泯。"① 与李光地、方苞都有所不同,《儒林外史》将成化、弘治、正德年间的八股文划为同一阶段,成化至正德年间的科举叙事构成了一个相对独立的情节单元。

第一节　《儒林外史》的科举叙事（成化至正德年间）

成化至正德年间的科举叙事在小说中占了九回,即从《儒林外史》第二回到第十回。这九回叙事呈现出四个相互关联的特点。

---

① 方苞编,王同舟、李澜校注:《钦定四书文》,武汉:武汉大学出版社,2009年,"凡例"第1页。

第一，明确交代了故事发生的时间和背景。

《儒林外史》第二回，"王孝廉村学识同科　周蒙师暮年登上第"，小说给周进设定的时间和背景是："那时成化末年，正是天下繁富的时候。""原来明朝士大夫称儒学生员叫做'朋友'，称童生是'小友'。比如童生进了学，不怕十几岁，也称为'老友'；若是不进学，就到八十岁，也还称'小友'。就如女儿嫁人的：嫁时称为'新娘'，后来称呼'奶奶''太太'，就不叫'新娘'了；若是嫁与人家做妾，就到头发白了，还要唤做'新娘'。"写生员（秀才）与童生的区别，用了妻和妾的区别来打比方，颇为准确和生活化。了解这一区别，才能体会出老童生周进的辛酸和秀才梅玖调侃童生周进的轻薄。周进哭贡院、范进中举以及严贡生、严监生、王德、王仁、王惠、荀玫等人的事情，都发生在成化、弘治、正德年间。又如《儒林外史》第七回，"范学道视学报师恩　王员外立朝敦友谊"中："会试已毕，范进果然中了进士。授职部属，考选御史。数年之后，钦点山东学道，命下之日，范学道即来叩谢周司业。周司业道：'山东虽是我故乡，我却也没有甚事相烦；只心里记得训蒙的时候，乡下有个学生，叫做荀玫，那时才得七岁，这又过了十多年，想也长成人了。他是个务农的人家，不知可读得成书，若是还在应考，贤契留意看看，果有一线之明，推情拔了他，也了我一番心愿。'范进听了，专记在心，去往山东到任。"周进在薛家集做蒙师，时值成化末年，"又过了十几年"，正是弘治十一年（1498）至弘治十八年（1505）间。再如《儒林外史》第三十六回，"常熟县真儒降生　泰伯祠名贤主祭"中："话说应天苏州府常熟县有个乡村，叫做麟绂镇，镇上有二百多人家，都是务农为业。只有一位姓虞，在成化年间，读书进了学，做了三十年的老秀才，只在这镇上教书。这镇离城十五里，虞秀才除应考之外，从不到城里去走一遭，后来直活到八十多岁，就去世了。他儿子不曾进过学，也是教书为业。到了中年，尚无子嗣，夫妇两个到文昌帝君面前去求，梦见文昌亲手递一纸条与他，上写着《易经》一句：'君子以果行育德。'当下就有了娠。到十个月满足，生下这位虞博士来。太翁去谢了文昌，就把这新生的儿子取名育德，字果行。"虞博士的祖父是成化间（1465—1487）秀才，虞博士则主要生活在嘉靖（1522—1566）年间。这样一些具体的时间刻度，表明吴敬梓具有较为明晰的编年史意识。他依照时间顺序安排人物出场顺序，有意将小说情节与历史时间叠合在一起，以加强小说的历史感。

第二，有意在叙事中提到了弘治、正德年间几个真实的历史人物，如李梦阳、何景明、王守仁（即王阳明）。

《儒林外史》第七回，"范学道视学报师恩　王员外立朝敦友谊"中："内中一个少年幕客蘧景玉说道：'老先生，这件事倒合了一件故事。数年前，有一位老先生点了四川学差，在何景明先生寓处吃酒，景明先生醉后大声道："四川如苏轼的文章，是该考六等的了。"这位老先生记在心里，到后典了三年学差回来，再会见何老先生，说："学生在四川三年，到处细查，并不见苏轼来考，想是临场规避了。"'说罢，将袖子掩了口笑。"第十回，"鲁翰林怜才择婿　蘧公孙富室招亲"中："牛布衣又说起：'范学台幕中查一个童生卷子，尊公说出何景明的一段话，真乃"谈言微中，名士风流"。'因将那一席话又述了一遍，两公子同蘧公孙都笑了。"何景明（1483—1521）是弘治十五年（1502）进士，与李梦阳等并称"前七子"，乃弘治、正德年间的诗坛巨擘，在古文领域也有巨大影响。乔世宁《何先生传》有云："年十九，登壬戌进士，授中书舍人。是时北地李献吉、武功康德涵、鄠杜王敬夫、历下边廷实，皆好古文辞。先生与论文语合，乃一意诵习古文，而与献吉又骏发齐名，忧愤时事，尚节义而鄙荣利，并有国士之风焉。"①梁章钜《制义丛话》卷二十三还提到了何景明在八股文写作方面的才情："孟瓶庵师曰：前明何仲默景明少能文，见者疑之。以'梁惠王章句上'六字命破题，即应声曰：'以一国僭窃之主，冠七篇仁义之书。'"②《儒林外史》提及何景明，吴敬梓的同时代人是不会感到陌生的，他们不难因为这个名字

---

① 乔世宁：《丘隅集》，《原国立北平图书馆甲库善本丛书》本，北京：国家图书馆出版社，2013年，第777册第1556页。

② 梁章钜著，陈居渊校点：《制义丛话　试律丛话》，上海：上海书店出版社，2001年，第437页。

而联想到一个时代，蘧景玉、牛布衣的活动年代也可以何景明为时间坐标。

《儒林外史》第七回，"范学道视学报师恩　王员外立朝敦友谊"，把李梦阳（1473—1530）这个标志性人物用来给小说人物陈礼（字和甫）确定活动年代："陈礼道：'各位仙人都可请，就是帝王、师相、圣贤、豪杰，都可启请。不瞒二位老先生说，晚生数十年以来，并不在江湖上行道，总在王爷府里和诸部院大老爷衙门交往。切记先帝弘治十三年，晚生在工部大堂刘大老爷家扶乩，刘大老爷因李梦阳老爷参张国舅的事下狱，请仙问其吉凶，那知乩上就降下周公老祖来，批了"七日来复"四个大字。到七日上，李老爷果然奉旨出狱，只罚了三个月的俸。……'""宏治"即"弘治"，清代因避高宗弘历的讳，改作"宏"。李梦阳曾于弘治十八年（1505）上书孝宗，淋漓尽致地指陈二病（士气日衰、中官日横）、三害（兵害、民害、庄场饥民之害）、六渐（匮之渐、盗之渐、坏名器之渐、弛法令之渐、方术蛊惑之渐、贵戚骄恣之渐），最后直指皇后之弟张鹤龄"招纳无赖，罔利而贼民，势如翼虎"。因这封疏，他一度被逮下狱。正德元年（1506），李梦阳又因反对宦官刘瑾下狱，几乎被杀，经赖康海等说情而获释。《明史》以"国士"目之，他是当之无愧的。陈礼在言谈中和李梦阳搭上关系，一方面抬高了自己的身份，另一方面也标明了时间刻度。也许需要说明的是，李梦阳入狱，实在弘治十八年（1505），陈礼信口开河，说成弘治十三年（1500），正是江湖术士口吻。

《儒林外史》第八回，"王观察穷途逢世好　娄公子故里遇贫交"，提到了更为著名的标志性人物王守仁（1472—1529）："时值江西宁王反乱，各路戒严，朝廷就把他（王惠）推升了南赣道，催趱军需。""次年，宁王统兵破了南赣官军。""宁王闹了两年，不想被新建伯王守仁一阵杀败，束手就擒。""蘧太守也换了葛巾野服，挂着天台藤杖，出来陪坐。摆出饭来，用过饭，烹茗清谈，说起江西宁王反叛的话：'多亏新建伯神明独运，建了这件大功，除了这番大难。'娄三公子道：'新建伯此番有功不居，尤为难得。'四公子道：'据小侄看来，宁王此番举动，也与成祖差不多。只是成祖运气好，到而今称圣称神，宁王运气低，就落得个为贼为虏，也要算一件不平的事。'蘧太守道：'成败论人，固是庸人之见；但本朝大事，你我做臣子的，说话须要谨慎。'四公子不敢再说了。"按宁王反叛，时在正德十四年（1519）六月，历时两月，即被王守仁讨平。守仁是弘治十二年己未（1499）进士，不仅是杰出的儒家学者，也是杰出的政治家。平定宸濠之乱，书写了他人生中气势磅礴的一笔。王惠、蘧太守、娄家两公子的活动年代，正德十四年（1519）是一个显著的时间刻度。《儒林外史》在叙事中穿插真实的历史人物，有助于增强小说的历史感。

第三，对"举业"与"杂览"的区别以及八股文写作中的才气与理法之争已有较多关注。

第三回，"周学道校士拔真才　胡屠户行凶闹捷报"，比较详细地写了学道周进判卷的情形："那童生道：'童生诗词歌赋都会，求大老爷出题面试。'学道变了脸道：'"当今天子重文章，足下何须讲汉唐！"像你做童生的人，只该用心做文章，那些杂览，学他作甚么！况且本道到此衡文，难道是来此同你谈杂学的么？看你这样务名而不务实，那正务自然荒废，都是些粗心浮气的说话，看不得了。左右的，赶了出去！'""周学道虽然赶他出去，却也把卷子取来看看。那童生叫做魏好古，文字也还清通。学道道：'把他低低的进了学吧。'因取过笔来，做个记认。……点到二十名，魏好古上去，又勉励了几句'用心举业，休学杂览'的话，鼓吹送了出去。"所谓"杂览"，指与举业无关的诗词歌赋。汉代兴盛的文体是赋，唐代兴盛的文体是诗，所以用"汉唐"代指"诗词歌赋"。明清人说的"文章"，往往特指八股文。

《红楼梦》第八十一回，贾代儒教训宝玉说：诗词一道，不是学不得，但要在发达以后。所谓发达以后再学诗词，即意在将人生分为举业和杂览两个阶段，两个侧面。举业是进身之道，杂览是进身后之事；以举业为终身之事，失之于陋，以杂览为进身之业，失之于迂。不陋不迂，因时制宜，这种人生安排才是恰当的。周进反对童生魏好古留意于杂览，却又给他一个进学的机会，表明周进并非一概否定杂览，而是反对在进身之前留意于杂览。

《儒林外史》第五回，"王秀才议立偏房　严监生疾终正寝"，则集中涉及八股文写作中的"才气"与"法则"之争："叙些闲话，又提起严致中的话来。

王仁笑着问王德道:'大哥,我倒不解,他家大老那宗笔下,怎得会补起廪来的?'王德道:'这是三十年前的话。那时宗师都是御史出来,本是个吏员出身,知道甚么文章!'""三十年前",大约在景泰、天顺年间(1450—1464)。第六回,"乡绅发病闹船家　寡妇含冤控大伯",王德、王仁又接着第五回的话题开聊:"一会摆上酒来,吃着又谈。王德道:'今岁汤父母不曾入帘?'王仁道:'大哥,你不知道么?因汤父母前次入帘,都取中了些"陈猫古老鼠"的文章,不入时目,所以这次不曾来聘。今科十几位帘官,都是少年进士,专取有才气的文章。'严贡生道:'这倒不然。才气也须是有法则,假若不照题位,乱写些热闹话,难道也算有才气不成?就如我这周老师,极是法眼。取在一等前列,都是有法则的老手,今科少不得还在这几个人内中。'严贡生说此话,因他弟兄两个在周宗师手里都考的是二等。二人听这话,心里明白,不讲考校的事了。"王家两兄弟与严贡生说的"才气""法则",本是八股文写作中的两个常用术语。一般说来,禀性高亢明爽的,文章富于才气,但有可能不合法则;禀性深沉稳重的,文章严守法则,所缺少的也许是丰神情韵。取长补短,相互尊重,这才妥当。但王家两兄弟与严贡生却以己之长,轻人所短,相互鄙薄,相互嘲笑。吴敬梓既借他们之口揭开了对方之"短",又暗示出他们并非真的高亢明爽,或真的深沉稳重,而只是"自我感觉良好"。如卧闲草堂评语所说:"严老大笔下必定干枯,二王笔下必定杂乱。三人同席谈论时,针锋相对,句句不放过,真是好看杀。"严贡生提到的"周老师",指的是周进,王德、王仁、严贡生的活动年代可参照周进来定。

第四,《儒林外史》以冷峻的笔墨写到了科举制度下读书人的辛酸而可笑的经历,其中童生周进、秀才范进、监生严致和、举人王惠给读者留下了极深的印象。

先看童生周进。

梅玖年纪轻轻考上了秀才,于是,他便时时处处记得自己是"进过学"的,比那成千成万的童生高出一等,倒霉的六十多岁的老童生周进就这样成了他调侃、戏谑的对象。周进是《儒林外史》中出场很早的人物之一。第二回,我们看见这位老童生来汶上县薛家集教私塾糊口,黑瘦面皮,花白胡子。正月十六日,薛家集人招待塾师周进,请梅玖做陪客,周进入门时,梅玖睬也不睬,直到申祥甫拱手让周进来到堂屋,"梅玖方才慢慢的立起来和他相见"。就座时,众人以为,"论年纪也是周先生长",该坐首席。梅玖竟回过头来向众人道:"你众位是不知道我们学校规矩,老友(秀才)是从来不同小友(童生)序齿的。"这话显得目中无人,妄自尊大,太轻薄了。

更轻薄的言行还在后面。酒席中间,他当场念了一首"做先生的一字至七字诗":"呆,秀才,吃长斋,胡须满腮,经书不揭开,纸笔自己安排,明年不请我自来。"念完,用嘲讽的口气"注释"道:"像我这周长兄如此大才,呆是不呆的了。""秀才,指日就是;那'吃长斋,胡须满腮',竟被他说一个着!"说罢,哈哈大笑。

周进最伤心的事是什么?正是未"进学",六十多岁了,还是个童生。可梅玖居然当众指出周进已胡须满腮还不是秀才的事实,弄得"周进不好意思"。"骄人傲人"到了信口伤害他人自尊心的地步,梅玖不免过于轻狂。周进后来在贡院痛哭,这次羞辱无疑是诱因之一。

嘲弄他人与炫耀自己其实是一回事。席间,申祥甫说到做梦,梅玖连忙接过话头:"做梦倒也有些准哩!""就是侥幸(指考上秀才)的这一年,正月初一日,我梦见在一个极高的山上,天上的日头,不差不错,端端正正掉了下来,压在我头上。"把一个偶然的梦说成是考上秀才的预兆,可见他的得意;把一个小小的秀才与"天上的日头"并提,可见他的得意已使其联想失去分寸。因此,比他高一个等级的举人王惠后来嘲笑道:"他进过学,就有日头落在他头上,像我这发过(中过举人)的,不该连天都掉下来,是俺顶着的了?"

同样是这个周进,同样是这个梅玖,两人后来的身份发生了戏剧性的转换。几年后,周进由童生而监生而举人而进士而部属而学道而国子监司业,他在汶上县薛家集观音庵也就愈来愈受尊崇:观音庵里一张供桌,供着周进的金字牌位,那是薛家集里人和观音庵僧人合伙供奉的。堂屋中间墙上还是周进写的对联,尽管因为时间太久,红纸都已变白。尤其有趣的是,过去称他为"周长兄"、而目下还是秀才的梅玖,现在见了对联,却对和尚这样发话:"还是周大老爷的亲笔,你不该贴在这里,拿些水喷了,揭下来裱一裱,收着才是。"由周长兄而周老师而周大老爷,梅玖对周进的称谓随周进的升迁而"升迁"。这里,"倚仗功名富贵而骄人傲人"与"心艳功名富贵而媚人下人",乃是同一硬币的两面。

再看秀才范进。

范进考中秀才,与周进的阅卷关系很大。

《儒林外史》"周学道校士拔真才"一节,写考官评阅试卷,颇有黑色幽默的意味。周进做广东学道,第三场考南海、番禺两县童生,五十四岁的老童生范进第一个交卷。周学道将范进卷子用心用意看了一遍,心里不喜,道:"这样的文字,都说的是些什么话!怪不得不进学!"丢过一边不看了。又坐了一会,还不见一个人来交卷,遂再次拿过范进的卷子来看,看完,觉得有些意思。当他将范进的卷子看过三遍后,印象更好了,不觉叹息道:"这样文字,连我看一两遍也不能解,直到三遍之后,才晓得是天地间之至文,真乃一字一珠!可见世上糊涂试官,不知屈煞了多少英才!"忙取笔细细圈点,卷面上加了三圈,即填了第一名。又把刚才交卷的魏好古的卷子取过来,填了第二十名。

考生的中与不中,存在极大的偶然性,于此可见一斑。假如周进只看一遍,范进岂不是还得做童生?而只看一遍的阅卷方式,在决定童生能否被录取为秀才的院试中正是普遍现象。清代流传有以快、短、明三字衡文的说法。所谓快,即交卷越快越好;所谓短,即篇幅越短越好;所谓明,即文章的意思越明快越好。为什么会这样呢?原因在于,清代的督学使者,按临各郡考试秀才和童生,每次须分十多场,往往因公事烦冗,期限太紧,根本不可能从容评阅考卷。为了赶时间,录取名额一满,尽管考试还没结束,录取名单照样公布。有些写得不够快的考生,或因文章篇幅长而拖延了时间的考生,说来是既可怜又可笑的:他们正伏案苦思,或挥笔疾书时,忽然间听到鼓吹聒耳,龙门洞开,才知道是公布录取名单,于是,不等写完考卷,便跟跟跄跄地走出考场。

"定弃取于俄顷之间,判升沉于恍惚之际"①,失误是在所难免的。范进的运气好,他第一个交卷,占了"快"的优势,否则周学道连看第二遍都来不及,遑论第三遍?他的文章是否"短",读者不甚了然。但可以断定,绝对不属于"明快"一类,倒是写得相当含蓄,需要反复品味,才能体会出其用笔的高妙。

以含蓄见长的八股文是不适于应试的。晚清宣鼎的传奇小说集《夜雨秋灯录》,其三集卷二《科场》记有吴兰陔的一段传奇经历:"吴兰陔,时文中之名手也。其门下从学之徒数百人,发科甲入词林者甚众。惟先生落笔高古,屡困场屋,时年已五旬外矣,功名之念甚切。"未几入闱应试,试题为《乡人皆好之》。吴兰陔早先作有此文,但入闱前已为本家吴生某抄去,兰陔不胜悔恨,说"得意之作既被人录去,谅天意终身不得售矣",遂信笔一挥,交卷而出。录取的结果真令人啼笑皆非:吴生归,不作第二人想,却居然落第;吴兰陔已不作被录取的指望,然"是科竟中"。吴兰陔带着旧作去见座师,说那篇信手写成的考场文章实在代表不了自己的水平,请求用旧作换下那篇。座师同意了,但补充了一句:"虽然,此文若在场中,未必中式,盖阅卷时走马观花,气机流走者,易于动目。此文非反覆数过,不知其佳处,试官有此等闲情乎?"② 座师的话,直截了当,坦率明白。

卧闲草堂刻本《儒林外史》第三回的一则总评说:"周进为人本无足取,胸中大概除墨卷之外了无所有,阅文如此之钝拙则作文之钝拙可知。空中白描出晚遇之故,文笔心细如发。"深文周纳,似于周进过于苛酷。"周学道校士拔真才",这八字回目不妨从正面看,不必认为作者处处心机极深,暗藏针砭(自然,这"真才"是指写八股文的"真才")。至少,吴敬梓笔下的周学道,无一丝一毫达官贵人的矜持气息,不失为读书君子。比如,他虽也请了几个看文章的相公,但并不依赖他们。他的想法是:"我在这里面吃苦久了,如今自己当权,须要把卷子都要细细看过,不可听着幕客,屈了真才。"诚心实意地想识拔

---

① 林则徐:《林则徐集》,北京:中华书局,1965年,"奏稿"第48页。

② 宣鼎:《夜雨秋灯录》,上海:上海古籍出版社,1987年,第883页。

"真才"，做到这一步并不容易。《聊斋志异·何仙》叙述了这样一个故事：李生应试的文章，公认为一等，发案时却"居四等"。毛病出在主考的不负责任：主考公事繁杂，根本不关心考试的事，一切委托给幕客；而幕客中不少是粟生、例监，这些连句读都弄不清的人，其升降当然是颠倒黑白了。[1] 比起《何仙》中的主考来，周进是值得尊敬的。

第三回还有一个细节：当面黄肌瘦、花白胡须、头上戴一顶破毡帽、身上穿一件朽烂的麻布直裰、冻得乞乞缩缩的范进走进考场时，"周学道看着自己身上，绯袍金带，何等辉煌"，同情之感油然而生，与王惠、梅玖的得意、自负、轻狂迥然相异。吴敬梓把握住周进作为一个厚道试官的心理，由此切入，写他细读范进的文章，笔墨之间，并无憎嫌之意。

对周学道的调侃当然是有的：满场考生，才交了两份卷子，可第一名、第二十名已经定下，这就很难说是恰当的了。此外，他所选拔的"真才"范进，除了堪称八股行家外，其他方面的才能也不敢恭维。第二十名魏好古，替人作了一个荐亡的疏，"倒别了三个字"，看来学问也有限得很。但这种弊病是伴随所有考试制度而来的，责任不能由周学道一人来负。

对于秀才范进的中举，《儒林外史》写得尤为浓墨重彩，意蕴丰厚。

身为秀才的范进，他的中举之路充满了辛酸。他想去考举人，因没有盘费，去同岳父商议，结果被胡屠户骂了个狗血淋头：

> 不要失了你的时了！你自己只觉得中了一个相公，就"癞蛤蟆想吃起天鹅肉"来。……如今痴心就想中起老爷来！这些中老爷的都是天上的文曲星！你不看见城里张府上那些老爷，都有万贯家私，一个个方面大耳？像你这尖嘴猴腮，也该撒抛尿自己照照！不三不四，就想天鹅屁吃！

明清时代，中国民间社会对举人怀有虔诚的迷信心理。在胡屠户一辈人看来，举人是"天上文曲星"，与普通的人是不一样的，"尖嘴猴腮"的范进怎么

---

[1] 蒲松龄著，张友鹤辑校：《聊斋志异》（会校会注会评本），上海：上海古籍出版社，2012年，第1308—1310页。

能跟"天上文曲星"连起来呢？然而，出乎他的意料，范进居然中了！中了举人，这就证实范进确是"天上文曲星"，确是地上老爷，区区胡屠户与天上文曲星相比，自觉卑微之极，再也摆不出丈人的架子来。因此，当范进突然发疯，众人要胡屠户打他一个嘴巴时，胡屠户为难地说：

  虽然是我女婿，如今却做了老爷，就是天上的星宿。天上的星宿是打不得的！我听得斋公们说：打了天上的星宿，阎王就要拿去打一百铁棍，发在十八层地狱，永不得翻身。我却是不敢做这样的事！

在众人的怂恿下，胡屠户壮着胆子打了范进一下，便不觉那只手隐隐地疼将起来；自己看时，把个巴掌仰着，再也弯不过来。自己心里懊恼道："果然天上文曲星是打不得的，而今菩萨计较起来了""想一想，更疼的很了"。

上述情节经常被用来说明胡屠户的势利性格。胡屠户固然势利，但以上描写却侧重于揭示市井小民对举人的迷信心理，他们天真地相信举人是上天降下的星君，绝不能当作寻常人看待。他们打心眼里崇拜举人，绝不只是出于利害算计，像其他人那样讨好范进。当"范举人先走，屠户和邻居跟在后。屠户见女婿衣裳后襟滚皱了许多，一路低着头替他扯了几十回"时，当胡屠户高叫"老爷回府了"时，胡屠户对范举人的迷信心理无疑居于主导地位，巴结的意味倒是其次。

明清社会对于举人的迷信心理源于明清科举制度。明清的科举考试分为三级：第一级是院试；第二级是乡试；第三级，包括会试、复试和殿试。

院试由学道或学政主持，在府城或直隶州的治所举行。院试之前，有两场预备考试。第一场为州县试，由知县或知州主持，考中的称童生；第二场为府试，由知府或直隶州知州主持；这两场考试没有名额限制，知县或知府一般总是让考生通过，以便他们能参加院试。

院试是决定童生能否成为生员的关键考试，录取的比例极小，100名考生中通常只录取1至2名。院试过关，考生便取得了生员的资格，俗称秀才。做了秀才，即正式成为下层绅士的一员。虽然秀才不能直接做官，但一方面，他们从此在经济上免于赋税和徭役，国家还给予一定的例银或其他津贴，在社会地位上高出平民百姓一等，见知县时不必下跪；另一方面，他们可参加举人等更高级别的考试，有希望跻身上层绅士的行列。《儒林外史》第二回之所以将生员与童生的差别比为妻与妾的区别，就因为童生还是平民，而秀才却已沾到绅士阶层的边。所以，连胡屠户"吩咐"秀才范进时也会说：

> 你如今既中了相公，凡事要立起个体统来。比如我这行事里，都是些正经有脸面的人，又是你的长亲，你怎敢在我们跟前装大。若是家门口这些做田的，扒粪的，不过是平头百姓，你若同他拱手作揖，平起平坐，这就是坏了学校规矩，连我脸上都无光了。

胡屠户说得不伦不类，但也明白秀才与"平头百姓"不在一个社会等级上。匡超人"进学"，去拜谢知县，"知县此番便和他分庭抗礼"。这之前，他当然得不到分庭抗礼的接待。

乡试比院试高一级，每三年考一次，地点是北京、南京及各省省城。乡试前的预试称科考，由学政主持，主要目的是确定哪些生员有资格参加乡试。乡试的主持官员称主考，有正有副，由皇帝选派。考试的试场称为贡院。

乡试中被正式录取的称为举人。考举人的竞争之激烈远过于考生员，这是因为，生员的录取率虽低，但参加考试的童生，优秀者少；而投考举人的生员，佼佼者多，录取率也只有百分之一二。举人的功名也比生员重要得多。举人不但可参加会试投考进士，即使考不中进士，也能参加"大挑"，或做知县，或做学官，从此步入仕途；再退一步，哪怕不做官，在地方上以其绅士的身份，实际上也参与大量地方事务的管理，拥有相当大的权力。考上举人是读书人成为上层绅士的标志，它在读书人的人生经历中是极为重要的一环。科举制度为读书人参与国家管理提供了一条通道，民间社会对于成了举人的读书人崇拜，就是在科举制度下产生的一个普遍现象。

周进本来是一名童生，离考举人还差着一个档次，吴敬梓何以安排他在乡试的试场——贡院大哭？也许就在于举人的身价比秀才有分量得多，人情冷暖、世态炎凉在中举这个环节呈现得尤为分明。周进中举时，"汶上县的人，不是亲的也来认亲，不相与的也来认相与，忙了个把月。申祥甫听见这事，在薛家集敛了分子，买了四只鸡，五十个蛋和些炒米、欢团之类，亲自上县来贺喜"。而正是这个申祥甫，在砸童生周进的塾师饭碗时充当了主角。

范进在得知自己居然中举的那一瞬间，他的反应既在意料之外，又在情理之中。他一眼望见"捷报"，不看便罢，看了一遍，又念一遍，自己把两手拍了一下，笑了一声道："噫！好了！我中了！"说着，往后一跤跌倒，牙关咬紧，不省人事。范进的三个感叹句很有层次。"噫！"表示喜出望外，难以置信。是呀，中举如此艰难，他居然中了么？"好了！"当范进确认自己已中举时，他的第一个念头便是：从此不必挣扎在饥饿线上了。苦尽甘来，命运的突然转折使范进松了一口气。中举前，范进家早已断炊"两三天"，母亲"饿得两眼都看不见了"；已是初冬，范进却只能穿"麻布直裰，冻得乞乞缩缩"。一切辛酸到此画上了句号，这便是"好了"的内涵。"我中了！"这最后说出的一句话是范进命运转折的前提，但在他的下意识中，重要的不是举人的称号，而是举人身份带来的新生活，因此，首先涌上脑际的是"好了"，然后才是"我中了"。"好了"才是他所真正关心的。做了举人，转眼之间成为上层绅士的一员，即所谓"天上人间一霎分"。难怪读书人梦寐以求，难怪民间社会视举人为"天上文曲星"。不是文曲星，怎么当得起这样大的"福气"？

在最高一级的考试中，会试具有决定性的意义：会试录取后，一般不会被淘汰。会试由礼部主持，参加考试的是各省的举人。被录取者称为贡士，经复试、殿试，才正式取得进士的称号，进士几乎都能做官。他们在绅士阶层中社会地位最高，威望和影响也最大。名列前茅的进士通常被选入翰林院。《儒林外史》中的高翰林，他那不可一世的气概，与其翰林的身份是不可分的。

谈过了范进、周进，接下来说说监生严致和。

第五回"王秀才议立偏房　严监生疾终正寝"和第六回"乡绅发病闹船家　寡妇含冤控大伯"以夸张的笔墨写了一个胆小怕事的严监生，给读者留下的印象极深。

严贡生的弟弟、监生严致和，在许多读者的心目中，是个典型的吝啬鬼。"两茎灯草"的细节似乎便足以佐证这一看法——临死还为两茎灯草费油操心，这不是吝啬鬼是什么？可回头打量严监生的为人处世，总嫌这结论不够妥当。

严监生一辈子最大的遗憾，不是钱攒得不多，而是受他哥的欺负。他哥是贡生，已挨着上层绅士的边，他却只是监生，花钱买来的功名，通称例监，或称捐监；"异途"出身的监生，其地位不能与贡生相提并论。在"终日受大房里的气"的窝囊境遇中，严监生养成了胆小的性格，凡事只要别人不给他添麻烦，不找他的茬子，钱他是不大在乎的。所以，当严贡生惹出官司溜到省城去了之后，严监生花了十几两银子来收拾残局；原配妻子王氏即将去世，严监生想把"生儿子的妾"赵氏扶正，这与外人本没有什么关系，他想这么做也就不妨这么做。但他不敢得罪王德、王仁两位舅爷，岂止不敢得罪，他还要借重二位与严贡生抗衡咧！怎么办呢？只好拿银子来笼络二位。数千两银子在"两茎灯草"的反衬下更显出量的巨大。看得出来，他在讨好他人时是不大在乎钱的。

用银子来讨好、巴结别人，其另一侧面便是压缩自己、作践自己，自己的钱却不敢大大方方地花在自己身上。严监生似乎觉得，用钱来"奉承"自己，事实上就得罪了别人。不错，站在严贡生、王德、王仁的角度，区区严监生哪配"潇洒走一回"？他家平日连猪肉也舍不得买一斤，却把数千两银子给别人用。如此自我压缩，不是太可怜了吗？甚至在他临近人生的终点，病得骨瘦如柴时，还舍不得用银子买人参吃。

严监生这种自我压缩、自我作践的性情，潜移默化，也传染给了原配妻子王氏和后来扶正的赵氏。她们不敢享受，却忘不了为他人制造享受，这与严监生何其相似！只是，在严监生临死之前，还有一件事放心不下，那就是赵氏还不能理解他的一片苦心。他一个监生尚且处处委曲求全，一个妇道人家更必须把自己的生活压缩了再压缩。他畏惧舒展的人生，在他眼里，可怕的不是"两茎灯草"费油，可怕的是赵氏尚未充分意识到压缩自己的必要性。如果是为了严贡生、王德、王仁，即使点一百茎灯草，他严监生也不会在意；然而，这是赵氏在"享用"，那便万万不可，那会带来灾祸的。畏惧灾祸是贯串严监生一辈子的主题，这一主题的重要性远远超过了其人生的其他内容。所以，只有当赵氏亲手挑掉一茎灯草时，他才放心地走了，卑微地走了。

严监生不是习惯说法中的守财奴。习惯意义上的守财奴是没有人情味的，而严监生却极富人情味，他的病即因思念亡妻而起。他绝不是满身铜臭气的小丑，而只是一个不敢享受人生的胆小怕事的可怜人。

最后我们来看看举人王惠。

举人王惠的性格标签是自负。

秀才梅玖在老童生周进面前得意扬扬，身为举人的王惠自然更胜一筹。梅玖还会说句"今日不同，还是周长兄请上"的客套话，而举人王惠来到观音庵时，却是"也不谦让"，就在上首坐了，周进下面相陪。王惠吃过饭，撒了一地的鸡骨头、鸭翅膀、鱼刺、瓜子壳，他自己不扫，也不叫管家扫，却留给周进去扫。居高临下、趾高气扬，他哪里体会得出老童生周进心头的酸楚。

说到王惠的自负，还要提到两个细节。一个在第二回。王惠在跟周进聊天时提到，他曾梦见自己和荀玫同年中进士，而荀玫当时只是个上学不久的小孩子，连荀玫的老师周进也只是童生，与王惠的堂堂举人身份差得远着呢！因此王惠自命不凡地宣称："难道和他同榜不成？""可见梦作得不准！况且功名大事，总以文章为主，哪里有什么鬼神？"只是，《儒林外史》故意跟王惠开了个玩笑，他后来与荀玫果然"同榜"。

还有一个细节在第七回。陈和甫请来的乩仙"伏魔大帝关圣帝君"，在为荀玫的同榜进士王惠指示吉凶时，填了一首《西江月》词。此时，已须发皓白的王惠仍然进取之志不衰，口口声声不离"事业"。这一次，听陈和甫破译《西江月》词，说他可升至"宰相之职"，不胜欢喜。举人王惠不信"有什么鬼神"，进士王惠却因"神示"而内心"欢喜"，一疑一信，全以狂热的进取心和自负心理为前提。

其实，只要平心静气地读读《西江月》词，就能看出，那绝不是什么吉兆。结句"一盏醇醪心痛"，尤其凄惘之极。如果说这首词真是"神谕"，那便是警示王惠不要太热衷于做官，不要一味进取。可王惠丝毫不予理会，仍一心做他的宰相梦。结果，"卒致颠踬"，落得"更姓改名，削发披缁"的下场。他身败名裂的结局使我们想起王冕母亲的话："做官怕不是荣宗耀祖的事，我看见这些做官的都不得有甚好收场。"吴敬梓写王惠不理会"神谕",由进取而得祸,在为世上的贪图功名富贵者敲响警钟的同时,还进一层写出了王惠因贪图功名而从未计及宦海风波的性格侧面。

第二节 成化至正德年间科举叙事的历史参照

与《儒林外史》成化至正德年间的科举叙事形成呼应,历史上成化、弘治、正德年间的科举情形,也有若干值得注意的事件。

其一,成化年间大开纳粟为国子监生之例。黄佐《南雍志》卷十五《储养考》:"宣德中,始令年四十五岁生员入监,谓之例贡,然行之不久。景泰以来为因边方多事,始开纳粟上马补监生事例,自是太学始有不由科贡而进者,前代所未有也,然是时不过千余人或八九百人而止。吏部尚书王直、礼部尚书姚夔前后奏革。成化二十年,山西、陕西大饥,民至相食,大臣以救荒无善政,不得已又开纳粟入监事例,自本年十月起至二十二年五月止,两监乃至六七千人,比之往时多至数倍。礼部题准纳粟依亲者,与科贡相兼行取。"①《明鉴纲目》卷三记载:"纲:夏四月,始令生员纳粟入国子监。目:先是,元年六月,命生员纳粮倒马关者,给冠带。至是,命输粟八百石于临清、东昌、徐州,赈济者,入监读书,循资出身。寻减三百石。行未几,以胡濙言遂罢。(洪武中,监生与荐举人材参用,故其时太学生最盛。迨荐举既废,进士日重,而监生渐轻。至是,纳粟例开,开封教授黄鉴,首言其不可,户部请俟仓库稍实停之,于是不久即止。然其后或遇害岁荒,或因边警,或大兴工作,率据前例行之。而军民子弟,以得援生员之例以入监,谓之民生,亦谓之俊秀,或竟谓之例监,

---

① 陈文新、何坤翁、赵伯陶主撰:《明代科举与文学编年》,武汉:武汉大学出版社,2009年,第633—634页。

而监生日益轻矣。)"① 国子监生本应是生员中的佼佼者，一旦可以花钱买得，监生当然就大为贬值，为人轻视也就理所当然。《儒林外史》中的严监生，之所以受尽了大房严贡生的气，这是一个重要的背景原因。

其二，成化、弘治、正德年间，场屋经义专主朱说取人，《易》经义凡主程《传》者皆被黜落。永乐至天顺年间，场屋经义以程朱传注为依据，考生的视野已经受到了极大的限制；成化以迄正德，进一步演变为仅仅以朱注为依据，对于考生思想的禁锢就更为严密。陆容《菽园杂记》卷十五云："朱子注《易》虽主尚占立说，而其理未尝与程《传》背驰，故《本义》于卦文中或云说见程《传》，或云程《传》备矣。又曰看其《易》须与程《传》参看。故本朝诏告天下，《易》说兼主程、朱，而科举取士以之。予犹记幼年见《易》经义多兼程《传》讲贯。近年以来，场屋经义专主朱说取人，主程《传》者皆被黜，学者靡然从风，程《传》遂至全无读者。尝欲买《周易传义》为行箧之用，遍杭城书肆求之，惟有《朱子本义》，兼程《传》者绝无矣。盖利之所在，人必趋之，市井之趋利，势固如此；学者之趋简便，亦至此哉！"② 连程《传》也成了书肆中买不到的书，可以想见，一般受教育的人，读到的也就只剩朱熹集传的《四书》《五经》了。科举时代，教育的主心骨是科举考试，成化至正德年间唯以朱说为考试依据，国民阅读的荒芜状况由此可见。

有必要一提的一个重要事实是：即便是心学大师王阳明的八股文，在弘治年间的作品也同样谨守朱注。如其《〈诗〉云鸢飞戾天（一节）》，方苞的评语是："清醇简脱，理境上乘。阳明制义，谨遵朱注如此。"③ 王阳明之谨守朱注，表明朱熹传注作为举业正宗的地位稳固之极。

---

① 印鸾章、李介人修订，管巧灵标点：《明鉴纲目》，长沙：岳麓书社，1987年，第186页。

② 陆容：《菽园杂记》，北京：中华书局，1985年，第167页。

③ 方苞编，王同舟、李澜校注：《钦定四书文校注》，武汉：武汉大学出版社，2009年，第42页。

其三，这一时期的八股文代表作家王鏊，所作堪称八股文正体的典范之作。如李乐《见闻杂记》卷五所说："本朝举业文字，自永乐、天顺间非无佳者，然开创首功，惟文恪王公鏊为正宗。弘治则有钱公福，嘉靖则有唐荆川顺之、薛方山应旂、瞿昆湖景淳三先生。文恪'周公兼夷狄、驱猛兽而百姓宁'，会试文字何等气格，何等精练，当百世不磨。三先生文佳者何可指数。今后生小子将数公文字置之高阁，即见以为不时，不加功夫模仿悃玩，如何学得好文字出。"① 王鏊（1450—1524）名篇甚多，如《百姓足君孰与不足》：

> 民既富于下，君自富于上。盖君之富藏于民者也，民既富矣，君岂有独贫之理哉？有若深言君民一体之意以告哀公。盖谓：公之加赋，以用之不足也；欲足其用，盍先足其民乎？诚能百亩而彻，恒存节用爱人之心，什一而征，不为厉民自养之计。则民力所出，不困于征求；民财所有，不尽于聚敛。闾阎之内，乃积乃仓，而所谓仰事俯育者无忧矣；田野之间，如茨如梁，而所谓养生送死者无憾矣。百姓既足，君何为而独贫乎？吾知藏诸闾阎者，君皆得而有之，不必归之府库而后为吾财也；蓄诸田野者，君皆得而用之，不必积之仓廪而后为吾有也。取之无穷，何忧乎有求而不得；用之不竭，何患乎有事而无备？牺牲粢盛，足以为祭祀之供；玉帛筐筐，足以资朝聘之费。借曰不足，百姓自有以给之也，其孰与不足乎？饔飧牢醴，足以供宾客之需；车马器械，足以备征伐之用。借曰不足，百姓自有以应之也，又孰与不足乎？吁！彻法之立，本以为民，而国用之足，乃由于此。何必加赋以求富哉！②

文题出自《论语·颜渊》，破、承都用王鏊本人的口气，"盖谓"以下入圣贤口气，围绕朱熹《集注》"有若深言君民一体之意"展开论述，分为起讲、出题、虚股、中股、后股、束股、大结等段落，体式完备。

---

① 李乐：《见闻杂记》，上海：上海古籍出版社，1986年，第447—448页。
② 方苞编，王同舟、李澜校注：《钦定四书文校注》，武汉：武汉大学出版社，2009年，第25页。

其四，成化以后，经义之文始有八股之称。如顾炎武《日知录》卷十六《试文格式》所说："经义之文，流俗谓之八股，盖始于成化以后。股者，对偶之名也。天顺以前经义之文，不过敷演传注，或对或散，初无定式，其单句题亦甚少。成化二十三年会试'乐天者保天下'，文起讲先提三句，即讲乐天四股，中间过接四句，复讲保天下四股，复收四句，再作大结。弘治九年会试'责难于君谓之恭'文，起讲先提三句，即讲责难于君四股，中间过接二句，复讲谓之恭四股，复收二句，再作大结。每四股之中，一反一正，一虚一实，一浅一深。其两扇立格，则每扇之中各有四股，其次第之法，亦复如之。故今人相传，谓之八股，若长题则不拘此。嘉靖以后，文体日变，而问之儒生，皆不知八股之何谓矣。《孟子》曰：大匠诲人，必以规矩。今之为时文者，岂必裂规偭矩矣乎！"① 八股文作为科举考试的核心文体，它本是成化以后经义的一个别名，没想到俗语流为丹青，以致许多人只知有八股文，而不知道有经义了。

其五，弘治十七年（1504）三月，祭酒章懋奏修举学政事宜，建议在岁贡之外，另行选贡之法。所谓"选贡"，即拔贡是也。黄佐《南雍志》卷四《事纪》云："弘治十七年三月，祭酒章懋奏修举学政曰：'……原洪武、永乐年间，太学生徒动辄数千计，类多少俊，而教育之法，至为周详，计日以通经，积分以出仕，布列庶位，大抵得人。近年生徒渐少，今科贡两行，共六百余人，其岁贡者非无可与共学之资，而衰迟不振十常八九，诲诱虽勤，不无扞格。近用三百五十名清理黄册，除别差之外，尽拨止及前数之半，而堂舍顿空，每班惟举人三五名而已。其举人南京礼部札付开送新旧，共该六七百人，又多顾恋家乡，不肯到监，罚虽严于违限，彼亦视为泛常。将及会试，方来告送，逮其下第，又复还乡，因循岁时，坐成老大，其间固有厄于贫难，而安于小成者，亦不少矣。夫岁贡之入监，既由挨次，举人之坐监，又每后时，故差拨常患于不敷，教养尤难于见效，本末胥病，官使乏材，有养士之名而无得人之实。……

---

① 顾炎武著，黄汝成集释：《日知录集释》（全校本），上海：上海古籍出版社，2013年，第951页。

欲行选贡之法，不分廪膳、增广生员，令提学宪臣精加考选，务要行著乡间，学通经术，年富力强，累试优等者，乃以充贡。通计天下之广，约取五七百人，分送两监，今年首行一次，以后或三年或五年，量在监人材多少，间一行之。更乞自弘治十八年以后，会试下第举人，该送南监者，宽其违限之条，要以坐堂之实，如系初到人数，须令实坐堂一年之上，方准起送会试；如系复监人数，须令实坐堂二年之上，方准再送会试，非有父母之丧而不及期者，不准起送，如此则生徒之数，可以渐及往年，且多精锐可进之资，鲜成因循自误之悔。……'上命礼部议之。"[①] 明清时的生员出贡，包括五种途径，即岁贡、优贡、拔贡、副贡、恩贡。岁贡又叫挨贡，每年按资历依次在各府州县的廪生中选拔。通常，府学每年一名，州学三年两名，县学两年一名。《儒林外史》第四回严贡生所说"幸叨岁荐"，即指岁贡。第四十五回余持说"生员离出贡还少十多年哩"，也指岁贡。优贡在"学行兼优"的廪生和增生中选拔，每三年一次，由总督、巡抚和学政会考；名额很少，小省二人，大省也才六人。第二十回，匡超人"补了廪，以优行贡入太学"，即指优贡。拔贡又叫选贡，每十二年考选一次，府学二名，县学一名，人数极少。副贡即副榜，乡试时，每有五名中举者，就可增一名副榜，贡入太学，叫副榜贡生，简称副榜。恩贡是朝廷恩赐的贡生，遇国家庆典或皇帝即位时，按资历选拔。

　　成化、弘治、正德年间的科举情形，当然不是上述五个方面所能穷尽，但上述五个方面，确乎显示了这一时段的特点。《儒林外史》的科举叙事，一方面尊重历史事实，另一方面又不拘泥于历史事实，而是以历史事实为背景，从一个个富于蕴意的生活场景入手，写出了这一科举时段的丰神情韵。

[①] 陈文新、何坤翁、赵伯陶主撰：《明代科举与文学编年》，武汉：武汉大学出版社，2009年，第1367页。

第三章
《儒林外史》的科举叙事与历史参照
（明嘉靖、隆庆年间）

嘉靖（1522—1566）、隆庆（1567—1572）年间，明代八股文由成熟走向鼎盛。尤其是嘉靖时期，明代公认的八股文四大家，王鏊、唐顺之、瞿景淳、薛应旂，嘉靖年间占了三家。又有八大家之说，指吴县王鏊、武进唐顺之、常熟瞿景淳、武进薛应旂、昆山归有光、德清胡友信、归善杨起元、临川汤显祖，嘉靖年间占了四家。

并非偶合，《儒林外史》的科举叙事，嘉靖、隆庆年间所占篇幅最大，从第十一回到第五十四回，"以功名富贵为一篇之骨"的宗旨，在这一情节单元表现得尤为充分。而《儒林外史》中的贤人，如虞博士、庄征君、迟衡山、杜少卿等，也主要活动于嘉靖、隆庆年间。

原图取自《儒林外史》第二十回"匡超人高兴长安道　牛布衣客死芜湖关"

第一节　《儒林外史》的科举叙事（嘉靖、隆庆年间）

《儒林外史》叙嘉靖、隆庆年间的科举情事，与叙成化、弘治、正德年间的科举情事相比，可以用同中有异、异中有同来概括。

一　嘉靖、隆庆年间的科举叙事与上一情节单元的异中之同

就相同之处而言，这两个情节单元都常以具体的时间刻度和历史上的真人真事来达到提示读者、加强历史感的效果。

具体的时间刻度，如《儒林外史》第二十回，"匡超人高兴长安道　牛布衣客死芜湖关"，明确记下了牛布衣去世的时间："此时乃嘉靖九年八月初三日，天气尚热。"嘉靖九年即1530年。第二十五回，"鲍文卿南京遇旧　倪廷玺安庆

招亲",明确记下了倪廷玺过继鲍文卿、改名鲍廷玺的时间:"嘉靖十六年十月初一日。"嘉靖十六年即1537年。第三十五回,"圣天子求贤问道 庄征君辞爵还家",记庄征君入京的时间是"嘉靖三十五年十月初一日","入朝引见"的时间是十月初六日,"便殿朝见"的时间是十月十一日,郑重之极。天子在庄征君朝见时说:"朕在位三十五年。"从嘉靖元年(1522)到嘉靖三十五年(1556),正是三十五年。

第三十六回,"常熟县真儒降生 泰伯祠名贤主祭";第三十七回,"祭先圣南京修礼 送孝子西蜀寻亲",这两回写泰伯祠大祭,与庄征君"便殿朝见"相接,时为嘉靖三十六年(1557)。第三十五回回末说:"转眼过了年。到二月半间,迟衡山约同马纯上、蘧駪夫、季苇萧、萧金铉、金东崖,在杜少卿河房里商议祭泰伯祠之事。众人道:'却是寻那一位做个主祭?'迟衡山道:'这所祭的是个大圣人,须得是个圣贤之徒来主祭,方为不愧。如今必须寻这一个人。'众人道:'是那一位?'迟衡山叠着指头,说出这个人来。只因这一番,有分教:千流万派,同归黄河之源;玉振金声,尽入黄钟之管。毕竟此人是谁,且听下回分解。"第三十六回回末:"又过了几日,门上传进一副大红联名全帖,上写道:'晚生迟均、马静、季萑、蘧来旬,门生武书、余夔,世侄杜仪同顿首拜。'虞博士看了道:'这是甚么缘故?'慌忙出去会这些人。只因这一番,有分教:先圣祠内,共观大礼之光;国子监中,同仰斯文之主。毕竟这几个人来做甚么,且听下回分解。"第三十七回开头:"话说虞博士出来会了这几个人,大家见礼坐下。迟衡山道:'晚生们今日特来,泰伯祠大祭商议主祭之人。公中说,祭的是大圣人,必要个贤者主祭,方为不愧,所以特来公请老先生。'虞博士道:'先生这个议论,我怎么敢当?只是礼乐大事,自然也愿观光。请问定在几时?'迟衡山道:'四月初一日。……'"如此郑重其事地交代泰伯祠大祭的具体时间(嘉靖三十六年四月初一日),这当然是意味深长的。

据金和《儒林外史跋》等资料记述,吴敬梓曾与"同志诸君,筑先贤祠于雨花台之麓,祀泰伯以下名贤人凡二百三十余人"。吴敬梓甚至卖掉了全椒老屋以资助这一盛事,足见他对此举之看重。在《儒林外史》中,吴敬梓极尽铺张之能事，不厌其烦地叙述祭祀的前后过程，并且将先贤祠改为泰伯祠，以突出无意于功名富贵的"让德"。虞博士等贤人执着于儒家道义，与生于"天下滔滔"之时却顽强地"知其不可而为之"的孔子、孟子是一脉相承的。《易传》所谓"天行健，君子以自强不息"①，"地势坤，君子以厚德载物"②，正是这些贤人人格精神的写照。

毋庸讳言，大祭泰伯祠是整部《儒林外史》中最不具有可读性的一章，但却是吴敬梓以"堂哉皇哉"之手笔写就的一章。虞、庄、杜、迟等贤人倾其全力和心血经营礼乐事业，目的乃是为了以泰伯三让天下的至德感召世人，挽回日渐颓败的世道人心。只是，如此轰轰烈烈的举动最终还是成了一个回忆，成了一个不能再重复的掌故。十多年后，当王玉辉前来瞻仰泰伯祠的时候，虽然当年"迟衡山贴的祭祀仪注单和派的执事单还在壁上"，但已布满灰尘。那些乐器、祭器也无声无息地躺在锁着的柜子里，很久都没有人动过了。又过了二十年，盖宽来到此处时，"泰伯祠的大殿，屋山头倒了半边"，"两扇大门倒了一扇，睡在地下"，"后面五间楼，直桶桶的，楼板都没有一片"。盖宽叹息道："这样名胜的所在，而今破败至此，就没有一个人来修理。多少有钱的，拿着整千的银子去起盖僧房道院，哪一个肯来修理圣贤的祠宇。"江河日下，令人不胜感慨。

《儒林外史》还不失时机地将嘉靖、隆庆年间的真人真事穿插其间，作为小说人物活动年代的坐标。第二十八回，"季苇萧扬州入赘　萧金铉白下选书"中描叙："次日早晨，一个人坐了轿子来拜，上写'年家眷同学弟宗姬顿首拜'。季苇萧迎了出去，见那人方巾阔服，古貌古心。进来坐下，季苇萧动问：'仙乡尊字？'那人道：'贱字穆庵，敝处湖广。一向在京，同谢茂秦先生馆于赵王家里。

---

① 王弼、韩康伯注，孔颖达疏：《周易正义》，《十三经注疏》本，北京：中华书局，1980年，第24页。

② 王弼、韩康伯注，孔颖达疏：《周易正义》，《十三经注疏》本，北京：中华书局，1980年，第32页。

……'"谢茂秦即谢榛(1495—1575)。赵康王朱厚煜喜招聚文士,嘉靖九年(1530)谢榛即曾慕名赴安阳拜谒;嘉靖十三年(1534)谢榛侨居邺下,被赵康王延为上客,从此开始了以安阳为中心的漫游生涯。宗姬说"赵王家""在京",也许是吴敬梓故意错乱史实,但谢榛确是嘉靖年间的著名诗人。第三十回,"爱少俊访友神乐观 逞风流高会莫愁湖"中描叙:"次早,季苇萧同着王府里那位宗先生来拜。进来作揖坐下,宗先生说起在京师赵王府里同王、李七子唱和。杜慎卿道:'凤洲、于鳞,都是敝世叔。'又说到宗子相,杜慎卿道:'宗考功便是先君的同年。'那宗先生便说同宗考功是一家还是弟兄辈。"李攀龙(1514—1570)字于鳞,嘉靖二十三年(1544)进士;王世贞(1526—1590)号凤洲,嘉靖二十六年(1547)进士;宗臣(1525—1560)字子相,嘉靖二十九年(1550)进士,曾任考功员外郎。王、李唱和始于王世贞中进士之后,鼎盛于宗臣等人中进士以后。王世贞《陈于韶先生卧雪楼摘稿序》有云:"余为郎燕京时,颇得游诸名隽间,而诸名隽独盛于庚戌之对公车者。若吴兴徐子与(中行)、武昌吴明卿(国伦)、广陵宗子相(臣)、南海梁公实(有誉),以气谊相激昂,还往至穷昕夕亡间。未几而豫章余德甫(曰德)、铜梁张肖甫(佳胤)、郢上高伯宗(岱)、吾郡徐子言(诗)亦阑入焉。相与修觞酒觚翰之政。"① 王世贞所记,为嘉靖二十九年至嘉靖三十三年之间的事。第五十三回,"国公府雪夜留宾 来宾楼灯花惊梦"中描叙:"陈木南下楼来进了房里,闻见喷鼻香。窗子前花梨桌上安着镜台,墙上悬着一幅陈眉公的画……"陈眉公即陈继儒(1558—1639),是嘉靖、万历年间的名人。他字仲醇,号眉公,又号麋公,华亭(今上海松江)人。书法家兼文学家。年未三十,即"取儒衣冠焚弃之",自号山人,居小昆山,名重一时。稍晚于他的曹臣,编过一部《世说新语》式的《舌华录》,其中与陈继儒直接相关的便有二十余则。这些片断着力渲染的是陈继儒的隐士品格。据说,陈继儒还曾归纳出山居胜于城市的八种好处:不责

---

① 王世贞:《弇州续稿》,《文渊阁四库全书》本,台北:台湾商务印书馆,1983年,第1282册第582页。

求苛细的礼节，不见不熟悉的客人，不胡乱饮酒吃肉，不争田产，不听世态炎凉，不纠缠是非，不用怕人征求诗文而躲避，不议论官员的籍贯。另一方面，嘲讽陈继儒的也大有人在。原因在于，他自号山人，却周旋于达官贵人之间。清人赵吉士编的《寄园寄所寄》卷十二载，陈继儒一向负高隐重名，著名戏曲家汤显祖了解他的底细，因而看不起他，跟他合不来。时值江苏太仓人王荆石（曾任宰相）去世。汤去吊唁，陈代主人陪客，汤忍不住大声羞辱他说："吾以为陈山人当在山之巅，水之涯，名可闻而面不可见者，而今乃在此会耶？"① 弄得陈十分惭愧，无地自容。

《儒林外史》所提及的真人真事，以第十一回的信息与八股文关系最为密切。第十一回，"鲁小姐制义难新郎　杨司训相府荐贤士"中描叙："话说蘧公孙招赘鲁府，见小姐十分美貌，已是醉心，还不知小姐又是个才女。且她这个才女，又比寻常的才女不同。鲁编修因无公子，就把女儿当作儿子，五六岁上请先生开蒙，就读的是《四书》《五经》；十一二岁就讲书、读文章，先把一部王守溪的稿子读的滚瓜烂熟。叫他做'破题''破承''起讲''题比''中比'成篇。送先生的束脩，那先生督课，同男子一样。这小姐资性又高，记心又好，到此时，王、唐、瞿、薛，以及诸大家之文，历科程墨，各省宗师考卷，肚里记得三千余篇；自己做出来的文章，又理真法老，花团锦簇。"鲁小姐当然是个小说人物，但王（王鏊）、唐（唐顺之）、瞿（瞿景淳）、薛（薛应旂），却是明代著名的八股文四大家。王鏊（1450—1524）是成化十一年（1475）会元，唐顺之是嘉靖八年（1529）会元，瞿景淳是嘉靖二十三年（1544）会元，薛应旂是嘉靖十四年（1535）会试第二名。四人中，除王鏊外，全是嘉靖年间的八股文名家，且唐、瞿俱为会元。薛应旂虽不是会元，却也高居会试第二名。薛有《薛方山稿》，俞长城题识云："薛方山贯通六经，发而为文，如金出冶，如玉离璞，光芒焕然；又精于史学，宋元《通鉴》，昭代《宪章》，皆有功于当世。乙未已拟第一，偶让石城（许谷），然后世论文者，必以方山为首。三主棘闱，甄

---

① 赵吉士：《寄园寄所寄》，合肥：黄山书社，2008年，第960页。

别士类，声称藉甚。至其视学两浙，严而有礼，多士有薛夫子之号，旧称王、钱、唐、瞿（王鏊、钱福、唐顺之、瞿景淳）为四大家，浙人去鹤滩（钱福）而易以方山，世未有非之者。"①《儒林外史》以"王、唐、瞿、薛"并称，在小说第十一回开头即叙及他们巨大的影响力，表明从这一回起，到第五十四回为止，都以嘉靖、隆庆和万历初叶为背景。

二 嘉靖、隆庆年间的科举叙事与上一情节单元的同中之异

就嘉靖、隆庆年间的科举叙事与前一情节单元的差异而言，主要表现在，这一部分更为集中地表现了"其书以功名富贵为一篇之骨"的宗旨。

闲斋老人《儒林外史·序》云："其书以功名富贵为一篇之骨：有心艳功名富贵而媚人下人者；有倚仗功名富贵而骄人傲人者；有假托无意功名富贵自以为高被人看破耻笑者；终乃以辞却功名富贵，品地最上一层为中流砥柱。"在闲斋老人看来，《儒林外史》自始至终以对待功名富贵的态度作为区分俗儒、真儒或臧否人物的首要标准。

芜湖县的市井细民牛浦郎是"心艳功名富贵而媚人下人"的标本之一。这个平日爱"念两句诗破破俗"的小伙子，一天，拿到牛布衣的"两本锦面线装"的诗稿，读了，不觉异常兴奋。什么缘故？他见那题目上都写着"呈相国某大人""怀督学周大人""娄公子偕游莺脰湖分韵，兼呈令兄通政""与鲁太史话别""寄怀王观察"，其余某太守、某司马、某明府、某少尹，不一而足。牛浦郎想："这相国、督学、太史、通政以及太守、司马、明府，都是而今的现任老爷们的称呼，可见只要会做两句诗，并不要进学、中举，就可以同这些老爷们往来。何等荣耀！"于是打定主意冒充诗人牛布衣。

自己做不了官，"相与"几个官也是好的——这便是牛浦郎的如意算盘，"真乃所谓自己没有功名富贵而慕人之功名富贵者"。他的目的居然很快便实现

---

① 方苞编，王同舟、李澜校注：《钦定四书文校注》，武汉：武汉大学出版社，2009年，第100页。

了。举人董瑛自京师会试归来，特登门拜访牛布衣，为抬高自己的身价，冒牛布衣之名的牛浦郎让舅丈卜信充当仆人。董瑛走后，受了侮辱的卜信、卜诚跟他吵了起来，其中的几句对白极为生动：

（牛浦：）不是我说一个大胆的话，若不是我在你家，你家就一二百年也不得有个老爷走进这屋里来。

（卜诚：）没的扯淡！就算你相与老爷，你到底不是个老爷！

（牛浦：）凭你向那个说去！还是坐着同老爷打躬作揖的好，还是捧茶给老爷吃，走错路，惹老爷笑的好？

（卜信：）不要恶心，我家也不希罕这样老爷！

牛浦郎热衷于"相与老爷"，"坐着同老爷打躬作揖"，卜信、卜诚先还只是看不起"到底不是个老爷"的牛浦郎，后来索性道出"我家也不希罕这样老爷"，卜氏兄弟的口气越硬，越显出牛浦郎对功名富贵的艳羡心理之卑陋可笑。

"心艳功名富贵而媚人下人"的最显目的标本是五河县。此时五河县有两个得意的人家，一家姓彭，一家姓方。于是五河县人，包括某些世家子弟，都争先恐后去奉承巴结。吴敬梓将世家子弟中的慕势者分为两种：一种是呆子，一种是乖子。所谓呆子，其特点是一门心思地要和方、彭两家结亲攀友，除了方、彭，他任何别的亲友都可以不要。这样的人，自己觉得势利透了心，其实呆串了皮。所谓乖子，其特点是编造与方、彭两家亲密来往的谎话，到处说了吓人。有人信了他这些话，也就时常请他去吃杯酒，借他这些话再吓同席吃酒的人。这就是五河县的世家子弟！这就是五河县的风俗！

没有功名富贵的要"媚人下人"，有了功名富贵的便要"骄人傲人"。靠八股文起家的高翰林曾在"高谈龙虎榜"时得意扬扬地向"万中书"等人传授科举成功的秘诀。在他看来，"揣摩"二字，就是举业的金针。"若是不知道揣摩，就是圣人也是不中的。"

如果以为高翰林是信口开河，那就把《儒林外史》看得太简单了。吴敬梓厌恶高翰林，是厌恶他的"翰林气"，即"官气格外重，架子格外成"。如果把高翰林写成连八股文都不懂的人物，反而不能揭示其真正的丑陋之处。

高翰林是举业中的得意者，也是生活中的得意者。他曾傲然不屑地断言："诸公莫怪学生说，这少卿是他杜家第一个败类！""学生在家里，往常教子侄们读书，就以他为戒。每人读书的桌子上写一纸条贴着，上面写道：'不可学天长杜仪。'"万中书推想迟衡山、武正字的学问"必也还是好的"，高翰林当即不容置辩地反驳道："那里有什么学问！有了学问倒不做老秀才了。"如此目空士类，正是"进士气"的绝好形容，正是所谓"骄人傲人"的"翰林气"。

与高翰林等形成对照，也有人以"山人"自居，以隐士自居，如杨执中、权勿用、陈和甫、景兰江、赵雪斋、支剑峰、浦墨卿等就是。他们张口闭口无意于功名富贵，而骨子里是想得到世俗社会的种种好处。比如，景兰江曾不加掩饰地宣称："可知道赵爷虽不中进士，外边诗选上刻着他的诗几十处，行遍天下，哪个不晓得有个赵雪斋先生？只怕比进士享名多着哩！"如此心态，如此声口，不正是典型的俗儒吗？这就是所谓"假托无意功名富贵自以为高被人看破耻笑者"。

《儒林外史》中所说的"终乃以辞却功名富贵，品地最上一层为中流砥柱"，指的是虞博士、庄征君、迟衡山、杜少卿这一类读书人。他们退出势利场，不受功名富贵的牢笼，当得起知识分子的名头。

根据西方学术界的一般理解，所谓"知识分子"，除了献身于专业工作以外，同时还必须深切地关怀着国家、社会乃至世界上一切有关公共利害之事，而且这种关怀又必须是超越于个人（包括个人所属的小团体）的私利之上的。一句话，知识分子必须既学识渊博又人格崇高。中国古代的士，其理想的标准很接近于此。北宋范仲淹《岳阳楼记》中说的"先天下之忧而忧，后天下之乐而乐"，就是这种理想标准的中国式表达。虞博士、庄绍光、迟衡山、杜少卿等便大体具备这种品格。他们以其中流砥柱的风采，屹立在《儒林外史》中，也屹立在读者的心中。吴敬梓的道义理想，由这些人物承载和传达，其厚重感和深沉感，是明清时代别的小说难以比拟的。

三　鲁小姐和马二先生是两个极有深度的形象

为了表现八股文对整个社会生活的影响，《儒林外史》的这个情节单元，写了许多与八股文关系密切的人物，而鲁小姐和马二先生是两个尤具深度的形象。

第十一回，"鲁小姐制义难新郎　杨司训相府荐贤士"，对比着写了鲁编修、鲁编修的女儿鲁小姐和鲁编修的女婿蘧公孙："（鲁编修）闲居无事，便和女儿谈说：'八股文章若做的好，随你做甚么东西，要诗就诗，要赋就赋，都是一鞭一条痕，一掴一掌血。若是八股文章欠讲究，任你做出甚么来，都是野狐禅、邪魔外道！'小姐听了父亲的教训，晓妆台畔，刺绣床前，摆满了一部一部的文章；每日丹黄烂然，蝇头细批。人家送来的诗词歌赋，正眼儿也不看他。""落后鲁编修听见这些话，也出了两个题请教公孙，公孙勉强成篇。编修公看了，都是些诗词上的话，又有两句像《离骚》，又有两句'子书'，不是正经文字；因此，心里也闷，说不出来。"

以一女子而精于举业，则此女子之俗可知；但吴敬梓的用意却不只是塑造一个俗不可耐的女性，而是要从侧面渲染出鲁小姐的父亲之俗。然则编修之"俗"何来？还在于"这个法却定的不好"。为了写出八股取士制度对社会生活的广泛而深刻的影响，吴敬梓把笔触伸向了闺房：这里，本应多一些自然的感情，少一些人为的雕斫，但即使是在闺房里，也充斥着八股文的气息，这能不使人喟然叹息吗？一种制度可以改变闺房的气氛，一种制度可以让女孩子的心灵"体制化"到如此程度，这种制度的影响力真是太大了。

鲁小姐这样一个"才女"与蘧骃夫这样一个"名士"结偶，蕴含着浓郁的讽刺意味。

鲁小姐懂诗，但从不正眼看它。家里虽有几本什么《千家诗》《解学士诗》，东坡、小妹诗话之类，倒把与伴读的侍女采蘋、双红们看；闲暇也教她们诌几句诗，以为笑话。鲁小姐所信奉的，是那种"花团锦簇"的八股文。所以，她曾经以为，与自己门户相称、才貌相当的如意郎君对新房里满架的八股文章必定早已烂熟于心，夫妻二人正好可以切磋交流。然而事实与她想象的完全相反，蘧骃夫对那些八股文章全不在意，倒是喜欢拿出一本诗来在灯下吟哦。此情此景，鲁小姐不免对郎君的文章功夫起了疑问。忍了多次，终于有一天忍不住了：

> （鲁小姐）知道公孙坐在前边书房里，即取红纸一条，写下一行题目，是"身修而后家齐"，——叫采蘋过来，说道："你去送与姑爷，说是老爷要请教一篇文字的。"公孙接了，付之一笑，回说道："我于此事不甚在行。况到尊府未经满月，要做两件雅事；这样俗事，还不耐烦做哩！"

这样的场景读者或许感到似曾相识。是的，"鲁小姐制义难新郎"的情节实是变相模拟明清时代妇孺皆知的佳话"苏小妹三难新郎"。只不过，吴敬梓褪去了这段佳话的诗性色彩，把它还原到八股文化的现实中来了而已。在鲁小姐眼里，以作诗为"雅事"，因作诗、刻诗而成了"少年名士"的蘧骎夫是不值得一提的："自古及今，几曾看见不会中进士的人可以叫做个名士的？"反过来，站在蘧公孙的角度，举业行家鲁小姐也只是一派"俗气"而已。如此一对互不招揽的"才子佳人"，不是极其别致吗？唐人传奇中没有这幅生活图景，元杂剧中没有这幅生活图景，只有在吴敬梓笔下，我们才看到了这对互不买账的才子佳人。其实，在他们的婚宴上，一个个不和谐的音符早已暗示出了这种尴尬：

> 须臾，酒过数巡，食供两套，厨下捧上汤来。那厨役雇的是个乡下小使，他鞔了一双钉鞋，捧着六碗粉汤，站在丹墀里尖着眼睛看戏。管家才掇了四碗上去，还有两碗不曾端，他捧着看戏。看到戏场上小旦装出一个妓者，扭扭捏捏的唱，他就看昏了，忘其所以然，只道粉汤碗已是端完了，把盘子向地下一掀，要倒那盘子里的汤脚，却叮当一声响，把两个碗和粉汤都打碎在地下。他一时慌了，弯下腰去抓那粉汤，又被两个狗争着，咂嘴弄舌的，来抢那地下的粉汤吃。他怒从心上起，使尽平生气力，跷起一只脚来踢去，不想那狗倒不曾踢着，力太用猛了，把一只钉鞋踢脱了，踢起有丈把高。陈和甫坐在左边的第一席，席上上了两盘点心——一盘猪肉心的烧卖，一盘鹅油白糖蒸的饺儿，热烘烘摆在面前，又是一大深碗索粉八宝攒汤，正待举起箸来到嘴，忽然席口一个乌黑的东西的溜溜的滚了来，乒乓一声，把两盘点心打的稀烂。陈和甫吓了一惊，慌立起来，衣袖又把粉汤碗招翻，泼了一桌，满坐上都觉得诧异。

吴敬梓用处理闹剧的手法来处理这一对"才子佳人"的婚宴场景，意在告诉读者：八股贤媛与少年名士，他们满怀对知音的期待走到一起，却发现彼此格格不入。

《儒林外史》写马二先生，笔力之健拔，笔墨之充沛，尤其令人击节。

无论是作为八股文选家，还是作为生活中的朋友，马二先生都是最靠得住的。对于八股文写作，他强调理法的重要性；而人生的第一要务，在他看来便是举业。第十三回，"蘧駪夫求贤问业　马纯上仗义疏财"中描叙，一五一十地写了他对蘧公孙的殷切指点："公孙问道：'尊选程墨，是哪一种文章为主？'马二先生道：'文章总以理法为主，任他风气变，理法总是不变，所以本朝洪、永是一变，成、宏又是一变，细看来，理法总是一般。大约文章既不可带注疏气，尤不可带词赋气。带注疏气不过失之于少文采，带词赋气便有碍于圣贤口气，所以词赋气尤在所忌。'公孙道：'这是做文章了；请问批文章是怎样个道理？'马二先生道：'也全是不可带词赋气。小弟每常见前辈批语，有些风花雪月的字样，便要想到诗词歌赋那条路上去，便要坏了心术。古人说得好，"作文之心如人目"，凡人目中，尘土屑固不可有，即金玉屑又是着得的么？所以小弟批文章，总是采取《语类》《或问》上的精语。时常一个批语要做半夜，不肯苟且下笔，要那读文章的读了这一篇，就悟想出十几篇的道理，才为有益。将来拙选告成，送来细细请教。'""马二先生问道：'先生名门，又这般大才，久已该高发了，因甚困守在此？'公孙道：'小弟因先君见背的早，在先祖膝下料理些家务，所以不曾致力于举业。'马二先生道：'你这就差了。举业二字，是从古及今人人必要做的。就如孔子生在春秋时候，那时用"言扬行举"做官，故孔子只讲得个"言寡尤，行寡悔，禄在其中"，这便是孔子的举业。讲到战国时，以游说做官，所以孟子历说齐梁，这便是孟子的举业。到汉朝用"贤良方正"开科，所以公孙弘、董仲舒举贤良方正，这便是汉人的举业。到唐朝用诗赋取士，他们若讲孔孟的话，就没有官做了，所以唐人都会做几句诗，这便是唐人的举业。到宋朝又好了，都用的是些理学的人做官，所以程、朱就讲理学，这便是宋人的举业。到本朝用文章取士，这是极好的法则。就是夫子在而今，也要念文章、做举业，断不讲那"言寡尤，行寡悔"的话。何也？就日日讲究

"言寡尤，行寡悔"，那个给你官做？孔子的道也就不行了。'一席话，说得蘧公孙如梦方醒。"马二先生豪爽、天真、厚道，他说的这些话，都是为朋友着想。读者可以嘲笑他的迂腐，但不能不敬佩他的古道热肠。正如天目山樵的评语所说："马二先生十分真诚"，"言虽可笑，其意却可感"。齐省堂本评语也赞许道："马二先生逢人教诲，谆谆不倦，自是热肠一片。莫以其头巾气而少之也。"

第十五回，"葬神仙马秀才送丧　思父母匡童生尽孝"，写马二先生对匡超人的指点，话题还是八股文和举业。"次日，马先生才起来，他文章已是停停当当，送了过来。马二先生喜道：'又勤学，又敏捷，可敬可敬！'……将文章按在桌上，拿笔点着，从头至尾，讲了许多虚实反正，吞吐含蓄之法与他。""马二先生大喜，当下受了他两拜，又同他拜了两拜，结为兄弟。留他在楼上，收拾菜蔬，替他饯行。吃着，向他说道：'贤弟，你听我说。你如今回去，奉事父母，总以文章举业为主。人生世上，除了这事，就没有第二件可以出头。不要说算命、拆字是下等，就是教馆、作幕，都不是个了局。只是有本事进了学，中了举人、进士，即刻就荣宗耀祖。这就是《孝经》上所说的"显亲扬名"，才是大孝，自身也不得受苦。古语道得好："书中自有黄金屋，书中自有千钟粟，书中自有颜如玉。"而今甚么是书？就是我们的文章选本了。贤弟，你回去奉养父母，总以做举业为主。就是生意不好，奉养不周，也不必介意，总以做文章为主。那害病的父亲，睡在床上，没有东西吃，果然听见你念文章的声气，他心花开了，分明难过也好过，分明那里疼也不疼了。这便是曾子的"养志"。假如时运不好，终身不得中举，一个廪生是挣的来的，到后来，做任教官，也替父母请一道封诰。我是百无一能，年纪又大了；贤弟，你少年英敏，可细听愚兄之言，图个日后宦途相见。'说罢，又到自己书架上细细捡了几部文章，塞在他棉袄里卷着，说道：'这都是好的，你拿去读下。'"他对匡超人的教诲，头巾气之重与情意之真切，两者是成正比的。前者可笑，而后者可敬。

作为八股文选家的马二先生，他的选本流传广泛，其知名度之高，甚至受到不少同行的嫉妒。第十八回，"约诗会名士携匡二　访朋友书店会潘三"中："卫先生（卫体善）道：'长兄，你原来不知。文章是代圣贤立言，有个一定的规矩，比不得那些杂览，可以随手乱做的，所以一篇文章，不但看出这本人的富贵福泽，并看出国运的盛衰。洪、永有洪、永的法则，成、弘有成、弘的法则，都是一脉流传，有个元灯。比如主考中出一榜人来，也有合法的，也有侥幸的，必定要经我们选家批了出来，这篇就是传文了。若是这一科无可入选，只叫做没有文章！'随先生（随岑庵）道：'长兄，所以我们不怕不中，只是中了出来，这三篇文章要见得人不丑；不然，只算做侥幸，一生抱愧。'又问卫先生道：'近来那马静选的《三科程墨》，可曾看见？'卫先生道：'正是他把个选事坏了！……所以我看见他的选本，教子弟把他的批语涂掉了读。'"第二十八回，"季苇萧扬州入赘　萧金铉白下选书"中："那人（诸葛天申）道：'请问先生，这里可有选文章的名士么？'季恬逸道：'多的很！卫体善、随岑庵、马纯上、蘧駪夫、匡超人，我都认的，还有前日同我在这里的季苇萧。这都是大名，你要那一个？'"第三十三回，"杜少卿夫妇游山　迟衡山朋友议礼"中："走到状元境，只见书店里贴了多少新封面，内有一个写道：'《历科程墨持运》，处州马纯上、嘉兴蘧駪夫同选。'""杜少卿便到仓巷卢家去会迟衡山。卢家留着吃饭。迟衡山闲话说起：'而今读书的朋友，只不过讲个举业，若会做两句诗赋，就算雅极的了，放着经史上礼、乐、兵、农的事，全然不问！……'"第四十二回，"公子妓院说科场　家人苗疆报信息"中："到初八早上，把这两顶旧头巾叫两个小子戴在头上，抱着篮子到贡院前伺候。一路打从淮清桥过，那赶抢摊的摆着红红绿绿的封面，都是萧金铉、诸葛天申、季恬逸、匡超人、马纯上、蘧駪夫选的时文。"

然而，使我们读者颇为不平的是，马二先生这样一位虔诚的举业信奉者和著名的八股文选家，居然未能中举。他到头来得到的最高功名竟只是优贡。

马二先生何以不能中举？这是困扰了许多人而又难以找到确切答案的一个问题。是马二先生不懂八股文吗？选家卫体善确曾这样菲薄马二先生："他在嘉兴蘧坦庵太守家走动，终日讲的是些杂学。听见他杂览倒是好的，于文章的理法，他全然不知，一味乱闹，好墨卷也被他批坏了。"但明眼的读者心里清楚，马纯上生平最厌恶杂览。如齐省堂本第十三回的评语所说："马二先生论举业，真是金科玉律，语语正当的切，足为用功人座右铭，其评选亦必足为后学津梁，岂若信口乱道、信手乱涂者哉！"

高翰林则以不会"揣摩"作为马纯上不能中举的理由。第四十九回，"翰林高谈龙虎榜　中书冒占凤凰池"中描叙："高翰林道：'老先生，"揣摩"二字，就是这举业的金针了。小弟乡试的那三篇拙作，没有一句话是杜撰，字字都是有来历的，所以才得侥幸。若是不知道揣摩，就是圣人也是不中的。那马先生讲了半生，讲的都是些不中的举业。他要晓得"揣摩"二字，如今也不知做到甚么官了！'"

高翰林所说的"揣摩"，是指揣摩"风气"，"读近科中式之文"，以期投考官所好。这倒真是马二先生的"短处"。他执着地认为："任他风气变，理法总是不变。"洪武、永乐年间是八股文体制初具规模的时期，文风崇尚简朴，虽注重对偶，却没有几股的限制；成化、弘治年间是八股文的成熟时期，文风趋向繁复，对偶工整，体式更加严谨；隆庆、万历以后，更以机锋侧出和借题发挥取胜。这表明，风气的不断演变是客观存在的。但注重风气，忽视理法，却与朝廷的宗旨相悖。马二先生强调理法，这是他的诚实处；而忽视风气，却很难得到考官的好感，也许正是他落第的原因之一。

不过，吴敬梓持另一种看法，他将马二先生的不中归结于录取的偶然性。迟衡山讲得直截："上年他（马二）来敝地，小弟看他着实在举业上讲究的，不想这些年还是个秀才出身，可见这'举业'二字原是个无凭的。"这也就是归有光所谓"场中只是撞着法"①，《儒林外史》开场词所谓"功名富贵无凭据"。深于举业，文章出色，却照样困于场屋，这在明清时代并非个别现象。清人诸联《明斋小识》卷四《中式有命》记载叶大绅"雄才绩学，为世所推。甲午秋试，考据详核，文更古茂，以为必售。及发榜，又落孙山"。诸联为之叹息道：

---

① 《皇朝经世文续编》卷四"学术四·法语"汪廷珍《学约五则》引归有光语。见贺长龄、盛康辑：《清朝经世文正续编》，扬州：广陵书社，2011年，第3册第38页。

如此结局,殆"命矣夫"。① 马二先生的"命",或者说马二先生的运气,大概也不怎么好。

第二节　嘉靖、隆庆年间科举叙事的历史参照

历史上嘉靖、隆庆年间的科举情形,为《儒林外史》的科举叙事提供了宏大而清晰的背景。

其一,嘉靖四十三年(1564)闰二月,礼部覆南道御史等官所陈两京乡试革弊事宜,著为令。《明世宗实录》卷五百三十一:嘉靖四十三年闰二月,"丙子,礼部覆南道御史等官所陈两京乡试革弊事宜,一、今后两京主考不用本省人。如资序挨及,南人用北,北人用南,以别嫌疑。一、同考用京官进士出身者。《易》《诗》各二员,《春秋》《礼记》各一员,其余参用教官,以便觉察。一、誊录用书手,对读用生员,以防洗改。但此三事专为两京乡试而设,其各省及会试亦当因其说而广之。因更上六事:一、会试及两京乡试监试官,预于二十日前选差,以便防范。一、巡视搜检务加严慎,以杜奸弊。一、各省务精选才望内帘官,无令外帘干预去取。一、申明各处科举名数。照原定解额,每举人一名,取应举生儒二十五名。一、中式之文,务崇简实。凡浮靡冗杂,诡僻不经,悉行黜汰。仍参取后场,以采实学。一、解原卷到部,以凭稽查,不用公据。得旨:各省乡试,但照旧规。令监临官公同考官揭书出题,提调、监试等官不得干预。余皆如议行"②。其中所说的种种弊端,从《儒林外史》的描写中亦可见一斑。

其二,嘉靖四十五年(1566)六月,礼部奏请议处国子监及各地儒学事宜。报可。令铲毁各地私鬻冗书无当实用者。《明世宗实录》卷五百五十九:嘉靖四

---

① 诸联:《明斋小识》,见《笔记小说大观》第21编第10册,台北:新兴书局,1978年,第5996页。

② 《明实录》,台北:"中央研究院"历史语言研究所校印,1965年,第8647—8648页。

十五年六月,"辛酉,礼部奏:国家内设大学以教育天下之英才,外设儒学以作养民间之俊秀。二百年来,名世多从此出。迩者国子监学舍倾圮,生徒止二百人。又四方读书缀文之士,争务剽窃,以图捷径。于是教化学术,悉为虚文,而朝廷不得真才之用。故给事中张士纯、周世选,御史张士佩前后论列,皆及于此。然大要不越数端,如请敕工部修理监舍,请征下第举人及岁贡年未五十者入监,举人毋得概就刷历,岁贡不必专泥正历,而援例一途则俟财用稍充即议停止。此大学所当议处者也。一榜举人,年四十以上者俱铨授教职,不妨会试,其有异等者一体行取,各提学官必身先化导,以德行督课诸生,毋专事文艺。此儒学所当议处者也。至于文体敝坏,内而两都,外而列郡,靡然同风,其弊皆由书肆刊文盛行,便于采摘。请悉按天下,私鬻冗书无当实用者,一切铲毁。时吏部亦覆世选议处教职一事,请自今提学员缺,必慎选文行兼优者以充。仍限六年教成,方议超擢。岁贡衰耄不得收选,有司不职者不得更改文学官。俱报可"①。《明世宗实录》的记载与《儒林外史》所写八股文选本泛滥的情形可以相互参照。

其三,隆庆元年(1567)八月,浙江道御史凌儒上言:监生应乡试,务革倩代等弊。黄儒炳《续南雍志》卷三《事纪》:"(隆庆元年八月乙巳)浙江道御史凌儒上言……一曰革倩代之弊。臣等伏见科场奸弊,莫甚于顾倩,而监生为多。其稽察生儒,已经礼部题奏,令同人互相觉察检举,无容议矣。监生中多世家富室,财力可以通神,又以四方萍合之人,无从诘辩,往往一人赴监部,随从数人,或曰朋友,或曰业师,隐姓讳名,以为倩代之地,冒甲为乙,孰发其奸?自今宜令监生以南隶、北隶、十三省各分为类,省分各府,各府不拘岁贡、例贡,在监,在历,总为一类,于纳卷之日,先取连名结状,入场时,每府择取岁贡、例贡各一人,互相辨认,视其面貌而精别之,则积弊消矣。"②浙

---

① 《明实录》,台北:"中央研究院"历史语言研究所校印,1965年,第8979—8980页。

② 陈文新、何坤翁、赵伯陶主撰:《明代科举与文学编年》,武汉:武汉大学出版社,2009年,第2504页。

江道御史凌儒所说的"倩代"之弊,表明《儒林外史》所写的枪手代考等情形,确有其现实依据。而国子监生的素质之低下,由此亦可想见。

其四,隆庆二年程文(主考所作的范文)以《庄子》之言入制义,表明八股文已从依循朱注的传统中摆脱出来,开始进入受阳明心学影响的时代。顾炎武《日知录》卷十八《破题用庄子》中说:"《五经》无'真'字,始见于老、庄之书。《老子》曰:其中有精,其精甚真。《庄子·渔父篇》:孔子愀然曰:'敢问何谓真?'客曰:'真者,精诚之至也。'《大宗师篇》曰:而已反其真,而我犹为人猗?《列子》曰:精神离形,各归其真,故谓之鬼。鬼,归也,归其真宅。《汉书·杨王孙传》曰:死者,终生之化,而物之归者也。归者得至,化者得变,是物各反其真也。《说文》曰:真,仙人变形登天也。徐氏《系传》曰:真者,仙也,化也。从匕,匕即化也,反人为亡,从目,从匕,入其所乘也。以生为寄,以死为归,于是有真人、真君、真宰之名。秦始皇曰:吾慕真人。自谓真人,不称朕。魏太武改元太平真君,而唐玄宗诏以四子之书谓之真经,皆本乎此也。后世相传,乃遂与假为对。李斯上秦王书:夫击瓮叩缶,弹筝搏髀,而歌呼呜呜快耳目者,真秦之声也。韩信请为假王,高帝曰:'大丈夫定诸侯,即为真王耳,何以假为!'又东垣曰真定。窦融上光武书曰:岂可背真旧之主,事奸伪之人。而与老、庄子言真,亦微异其指矣。宋讳玄,玄冥改为真冥,玄枵改为真枵,《崇文总目》谓《太玄经》为《太真》,则犹未离其本也。隆庆二年会试,为主考者厌《五经》而喜老、庄,黜旧闻而崇新学,首题《论语》'子曰由诲汝知之乎'一节,其程文破云:圣人教贤者以真知,在不昧其心而已。始明以《庄子》之言入之文字。自此五十年间,举业所用,无非释、老之书。彗星扫北斗、文昌,而御河之水变为赤血矣。崇祯时始申旧日之禁,而士大夫皆幼读时文,习染已久,不经之字,摇笔辄来,正如康昆仑所受邻舍女巫之邪声,非十年不近乐器,未可得而绝也。虽然,以周元公道学之宗,而其为书,犹有所谓无极之真者,吾又何责乎今之人哉!《孟子》言:所不虑而知者,其良知也。下文明指是爱亲敬长。若夫因严以教敬,因亲以教爱,则必待学而知之者矣。今之学者，明用《孟子》之良知，暗用《庄子》之真知。"①

"代圣贤立言"的八股文中之所以出现庄子言论，是因为阳明心学的影响进一步扩大。阳明心学兴盛于正德、嘉靖年间。正德十三年（1518）七月，《古本大学》录刻成书，这是王阳明"首次公开而正式地反对朱子的学说"，"象征一个对立于程朱官学之阳明学派的成立"②。王阳明对官方认定的程朱之学不满进而予以批评，引发了朝廷上下的围剿，如：

> （嘉靖元年十月乙未）礼科给事中章侨言："三代以下论正学莫如朱熹，近有聪明才智足以号召天下者倡异学之说，而士之好高务名者靡然宗之。大率取陆九渊之简便，惮朱熹为支离，及为文辞务崇艰险。乞行天下痛为禁革。"时河南道御史梁世骥亦以为言。礼部复议，以二臣之言深切时弊，有补风教。上曰："然。祖宗表章《六经》，颁降敕谕，正欲崇正学、迪正道、端士习、育真才，以成正大光明之业。百余年间，人材浑厚，文体纯雅。近年士习多诡异，文辞务艰险，所伤治化不浅。自今教人、取士一依程朱之言，不许妄为叛道不经之书，私自传刻，以误正学。"③

章侨所谓"聪明才智足以号召天下者"，指的就是王阳明。明世宗重申程朱的独尊地位，将阳明心学定性为"叛道不经"，严禁天下私自传刻其书。嘉靖八年（1529）二月，明世宗命吏部集会群臣论议王守仁功罪，桂萼倡言免夺其封爵，申禁其学说。④ 明世宗虽未削去阳明封爵，但不与恤典，且令都察院榜谕天下，不准传习阳明学说，如有敢犯，"重治不饶"⑤。

阳明学既不能为官方容纳，当然也不能成为举业所宗。所以，即使是阳明

---

① 顾炎武著，黄汝成集释：《日知录集释》（全校本），上海：上海古籍出版社，2013年，第1056—1058页。

② 吕妙芬：《阳明学士人社群——历史、思想与实践》，北京：新星出版社，2006年，第43页。

③ 《明实录》，台北："中央研究院"历史语言研究所校印，1965年，第568—569页。

④ 《明世宗实录》未明言此处建言之人，据《明史·王守仁传》则知系桂萼所为。

⑤ 《明实录》，台北："中央研究院"历史语言研究所校印，1965年，第2299—2300页。

弟子，也有人始终不以心学入八股：

> 新建之学，衍于正、嘉而盛于隆、万。季彭山本师承阳明，著书数百万言，皆行于世。夫宗阳明者，其说不能无弊，而大旨归于心得，是以可传。然终不以入时文，时文必宗考亭，考亭正宗也，象山旁支也。彭山制义恪守传注，谨严法度，阳儒阴释之语，无能涉其笔端，与口谈考亭而文词浮诞者相去远矣。①

阳明弟子之所以不以心学入八股，其中一个重要原因是：他们参加科举考试的目的，乃是为了被录取，而以心学入八股的结果，必然是落选。他们信奉心学，而不以心学入八股，所显示的是现实权衡的明智，而不是哲学信念的抉择。在这种现实权衡的背后，我们看到，程朱作为举业正宗的地位仍相当稳固。

与此形成对照的另一种情形是：如果以心学应试也不妨碍录取的话，阳明弟子更愿意采用老师的见解。这种情形在正德、嘉靖年间的殿试中时有出现。"正德末，异说者起，以利诱后生，使从其学，毁儒先，诋传注，殆不啻弁髦矣。由是学者伥伥然莫知所从，欲从其旧说，则恐或主新说，从其新说，则又不忍遽弃传注也。"②而若干阳明弟子更是以所闻于阳明者对策于朝堂，"正德十一年，湖广乡试，有司以'格物致知'发策，先生（冀元亨）不从朱注，以所闻于阳明者为对，主司奇而录之"③。"嘉靖二年癸未廷试，策问阴诋守仁。欧阳德，王氏弟子也，与同年魏良弼、黄直，直发师训无所阿附，竟登第。与探花徐阶善，共讲王氏学焉。"④ 严讷为学"不主章句，要以意绎圣贤之旨，而其归率体会于身心实践。弱冠时，喜阳明先生家言，每读一篇，必置几上一叩

---

① 梁章钜著，陈居渊校点：《制义丛话 试律丛话》，上海：上海书店出版社，2001年，第62页。

② 顾炎武著，黄汝成集释：《日知录集释》（全校本），上海：上海古籍出版社，2013年，第1053—1054页。

③ 黄宗羲著，沈芝盈点校：《明儒学案》，北京：中华书局，2008年，第634页。

④ 李调元辑：《制义科琐记》，北京：中华书局，1985年，第61页。

首。(嘉靖二十年)辛丑对策卷,盛推先生能继濂、洛绝统。主司者大不悦,为标数十语抨击。幸卷既入录,得不摈及"①。阳明弟子以心学入策论,一方面是为了传扬师说,扩大心学的影响,另一方面也有与压制心学者抗争的意味。但他们选择在殿试时这样做,其实仍有现实的权衡。盖八股文评卷完全是匿名的,以心学入试,必然被刷落且毫无社会影响;而殿试策的阅卷其实并非匿名,且读卷官中不乏偏袒心学者,以心学入试,不仅不妨碍录取,还可以造成社会影响。这一事实表明,阳明心学已开始动摇程朱传注作为举业正宗的地位;阳明心学的弘扬,逐渐获得了体制内的资源。隆庆二年(1568)庄子之说进入制义,可以说是八股文风向明末演变的一个节点,程朱理学的举业正宗地位已进入岌岌乎殆哉的状态。《儒林外史》虽未对隆庆二年(1568)庄子之说进入制义一事予以特别关注,但小说对万历以降的否定性描写,表明吴敬梓并不赞成这样一种八股文风。与权贵化的儒生相比,他是一个"在野的儒者";而与庄、禅的信奉者相比,他是一个信仰坚定的儒者。

---

① 赵用贤:《松石斋集》,《四库禁毁书丛刊》本,北京:北京出版社,2005年,集部第41册第222页。

第四章 《儒林外史》的科举叙事与历史参照

（明万历至崇祯年间）

万历至崇祯（1573—1644）年间的科举叙述在《儒林外史》中仅占一回，即第五十五回"添四客述往思来 弹一曲高山流水"。第五十五回开章明义，写道："话说万历二十三年，那南京的名士都已渐渐销磨尽了。此时虞博士那一辈人，也有老了的，也有死了的，也有四散去了的，也有闭门不问世事的。花坛酒社，都没有那些才俊之人；礼乐文章，也不见那些贤人讲究。论出处，不过得手的就是才能，失意的就是愚拙；论豪侠，不过有余的就会奢华，不足的就是萧索。凭你有李、杜的文章，颜、曾的品行，却是也没有一个人来问你。所以那些大户人家，冠、昏、丧、祭，乡绅堂里，坐着几个席头，无非讲的是些升、迁、调、降的官场；就是那贫贱儒生，也不过做的是些揣合逢迎的考校。那知市井中间，又出了几个奇人。"这样的描述具有一种巨大的震撼力。

原图取自《儒林外史》第三十二回"杜少卿平居豪举 娄焕文临去遗言"

第一节 文官制度内读书人的整体堕落

　　《儒林外史》在嘉靖、隆庆这个时间段已大量描写了读书人的堕落或沦落,包括贿买生员、官年(登科录上的年龄)与实年不符、考试作弊等情形。如第二十六回,"向观察升官哭友　鲍廷玺丧父娶妻"中道:"鲍文卿领了命,父子两个在茶园里巡场查号。安庆七学共考三场。见那些童生,也有代笔的,也有传递的,大家丢纸团,掠砖头,挤眉弄眼,无所不为。到了抢粉汤、包子的时候,大家推成一团,跌成一块,鲍廷玺看不上眼。有一个童生,推着出恭,走到察院土墙跟前,把土墙挖个洞,伸手要到外头去接文章,被鲍廷玺看见,要采他过来见太爷。"这是写考试作弊的。第三十二回,"杜少卿平居豪举　娄焕文临去遗言"中:"杜少卿道:'你有甚话,说罢。'臧蓼斋道:'目今宗师考庐州，下一棚就是我们。我前日替人管着买了一个秀才，宗师有人在这里揽这个事，我已把三百两银子兑与了他，后来他又说出来："上面严紧，秀才不敢卖，倒是把考等第的开个名字来补了廪罢。"我就把我的名字开了去，今年这廪是我补。但是这买秀才的人家要来退这三百两银子，我若没有还他，这件事就要破。……'"这是写贿买生员未能得手的。第三十六回，"常熟县真儒降生　泰伯祠名贤主祭"中："又过了三年，虞博士五十岁了，借了杨家一个姓严的管家跟着，再进京去会试。这科就中了进士，殿试在二甲，朝廷要将他选做翰林。那知这些进士，也有五十岁的，也有六十岁的，履历上多写的不是实在年纪。只有他写的是实在年庚，五十岁。天子看见，说道：'这虞博士年纪老了，着他去做一个闲官罢。'"这是写官年与实年不符的；所谓官年，就是填在表上的年龄。第三十七回，"祭先圣南京修礼　送孝子西蜀寻亲"中："恰好遇着武书走了进来，杜少卿道：'正字兄，许久不见。这些时在那里？'武书道：'前日监里六堂合考，小弟又是一等第一。'杜少卿道：'这也有趣的紧。'武书道：'倒不说有趣，内中弄出一件奇事来。'杜少卿道：'甚么奇事？'武书道：'这一回朝廷奉旨要甄别在监读书的人，所以六堂合考。那日上头吩咐下来，解怀脱脚，认真搜检，就和乡试场一样。考的是两篇《四书》，一篇经文，有个习《春秋》的朋友竟带了一篇刻的经文进去。他带了也罢，上去告出恭，就把这经文夹在卷子里，送上堂去。……'"这是写国子监生素质之低劣的。

只是，写读书人的堕落或沦落，在嘉靖、隆庆间还属于举例性质，是伴随着所有考试都会出现的个别案例；而万历以降，《儒林外史》则采用了概述的方式，展示的是文官制度内读书人的整体败坏。

对于"礼乐文章"的寥落状况，《儒林外史》除了在第五十五回开头做了淋漓尽致的概述外，还在其他地方做了浓墨重彩的渲染。如第四十八回，"徽州府烈妇殉夫　泰伯祠遗贤感旧"中："邓质夫叹道：'小侄也恨的来迟了！当年南京有虞博士在这里，名坛鼎盛，那泰伯祠大祭的事，天下皆闻。自从虞博士去了，这些贤人君子，风流云散。小侄去年来，曾会着杜少卿先生，又因杜少卿先生在元武湖拜过庄征君。而今都不在家了。老伯这寓处不便，且搬到朝天宫小佺那里寓些时。'"第五十三回，"国公府雪夜留宾　来宾楼灯花惊梦"中："陈木南道：'可惜我来迟了一步。那一年，虞博士在国子监时，迟衡山请他到泰伯祠主祭，用的都是古礼古乐，那些祭品的器皿，都是访古购求的。我若那时在南京，一定也去与祭，也就可以见古人的制度了。'徐九公子道：'十几年来我常在京，却不知道家乡有这几位贤人君子，竟不曾会他们一面，也是一件缺陷事。'"有意味的是，陈木南和徐九公子在感慨"礼乐文章"的寥落时，还叹息于"花坛酒社"的芜秽：万历以降，不仅没有了虞博士一班真儒，就连杜慎卿这样的"才俊"也难觅踪影。黄茅白苇中，只有"四大市井奇人"显出几抹亮色。

第二节　"四大市井奇人"所彰显的文化意义

《儒林外史》加以正面描写的商人形象，可大体分为两类：一类主要活动于万历以前，他们是君子，是商人，文化程度低，不属于读书人行列；一类即"四大市井奇人"的三位，他们主要活动于万历以后，是一群脱离了文官系统的读书人，甘愿以经商为生，以保持其精神的独立性。这两类商人形象，在《儒林外史》中各有不同的文化蕴涵，不妨对照着来谈。

一　一群不读书、不做官的商人君子

《儒林外史》中有几位不读书而风标照人的商贾，他们在第三回就出场了。周进苦读了几十年书，秀才也不曾挣得一个。一天，他来到乡试的考场——贡院，想到自己因不是秀才，无资格参加乡试，不禁放声痛哭。同行的几位生意人在弄清周进的心事后，慷慨地帮他捐了一个监生，使周进得以参加乡试，周进的潦倒生涯也就此画上了句号。

吴敬梓为何要写这种古道热肠的生意人？仅仅因为商人中确有品行卓特的君子吗？清代沈垚《费席山先生七十双寿序》一文指出：比起士大夫来，商人中讲义气的人更多，原因何在？他认为这是由于"天下之势偏重在商"的缘故。

天下之势偏重在商，所以许多豪杰便置身其中。"其业则商贾也，其人则豪杰也。"相形之下，"为士者转益纤啬，为商者转敦古谊。此又世道风俗之大较也"①。吴敬梓的意思是否与沈垚相近？

这话题不妨展开来谈。

中国古代作家，其心理结构可粗略地分为两种：一种偏于狂狷，如屈原、司马迁、李白、蒲松龄；一种偏于浑涵，如班固、杜甫、纪昀。偏于狂狷的，倜傥不羁，以个人感受为中心，因而发言吐语，不避偏激；偏于浑涵的，厚道稳重，以宽恕平和为坐标，因而批评现实，相当节制。我们试以清代的两个文言小说家蒲松龄和纪昀为例来说明这种差异。

蒲松龄和纪昀都是富于正义感的读书人，对生活中的丑类怀有强烈的不满。但当他们鞭挞丑类时，前者愤激，但求一吐为快；后者持重，努力说得中肯。其区别是极为明显的。

比如，《聊斋志异》卷四"胡四相公"记述，张虚一是学使张道一的兄长。因生活清贫，"往视弟，愿望颇奢。月余而归，甚违初意。咨嗟马上，嗒丧若偶"②。就在张虚一百无聊赖之际，他的狐友胡四相公送来满簏白银。这故事所表达的宗旨，说来简单，即"人不如狐"。清人余集《聊斋志异·序》由这类描写提炼出蒲松龄在艺术表达方面的个性：他出于愤世嫉俗的动机，故意把狐、鬼写得比人美好。最坏的是人，最美的反倒是狐、是鬼。

纪昀《阅微草堂笔记》也拿人与鬼对比过。卷二转述了朱青雷讲的一个故事：

> 有避仇窜匿深山者，时月白风清，见一鬼徙倚白杨下，伏不敢起。鬼忽见之，曰："君何不出？"栗而答曰："吾畏君。"鬼曰："至可畏者莫若

---

① 沈垚：《落帆楼文集》，《续修四库全书》本，上海：上海古籍出版社，2001年，第1525册第664页。

② 蒲松龄著，张友鹤辑校：《聊斋志异》（会校会注会评本），上海：上海古籍出版社，2012年，第562页。

人，鬼何畏焉？使君颠沛至此者，人耶鬼耶？"一笑而隐。①

朱青雷讲的这个故事，言外之意即"人不如鬼"。这跟蒲松龄"人不如狐"的旨趣相同。那么，纪昀的看法如何呢？他认为朱青雷的用意可以理解，但骂世骂到如此地步，确乎失于偏激，因此在结尾处补了一句，朱的话是"有激之寓言"。纪昀的态度远比蒲松龄平和。

吴敬梓的性情看来也偏于狂狷。他将社会风气的败坏全归罪于"用《四书》《五经》八股文"取士的制度，这当然不够公允；但部分"读书人"的堕落则是客观存在。为了将"读书人"的堕落这一命题写透，吴敬梓有意设置了一个与之相对的偏激命题："不读书"、不做官，倒有可能保持心灵的高尚和清白。围绕这一命题，吴敬梓热情洋溢地塑造了几位"不读书"、不做官的商人君子。

帮助周进的几位生意人是第一批商人君子。这些人，不读书、不做官，但偏是他们做了天下极豪侠极义气的事。作者为他们树碑立传，正如卧闲草堂评语所说"此是作者微词"，"作者于此寄慨不少"。

写"不读书"、不做官的商人君子，《儒林外史》在鲍文卿身上着墨最多。吴敬梓不只是写他的君子行为，还特意由知府向鼎来评议一番，拿他跟"中进士、做翰林的"做比较。经由向鼎的比较，作者的"微词"明朗化了。不妨说，那正是吴敬梓本人的意思："而今的人，可谓江河日下。这些中进士、做翰林的，和他说到传道穷经，他便说迂而无当；和他说到通经博古，他便说杂而不精。究竟事君交友的所在，全然看不得！不如我这鲍朋友，他虽生意是贱业，倒颇颇多君子之行。"

到此为止，我们可以回答前面的提问了。吴敬梓大写商贾及其他"不读书"、不做官者的侠行义举，就对题材的处理而言，乃是"有激之言"；现实中的大量"不读书"、不做官的人，未必当得起吴敬梓的激赏。"人不如狐"，莫非真的不如狐么？但不这样处理，又怎能宣泄出胸中的愤慨？"有激之言"，这是艺术表达的需要；读者不宜挑剔，当然也不能"一一作实法会"。

---

① 纪昀：《阅微草堂笔记》，上海：上海古籍出版社，1980年，第35页。

二 "四大市井奇人"中有几位别有情怀的儒商

《儒林外史》结尾部分的"四大市井奇人",主要靠做生意为生,但又都是读书人:……一个是会写字的。这人姓季,名遐年。……又一个是卖火纸筒子的。这人姓王,名太。他自小儿最喜下围棋。……一个是开茶馆的。这人姓盖,名宽。……后来画的画好,也就有几个做诗画的来同他往来。……一个是做裁缝的。这人姓荆,名元。五十多岁,在三山街开着一个裁缝铺。每日替人家做了生活,余下来功夫就弹琴写字。除了季遐年外,其他三人都做着小本生意,而季遐年为了生计,有时写字卖钱,也跟生意沾了点边。

琴、棋、书、画,四位市井奇人各擅其一。既然是生意人,何以一定要写他们擅长琴、棋、书、画?吴敬梓这样安排,不仅表明了他们本是读书人,还表明了他们超世拔俗的品格。如果了解琴、棋、书、画在中国文化中的特殊位置,对其深意就能体会得更加真切。

据萧统《陶潜传》,陶渊明有无弦琴一张,每当饮酒适意,"辄抚弄以寄其意"[1]。无弦琴是魏晋玄风的产物。大音希声,善弹琴者以心弹琴,不善弹琴者声足意不足;善听琴者以心听之,不善听琴者徒以两耳。陶渊明怀抱无弦琴,常常抚弄,他的目的并非真要听到琴声,而是借此寄寓情怀。有声的琴曲,其内涵有限;无声的琴曲,却如广漠无边的旷野,一任我们的心灵驰骋。无弦琴将我们带入一个富于哲学意味的世界。无弦琴的这一境界,其实也是从有弦琴升华而来的。"琴德最为高远"[2],它与高山流水的掌故连在一起,足以引发无弦琴的联想。长于弹琴的荆元,就这样被赋予了超越世俗的品格。

中国古人中较早写到围棋的是南北朝时期的作家任昉。他在《述异记》卷上记载说:信安县石室山中,晋代的王质因伐木到过那儿,看见几个童子一边下棋一边唱歌,他便站在一旁倾听。童子将一个枣核大小的食品递给王质,王

---

[1] 沈约:《宋书》,北京:中华书局,1974年,第2288页。

[2] 黄图珌:《看山阁闲笔》,上海:上海古籍出版社,2013年,第236页。

质含在口中,便不再感到饥饿。过了一会儿,童子问他:"干吗不走?"王质动身,才发现斧柄已腐烂殆尽。回到家乡,同辈人中一个也不在人世了。

这则故事旨在展示仙境与人世的时间迟速的区别,同时也寓含人寿有限的感慨,即唐代孟郊《烂柯石》诗所云:"仙界一日内,人间千岁穷。双棋未遍局,万物皆为空。樵客返归路,斧柯烂从风。唯余石桥在,犹自凌丹虹。"[①] 而作品写仙人们的娱乐,唯独选中了围棋,则告诉读者,围棋与仙人有着某种割不断的因缘。无独有偶,主管生死的北斗仙、南斗仙也常在闲暇时下棋,《搜神记》卷三"颜超求寿"就是一个精彩的例子。或许,真正的围棋高手,他的生活状态本就近乎仙人。

在琴、棋、书、画中,书法可能会被认为技术难度较小,其实不然。书法和琴、棋、画一样,需要艺术家付出艰辛的努力。明代的潘之淙编著《书法离钩》,卷六有《笃学》一节,收罗了多位书法家苦练书法的故事。如锺繇住在抱犊山中十年时间,山中的树石因他练字而全部变黑;智永禅师登楼不下,整整四十多年,写秃的笔头足有十瓮,每瓮多达几百斤,后来埋在土中,号为笔冢;怀素种了上千棵芭蕉,用蕉叶练字,并将所居名为绿天庵;郑虔听说慈恩寺收存柿叶,堆满几间房子,便去借住,时间长了,柿叶上几乎写满了隶书;赵孟頫练习书法,十年不下楼;嶷子山平章,每天从衙堂判事回来,总要写上一千字才进餐。这些书法家的故事,印证了曾巩《墨池记》的说法:"羲之之书晚乃善,则其所能,盖亦以精力自致者,非天成也。"[②] 书法家的声名,不是用笔而是用生命写成的。

作为表现生命的一种形式,绘画首先要排除的便是匠气。艺术家一旦进入创作过程,他所要追求的,不仅是事物的复杂形状,更重要的是其内在的精神;不仅要忘了模仿前辈,连自己的存在也已意识不到。他与对象的生命融为了一体。北宋画家文与可提倡"胸有成竹",不赞成一枝一叶为之,就是这个意思。

---

① 孟郊撰,华忱之校订:《孟东野诗集》,北京:人民文学出版社,1984年,第164页。

② 曾巩著,陈杏珍、晁继周点校:《曾巩集》,北京:中华书局,1984年,第279页。

但胸有成竹的境界不是凭空便能达到的。"不工"以"工"为基础,才是真正的创造,否则目无章法,只是乱来;打破法则以遵循法则为基础,才是真正的突破,否则信马由缰,只是"癫狂"。如现代美学家苏珊·朗格《艺术问题》所说:"你愈是深入地研究艺术品的结构,你就会愈加清楚地发现艺术结构与生命结构的相似之处,这里所说的生命结构包括从低级生物的生命结构到人类情感和人类本性这样一些高级复杂的生命结构(情感和人性正是那些最高级的艺术所传达的意义)。正是由于这两种结构之间的相似性,才使得一幅画、一支歌或一首诗与一件普通的事物区别开来——使他们看上去像是一种生命的形式,看上去像是创造出来的,而不是用机械的方法制造出来的;使他们的表现意义看上去像是直接包含在艺术品之中(这个意义就是我们自己的感性存在,也就是现实存在)。"① 一个画家,他所创造的是另外一个世界,一个超越了现实的世界。

从上面的讨论可以看出,在中国文化中,琴、棋、书、画承载着丰富的文化意义。一个擅长琴、棋、书、画或擅长其一的人,除了技艺上的不同凡响之外,更在于人生境界的高明澄澈。所谓"四大市井奇人",其人生情调就带有"结庐在人境,而无车马喧"的意味。

"四大市井奇人"有一个共同的特点,即从不相与"学校中的朋友"。什么原因呢?原来"学校中的朋友",他们的"见识"是以八股文博取功名富贵;不结交他们,"不贪图人的富贵",这便维护了人格的独立。《儒林外史》对此做了淋漓尽致的渲染。第五十五回这样写荆元:

> 朋友们和他相与的,问他道:"你既要做雅人,为甚么还要做你这贵行?何不同些学校里人相与相与?"他道:"我也不是要做雅人,也只为性情相近,故此时常学学。至于我们这个贱行,是祖、父遗留下来的,难道读书识字,做了裁缝就玷污了不成?况且那些学校中的朋友,他们另有一

---

① [美]苏珊·朗格著,滕守尧、朱疆源译:《艺术问题》,北京:中国社会科学出版社,1983年,第55页。

番见识，怎肯和我们相与？而今每日寻得六七分银子，吃饱了饭，要弹琴，要写字，诸事都由得我。又不贪图人的富贵，又不伺候人的颜色，天不收，地不管，倒不快活？"朋友们听了他这一番话，也就不和他亲热。

"四大市井奇人"是些靠经商等自由职业为生的读书人，这一定位表明：他们是文化人，但不再依赖文官制度而生存，不再靠做官而生存，不再享有特殊的政治地位。他们靠经商等方式而生活，因而获得了独立于体制外的自由，可从事对于现存秩序和现实各种价值的反省思考。移居南京的吴敬梓，其实就是这样一个"不做官"的"在野的儒者"，他超越了同时代的乾嘉之学，为中国思想史贡献了一部以小说方式写成的富于思想史意义的著作，"四大市井奇人"则是吴敬梓塑造的几个光彩照人的"在野的儒者"。

许倬云曾特别论及"在野的儒者"在中国文化史上的重要性："中国的社会和国家是重叠和制衡的，政治和文化不分，所以思想往往和政治特权结合，而导致思想的正统化。少数的知识分子成为社会少数的贵族，他们为了保持既得的利益，和政治权力结合，以致本来应是思想的先锋者而沦为政治的保镖，丧失独立的开创性而成为保守、守旧者，终于导致社会制度及思想的僵化，在学术上只是从事烦琐的注释工作。在汉代'粤若稽古'四个字的注解可以长达数万字，而乾嘉之学也是在小问题上转圈圈，这就是僵化的现象。幸而儒家有一个最大的优点，就是永远有一批在野的儒者以儒家的思想体系为标准来批评现有政治。"①"在西欧15世纪至16世纪以迄现在，知识分子基本上相当的独立；在过去，中国士大夫假如不做官的话也相当的独立。"② 这样看来，移居南京后的吴敬梓是独立的，"四大市井奇人"同样是独立的。

从真实的历史来看，明清时代的"在野的儒者"，不少人确有商人身份。这是一个划时代的文化现象。儒家学者或深受儒学熏陶的文化人对商人或商业做正面评价，是产生于明代中叶的一个重要事实。西汉以降，直到宋代，儒家对

---

① 许倬云：《中国古代文化的特质》，厦门：鹭江出版社，2016年，第73页。

② 许倬云：《中国古代文化的特质》，厦门：鹭江出版社，2016年，第119页。

商业或商人的态度以鄙视居多。宋明理学史上第一位公开肯定"商"的价值的是王阳明。1525年他为商人方麟作墓表，其中有这样一句："古者四民异业而同道，其尽心焉，一也。"① 王阳明将士、农、工、商并提，认为商亦可志于"道"，这真是一个意义重大的提法。

商人和商业在明中叶以后受到推崇，市场经济的异常活跃是一个原因，但另一原因也许更为重要，即大批读书人进入了商人行列，"弃儒入贾"不再是个别事例，商人的整体素质明显提高。读书人之所以"弃儒入贾"，在于科举制度下读书人的数量剧增，而有机会入仕者只占其中很小的一部分。16世纪初叶，民间流行一个说法："士而成功也十之一，贾而成功也十之九。"② 对这些没有机会入仕的读书人来说，"入贾"是解决家庭生计的较好选择。与王阳明时代相近，陆树声、李梦阳、唐顺之、王世贞、徐渭、李维桢等人所作的墓志铭、行状、传记中，都记叙了为数可观的"儒商"。而同一时期的文学家和思想家，出身于商人家庭者占了很高的比例。李梦阳、李贽的父祖辈都曾经商。江浙地区的文化人，如唐寅、王宠、袁袠、黄省曾、何良俊、陈束、汪道昆、屠隆、张凤翼、沈明臣、顾宪成、高濂等，都出身于商家。凌濛初、毛晋、陆云龙等热心于小说、戏曲的，还曾兼营出版业。大批读书人进入商人行列，不只是提高了商人的社会地位，也把儒家的价值理念带进了商人群体，商人的素质总体上得到了提高。其中特别杰出的一些商人，"处财货之场而修高明之行"③，以财富来推动公益事业和文化事业，已成为社会责任的自觉承担者。《儒林外史》能够塑造出"四大市井奇人"几个形象，与吴敬梓自身的修养有关，也与明清时代存在大量儒商的背景有关。

---

① 王阳明著，吴光等编校：《王阳明全集》，杭州：浙江古籍出版社，2010年，第986页。
② 吴吉祐：《南丰志》，《中国地方志集成·乡镇志专辑》本，上海：上海书店出版社，2013年，第34册第358页。
③ 李梦阳：《空同集》，《文渊阁四库全书》本，台北：台湾商务印书馆，1983年，第1262册第420页。

知识分子都是背负文化传统、传承文化传统的人。但其传承指向有两个可能，一种是谨守正统、倾向于保守的，一种是突破传统、倾向于开创的。这些突破传统的知识分子，在谨守正统者眼里，时常被定位为异端。但异端也可能发展为大传统的一个部分，只要有充分的时代依托，就可以最终取代以往的正统。如果没有充分的时代依托，所谓异端就成不了气候。"四大市井奇人"就是一群缺少时代依托的异端，虽然风采照人，但依然改变不了明末灰暗阴沉的基调。正如《儒林外史》虽然对社会弊端做了入木三分的刻画，却未能引发伟大的社会变革。

第三节 历史上的明末科举

历史上的明末，有哪些值得注意的科举事件呢？吴敬梓何以要用明末的情形来隐喻他所生活的乾隆年间？

万历以至崇祯约七十年间，八股文发展的显著特征是"多变"。冯梦祯说自己考中进士后不到三十年间"文凡几变"："一变而为嘉靖晚年之华靡，再变而为隆、万间之刻画，三变而为今日之吊诡缪悠。"[1] 由此出现了"岁化月迁，一唱百和，东下之流，既倒之澜，虽诏旨日下，而不能禁"[2] 的情形。顾炎武甚至感叹说："时文之出，每科一变。"[3] 明末八股文的新变，大体包括以下几个方面：

第一，八股文的思想基础程朱理学失去一统地位，取而代之的是阳明心学，老庄、禅宗等也错出其间。在八股文写作中掺杂心学、老庄、禅学等思想的情

---

[1] 冯梦祯：《快雪堂集》，《四库全书存目丛书》本，齐鲁书社，1997年，集部第164册第87页。

[2] 冯梦祯：《快雪堂集》，《四库全书存目丛书》本，齐鲁书社，1997年，集部第164册第87页。

[3] 顾炎武著，黄汝成集释：《日知录集释》（全校本），上海：上海古籍出版社，2013年，第967页。

形，虽然在正德、嘉靖时期已经出现，但总体来看，"嘉、隆以前，姚江之书虽盛行于世，而士子举业尚谨守程朱，无敢以禅窜圣者，故于理多合"①。隆庆二年（1568），李春芳担任会试主考，"厌《五经》而喜《老》《庄》，黜旧闻而崇新学"②，首场《论语》"子曰由诲汝知之乎"一节，破题用"圣人教贤者以真知，在不昧其心而已"，带有明显的王学色彩。自此以后，八股文写作中出现了"异学"盛行的局面。

万历十五年，礼部尚书兼翰林院学士沈鲤题奏云：

> 自臣等初习举业，见有用六经语者，其后以六经为滥套，而引用《左传》《国语》矣，又数年以《左》《国》为常谈，而引用《史记》《汉书》矣，《史》《汉》穷而用六子，六子穷而用百家，甚至取佛经道藏，摘其句法口语而用之。凿朴散淳，离经叛道，文章之流弊，至是极矣。③

万历二十九年六月，礼部奏云：

> 查二十八年题准，迩年文体日益险怪，至于悖朱注、用佛语、讽时事，尤离经畔道之最者。④

万历三十年，礼部尚书冯琦上言：

> 国家以经术取士，自《五经》《四书》《二十一史》《通鉴》《性理》诸书而外，不列于学官。而经书传注又以宋儒订者为准。此即古人罢黜百家、独尊孔氏之旨。自人文向盛，士习浸漓，始而厌薄平常，稍趋纤靡；纤靡不已，渐骛新奇；新奇不已，渐趋诡僻。始犹附诸子以立帜，今且尊二氏以操戈。背弃孔孟，非毁程朱，惟《南华》、西竺之语是宗是竞。以实

---

① 艾南英：《天佣子集》，《四库禁毁书丛刊补编》本，北京：北京出版社，2005年，第72册第297页。

② 顾炎武著，黄汝成集释：《日知录集释》（全校本），上海：上海古籍出版社，2013年，第1057页。

③ 王世贞撰，魏连科点校：《弇山堂别集》，北京：中华书局，1985年，第1596页。

④ 王圻：《续文献通考》，北京：现代出版社，1986年，第679页。

为空，以空为实，以名教为桎梏，以纪纲为赘疣，以放言高论为神奇，以荡佚规矩、扫灭是非廉耻为广大。取佛书言心言性略相近者，窜入圣言；取圣经有空字无字者，强同于禅教。语道既为舛驳，论文又不成章。世道溃于狂澜，经学几为榛莽。①

于慎行也说：

先年士风淳雅，学务本根，文义源流皆出经典，是以粹然统一，可示章程也。近年以来，厌常喜新，慕奇好异，《六经》之训目为陈言，刊落芟夷，惟恐不力。陈言既不可用，势必归极于清空，清空既不可常，势必求助于子史，子史又厌，则宕而之佛经，佛经又同，则旁而及小说，拾残掇剩，转相效尤，以至踵谬承讹，茫无考据，而文体日坏矣。原其敝始，则不务经学所致尔。②

《明史·选举志》就上面所说的种种情形，做了这样的概括：

启、祯之间，文体益变，以出入经史百家氏为高，而恣轶者亦多矣。虽数申诡异险僻之禁，势重难返，卒不能从。③

由此看来，明末八股文因背离了"代圣贤立言"的宗旨，而被谨守儒家传统的人指斥为"诡异险僻"。这样一种舆论，伴随着八股文的新变而盛行。抨击愈烈，愈说明八股文写作新变的势头之劲。

第二，八股文题目逐渐流于琐细，截搭题盛行。所谓截搭题，是于经文中不当连而连，不当断而断，割截而成的八股文题。这种典型的偏题、怪题，虽然有防止考生抄袭范文的作用，但却背离了以考试促进经典阅读的初衷。故王夫之批评说："横截数语乃至数十语，不顾问答条理，甚则割裂上章，连下章极不相蒙之文，但取字迹相似者以命题，谓之'巧搭'。万历以前无此文字。自新

---

① 顾炎武著，黄汝成集释：《日知录集释》（全校本），上海：上海古籍出版社，2013年，第1058—1059页。

② 于慎行撰，吕景琳点校：《谷山笔麈》，北京：中华书局，1984年，第86页。

③ 张廷玉等撰：《明史》，北京：中华书局，1974年，第1689页。

学横行，以挑剔字影、弄机锋、下转语为妙悟，以破句断章、随拈即是为宗风，于科场命题亦不成章句。如'邦畿千里'二节，绝去'可以人而不如鸟乎'；'孟懿子问孝'章，绝去'子曰生事之以礼'三句；'行己有耻，使于四方'，绝去'不辱君命'：皆所谓搭题也。命题如此，而求有典有则之文，其可得乎？"① 其结果，生造之语渐多，文风日趋奇诡。

万历后期以至崇祯年间，面对八股文风的日新月异，虽然朝廷多次下诏厘正文体，但其变化趋势却仍然难以遏制。究其原因，盖"士从好而不从令也"②。袁宏道也认为："举业之用，在乎得隽，不时则不隽，不穷新而极变则不时，是故虽三令五督，而文之趋不可止也，时为之也。"③ "时文"的称谓，从一个侧面反映了八股文写作与一时风尚之间的密切关联。其中坊刻八股文集的盛行，对晚明八股文风有很大影响，当时就存在"一省一科之风气，定于主司；天下数科之风气，定于选手"④ 的说法。

第三，自万历二十年（1592）始，会试房刻日渐兴盛，有"十八房兴而廿一史废"之讥。所谓房刻，即刊刻流行的进士考卷。顾炎武《日知录》卷十六《十八房》追溯房刻的源流说："《戒庵漫笔》曰：余少时学举子业，并无刻本窗稿。有书贾在利考朋友家往来，抄得灯窗下课数十篇，每篇誊写二三十纸，到余家塾，捡其几篇，每篇酬钱或二文，或三文。忆荆川中会元，其稿亦是无锡门人蔡瀛与一姻家同刻。方山中会魁，其三试卷，余为从臾其常熟门人钱梦玉，以东湖书院活版印行，未闻有坊间版。今满目皆坊刻矣，亦世风花实之一

---

① 王夫之：《夕堂永日绪论外编》，《船山全书》本，长沙：岳麓书社，2011 年，第 15 册第 868 页。

② 郭正域：《合并黄离草》，《四库禁毁书丛刊》本，北京：北京出版社，2000 年，集部第 14 册第 59 页。

③ 袁宏道著，钱伯城笺校：《袁宏道集笺校》，上海：上海古籍出版社，1981 年，第 703 页。

④ 吕留良：《吕晚村先生文集》，《清代诗文集汇编》本，上海：上海古籍出版社，2010 年，第 113 册第 406 页。

验也。杨子常曰：十八房之刻，自万历壬辰《钩玄录》始。旁有批点，自王房仲选程墨始。至乙卯以后，而坊刻有四种：曰程墨，则三场主司及士子之文；曰房稿，则十八房进士之作；曰行卷，则举人之作；曰社稿，则诸生会课之作。至一科房稿之刻，有数百部，皆出苏、杭，而中原北方之贾市买以去。天下之人，惟知此物可以取科名，享富贵，此之谓学问，此之谓士人，而他书一切不观。昔丘文庄当天顺、成化之盛，去宋、元未远，已谓士子有登名前列，不知史册名目、朝代先后、字书偏旁者，举天下而惟十八房之读，读之三年五年，而一幸登第，则无知之童子，俨然与公卿相揖让，而文武之道弃如弁髦。嗟乎！八股盛而六经微，十八房兴而廿一史废。昔闵子骞以原伯鲁之不说学，而卜周之衰。余少时见有一二好学者，欲通旁经而涉古书，则父师交相谯诃，以为必不得颛业于帖括，而将为坎坷不利之人，岂非所谓大人患失而惑者钦？若乃国之盛衰，时之治乱，则亦可知也已。"① 顾炎武所引"《戒庵漫笔》曰"，见《戒庵老人漫笔》卷八《时艺坊刻》。之所以说"十八房兴而廿一史废"，是因为房刻泛滥，应试者只需记诵那些应时的进士考卷就行了，认真阅读经典原著不仅无助于高中，反倒可能分散其精力。

《阅微草堂笔记》卷一有个鄙薄功令文字的笑话。纪昀以光为喻，认为"学如郑、孔，文如屈、宋、班、马者"，其光"上烛霄汉，与星月争辉。次者数丈，次者数尺，以渐而差，极下者亦荧荧如一灯"，唯功令文字只是团团黑烟。且看笑话中"老学究"与"鬼"的一段问答。学究问："我读书一生，睡中光芒当几许？"鬼迟疑了许久，答道："昨过君塾，君方昼寝。见君胸中高头讲章一部，墨卷五六百篇，经文七八十篇，策略三四十篇，字字化为黑烟，笼罩屋上。诸生诵读之声，如在浓云密雾中。实未见光芒，不敢妄语。"② 所谓郑、孔，指汉代的经学大师郑玄和孔安国；所谓高头讲章，指《四书》《五经》讲

---

① 顾炎武著，黄汝成集释：《日知录集释》（全校本），上海：上海古籍出版社，2013年，第935—936页。

② 纪昀：《阅微草堂笔记》，上海：上海古籍出版社，1980年，第2页。

义;所谓墨卷,指科举考试中考中的原卷;所谓策略,又叫策论,是科举考试中的一种文体。纪昀的意思是:用于求取功名的八股文、策论之类,只是"黑烟",其中没有真学问;只有郑玄、孔安国等人与功名无关的汉学,才"字字皆吐光芒",是真学问。

一心只求功名的人没有学问,这不只是纪昀的看法,清代许多人都持这种见解。比如,清代袁枚《随园诗话》卷十二引有他同时代人徐灵胎的一首《刺时文》:

> 读书人,最不齐,烂时文,烂如泥。国家本为求才计,谁知道,变做了欺人技。三句承题,两句破题,摆尾摇头,便道是圣门高弟。可知道"三通""四史"是何等文章?汉祖、唐宗是那一朝皇帝?案头放高头讲章,店里买新科利器:读的来肩背高低,口角唏嘘,甘蔗渣儿嚼了又嚼,有何滋味?孤负光阴,白白昏迷一世。就教他骗得高官,也是百姓朝廷的晦气!①

说那些只读八股文、只考八股文的人,连"三通""四史"这样的史部典籍都没有翻过,连汉高祖、唐太宗都不清楚是谁,嬉笑怒骂,可谓淋漓尽致。

在《儒林外史》中,吴敬梓写范进不知道苏轼是何许人,马二先生不知道李清照是何许人,张静斋胡诌刘基"是洪武三年开科的进士",用意亦同于徐灵胎。清代钱泳《履园丛话》卷十三《科举·立品》也说过同样的意思:科举考试得中与否,与应试者的学问原不相干;不是中进士、登高科者,就有学问。

第四,万历四十七年(1619),艾南英刊行其为诸生(秀才)时应试之文,写了一篇感慨淋漓的自叙。(李调元《制义科琐记》卷三、梁章钜《制义丛话》卷六引用了这篇《艾千子自叙》。)艾南英的这些应试之文,包括两种类型,一为学政主持的岁考和科考之文,一为参加乡试时的考卷。岁考是确定诸生等级的考试,科考的主要功能是确定哪些生员有资格参加乡试。

对于学政主持的岁考和科考,艾南英记忆中最为铭心刻骨的是作为考生所经历的"困于寒暑"之苦、"手足繁系"之苦、"胥吏不谨"之苦以及"拘牵文

---

① 袁枚:《随园诗话》,北京:人民文学出版社,2006年,第411—412页。

法"之苦。他这样叙述"困于寒暑"之苦:

> 试之日,衙鼓三通,虽冰霜冻结,诸生露立门外。督学衣绯坐堂上,灯烛围炉,轻暖自如。诸生解衣露立,左手执笔砚,右手持布袜,听郡县有司唱名,以次立甬道,至督学前。每诸生一名,搜捡军二名,上穷发际,下至膝踵,扪腹赤踝,至漏数箭而后毕,虽壮者无不齿震悚栗,腰以下大都寒沍,不知为体肤所在。遇天暑酷烈,督学轻绮荫凉,饮茗挥箑自如,诸生什伯为群,拥立尘坌中,法既不敢扇,又衣大布厚衣。比至就席,数百人夹坐,蒸熏腥杂,汗淫浃背,勺浆不入口。虽设有供茶吏,然率不敢饮,饮必朱铃其牍,疑以为弊,文虽工,降一等。盖受困于寒暑者如此。①

他这样叙述"縶其手足"之苦:

> 既就席命题,一以教官宣读,便短视者;一书牌上,吏执而下巡,便重听者。近废宣读,独以牌书某学某题,一日数学,则数吏执牌而下,而予目短视,不能咫尺,必屏气询旁舍生问所目。而督学又望视台上,东西立了望军四名,诸生无敢仰视四顾,离立倚语者,有则又朱铃其牍,以越规论,文虽工,降一等。用是腰脊拘困,虽溲溺不得自由。盖所以縶其手足便利者又如此。②

他这样叙述"受困于胥吏之不谨"的苦楚:

> 所置坐席,取给工吏,吏大半侵渔所费,仓卒取办临时,规制狭迫,不能舒左右肱,又薄脆疏缝,据坐稍重,即恐折仆。而同座诸生常十余人,虑有更号,率十余座以竹联之,手足稍动,则诸座皆动,竟日无安境。且自闽中一二督学重怀挟之禁,诸生并不得执砚,砚又取给工吏,率皆青刓顽石,滑不受墨,虽一事足以困其手力。不幸坐漏痕承檐所在,霖雨倾注,

---

① 梁章钜著,陈居渊校点:《制义丛话 试律丛话》,上海:上海书店出版社,2001年,第97—98页。

② 梁章钜著,陈居渊校点:《制义丛话 试律丛话》,上海:上海书店出版社,2001年,第98页。

以衣覆卷，疾书而毕。其受困于胥吏之不谨者又如此。①

他这样叙述"拘牵文法"之苦：

> 比阅卷，大率督学以一人阅数千人之文，文有平奇虚实、繁简浓淡之异，而督学之好尚亦如之。取必于一流之材，则虽宿学不能无恐。高下既定，督学复衣绯坐堂上，郡县有司候视门外，教官立阶下，诸生俯行，以次至几案前，跪而受教，嗫不敢发声。视所试优劣，分从甬道西角门以出。当是时，其面目不可以语妻孥。盖所为拘牵文法以困折其气者又如此。②

岁考和科考所经历的种种困苦，它所造成的后果是，读书人的尊严在这个过程中日渐销蚀，有可能最终荡然无存。这样的后果，在剥夺知识阶层的精神独立性的同时，极大地强化了专制体制的权威。艾南英对这些现象的揭露，包含着巨大的思想史意义。

对于乡试，艾南英最为铭心刻骨的是房师的水平低劣，以致那些"登贤书"即中举的，往往是些并无真才实学的人。他这样写道：

> 至入乡闱，所为搜检防禁，囚首垢面，夜露昼曝，暑晹风沙之苦，无异于小试，独起居饮食稍稍自便，而房师非一手，又皆簿书狱讼之余，非若督学之专静屏营，以文为职。而予七试七挫，改弦易辙，智尽能索。始则为秦、汉子史之文，而闱中目之为野；改而从震泽、毗陵，成、弘正大之体，而闱中又目之为老。近则虽以《公》、《榖》、《孝经》、韩、欧、苏、曾大家之句，而房司亦不知其为何语。每一试已，则登贤书者，虽空疏庸腐，稚拙鄙陋，犹得与郡县有司分庭抗礼。而予以积学二十余年，制艺自鹤滩、守溪，下至弘、正、嘉、隆大家，无所不究；书自六籍子史，濂、洛、关、闽，百家众说，阴阳兵律，山经地志，浮屠老子之文章，无所不

---

① 梁章钜著，陈居渊校点：《制义丛话　试律丛话》，上海：上海书店出版社，2001年，第98页。

② 梁章钜著，陈居渊校点：《制义丛话　试律丛话》，上海：上海书店出版社，2001年，第98页。

习,而顾不得与空疏庸腐、稚拙鄙陋者为伍。入谒上官,队而入,队而出,与诸生等。每一念至,欲弃举业不事,杜门著书,考古今治乱兴衰,以自见于世,而又念不能为逸民以终老。①

清初蒲松龄《聊斋志异》中的一些作品可与艾南英的自叙参看。例如《贾奉雉》对帘内考官的讽刺:"贾奉雉,平凉人,才名冠一时,而试辄不售。"原因何在呢?郎秀才告诉贾奉雉,是由于他的文章太好,而"帘内诸官"却根本辨别不出;真想"猎取功名",就得"俯而就之"。在郎秀才反复督促下,"贾戏于落卷中,集其闱冗泛滥,不可告人之句,连缀成文",郎一见,便喜曰:"得之矣。"贾用此等"文"应试,"竟中经魁"②。艾南英"以积学二十余年,制艺自鹤滩、守溪,下至弘、正、嘉、隆大家,无所不究;书自六籍子史,濂、洛、关、闽,百家众说,阴阳兵律,山经地志,浮屠老子之文章,无所不习,而顾不得与空疏庸腐、稚拙鄙陋者为伍"。和贾奉雉的不遇一样,艾南英之不中,不是由于写得不好,而是由于写得太好。只是,贾奉雉毕竟听从了郎生的告诫,改弦更张,故意以不可告人的草率文字应试,终于高中。艾南英没法委屈自己的信念,遂只好长做老诸生。他在怀才不遇的境遇中郁积了太多痛苦和不平,他要找到一个发泄的渠道。编选为诸生时的应试之文,就是他的发泄渠道之一,所以他毫不掩饰地说:

> 若数科闱中所试,则世皆以成败论人,不欲尘世人之耳目。又类好自表见,形主司短长,故藏而匿之,然终不能忘其姓名。驹儿五岁能读书,将分识而使掌之曰:"此某司理、某令尹为房考时所摈也。"既以阴志其姓

---

① 梁章钜著,陈居渊校点:《制义丛话 试律丛话》,上海:上海书店出版社,2001年,第98—99页。

② 蒲松龄著,张友鹤辑校:《聊斋志异》(会校会注会评本),上海:上海古籍出版社,2012年,第1359—1361页。

名，而且使驹儿读而鉴，鉴而为诡遇之文以逢时，无如父之拙也。①

　　那些有眼无珠的房师，就这样被艾南英钉在了用选本铸成的耻辱柱上。他要记住这些房师的名字，也要他的儿子驹儿记住这些房师的名字。这一类房师，是浑浊的科举乱象的一个缩影。读艾南英自叙中的这些段落，和读蒲松龄《聊斋志异》中的部分涉及科举的作品，感受颇为相近。

　　从上面的情形看来，明末科场的确给人一种末世之感。这也是清初许多人的共识。《儒林外史》的表述，其实只是对一个共识的认同，没有太多特异之处。吴敬梓的不同寻常之处在于，他生活的乾隆年间，一向被视为"盛世"，而在吴敬梓的感觉中，却和明末一样黯淡无光。他把自己的感受融入对明末科场的描写，这是表达了深刻的历史洞见呢，还是仅仅因为他个人的不遇和愤懑？

　　本书的答案是：《儒林外史》的科举叙事当然与吴敬梓个人的不遇和愤懑有关，却也显示了深刻的历史洞见，套用"历史与逻辑统一"的说法，可以说是"个人感受与历史事实的统一"。许倬云说："我个人的意见，认为传统中国的体制到了清代已在改变。此时经济开始走下坡路，生活水平因人口过多而无法提升，单位生产量虽高，却赶不上人口的增加；在政治上，整合愈整齐，思想也日益僵化。在思想上虽有明清之际少许的反动，但基本而言，从乾嘉以后，除了做补注的工作外并无活力创造新成就。学术的烦琐化也可和东汉时的经学相比，甚至艺术品也因缺乏活力而由装饰的技术所取代。所以我认为，到了19世纪中国文化已经僵化了。""从明清以来一连串的内乱，也看得出来中国固有的思想无法给予他们充分的回答。不少叛乱的集合都有异端邪教作为理论基础，实在是因为正统思想不能满足现实大众的思想需要。"② 吴敬梓以明末状况影写乾隆时代的情形，从文化的角度看，确有其充分的合理性。所谓乾隆盛世，其实是一个失去了文化活力、晦暗无光的时代。

---

① 梁章钜著，陈居渊校点：《制义丛话　试律丛话》，上海：上海书店出版社，2001年，第99页。

② 许倬云：《中国古代文化的特质》，厦门：鹭江出版社，2016年，第67页。

第五章 《儒林外史》视野下的科举功名

面对科举功名，早年的吴敬梓是一个痛苦的失意者，而后期的吴敬梓则是一个冷峻的观察者和思索者。他的《儒林外史》，从功名与人品、功名与世情、功名与风水、功名与"揣摩"等不同角度展现了科举时代的功名以及围绕功名而展开的社会生活。《儒林外史》的描写，有助于我们全面把握科举制度的利弊，也有助于我们深入了解科举时代的中国文化。

第一节 功名与人品

明清时代有一项重要规定：科举以《四书》《五经》为基本考试内容。这一规定是耐人寻味的。《论语》《孟子》等儒家经典是秦汉以来中国传统社会维系人心、培育道德感的主要读物。我们经常表彰"中国的脊梁"，一个毋庸置疑的事实是，秦汉以降，"中国的脊梁"大都是在儒家经典的教育下成长起来的。

原图取自《儒林外史》第三回"周学道校士拔真才　胡屠户行凶闹捷报"

以文天祥为例,这位南宋末年的忠贞名臣,曾在《过零丁洋》诗中说:"人生自古谁无死?留取丹心照汗青。"①"丹心"就是蕴蓄着崇高的道德感的心灵。他还有一首《正气歌》,开头一段是:"天地有正气,杂然赋流形。下则为河岳,上则为日星。于人曰浩然,沛乎塞苍冥。皇路当清夷,含和吐明庭。时穷节乃见,一一垂丹青。"②身在治世,正气表现为安邦定国的情志;身在乱世,则表现为忠贞坚毅的气节。即文天祥所说:"当其贯日月,生死安足论。"③1283年,他在元大都(今属北京)英勇就义,死前他在衣带中写下了这样的话:"孔曰

---

① 文天祥:《文天祥全集》,北京:中国书店,1985年,第349页。
② 文天祥:《文天祥全集》,北京:中国书店,1985年,第375页。
③ 文天祥:《文天祥全集》,北京:中国书店,1985年,第375页。

'成仁'，孟曰'取义'。惟其义尽，所以仁至。读圣贤书，所学何事？而今而后，庶几无愧。"①《四书》《五经》的教诲，是文天祥的立身之本。明清科举制度规定以《四书》《五经》为基本考试内容，希望借此取得"端士习""崇正学"的效果，正是基于这样一些事实。清顺治九年（1652），在各省学宫立卧碑，开门见山即云："朝廷建立学校，选取生员，免其丁粮，厚以廪膳；设学院、学道、学官以教之，各衙门官以礼相待，全要养成贤才，以供朝廷之用。"② 此后的康熙帝、雍正帝亦一脉相承地强调"养成贤才"这一宗旨。

朝廷的这种努力，不能说完全没有成效。在《儒林外史》中，那个主考的学道听知县李本瑛叙说了匡超人"行孝的事"后，立即热情地表示："'士先器识而后辞章。'果然内行克敦，文辞都是末艺。"答应一定录取匡超人。这表明，有些官员还是听信朝廷的话，注重培养贤才的。

但教育目标与实际状况的两歧也是生活中的普遍情形。以《四书》《五经》为考试内容，朝廷的本意是灌输圣贤之道，而应试者却大都只将儒家经典当成猎取功名富贵的工具，根本不打算身体力行。清陈澧《太上感应篇·序》切中要害地分析道："世俗读《四书》者，以为时文之题目而已；读《五经》者，以为时文之辞采而已。"③孔孟的著作，朱子的言论，一旦沦为陈澧所说的"题目""辞采"，也就是高翰林说的"教养题目文章里的辞藻"，也就是被当作敲门砖，还有谁当真照着去做？《儒林外史》对这种教育目标与实际情形分道扬镳的状况作了极富讽刺意味的描绘。

用"代圣贤立言"的八股文博取富贵，延伸到日常生活中，便是用美妙的合乎纲常的言论来为一己的私利服务，王德、王仁便是如此。严监生因原配王

---

① 脱脱等：《宋史》，北京：中华书局，1977年，第12540页。
② 昆冈等：《钦定大清会典事例》，《钦定大清会典》本，台北：新文丰出版公司，1976年，第10228页。
③ 陈澧：《东塾集》，《清代诗文集汇编》本，上海：上海古籍出版社，2010年，第637册第200页。

氏快要死了，跟这两位舅丈商议扶正"生了儿子的妾"赵氏，两位"把脸本丧着，不则一声"，但当他们各自得到严监生的一百两银子后，态度立即大变，催他赶快扶正赵氏。王仁甚至拍着桌子说："我们念书的人，全在纲常上做工夫，就是做文章，代孔子说话，也不过是这个道理；你若不依，我们就不上门了！"言辞多么冠冕堂皇，可骨子里是为了那一百两银子。

用"代圣贤立言"的八股文来博取富贵，它可能导致的另一极端后果是：儒家经典读得越来越熟，八股文写得越来越好，人品却越来越差。匡超人便是一例。这个农家子弟，起初是何等孝顺、淳朴。但等到读了书，考了一个秀才，又因为提携他的知县李本瑛"坏了"，他怕被连累，逃到杭州，碰上了景兰江、赵雪斋等人，学他们做斗方名士，又从一个衙门潘三那里，学了很多做坏事的本领，从此，他变成了一个卑鄙无耻的混蛋。匡超人的堕落，责任在谁？齐省堂本评语归罪于八股取士的科举制度；卧闲草堂评语则以为，主要在于匡超人所遇匪人，假如他碰上的尽是马二先生辈，是不至于陡然变为势利熏心之人的，"无如一出门既遇见景（兰江）、赵（雪斋）诸公，虽欲不趋于势利，宁可得乎？蓬生麻中，不扶自直，苟为素丝，未有不遭染者也"。

比较而言，卧闲草堂评语无疑更为公正。但从"《春秋》责备贤者"的角度来看，马二先生也负有不可推卸的责任。他是匡超人早期的生活导师，可他不引导匡超人先做一个合格的人，然后谈举业、功名，却一个劲儿地鼓励他"出头""荣宗耀祖""宦途相见"。为了做举业，甚至可以不管病在床上的父亲，这能说是恰当的吗？这样的举业，当然无助于人品的改善。

匡超人与潘三交往的前前后后，尤其令读者质疑科举教育"养成贤才"的功效。

潘三这个人物，三言两语很难说清。据他的堂兄潘保正介绍："是个极慷慨的人。"读者也觉得他着实慷慨。匡超人与他无亲无故，只因潘保正托他"照应"，遂尽心竭力。他为匡超人办了好几件"着实慷慨"的事：指点迷津，教匡超人"在客边要做些有想头的事"，莫同斗方名士鬼混；先后资助匡超人数百两银子；操办匡超人的婚事。一句话，对匡超人，潘三够朋友！

但潘三又是个地地道道的猾吏。在旧日正派读书人的心目中，猾吏属于十恶不赦的那种人。清初小说家蒲松龄就曾想上书朝廷，建议定这样一条法律："凡杀公役者，罪减平人三等。"① 这是因为，公役没有不可杀的。所以，能够诛杀蠹虫一般的公役，即为循法守礼而有治绩的官员；即使对这一流人苛刻些，也不算虐政。他还说："凡为衙役者，人人有舞文弄法之才，人人有欺官害民之志。"② 就通常情形而言，蒲松龄说的一点儿也不过分。且看潘三的所作所为："包揽欺隐钱粮"，"私和人命"，"短截本县印文及私动朱笔"，"假雕印信"，"拐带人口"，"重利剥民，威逼平人身死"，"勾串提学衙门，买嘱枪手代考"……他被访拿"下在监里"，那是罪有应得。

匡超人与潘三的命运呈戏剧性的转换：当潘三被逮，跌进人生的低谷时，匡超人却在岁考中被取在一等第一；被学政提了优行，贡入太学肄业；又得到李给谏（即从前的乐清县知县李本瑛）的扶持，考取教习（皇室宗学的教师）。

匡超人春风得意，回本省地方取结。他还记得老朋友潘三么？早忘到脑后去了。我们只听见他滔滔不绝地对着景兰江吹牛皮，与口口声声自称"乡绅"的严贡生相似极了。

可潘三还记得匡超人。不只记得，还指望与这位"朋友"会一会，叙叙苦情。照我们的想法，匡超人自会一口应承；想想当初潘三待他的恩情，岂有不应承之理！

然而读者估计错了。听蒋刑房转达了潘三的意愿后，匡超人非但不应承，还振振有词地发表了一通"原则性"极强的议论："本该竟到监里去看他一看，只是小弟而今比不得做诸生的时候。既替朝廷办事，就要依照着朝廷的赏罚。若到这样地方去看人，便是赏罚不明了。""潘三哥所做的这些事，便是我做地方官，我也是要访拿他的。如今倒反走进监去看他，难道说朝廷处分的他不是？

---

① 蒲松龄著，张友鹤辑校：《聊斋志异》（会校会注会评本），上海：上海古籍出版社，2012 年，第 672 页。

② 蒲松龄：《聊斋文集》，《蒲松龄集》本，北京：中华书局，1962 年，第 286 页。

这就不是做臣子的道理了。"

这又是严贡生的口气。读者记得，王德、王仁曾与严贡生谈起严监生之死，惋惜因参加科举考试未能与严监生"当面别一别"，严贡生却坦然地说："自古道：'公而忘私，国而忘家。'我们科场是朝廷大典，你我为朝廷办事，就是不顾私亲，也还觉得于心无愧。"严贡生以"为朝廷办事"为由，漠视兄弟之情；匡超人则以"替朝廷办事"为由，漠视朋友之情。"为朝廷办事"已成为行刻薄寡情之实的借口。《儒林外史》第二十四回卧闲草堂评语说：

> 潘三之该杀该割，朝廷得而杀割之，士师得而杀割之，匡超人不得而杀割之也。匡惟不得而杀割之，斯时为超人者，必将为之送茶饭焉，求救援焉，纳赎锾焉，以报平生厚我之意，然后可耳。乃居然借口昧心，以为代朝廷行赏罚，且甚而曰："使我当此，亦须访拿。"此真狼子野心，蛇虫螫毒，未有过于此人者。昔蔡伯喈伏董卓之尸而哭之，而君子不以为非者，以朋友自有朋友之情也。使天下人尽如匡超人之为人，而朋友之道苦矣。

所谓"朋友自有朋友之情"，强调的是"义"的原则，是对知己的刻骨铭心的感戴。读书人向来倡导"士为知己者死"，以性命报答知己是一种崇高的人格境界。千古流传的高山流水的故事，结束于钟子期死，伯牙终身不复鼓琴。所隐喻的含义正是：为了知己，自身的所有一切均可放弃。

那位读者提到"蔡伯喈伏董卓之尸而哭之"，蔡伯喈即汉末著名文人蔡邕，董卓则是汉末残暴专横的豪强。据《资治通鉴》第五十九卷记载，五原太守王智曾诬陷蔡邕"谤讪朝廷"，蔡邕被迫亡命江湖达十二年之久；董卓"闻其名"，征聘他做官，蔡邕借口有病拒绝了。董卓以灭族相威胁，蔡邕才勉强出来任职。董卓见蔡邕，大喜，一月间三次升他的官，拜为侍中，很是倚重。[①] 后董卓被诛，蔡邕"闻之惊叹"，王允斥责蔡邕怀董卓"私遇"，同情"大贼"，将蔡邕处死。[②]《三国志演义》第九回具体展示了蔡邕伏尸而哭的情节，并由蔡邕

---

① 司马光：《资治通鉴》，北京：中华书局，2007年，第692页。

② 司马光：《资治通鉴》，北京：中华书局，2007年，第705页。

自我表白："邕虽不才，亦知大义，岂肯背国而向卓？只因一时知遇之感，不觉为之一哭。"①

如何看待蔡邕伏董卓之尸而哭的举动？清初毛宗岗评点《三国志演义》，其看法是：

> 今人俱以蔡邕哭董卓为非，论固正矣，然情有可原，事有足录，何也？士各为知己者死，设有人受恩桀、纣，在他人固为桀、纣，在此人则尧、舜也。董卓诚为蔡邕之知己，哭而报之，杀而殉之，不为过也。犹胜今之势盛则借其余润，势衰则掉臂去之，甚至为操戈、为下石，无所不至者。毕竟蔡邕为君子，而此辈则真小人也。②

这与卧闲草堂评语的见解一致。的确，对于忘恩负义的"小人"，"原则"早已成为他们薄情寡恩的辩护词；既然如此，还不如扔掉这些"原则"，撕开"小人"的伪装。

那位读者未提到关羽"华容道义释曹操"的事，也许是因为于史无征，但《三国志演义》的那段描述实在比写蔡邕之哭董卓更为感人。关羽给读者印象最深的有两件事：第一，"独行千里，报主之志坚"，表现的是对刘备的"忠"；第二，"义释华容，酬恩之谊重"，表现的是对曹操的"义"。而《三国志演义》渲染得尤富于生气、尤为感人的似乎还是后者。在元代的《三国志平话》里，"义释"的色彩并不鲜明：事先既没有孔明的调遣布置，关羽也没有存心释曹；而是"曹公撞阵。却说话间，面生尘雾，使曹公得脱。关公赶数里，复回"③。《三国志演义》则突出了关羽释放曹操的自觉担当——关羽的"义"外化为一种复杂的、充满人情味的英雄气度，超越了政治利益和个人生死（关羽与诸葛亮立有军令状）的考虑。人格操守比集团利益更重要，这是罗贯中希望透露的核心意思。毛宗岗回前总评也认为，曹操的确是个大奸大恶、得罪朝廷、得罪

---

① 罗贯中：《三国志演义》，北京：商务印书馆，1957年，卷二第11页。

② 罗贯中：《三国志演义》，北京：商务印书馆，1957年，卷二第7页。

③ 上海古典文学出版社整理《三国志平话》，上海：古典文学出版社，1955年，第86页。

天下的人，但他始终把关羽当国士来对待，不愧为关羽的知己。因此，别人杀曹操，那是为朝廷除贼；关羽杀曹操，则是杀他的知己。杀自己的知己，这是关羽宁死也不会做的。毛宗岗说得太对了。关羽丧失了"原则性"，却成就了其"义"的人格。可以说，人格是关羽生命的基石，他的勇武，他的风度，因为与他的人格结合，才具有千载之下犹令人向往的个人魅力。

与关羽和蔡邕相比，匡超人这个大言不惭地宣称"替朝廷办事"的家伙，不是卑污得很吗？他的"原则性"极强，可他的人格呢？这些体制之内的人物，他们哪里还记得孔子、孟子的训诲？

用"代圣贤立言"的八股文博取富贵，到头来，"富贵"战胜了"圣贤"，于是势利熏心、世风日下便成为题中应有之意了。五河县就是这样一个标本。即使是曾经活跃过虞博士一辈人的南京，最终也不免一派污浊之气。"士习未端，儒效罕著"①，朝廷的教育目标只能是一厢情愿的设想，一个常常不能兑现的设想。

第二节　功名与世情

"一冷一暖，谓之世情。"在吴敬梓笔下，对比绝不只是一种写作技巧，它首先是一种社会现象，随着一个人地位的变化，或面对不同地位的人，世人的态度会呈现出种种差异鲜明的色调。吴敬梓对这种色调的变化是异常敏感，极善把握的。

胡屠户气质粗鲁，因而他的势利也表现得格外粗俗，不假修饰。对秀才范进，他高踞于岳丈的位置，用的是"吩咐"的口吻，稍不对劲，便可"一口啐在脸上"，骂范进"一个狗血喷头"；对举人范进，他自认卑贱，称之为"贤婿老爷"，一举一动都分外小心谨慎。胡屠户是个大字不识一斗的人，他的势利以

---

① 素尔讷等纂修，霍有明、郭文海校注：《钦定学政全书校注》，武汉：武汉大学出版社，2015年，第8页。

直露的方式表现出来，滑稽多于丑恶，所以读者看了，并不怎么憎恶，只是觉得可笑。

远比胡屠户可恶的是那种善于修饰的势利鬼。《儒林外史》第二十八回，萧金铉、季恬逸、诸葛天申寻寓所选书，来到和尚庵，当家的老和尚出来见，"铺眉蒙眼"（装模作样）问了三人"姓名、地方"，开口就自抬身价："小房甚多，都是各位现任老爷常来做寓的。"每月房钱，一口咬定三两。听萧金铉说这下处"买东西远些"，他便"呆着脸"奚落三人的寒酸："在小房住的客，若是买办和厨子是一个人做的，就住不的了。须要厨子是一个人，在厨下收拾着；买办又是一个人，侍候着买东西，才赶的来。"好一副势利模样！

到第二十九回，还是这个"老和尚"，只是他出人意外地风雅起来了。杜慎卿邀约萧金铉、季恬逸、诸葛天申赏牡丹，清谈、饮酒，吃到月上时分，照耀得牡丹花色越发精神；又有一树大绣球，好像一堆白雪。三个人不觉手舞足蹈起来，杜慎卿也颓然醉了。于是，"老和尚"来凑趣：

> 只见老和尚慢慢走进来，手里拿着一个锦盒子，打开来，里面拿出一串祁门小炮仗，口里说道："贫僧来替老爷醒酒。"就在席上点着，哔哔卟卟响起来。杜慎卿坐在椅子上大笑。和尚去了，那硝黄的烟气还缭绕酒席左右。

这真是"雅"得很了。天目山樵的评语说："何处得此雅僧，断非昔日所见铺眉蒙眼的那一个。"也许，天目山樵感到老和尚的前俗后雅差异太大，实在不像是同一个人。然而，这正是吴敬梓着力刻画之处：一个极倨傲的势利中人，他也可以极谄媚；对身份低的人倨傲与对身份高的人谄媚，这本是同一习性的两面。他越是以"雅"的方式来表现其势利，他也就越令人厌恶，因为他的势利已披上了所谓"名士风流"的伪装。

人情势利，世风日下，在那些势利的人眼里，有机会奉承得势的达官贵人乃是一种荣耀。比如，在五河县，逢迎拍马已成为众人竞赛的核心项目。"此时五河县发了一个姓彭的人家，中了几个进士，选了两个翰林。五河县人眼界小，便阖县人同去奉承他。""五河县人"之一的成老爹"供认不讳"地对余有达说:"大先生,'三十年河东,三十年河西',就像三十年前,你二位府上何等气势,我是亲眼看见的。而今彭府上、方府上,都一年盛似一年。不说别的,府里太尊、县里王公,都同他们是一个人,时时有内里幕宾相公到他家来说要紧的话。百姓怎的不怕他!"呜呼!权势在手时,人们就如群蚁聚集在羊肉上面一样趋炎附势;权势丧失了,他们就像吃饱了的鹰远扬长空一样无情离去。悠悠浊世,今古皆然,一部《儒林外史》写得尽么!

第三节 功名与风水

功名富贵无凭据,于是信命数、信风水。部分读书人的这种畸形心态,《儒林外史》一一作了喜剧性的展示。

全椒吴氏家门鼎盛,据说是因为吴姓的全椒始祖吴凤的葬地选得好。清人李调元《制义科琐记》"神术"条记载,吴凤死后,他的儿子吴谦请了一个名叫简尧坡的风水先生为之选择墓地,整整三年,还没有找好。一天,吴谦与简尧坡同往梅花山中,遇大雪,遂共饮于陈家市酒楼。简尧坡倚栏远眺,终于发现二里外有一片"吉地"。他仔仔细细端详了许久,天晴后,又再去审视了一番,才郑重地告诉吴谦:这块地葬了您的先人,您的儿子还不会发迹,到您的孙子,才大发,一定是兄弟同发;对面文峰秀绝,发必鼎甲,但稍微偏了一些,未必是状元(鼎元),可能是第二(榜眼),可能是第三(探花),而且不只是发这一代。吴谦于是在这儿安葬了他的父亲。果然,他的孙子国鼎,字玉铉,中明崇祯癸未进士;国缙,字玉林,中清顺治己丑进士;国对,字玉随,国龙,字玉骝,孪生,玉随顺治戊戌进士及第,第一甲第三人(探花),官翰林侍读,玉骝为癸未进士,官礼科都给事中。国龙的儿子吴晟、吴昺,又先后中了进士。

上面这段渲染"神术"的故事,是吴昺亲自讲给他的座师王士禛听的,故事中的吴国对即吴敬梓的曾祖父。

也许会让读者感到意外的是,吴敬梓却压根儿不信风水。

葬地有吉凶的说法,大概是从晋代盛行起来的。《世说新语·术解》中就有好几则相关的记载，如"折臂三公"：

> 人有相羊祜父墓，后应出受命君。祜恶其言，遂掘断墓后，以坏其势。
> 相者立视之曰："犹应出折臂三公。"俄而祜坠马折臂，位果至公。①

《世说新语》是一部纪实性的笔记，但上述故事，显然荒诞不经。由此看来，相地术在魏晋时代已非常流行，以致如此荒诞的传说也能被人们作为真事接受。

相地术在晋代被说得神乎其神，而其主角是东晋郭璞。郭璞（276—324），字景纯，河东闻喜（今山西闻喜县）人。西晋灭亡，他随晋室南渡，后为王敦记室参军，因反对王敦谋反被杀。他以长于卜筮、相地著名，相传《葬书》便是他写的，故被后来讲风水的人奉为祖师。

"福兮祸所伏，祸兮福所倚。"事情总有两个方面。郭璞在被视为风水先生的祖师爷的同时，也成了不信风水的人所集中嘲讽的对象。据南宋罗大经《鹤林玉露》卷六记载，南宋杨万里一向不信风水之说，曾对人讲：郭璞如真的精于风水，按理应该妙选吉地，给他本人带来安乐，给他子孙带来好处；但实际上，他自身不免于死刑，他的子孙最终也衰微不振。这样看来，他的学说在他那里就没有效验。而后世的人，却读其遗书，信奉不已，不是太糊涂吗？明人沈周将杨万里的见解写入《郭璞墓》一诗，语气雄辩："气散风冲那可居，先生埋骨理何如？日中数莫逃兵解（被杀），世上人犹信《葬书》！"②《儒林外史》第四十四回，迟衡山引用了这首诗，并进一步指出：

> 小弟最恨而今术士托于郭璞之说，动辄便说："这地可发鼎甲，可出状元！"请教先生：状元官号始于唐朝，郭璞晋人，何得知唐有此等官号，就先立一法，说是个甚么样的地就出这一件东西？这可笑的紧！

---

① 刘义庆著，刘孝标注，余嘉锡笺疏，周祖谟、余淑宜、周士琦整理：《世说新语笺疏》，北京：中华书局，2007年，第829页。

② 沈周著，张修龄、韩星婴点校：《沈周集》，上海：上海古籍出版社，2013年，第610页。

迟衡山的逻辑是：郭璞是晋代人，他怎么会预先知道唐代的典章制度？那种种以郭璞名义流行的相地术毫无疑问乃是出于伪托。郭璞本人的相地术尚且不灵验，伪托的相地术更不足据了。

迟衡山继续质疑道："若说古人封拜都在地理上看得出来，试问淮阴葬母，行营高敞地，而淮阴王侯之贵，不免三族之诛，这地是凶是吉？"淮阴即汉代的韩信，他曾被封淮阴侯。据《史记·淮阴侯列传》，韩信还是一介细民时，就胸有大志，"其母死，贫无以葬"①，却到处寻找又高又宽的葬地，目的在于使坟墓周围可以安顿得下一万户守冢的人家。讲风水的人宣称封侯拜爵从葬地上便看得出来，于是迟衡山反问：韩信虽然封侯封王，最终却被刘邦以谋反罪诛灭父、母、妻三族，那么，他为母亲选的葬地，究竟是吉还是凶？如果是吉地，他不会被"夷灭宗族"②；如果是凶地，他不会封侯封王。可见葬地有吉凶的说法靠不住。

晚明冯梦龙《古今谭概·微词部》有则题为"光福地"的笑话：

> 袁了凡好谈地理，曾访地至光福，问一村农曰："颇闻此处有佳穴否？"
>
> 曰："小人生长于斯，三十余年矣，但见带纱帽者来寻地，不见带纱帽者来上坟。"③

袁默然而去。"村农"的意思与迟衡山一样：相地术信不得。

吴敬梓不信风水，其意不止于破除迷信。世人信风水，骨子里是图发富发贵，热衷于功名富贵与迷信风水搅在一块，遂演为一出出闹剧、丑剧。比如吴敬梓笔下的施御史兄弟。施二先生说乃兄中了进士，他不曾中，都是太夫人的地葬得不好，遂急于迁坟。风水先生又拿话吓他，说："若是不迁，二房不但不

---

① 司马迁著，裴骃集解，司马贞索引，张守节正义：《史记》，北京：中华书局，2013年，第3169页。

② 司马迁著，裴骃集解，司马贞索引，张守节正义：《史记》，北京：中华书局，2013年，第3169页。

③ 冯梦龙：《古今谭概》，北京：中华书局，2007年，第398页。

做官,还要瞎眼。"他越发慌了,到迁坟那日,他恭恭敬敬地跪在那里,才掘开坟,坟里一股热气,直冲出来,冲到眼上,两只眼顿时瞎了。这是不是一出闹剧?

风水先生是否一无是处呢?也不尽然。书中的浑雅真儒虞育德就做过风水先生。但选择葬地,只要地下干暖,无风无蚁,得安先人,就够了。那些发富发贵的话,都听不得。余大先生不请以"发富发贵"为话头的余殷、余敷为太老爷择地,而托付给张云峰,理由在此。这也正是吴敬梓的意思。《儒林外史》对风水术的质疑,建立在对功名富贵并不一味热衷的基础上。

第四节 功名与"揣摩"

靠八股文起家的高翰林曾在"高谈龙虎榜"时得意扬扬地向万中书等人传授成功的秘诀。在他看来,"揣摩"二字,就是举业金针。"若是不知道揣摩,就是圣人也是不中的。"自负老子天下第一,开口便是"中了去",这就是杜少卿所极为反感的"进士气"。

高翰林所说的"揣摩",含义有二,我们分开来谈。

"揣摩"的第一层含义是"讲求时尚"。科举考试中,试官的口味不同,录取的标准也就不同。晚明赵南星《笑赞》的一则笑话说:

> 宋欧阳修做考试官,得举子刘辉卷云:"天地轧,万物茁,圣人发。"欧阳修以朱笔横抹之,士人增作四句曰:"试官刷。"①

赵南星由此引申道:

> 俗云"文章中试官",非虚言也。刘辉之卷,如遇爱者,即古今之奇作也。近时一贵人,批韩文云:"退之不甚读书,作文亦欠用心。"以其无轧茁语也。爱婴瘤者以细颈为丑,文章何常之有。②

---

① 王利器辑录:《历代笑话集》,上海:上海古籍出版社,1981年,第278页。
② 王利器辑录:《历代笑话集》,上海:上海古籍出版社,1981年,第278页。

既然"文章中试官",这就需要刺探大场主考官之所好,看准风向,否则只能是"不中的举业"。

"讲求时尚",于是应试者不读经书或先辈之文,而只"读近科中式之文",以致文格低落,世风日下。这一意义上的揣摩,一向为有识者所轻视。清人纪昀《阅微草堂笔记》卷十九以鄙夷的口气提到当时流行的"揣摩秘本":

> 有举子于丰宜门外租小庵过夏,地甚幽僻。一日,得揣摩秘本,于灯下手钞,闻窗外似窸窣有人,试问为谁。外应曰:"身是幽魂,沈滞于此,不闻书声者百余年矣。连日听君讽诵,怅触夙心,思一晤谈,以消郁结。与君气类,幸勿相惊。"……鬼乃探取所录书,才阅数行,遽掷之于地,奄然而灭。①

纪昀的言外之意是很清楚的:连夙嗜读书之鬼也厌恶揣摩秘本,足见它除了供人博取科名外,实在不值得寓目。

"揣摩"的第二层含义是:悉意探求,以期合于本旨。亦即像戏曲演员一样,遥体人情,悬想事势,无论喜怒哀乐,恩怨爱憎,一一设身处地,不以为戏而以为真,使人看了也觉得和真的一样。

八股文与"揣摩"之间的姻缘颇深。八股文始于北宋,但一般自出议论。南宋的杨万里开始注意代古人的语气,至明太祖朱元璋,则规定八股文必须"代圣贤立言",即作者必须充当圣贤的代言人,所以通常用"意谓""若曰""以为""且夫""尝思"等字眼领起。八股文古称"代言",缘由在此。

写八股文既然是"代圣贤立言",也就需要揣摩孔子、孟子等人的情事,要善于体会,妙于想象,这便与戏曲相通。晚明倪元璐《孟子若桃花剧序》指出,在各种文体中,经史与诗歌属于一类,元曲与八股文属于一类。元曲与八股文的相通之处是"皆以我慧发他灵、以人言代鬼语"②,也就是都以第一人称口吻代替别人说话,表达别人的思想和感情。不同之处仅在于戏曲多代普通人立言,

---

① 纪昀:《阅微草堂笔记》,上海:上海古籍出版社,1980年,第485页。
② 郑元勋:《媚幽阁文娱》,上海:上海杂志公司,1936年,第61页。

八股文则是代圣贤立言。清人袁枚《答戴敬咸进士论时文》亦云：

> 从古文章皆自言所得，未有为优孟衣冠，代人作语者，惟时文与戏曲则皆以描摹口吻为工，如作王孙贾，便极言媚灶之妙；作淳于髡、微生亩，便极诋孔孟之非。犹之优人，忽而胡妲，忽而苍鹘，忽而忠臣孝子，忽而淫妇奸臣，此其体之所以卑也。①

明清两代流传过不少传奇剧有益于举业的佳话。据晚明贺贻孙《激书》卷二"涤习"条记载，黄君辅致力于举业，拜汤显祖为师。每次君辅拿自己的八股文向汤求教，汤都扔到地上，很不满意。一次，汤直率地批评黄笔无锋刃，墨无烟云，砚无波涛，纸无香泽；这四友不灵，即使再用功也无益。君辅流泪求教。汤才劝他烧掉所作的八股文，澄怀荡胸，看汤创作的戏曲。君辅连声答应，于是汤授给他《牡丹亭》。此后，君辅发奋练笔，很快写出数篇，呈给汤看。汤高兴地称赞他锋刃已具，烟云已生，波涛荡漾，香泽滋润，以往的臭恶一变而为芳鲜。黄赶紧去参加乡试，果然中举，人称吉州名士。

贺贻孙，字子翼，号水田居士，江西永新人。明末诸生。与汤显祖的次子太耆、三子开远、四子开先，同为复社成员。所以，他的记载当是可信的。汤显祖，字义仍，既是明代万历时期著名的戏曲家、诗人，也是独树一帜的八股名家。晚明汤宾尹《睡庵稿》称赞他的科举之文，"如霞宫丹篆，自是人间异书"②，"制义以来，能创为奇者，汤义仍一人而已"③。他教人从戏曲悟八股门径，这是内行的指点。

高翰林以为揣摩是举业的金针，从技术的观点看，吴敬梓恐怕也并不打算予以否定。但作家显然别有会心。他从举业与戏曲的相通处，意识到"高贵"

---

① 袁枚：《小仓山房尺牍》，上海：世界书局，1937年，第128页。

② 汤宾尹：《睡庵稿》，《四库禁毁书丛刊》本，北京：北京出版社，2000年，集部第63册第60页。

③ 汤宾尹：《睡庵稿》，《四库禁毁书丛刊》本，北京：北京出版社，2000年，集部第63册第75页。

的八股行家不过近于"贱行"的戏曲演员,于是他构想出高翰林的一种"风流"性情:格外喜欢梨园中的演员钱麻子的谈吐,聚会时如果没有钱麻子,他便感到"满座欠雅"。高老先生何以喜欢钱麻子?个中原因,大概即在于钱麻子擅长揣摩,能够说出投高老先生所好的话;并且会下棋,会唱曲,还会假做斯文地扮出一副士大夫模样。鲍文卿就亲眼看见钱麻子"头戴高帽,身穿宝蓝缎直裰,脚下粉底皂靴",独自坐在茶馆里吃茶,俨然是"一位翰林、科、道老爷"。在高翰林眼里,这不是"有趣的紧"吗?

　　吴敬梓的用意还有一层。在小说家看来,士大夫阶层负有独立思考和移风易俗的责任,其表率作用是异常重要的。高翰林身居高位,理当维护社会的尊卑等级,如《儒林外史》第二十四回卧闲草堂评语所说:"优伶贱辈,不敢等于士大夫,分宜尔也。"然而,高翰林辈自诩"风流",歌酒场中,往往拉此辈同起同坐,以为雅趣。其结果,"礼"被破坏,"优伶贱辈"甚至敢于轻视贫寒的读书人。钱麻子就意态不凡地宣称:"南京这些乡绅人家寿诞或是喜事,我们只拿一副蜡烛去,他就要留我们坐着一桌吃饭。凭他甚么大官,他也只坐在下面。若遇同席有几个学里酸子,我眼角里还不曾看见他哩!"社会风气败坏至此,以揣摩为看家本事的高翰林能辞其咎?这些身居显位的读书人,不仅自己丧失了独立的人格,还成了俗恶风气的推波助澜者。

第六章 《儒林外史》所展现的贤人风范

孔子曾说:"天下有道则见,无道则隐。"① 身在江湖,并不意味着要放弃所肩负的社会责任,只是实践的方式与出仕时有所不同而已。《儒林外史》所展现的正是这样一种实践方式。一群退隐或有隐逸品格的贤人,如虞博士、庄征君、迟衡山、杜少卿,把"养家活口"视为基本的人生责任,虽"高尚其志",却绝不自命不凡,其人生气象和诗人气质足以包容杜慎卿、虞华轩一类才士。这样一群贤人,能够延续道统,也能够延续文统;可以居庙堂之高,也可以处江湖之远。吴敬梓的社会责任感,就是通过这样一群贤人形象表达出来的。

---

① 朱熹:《论语集注》,《四书章句集注》本,北京:中华书局,2012年,第106页。

原图取自《儒林外史》第三十六回"常熟县真儒降生 泰伯祠名贤主祭"

第一节 虞博士以"养家活口"为人生第一要务

  吴敬梓偏爱隐士,是因为在世俗的权力面前,隐居有助于保持精神的独立。但《儒林外史》并没有把虞博士等人写成不食人间烟火的世外高人,相反,对于他们的世俗生活,尤其是一个人基本的生存能力,给予了格外关注。这是因为,虞博士等人,一方面是清高的,另一方面又是入世的,他们有着极强的社会责任感。换句话说,精神的独立以完成基本的人生责任为前提。没有基本的生存能力,就没有精神的独立,那还谈得上承续道统吗?

  这一特点在虞博士身上表现得尤为充分。

  虞博士是《儒林外史》着力推崇的"真儒"。他令吴敬梓佩服的自然首先是"难进易退""襟怀冲淡",不把功名富贵放在眼里的品行;而他"治生"即"养家活口"的能力也受到作者的高度赞许。

读者不难注意到,在虞博士的人生历程中,"治生"一直是他首要的课题。虞博士的故乡常熟,是人文荟萃之地。当时有一位云晴川先生,古文诗词天下第一,虞博士到了十七八岁,就随着他学诗文。吟诗作文,自然是高雅的事情,但邻居祁太公却从自己的生活经验出发,知道养家活口乃是一切高雅事情的基础,因此劝他说:"虞相公,你是个寒士,单学这些诗文无益。我少年时也知道地理(看风水),也知道算命,也知道选择(挑选吉日),我而今都教了你,留着以为救急之用。"虞博士接受了他的教诲。后来虞博士又按照祁太公的建议,读了几本考卷,出去应考,成了秀才。何以要做秀才呢?用祁太公的话说:"进个学,馆也好坐些。"果然,进学的第二年,二十里外杨家村一个姓杨的就包了虞博士去教书,每年三十两银子,这笔收入足以赡养全家数口。

吴敬梓写虞博士,与写王冕一样,正面立传,原原本本地交代其履历,这在《儒林外史》中属于特例。即使是写杜少卿,作者也未曾如此郑重。而详细铺叙虞博士的"治生",又郑重表达了吴敬梓对人生的一个"看似寻常最奇崛"的见解:读书人首先必须具备基本的生存能力,否则精神的独立就是一句空话。

原始儒家对"治生"似乎比较忽视。孔子曾表扬颜回吃的是一箪饭,喝的是一瓢水,住的地方是僻陋的小巷子,别人受不了这种苦,颜回却不改变自己的快乐。(见《论语·雍也》)西汉韩婴在《韩诗外传》卷一中更以戏剧化的对比手法推出了两个人物:一个是孔子的弟子原宪,他住着茅草盖的房屋,蓬户瓮牖,上漏下湿;戴着楮皮做的帽子,拄着藜草茎做的手杖;正一正头上的冠,则缨带绷断,扯一扯衣襟,则肘部露出,提一提鞋子,则后跟裂口,真是贫困到了极顶!另一个是子贡,也是孔子的弟子,做生意赚了大把的钱。骑着骏马,穿着轻裘,"中绀而表素,轩车不容巷",真是豪华到了极顶!子贡造访原宪,取笑他"病"到这步田地。原宪听了,非但无一丝惭愧,反而高扬着头,豪迈地谈论贫与病的区别:没有财产叫作贫,学了而不能照着做才叫病;并嘲笑子贡迎合世俗,相互利用,学以为人,教以为己,不讲仁义,而一味注重车马的装饰，衣裳的华丽。结果，反倒是子贡面有惭色，不辞而去，原宪于是缓步曳杖，高歌《商颂》"声满于天地，如出金石"①。好一曲精神战胜物质的凯歌！

不过，早期儒家所标示的这种乐道安贫的境界并没有赢得后世的绝对认同。西晋的石崇就不满于原宪的艰难人生。他说："士当令身名俱泰，何至以'瓮牖'语人！"② 明代的钟惺也说，读书人要想清高自许，首先得让衣食之需得到起码的满足，才能"无求于世"。如今一些人动辄摆出一副名士面孔，看见别人营治生计，就说这太俗了。等到自己穷困潦倒，有的甚至做起了乞丐，连起码的操守都没有了。"其可耻又岂止于俗而已乎！"③ 清初小说《醒世姻缘传》第三十三回说得尤为畅快：

> 圣贤千言万语，叫那读书人安贫乐道……我想说这样话的圣贤，毕竟自己处的地位也还挨的过得日子，所以安得贫，乐得道。但多有连那一亩之宫，环堵之室，负郭之田半亩也没有的，这连稀粥汤也没得一口呷在肚里，那讨疏食箪瓢？这也只好挨到井边一瓢饮罢了，那里还有乐处？孔夫子在陈，刚绝得两三日粮，那从者也都病了，连这等一个刚毅不屈的仲由老官尚且努唇胀嘴，使性傍气，嘴舌先生。孔夫子虽然勉强说道："君子固穷，小人穷斯滥矣。"我想那时的光景一定也没有甚么乐处。倒还是后来的人说得平易，道是"学必先于治生"。④

《醒世姻缘传》所谓"后来的人"，指元儒许衡（号鲁斋）。"为学者治生最

---

① 韩婴撰，许维遹校释：《韩诗外传集释》，北京：中华书局，1980 年，第 11 页。

② 刘义庆著，刘孝标注，余嘉锡笺疏，周祖谟、余淑宜、周士琦整理：《世说新语笺疏》，北京：中华书局，2007 年，第 1036 页。

③ 钟惺：《隐秀轩集》，上海：上海古籍出版社，1992 年，第 432 页。

④ 西周生：《醒世姻缘传》，上海：上海古籍出版社，1981 年，第 478 页。

为先务"①，就是由他提出来的。其立论依据，说穿了至为浅显：读书人必须在经济上有基本的保证，才能完成赡养老人、抚养后代等起码的人生责任，才能维护个体的人格尊严和独立。否则，一切高论只是空谈。许衡的观点得到了很多人的赞同，如清人沈垚在《与许海樵》的信中就说："若鲁斋治生之言则实儒者之急务，能躬耕者躬耕，不能躬耕则择一艺以为食力之计。宋儒复生于今，亦无以易斯言。"②吴敬梓看来接受了许衡等人的主张，他笔下的贤人立足现实，与那些故作清高的读书人相比，平实中更显厚重。

我们不能忽略吴敬梓笔下的寒儒倪霜峰的形象。倪共六个儿子，死了一个，其他五个，都因衣食欠缺，或卖在他州外府，或过继给"贱行"人家，连家庭完整也不能维持，哪里还顾得上"脸面"？他自己也只能靠修补乐器糊口。倪霜峰在追溯他穷困至此的原因时，辛酸地说："我从二十岁上进学，到而今做了三十七年的秀才。就坏在读了这几句死书，拿不得轻，负不得重，一日穷似一日，儿女又多，只得借这手艺糊口，原是没奈何的事。"其实，在周进、范进发迹之前，他们也比倪霜峰强不了多少。周进失掉薛家集的馆后，"在家日食艰难"，灰溜溜地去帮人记账。范进参加乡试归来，"家里已是饿了两三天"，只得抱着仅有的一只生蛋的母鸡，东张西望地在集镇上寻找买主。这一幅幅潦倒不堪的生活图景，触目惊心。周进的姐夫对他说："人生世上，难得的是这碗现成饭。"周进、范进、倪霜峰所缺少的正是弄碗饭吃的本事。

倪、周、范是"老实"人，虽潦倒已极，仍不至于堕落。但因潦倒而堕落的却也大有人在，从第二十回开始登场的牛浦郎便是这样一位后生。他娶亲后，牛老让他当家。过了一个多月，牛老把账盘一盘，本钱已是十去其七，气得眼

---

① 许衡：《鲁斋遗书》，《北京图书馆古籍珍本丛刊》本，北京：书目文献出版社，1998年，第91册第435页。陈确在《学者以治生为本论》中将许衡此论提炼为"治生尤切于读书"。见陈确：《陈确集》，北京：中华书局，1979年，第158页。

② 沈垚：《落帆楼文集》，见《续修四库全书》第1525册，上海：上海古籍出版社，2001年，第472页。

睁睁说不出话来。到晚，牛浦回家，问着他，总归不出一个清账，口里只管"之乎者也"，胡扯一气。牛老气成一病，不过十天，便归天去了。

牛浦郎将来如何生活？如果他像倪霜峰一样循规蹈矩，便不免终生在饥寒交迫中挣扎。不过，他不是倪霜峰，他比倪霜峰"精明"多了。在小店尚未破产时，他见牛布衣的诗中有"呈相国某大人""怀督学周大人"一类题目，便意识到：只要会作两句诗，并不要进学、中举，就可以同达官贵人们往来，于是打定了冒充牛布衣的主意。小店破产后，他果然"夹七夹八"地与"几个念书的人"来往起来，与"老爷"来往起来，不久竟撇下妻子，成了个江湖上以骗人为生的混蛋。牛浦郎的堕落自与他性格的"精明"有关，而不善"治生"，则加快了他堕落的速度。

"治生尤切于读书"，从这一见解出发，尽管吴敬梓不喜欢八股文，不喜欢那些"倚仗功名富贵而骄人傲人"的举人、进士，却赞同虞博士学八股，取功名，因为有了功名，才好谋生；他也不信风水、算命之类的胡话，却并不反对虞博士从事这类行当，因为这不失为谋生的手段。虞博士对杜少卿说过一番既坦诚又朴实的话：

> 少卿，我不瞒你说，我本赤贫之士，在南京来做了六七年博士，每年积几两俸金，只挣了三十担米的一块田。我此番去，或是部郎，或是州县，我多则做三年，少则做两年，再积些俸银，添得二十担米，每年养着我夫妻两个不得饿死，就罢了。……现今小儿读书之余，我教他学个医，可以糊口，我要做这官怎的？

虞博士一再提到妻子和小儿，在他看来，养活妻、儿是最低限度的人生责任，只有在完成了这一责任的前提下，才谈得上行"道"。他并不热衷于做官，但倘若只有做官才能保证家庭衣食所需，他也决不会辞去五斗米。清高必须有清高的条件。

第二节　庄绍光"高尚"而又平凡

《儒林外史》比照东汉严光来写庄绍光，旨在塑造一个"不事王侯，高尚其志"的隐士形象。

东汉严光是中国古代声誉卓著的隐士之一,本姓庄,避汉明帝讳改姓严。魏晋间人皇甫谧《高士传》记载:严光,字子陵,浙江余姚人。年轻时即负盛名。他有一位同学刘秀,字文叔,后来成为东汉的第一位皇帝——汉光武帝。自从刘秀做了皇帝,严光便改名换姓,隐居不出。光武帝思慕他的贤德,四处访求,后来齐国上书,说:"有一男子,披羊裘,钓泽中。"光武帝料想是严光,于是派使者带着礼物去聘请他。往返三次,严光才答应了,来到京城。大司徒侯霸与严光是老朋友,想邀严光过来聊聊天,遂派人带着书信去请。严光连站都不站起来,就坐在床上当着信使的面把侯霸调侃了一番,说他傻帽,理由是:"连皇帝我都不见,何况他这种人臣呢?"后来光武帝亲自上门,严光闭眼躺着,不搭理他的话,过了好长时间才拖长语调说道:"士各有志,何至于相逼呢?"光武帝只得叹息而去。光武帝任命严光为谏议大夫,严光坚辞,不久即归隐于富春山去了。后人将他钓鱼的地方名为严陵濑,又名严子陵钓台,至今仍是浙江桐庐境内的名胜。①

严光这样的隐士,究竟于世何补呢?似乎真是"无功可记,无事可论"②。南宋杨万里《读〈严子陵传〉》诗就说:

客星何补汉中兴?空有清风冷似冰。

早遣阿瞒移汉鼎,人间何处有严陵?③

杨万里的意思是:假如让曹操老早就篡夺了汉家天下,严子陵这样的人到哪里去找隐居的地方呢?比杨万里更进一步,在那些把帝王的权威看得高于一切的人的眼里,隐士们"排斥皇王,陵轹将相"的"偏介之行"简直是可恶的。④明太祖朱元璋《严光论》就振振有词地指出:假如天下长期动乱,他严光在何

---

① 皇甫谧:《高士传》,北京:中华书局,1985年,第88—90页。

② 严可均编:《全上古三代秦汉三国六朝文》,北京:中华书局,1958年,第1267页。

③ 杨万里:《杨万里集》,太原:三晋出版社,2008年,第24页。

④ 萧子显:《百衲本南齐书》,北京:国家图书馆出版社,2014年,第427页。

处垂钓？严光之所以能够安宁地垂钓，那是帝王的恩德所致。如此说来，当时的罪人，最大的便是严光之流，忘记帝王的恩德，始终不予报答，真是可恨之极。于是朱元璋制定了一条法律：天下的士大夫，"不为君用"者"充军"。①

隐士真的与世无补吗？其实不然。他们树立了精神独立的楷模，不慕于荣利，不屈于威势，对于社会风气的趋于淳厚具有良好的示范作用。《晋书·庾峻传》载庾峻上书，认为朝廷官员帮助皇帝治理天下；而山林隐逸的清高品行则有助于社会风气的改善，"节虽离世，而德合于主；行虽辞朝，而功同于政"②。在庾峻看来，山林隐逸和朝廷官员，所起的作用可以是一致的。

后人之敬慕严光，亦据此立论。北宋黄庭坚有一首《题伯时画严子陵钓滩》诗：

> 平生久要刘文叔，不肯为渠作三公。
>
> 能令汉家重九鼎，桐江波上一丝风。③

这诗的中心意思是：由于严光树立了高尚的道德风范，故东汉注重节操的士大夫非常之多；东汉政权之所以延续了那么长的时间，曹操一类的权臣之所以不敢轻易篡夺皇位，正是由于畏惧节操之士。因此，严光不愧为维护东汉政权的精神支柱。

吴敬梓塑造庄绍光这一形象，正是为了在势利熏心的社会环境中树立一个清高的典范。严光本姓庄，故庄绍光也姓庄；"绍"是继承的意思；"庄绍光"的字面意思即"继承庄（严）光"。他名"尚志"，取《周易》"不事王侯，高尚其志"④之意。皇帝赐予玄武湖，供庄绍光隐居著书，亦是仿严光隐居富春山而写。庄绍光拒绝做太保门生一节，则与严光调侃侯霸相近。

---

① 张德信、毛佩琦主编：《洪武御制全书》，合肥：黄山书社，1995年，第901页。

② 房玄龄等：《晋书》，北京：中华书局，2010年，第1392—1393页。

③ 黄庭坚著，刘尚荣校点：《黄庭坚诗集注》，北京：中华书局，2003年，第324页。

④ 王弼、韩康伯注，孔颖达疏：《周易正义》，《十三经注疏》本，北京：中华书局，1980年，第35页。

庄绍光与严光虽然风范相近，但也存在相异之处。

第一，在汉光武帝面前，严光一向架子很大；庄绍光对皇帝却谦恭得很。"圣旨"召庄绍光赴京，他闻命即行。庄绍光自以为"与山林隐逸不同，既然奉旨召我，君臣之礼是傲不得的"。严光可以不顾君臣之礼，庄绍光为何就"傲不得"？原来，清朝雍正、乾隆的治下，是决不允许汉族士大夫以高人自居的，在满族皇帝的心目中，天下士人统统都是奴才，不过有的是高级奴才，有的是低级奴才罢了。庄绍光要隐居，行的，但必须上一道"恳求恩赐还山"的奏本，得到"圣旨"的恩准。是隐士，但不是"山林隐逸"。"山林隐逸"认不得皇帝是谁，庄绍光却时刻记得皇帝的威风。《儒林外史》第三十五回，谈到名人文集，庄征君对卢信侯说："国家禁令所在，也不可不知避忌。"这种明哲保身的态度，使人隐隐感到专制制度的淫威。

第二，我们不知道严光治理国家的能耐究竟如何，但《高士传》说他"少有高名"，刘秀做了皇帝，亦"思其贤"，推断起来当是非同寻常的。庄绍光则的确没有治理天下的特殊才能。《儒林外史》中有这样几个细节：其一，在赴京途中，庄绍光曾不无先见之明地提醒萧昊轩："国家承平日久，近来的地方官办事，件件都是虚应故事，像这盗贼横行，全不肯讲究一个弭盗安民的良法。听见前路响马甚多，我们须要小心防备。"次日果然遇贼。按说，早有心理准备的庄绍光，定会将这帮响马教训一顿，至少，他会沉着应敌。谁知不然：庄绍光坐在车里，半日说不出话来，也不晓得车外边这半会做的是些什么勾当。卧闲草堂评语调侃道：遇响马一段，"最妙在绍光才说'有司无弭盗安民之法'，及乎亲身遇盗，几乎魄散魂飞，藏身无地，可见书生纸上空谈，未可认为经济"。其二，庄绍光入朝晋见，皇上期望甚殷，他却一条良策也奏对不出。《儒林外史》为此设计了一个解嘲的理由，"庄征君正要奏对，不想头顶心里一点疼痛，着实难忍"，故没法条奏。到了下处，除下头巾，原来里面有个蝎子。遂立意归隐。

吴敬梓为何要把庄绍光写得并无奇才异能呢？原因有二。第一，历史上出现过不少纯盗虚声的隐士，盛名之下，其实难副，招致了世人的鄙薄，连诸葛亮也曾被人讥讽道："当时诸葛成何事？只合终身作卧龙。"①《儒林外史》中的杨执中、权勿用，倘若作为普通人来看，其实并不讨厌，至少不是严贡生之类的下流货色；吴敬梓讽刺他们，只是因为"程、朱的学问，管、乐的经纶"，这种大口径的帽子与实际才能对不上号。写出一个平实的隐士，就无"盗虚声"之嫌。表面上是抑庄绍光，骨子里是抬高他。第二，隐士之可贵并不在于他们一定才能过人，而在于他们自甘淡泊的德行。杜少卿说："走出去干不出什么事业，徒惹高人一笑，所以宁可不出去的好。"这都表明一点：衡量隐士，只需看他们是否真有高风亮节，责备他们没有"管、乐的经纶"是不合情理的。吴敬梓塑造庄绍光这样一个平凡而又平实的隐士，自有他的考虑。

第三节　虞、庄是哲人也是诗人

《论语·先进》中有一段记述常常令人想起魏晋风度。一天，孔子和子路（仲由）、曾皙（曾点）、冉有（冉求）、公西华（公西赤）在一起，他要几个弟子谈谈自己的志愿。子路第一个发言说：一千辆兵车的国家，处在几个大国之间，外有军队进犯，内有连年灾荒。让我去治理，只消三年光景，便可使人人勇敢，而且懂得如何同列强抗争。孔子听了，淡淡一笑。冉有的志愿是：一个纵横六七十里，或者五六十里的小国，让我去治理，三年时间，可使人人丰衣足食；至于修明礼乐，那就有待于贤人君子了。第三个回答问话的是公西华，他说：不是我自以为有什么了不起的才能，只是说我自己愿意来学习一番。国家有了祭祀的典礼，或者随着君王去办外交，我愿穿着礼服，戴着礼帽，做个好傧相！公西华说完了，曾点还在弹瑟，听孔子问他："点，尔何如？"曾点放下手中的瑟，站起来道：我的志愿跟他们三位都不同。暮春三月，穿一身轻暖的衣服，陪着年长的、年轻的同学，到沂水沙滩上去洗洗澡，到舞雩台上吹吹风，一路唱着歌回来！孔子感叹道："我赞同曾点的想法！"孔子似乎以为，子

---

①　彭定求等编：《全唐诗》，北京：中华书局，1979年，第6509页。

路等三人拘于具体的国家治理方法,气象不够开阔;只有到了能够怡情于山水花鸟的境地,人格才算完善。①

孔子这种陶醉于山水自然的情怀,由魏晋时代的名士做了淋漓尽致的发挥。比如谢鲲,他本人引以为自豪的即是对山水之美别有会心。晋明帝问他:"君自谓何如庾亮?"谢鲲回答说:"端委庙堂,使百僚准则,臣不如亮;一丘一壑,自谓过之。"② 以"一丘一壑"(指在山水间自得其乐)与朝廷政务并提,足见其重视程度。

宋代理学诸儒,流连光景,寄兴风月,对孔子"吾与点也"的情怀别有会心。魏了翁《邵氏击壤集序》说:"宇宙之间,飞潜动植,晦明流峙,夫孰非吾事?若有以察之,参前倚衡,造次颠沛,触处呈露,凡皆精义妙道之发焉者。脱斯须之不在,则芸芸并驱,日夜杂揉,相代乎前,顾于吾何有焉?若邵子,使犹得从游舞雩之下,浴沂咏归,毋宁使曾晳独见与于圣人也与?洙、泗已矣,秦、汉以来,诸儒无此气象,读者当自得之。"③ 魏了翁的判断是准确的。秦、汉至唐的儒家学者,尚未领悟舞雩气象的深意,时至宋代,几位理学大师才在哲学的意义上赋予了吟风弄月以深厚的意味,如"程明道《偶成》诗极言'云淡风轻''望花随柳'之趣。明道云:'自再见周茂叔后,吟风弄月以归,有吾与点也之意。'又云:'周茂叔窗前草不除去,问之云:与自家意思一般。'……张横浦云:'程明道书窗前有茂草覆砌,或劝之芟,曰:"不可,欲常见造物生意。"又置盆池,蓄小鱼数尾,时时观之,或问其故,曰:"欲观万物自得意。"'赵季仁云:'朱子每经行处,闻有佳山水,虽迂途数十里,必往游焉。'

---

① 朱熹:《论语集注》,《四书章句集注》本,北京:中华书局,2012年,第130—131页。

② 刘义庆著,刘孝标注,余嘉锡笺疏,周祖谟、余淑宜、周士琦整理:《世说新语笺疏》,北京:中华书局,2007年,第608页。

③ 魏了翁:《鹤山集》,《文渊阁四库全书》本,台北:台湾商务印书馆,1983年,第1172册第584页。

诸如此类，见之语录诗文者，不胜枚举。"① 程颐、程颢、周敦颐、朱熹这种向山水中安身立命、进德悟道的流风，即所谓舞雩气象，在秦汉至唐的漫长年代里并不多见，宋代一度大放异彩，而时至明代，又在陈献章等人那里重现辉煌。

陈献章等以心学家的身份致力于把"道"诗化，以玩味自然风景的方式来悟道，以写景的方式来示道，其山林诗因而别有一种高情远致，其中不乏警句。王世贞《艺苑卮言》卷六曾引陈献章"竹林背水题将偏，石笋穿沙坐欲平""出墙老竹青千个，泛浦春鸥白一双""时时竹几眠看客，处处桃符写似人""竹径旁通沽酒寺，桃花乱点钓鱼船"，赞叹道："何尝不极其致。"② 庄昶的"溪声梦醒偏随枕，山色楼高不碍墙"（《罗汉寺》），"残书楚汉灯前垒，草阁江山雾里诗"（《病眼》），"秋灯小榻留孤艇，疏雨寒城打二更"（《舟中》）等，亦极受杨慎推重。③ 他们的山林诗，不同于吴处厚、葛立方等人所说的"山林草野"之诗。"山林草野"之诗被视为瑟缩枯槁的"说贫"诗，而陈、庄之作，其特征却是以山水蕴道。以山水蕴道，在《论语》所展示的舞雩气象中已露端倪。东晋的陶渊明以及宋代的几位大儒，也往往于山水题材中寄其高情远致，如李梦阳《论学篇》所说："赵宋之儒，周子、大程子别是一气象。胸中一尘不染，所谓光风霁月也。前此陶渊明亦此气象；陶虽不言道，而道不离之。"④ 陈献章、庄昶之山林诗，亦当作如是观。如朱彝尊《静志居诗话》卷七所说："白沙虽宗《击壤》，源出柴桑。"⑤ 或如《四库全书总目》之《庄定山集提要》所说："昶官检讨时，以不奉诏作鳌山诗，与章懋、黄仲昭同谪，沦落者垂三十年，世颇推其气节。惟癖于讲学，故其文多阐《太极图》之义，其诗

---

① 钱锺书：《谈艺录》（补订本），北京：中华书局，1984年，第237页。

② 王世贞著，罗仲鼎校注：《艺苑卮言校注》，济南：齐鲁书社，1992年，第316页。

③ 杨慎著，王大厚笺证：《升庵诗话新笺证》，北京：中华书局，2008年，第698—699页。

④ 李梦阳：《空同集》，《文渊阁四库全书》本，台北：台湾商务印书馆，1983年，第1262册第605页。

⑤ 朱彝尊：《静志居诗话》，北京：人民文学出版社，1990年，第182页。

亦全作《击壤集》之体，又颇为世所嗤点。然如《病眼》诗'残书楚汉灯前垒，草阁江山雾里诗'句，杨慎亦尝称之。其他如'山随病起青愈峻，菊到秋深瘦亦香''土屋背墙烘野日，午溪随步领和风''碧树可惊游子梦，黄花偏爱老人头''酒盏漫倾刚月上，钓丝才扬恰风和'诸句，亦未尝不语含兴象。盖其学以主静为宗，故息虑澄观，天机偶到，往往妙合自然。不可以文章格律论，要亦文章之一种。譬诸钓叟田翁，不可绳以礼貌，而野逸之态，乃有时可入画图。"① 将陈献章诗与陶诗并提，称庄昶诗"语含兴象""妙合自然"，这些议论表明，陈献章、庄昶的山林诗，其美感特征同样是"虽不言道，而道不离之"。青青翠竹，莫非真如；粲粲黄花，莫非般若。借用禅家话头，我们也可以说："道通天地有形外，思入风云变态中。""等闲识得春风面，万紫千红总是春。"山林诗中的种种风景，皆是"道"的呈现。②

也许是由于魏晋以降的儒生多拘束迂腐，也许是由于全身心陶醉于山水的魏晋名士对老庄更偏爱些，后人往往将名士风流与儒家截然分为二事，似乎它们不能并存。晚明袁宏道在《寿存斋张公七十序》中批评了这种不妥当的看法："山有色，岚是也；水有文，波是也。学道有致，韵是也。山无岚则枯，水无波则腐，学道无韵，则老学究而已。"他确信："颜之乐，点之歌，圣门之所谓真儒也。"③ 山水之乐本来就是吾儒之事。

《儒林外史》中的虞博士、庄征君等贤人，显然对"学道有韵"的境界十分钟情。他们以审美的心态感受自然，感受生活，显示出睿智的哲人风范和冲淡的诗人气质。这是他们人格魅力的重要一面。

---

① 永瑢等：《钦定四库全书总目》，北京：中华书局，1997年，第2302页。
② 参见王衡《缑山先生集》卷一《读陈白沙先生诗》："道味淡亦尽，诗才消未穷。能将尧夫质，巧托少陵工。寂寞自成响，悠扬如在空。世无先辈在，高韵与谁同？""会意律如动，深心言如微。盈盈眼前景，瑟瑟箭锋机。造化能随手，风光不堕围。太玄真尚白，人道解嘲非。"见《四库全书存目丛书》，济南：齐鲁书社，1997年，集部第178册第597页。
③ 袁宏道著，钱伯城笺校：《袁宏道集笺校》，上海：上海古籍出版社，1981年，第1541页。

比如，贤人们的居住环境，往往不求富丽，但求雅致，有一种隐逸气象。杜少卿在天长县的住处，要"从厅后一个走巷内，曲曲折折走进去，才到一个花园"。这是曲径通幽的设计。花园里有牡丹台、芍药台、荷花池。从池上的一座桥走过去，有三间密屋，乃是杜少卿的读书处。韦四太爷去拜访杜少卿时，"两树极大的桂花，正开的好"。当人坐在书房里时，"这两树桂花就在窗槅外"。既有桂花的清香，也有书卷的气息，那种远离尘嚣的风味，正是杜少卿所偏爱的。

对虞博士的住处，《儒林外史》着墨不多，只写了这样一句："转眼新春二月，虞博士去年到任后，自己亲手栽的一树红梅花，今已开了几枝。"吴敬梓这里用的是简笔，逸笔草草，却极为传神。红梅不多，只栽了一树；花开得也不多，只有几枝。儒家讲究自然物的比德功能，重视其中的象征意味。虞博士栽的是红梅（春梅），而不是蜡梅（冬梅），在平和雅淡的春梅与傲霜斗雪的蜡梅之间，春梅更接近虞博士的温润气质。

处于一派隐逸气象的环境中，贤人们感受景物的方式也是诗化的。杜少卿有一坛陈年老酒，埋在地下足足有九年零七个月，他与韦四太爷一起寻出来品尝这好酒时，"烧许多红炭，堆在桂花树边，把酒坛顿在炭上"。边吃酒，边赏花。这样的情调在虞博士、庄绍光那里也一样受到青睐。虞博士亲手栽的红梅花开了，心里欢喜，叫家人备了一席酒，请了杜少卿来，在梅花下坐着，说道："少卿，春光已见几分，不知十里江梅如何光景？几时我和你携樽去探望一回。"庄绍光在玄武湖欣赏湖光山色，看那四时不断的花，也常常"斟酌一樽酒"。这种酒与花草树木相伴的隐逸情调，是从东晋诗人陶渊明那里继承来的。陶渊明常将酒与菊花、松树连在一起，例如：

秋菊有佳色，裛露掇其英。
泛此忘忧物，远我遗世情。
一觞虽独尽，杯尽壶自倾。（《饮酒》其七）

青松在东园，众草没其姿。

……

提壶抚寒柯，远望时复为。(《饮酒》其八)①

尽管虞博士等人品酒时赏玩的不一定是菊花和松树，但内涵是一样的，都是冲淡心境的流露和隐逸情怀的表达。

《儒林外史》写虞博士家红梅花开了的一节，让人联想到南宋叶绍翁的名作《游园不值》：

应怜屐齿印苍苔，小扣柴扉久不开。

春色满园关不住，一枝红杏出墙来。②

据钱锺书《宋诗选注》说，这首诗脱胎于南宋陆游的《马上作》：

平桥小陌雨初收，淡日穿云翠霭浮。

杨柳不遮春色断，一枝红杏出墙头。③

另一位南宋诗人张良臣的《偶题》也与之取景相近：

谁家池馆静萧萧，斜倚朱门不敢敲。

一段好春藏不尽，粉墙斜露杏花梢。④

这三首诗，都表达了那种从出墙"一枝"想见万树烂漫的意趣，以有限的视觉感受形象传达出了春天来临的无限生机。《儒林外史》虽易"杏"为"梅"，然而神情依旧相似，吴敬梓看似不经意地点出虞博士的哲人气度和诗人气质，丰富了人物的性格。

据《世说新语·简傲》记载：王徽之酷爱翠竹，一次路过吴中，看见一位士大夫家有好竹子，便坐着轿子，也不跟主人打招呼，就来到竹林，旁若无人

---

① 陶渊明著，逯钦立校注：《陶渊明集》，北京：中华书局，1979年，第90—91页。

② 傅璇琮等主编：《全宋诗》，北京：北京大学出版社，1998年，第35135页。

③ 陆游著，钱仲联校注：《剑南诗稿校注》，上海：上海古籍出版社，2015年，第1436页。

④ 傅璇琮等主编：《全宋诗》，北京：北京大学出版社，1998年，第28459页。

地吟咏欣赏了许久。① 这件事，一向被视为王徽之的韵事之一，六朝人津津乐道。唐代陈羽的《戏题山居》诗却有意翻进一层落笔：

云盖秋松幽洞近，水穿危石乱山深。

门前自有千竿竹，免向人家看竹林。②

比较而言，陈羽的韵致又超过了王徽之。王徽之要"向人家看竹林"，而陈羽"门前自有千竿竹"，这不是更足以自豪吗？《儒林外史》中，杜少卿携眷游清凉山，借人家的姚园，相当于王徽之到别人家看竹；庄绍光夫妇隐居玄武湖，则大有陈羽"免向人家看竹林"的意趣。难怪庄绍光在同娘子一起凭栏看水时会笑着说出这样一段话了："你看这些湖光山色都是我们的了！我们日日可以游玩，不像杜少卿要把尊壶带了清凉山去看花。"吴敬梓构思这一组情节时，意中一定有陈羽的诗在。

吴敬梓偶尔还将他本人诗词中的意境移入小说。三十六岁那年，吴敬梓去安庆参加博学鸿词科的预试，回南京途中，舟泊芜湖赭山下，作《减字木兰花》词，描写傍晚时分长江水面"万里连樯返照红"③ 的情景。《儒林外史》第三十三回，韦四太爷留杜少卿喝酒，"大家靠着窗子看那江里，看了一回，太阳落了下去，返照照着几千根桅杆半截通红"几句，其实就是"万里连樯返照红"的散文表述。

第四节　贤人风范与名士风流

在一般读者的印象中，祭泰伯祠与定梨园榜是两桩决不能相提并论的事情，

---

① 刘义庆著，刘孝标注，余嘉锡笺疏，周祖谟、余淑宜、周士琦整理：《世说新语笺疏》，北京：中华书局，2007年，第912页。

② 彭定求等编：《全唐诗》，北京：中华书局，1979年，第3894页。

③ 吴敬梓：《文木山房集》，《续修四库全书》本，上海：上海古籍出版社，2001年，第1428册第469页。

这是因为，祭泰伯祠是杜少卿等人强烈的社会责任感的表达，而定梨园榜不过是名士杜慎卿"玩"艺术的一段佳话。

这意见对不对呢？

晚唐陆龟蒙有一首奉和皮日休《泰伯庙》的诗："故国城荒德未荒，年年椒奠湿中堂。迩来父子争天下，不信人间有让王。"① 他用"父子争天下"的道德沦丧的现实与泰伯"让王"的历史事件相对照，愈加衬出泰伯这一人物的道德风范的崇高。

西周王业的开创者是古公亶父。他生了三个儿子：泰伯、虞仲（即仲雍）、季历。季历生子姬昌（即后来的周文王）。古公亶父极其赏识姬昌，期待姬昌早日继承自己的事业。泰伯、仲雍明白父亲的这一意愿后，便主动避居江南，把王位让给三弟季历，以便季历传位给姬昌（事见《史记·吴泰伯世家》）。孔子曾在《论语》中推崇泰伯说："其可谓至德也已矣。"② 的确，如刘邦所说，拥有天下便是拥有了最大的财富。泰伯却将天下让给了他人，这不是"至德"，又是什么？所以迟衡山倡议："我们这南京，古今第一个贤人是吴泰伯，却并不曾有个专祠，那文昌殿、关帝庙，到处都有。小弟意思要约些朋友，各捐几何，盖一所泰伯祠，春秋两仲，用古礼古乐致祭。"祭祀泰伯祠的倡议者是迟衡山，但杜少卿第一个捐银，数目多达三百两；他的河房更是组织这次祭祀的活动中心。杜少卿在祭祀泰伯祠过程中的重要地位是不容忽视的。

祭祀泰伯祠有两个目的：一是"助一助政教"，即用泰伯这一道德楷模感召世人，收到移风易俗的成效。二是"习学礼乐，成就出些人才"。贤人们执着于道德理想，"知其不可而为之"③，体现的正是儒家精神。

与杜少卿等执着于道义理想形成对照，杜慎卿缺少这种呼唤正义、鞭挞丑

---

① 陆龟蒙著，何锡光校注：《陆龟蒙全集校注》，南京：凤凰出版社，2015年，第1462页。
② 朱熹：《论语集注》，《四书章句集注》本，北京：中华书局，2012年，第102页。
③ 朱熹：《论语集注》，《四书章句集注》本，北京：中华书局，2012年，第159页

类的激情。他把生活看得很透,那种满不在乎地与世周旋的技巧,也许会令许多人羡慕。他的轰轰烈烈的举动是定梨园榜,即"逗风流高会莫愁湖"。杜慎卿与季苇萧的一段对白已流露出那种风流自赏的意味。杜慎卿提议"做一个胜会",把那一百几十班做旦角的都叫了来,一个人做一出戏。杜慎卿和季苇萧在旁边看着,记清了他们的身段、模样,做个暗号,过几日评他个高下,出一个梨园榜。"这顽法好么?"季苇萧听了,跳起来道:"有这样妙事,何不早说!可不要把我乐死了!"一个说"顽"(玩),一个说"乐",真够洒脱的!

莫愁湖定梨园榜只是要"逗风流",只是要显示杜慎卿作为名士的"趣""韵",只是要借"顽"(玩)出名。他既不崇高,也不庸俗;既不伟大,也不下流;他既不是虞博士,也不是严贡生;他在与崇高和庸俗不沾边的空间内"过瘾",反而左右逢源。世俗社会对他佩服得五体投地,"传遍了水西门,闹动了淮清桥,这位杜十七老爷名震江南"。各位"真儒"也对他青眼有加。庄征君等人相约作登高会,虞博士、汤镇台、杜少卿都来了,席间演戏,便特意邀了杜慎卿所定梨园榜上的名角;当余大先生将杜少卿定梨园榜这件"风流事"向虞博士等人讲述了一遍后,大家还曾一同开心地"大笑"。这说明,虞博士对杜慎卿的才情是认可的。至于旧日的评点家,对杜慎卿更是备极欣赏,如齐省堂本评语所说:"真是胜事,不可多得,慎卿所作所为,较之少卿有乖蠢之别。"

杜慎卿以"顽"(玩)的态度定梨园榜,也以"顽"的态度"访友"。《儒林外史》第三十回"爱少俊访友神乐观 逗风流高会莫愁湖",前一部分写的就是"访友"一事。

"酷好男色"曾被明末的张岱、清中叶的袁枚等人视为名士风流。比如张岱在《自为墓志铭》中自称"好娈童"①,在《陶庵梦忆》卷四中眉飞色舞地记叙了祁止祥"以娈童崽子为性命"② 的癖好。或许是有意模仿祁止祥一流人,杜慎卿也自以为风雅地宣称"朋友之情更胜于男女"。那么,如何写杜慎卿追逐

---

① 张岱著,弥松颐校注:《陶庵梦忆》,杭州:西湖书社,1982年,第123页。
② 张岱著,弥松颐校注:《陶庵梦忆》,杭州:西湖书社,1982年,第54页。

娈童的生活呢？正面铺叙，嫌笔墨芜秽；略加点染，又表现不出杜慎卿以风流自诩的性格；吴敬梓折中二者，既大量铺叙，又不从正面入手，于是，读者享受到的是滑稽、幽默的情趣，而不是那种倒胃的感觉。

当杜慎卿的兴致被一点一点地调动起来，最终满怀期盼地来到神乐观时，见到的"美少年"竟是一个五十来岁光景的肥胖道士。一切都呈现出滑稽的对比，一切都充分喜剧化了。杜慎卿的反应如何呢？他恼恨捉弄他的季苇萧么？他会临风洒泪么？不会的。在杜慎卿那儿，名士风流只是为了将生活"艺术化"，仅仅是"表演"而已。在他看来，捉弄他的季苇萧也"不俗"，也大有名士风流的意味。他对季苇萧说："你这狗头，该记着一顿肥打！但是你的事还做得不俗，所以饶你。"是的，杜慎卿的所作所为，全以塑造一个风流名士的形象为旨归。这种刻意的塑造甚至使我们怀疑：他是否真的酷好男色？是否只是为了显得风流才自作多情？

杜慎卿以"顽"（玩）的态度"访友"、定梨园榜，也以"顽"的态度做官。杜少卿志在救世：执着的社会责任感使他凡事认真，认为走出去做不出什么事业，徒惹高人一笑，所以宁可不出去的好。杜慎卿则不然，只要有机会做官，他绝不放弃。定梨园榜不久，他便加了贡，进京乡试去了。当"三山门贤人钱别"，虞博士、杜少卿一片凄然时，杜慎卿却春风得意，"铨选部郎"。对于他的宦达，贤人们怎么看呢？武书有这样一段议论："慎卿先生此一番评骘（指定梨园榜），可云至公至明；只怕立朝之后，做主考房官，又要目迷五色，奈何？"是的，杜慎卿定梨园榜，"玩"得高明，"玩"得情趣盎然，"玩"得才华横溢；但倘若以风流自赏、自鸣得意的方式做官，那就免不了"目迷五色"，顾影自怜，把事情办糟。飘逸的才情取代不了执着的道义理想和正义感。

《儒林外史》第五十三回，徐九公子将虞博士与杜慎卿相提并论，第五十五回的两句话也采用了双水分流、双峰并峙的格局。作者感慨世风日下，说："花坛酒社，都没有那些才俊之人；礼乐文章，也不见那些贤人讲究。""才俊"，指杜慎卿；"贤人"，指虞博士这一群。可见杜慎卿的分量是相当重的。

吴敬梓将杜慎卿与虞博士等相提并论是有依据的。原来，按照传统知识阶层自我塑造的理想范式，人应当兼具道义与才情，所以祭泰伯祠与定梨园榜各代表了人文情怀的两个侧面。读书人负有救焚拯溺的责任，祭泰伯祠正是其社会责任感的严肃表达。读书人的人生也须用"风流"来美化，定梨园榜正是才情洋溢的艺术化的游戏。二者之间的关系是互补的，而非对立的。并且，在大量的才子佳人小说和戏曲中，不是"虞博士"，而是"杜慎卿"扮演了被佳人簇拥，受世人膜拜的角色。

　　但吴敬梓不是"才子佳人"的代言者，他写作《儒林外史》，唤醒读者的社会责任感是其宗旨所在。因此，他不仅希望读者明了道义与才情的互补关系，更希望读者区分出二者的轻重。毕竟，人生的伦理意义和文化理想才是至关重要的。杜慎卿才情秀逸，趣味高雅，远非季苇萧及斗方名士们可比；但其"佻荡"及"玩"的处世哲学却不足取。吴敬梓既写出他的"真风流"，也批评他责任感过于淡薄，分寸的掌握是适度的。在吴敬梓的眼里，杜慎卿还算不得真正的士。在吴敬梓的心里，贤人风范重于名士风流。

第七章 吴敬梓笔下的"名士习气"

如何评价名士向来众说纷纭：说"魏晋风度"，说"魏晋人物晚唐诗"，语调中包含的多是羡慕和向往；说"名士习气"，说"名士腔调"，则更多含有调侃和讽刺的意味。这两种态度都有其合理的一面。这是因为，古代名士中既有阮籍、嵇康这样超世拔俗的人物，也不乏欺世盗名之徒。

《儒林外史》第一回以不受名利拘牵的名士王冕来敷陈大义，第四十七回和第五十五回所写故为矫激之行以调侃流俗的虞华轩、季遐年，就其品性而言算得他的传人；而全书所展示的，则主要是追名逐利的冒牌名士，如陈和甫、景兰江、丁诗、权勿用等，他们或以癫狂的方式暴得大名，或"借幽雅以博荣名"，或故作怪诞以示不同凡俗，或附庸风雅而酸态毕露，或自以为势利之极而其实"呆串了皮"。吴敬梓对"名士习气"的调侃和讽刺，既表达了他对所生活时代的失望，也表达了对理想的名士风度的期待和向往。

原图取自《儒林外史》第四十七回"虞秀才重修元武阁　方盐商大闹节孝祠"

第一节　故为矫激之行以调侃流俗

魏晋时代的名士，常故为矫异激切之行。其中，阮籍又是格外引人注目的一位。《晋书·阮籍传》载：

> 籍嫂尝归宁，籍相见与别。或讥之，籍曰："礼岂为我设邪！"邻家少妇有美色，当垆沽酒。籍尝诣饮，醉，便卧其侧。籍既不自嫌，其夫察之，亦不疑也。兵家女有才色，未嫁而死。籍不识其父兄，径往哭之，尽哀而还。其外坦荡而内淳至，皆此类也。①

阮籍的举动似乎是不可理解的。本来是个规规矩矩的人，为何故意违背礼

---

① 房玄龄等：《晋书》，北京：中华书局，1974 年，第 1361 页。

教呢？原来这是愤世嫉俗的表现。魏晋时的礼教，常被掌权者用作诛除异己的借口，而掌权者自己却并不真的信奉礼教。比如曹操杀孔融，司马昭杀嵇康，其罪名中都有"不孝"这一条，但曹操和司马昭哪是真的要提倡孝道呢？正直的人看见这种事情，心里不服，于是就故意唱反调。阮籍说："礼岂为我设邪？"言下之意是：礼法是用来约束那些需要约束的人的，至于我，内在修养已臻于"醇正"，是不必用礼法来加以约束的。这就把自己置于那些别有用心的掌权者之上了，至少是置于司马昭这些人之上了。

《儒林外史》也写了几位故为矫激之行的名士，比如虞华轩、季遐年，刚肠嫉恶，调侃流俗，常有似癫如狂的举动。

虞华轩本来有可能像虞博士那样"浑厚"的，但世风恶薄，把他变成了个"喜使乖"的怪人。虞华轩也是一个非同小可之人，经、史、子、集之书，无一样不曾熟读，无一样不讲究，无一样不通晓；一切兵、农、礼、乐、工、虞、水、火之事，他提了头就知到尾；文章也是枚、马，诗赋也是李、杜。无奈他虽有一肚子学问，五河人总不许他开口。虞华轩生在这恶俗地方，因此就激而为怒。积下几两银子，便叫兴贩田地的人家来，说要买田、买房子。讲得差不多，又臭骂那些人一顿，不买，以此开心。跟只认得乡绅和银子的五河县人打交道，虞华轩的人品、学问只能博得他们鼻子里几声冷笑；没法，只好以牙还牙，仗着手头有几两辛辛苦苦积下的银子来捉弄他们。想想看，是五河县人刻薄呢，还是虞华轩刻薄？

季遐年的举动比虞华轩还要惊世骇俗。他的字写得好，言行则怪怪奇奇，有似晋人的任诞，但凡人要请他写字，都要趁他高兴的时候，他如果不情愿，任你王侯将相，大捧的银子送他，他正眼儿也不看。他又不修边幅，穿着一件稀烂的直裰，趿着一双破不过的蒲鞋。"骂人"是他生活中的家常便饭。一次，施乡绅派小厮"叫他明日去写字"，他去了，施乡绅刚刚走出屏风，季遐年便迎面大骂道："你是何等之人，敢来叫我写字！我又不贪你的钱，又不慕你的势，又不借你的光，你敢叫我写起字来！"一顿大嚷大叫，把施乡绅骂得闭口无言。

魏秀仁的《花月痕》中，学究先生虞耕心与"小子"有一场辩论。学究先生的高谈就好像是对虞华轩、季遐年的指责。他批评那一班潦倒名士：有些聪明，便做出怪怪奇奇的事，动人耳根；又做出落落拓拓的样，搭他架子。"小子"的话则仿佛是为虞华轩、季遐年辩护。他指出：学究先生所说的那一班放荡不羁之士，他们起先何曾不自检束？无奈心方不圆，肠直不曲，眼高不低，因此文章不中有司绳尺，言语直触当事逆鳞，他们的放荡不羁是被生活逼出来的。

那么，吴敬梓如何看待名士的矫激之行呢？他的态度大约近于阮籍。《世说新语·任诞》载："阮浑长成，风气韵度似父，亦欲作达。步兵曰：'仲容已预之，卿不得复尔。'"① 步兵即阮籍，他自己任诞，却不许儿子阮浑任诞，原因何在？学界比较一致的看法是：阮籍任诞，乃是故为矫激之行，以表达对伪君子或借礼法之名诛锄异己者的不满；阮浑任诞，却也许是真正的"放荡"，没有丝毫高远的用意。故为矫激之行与品质败坏之间，其差距微小，其差别微妙。

吴敬梓当然理解那些故为矫激之行的名士，因为他本人年轻时就有过这种经历，"一朝愤激谋作达"，吴敬梓如此，虞华轩如此，季遐年亦然。吴敬梓之欣赏虞华轩，是有其心理基础的。不过，我们注意到，写作《儒林外史》时的吴敬梓，已远较"一朝愤激谋作达"时的吴敬梓成熟。这位有着儒生情怀的小说家，他明白"作达"可能是"愤激"使然，但也容易成为品质败坏者"纵恣"的借口；所以，尽管他充分理解虞华轩、季遐年，但决不把他们放在与虞博士、庄征君同样的高度予以推崇。他们被认为低了一个档次。天目山樵评语说：

> 虞、庄、杜三人之后，又出色写一虞华轩，以见天下人才未尝断绝，虽黄茅白苇中，亦自有轶群之品，穷而在下，又嫉于薄俗，故为矫激之行，不及诸君之浑厚。盖世运愈衰而贤者亦不免与世推移也。

天目山樵说到了点子上。也许应该顺便指出，杜少卿是以吴敬梓本人为模特儿

---

① 刘义庆著，刘孝标注，余嘉锡笺疏，周祖谟、余淑宜、周士琦整理：《世说新语笺疏》，北京：中华书局，2007年，第863页。

塑造的,但《儒林外史》并未展开他"一朝愤激谋作达"的生活;写虞华轩、季遐年,也未涉及"狂嫖滥赌";这表明,小说家吴敬梓旨在净化风俗的道义理想和社会责任感异常强烈,在"故为矫激之行"的名士和执着于道义理想的贤人之间,他更推重后者。

第二节 杜慎卿的成名之道

穿凿附会、故作高论,目的是惊世骇俗,暴得大名,即所谓"不颠不狂,其名不彰"①。可以说,放言高论是名士的看家法宝之一。不过,癫狂的技巧也有高下之别,不是谁都可以运用自如的。《儒林外史》中的金东崖,在这方面表现拙劣,适成笑柄;而杜慎卿则高出几筹,并因而声名鹊起。

先说金东崖。他研究《四书》,得意之处是对羊枣的新解。羊枣本是一种小甜枣,据《孟子·尽心下》记载,孔子的学生曾参因去世的父亲喜欢吃羊枣,所以自己不忍吃它。这本是个不必饶舌的小常识,可金东崖作《四书讲章》,偏要另立新说:"羊枣,即羊肾也。俗语说:'只顾羊卵子,不顾羊性命。'所以曾子不吃。"

把羊枣说成羊肾,如此穿凿,无非是为了"出新意"。"出新意"就可以"胜过前人","胜过前人"便能哗众取宠。因此,穿凿不表明穿凿者的愚蠢,恰恰相反,穿凿意味着穿凿者聪明过人。"癫狂"是手段,出名是目的,故作高论的作用可谓大矣。金东崖颇谙此道,并以对羊枣的新解而自鸣得意。

---

① 晚唐僧人贯休有诗《轻薄篇》二首,其一有"唯云不颠不狂,其名不彰。悲夫"句。见宋郭茂倩编:《乐府诗集》,北京:中华书局,1979年,第965页。明人袁宏道《解脱集》之四给张幼于的尺牍中引唐人此语云:"仆往赠幼于诗,有'誉起为癫狂'句。'癫狂'二字甚好,不知幼于亦以为病。夫仆非真知幼于之癫狂,不过因古人有'不颠不狂,其名不彰'之语,故以此相赞。……夫'癫狂'二字,岂可轻易奉承人者?……不肖恨幼于不癫狂耳,若实癫狂,将北面而事之。"见袁宏道著,钱伯城笺校:《袁宏道集笺校》,上海:上海古籍出版社,1981年,第503页。

杜慎卿是极看不起金东崖的。他曾鄙薄金东崖"一个当书办的人都跑了回来讲究《四书》，圣贤可是这样人讲的！"然而，杜慎卿在故作高论方面却正与金东崖相似，或者说，他与金东崖乃是同道，只是在技巧上远胜于金东崖罢了。金东崖是小名士，杜慎卿是大名士。金东崖只以小小的穿凿跟前人唱对台戏，杜慎卿则以更大的格局畅发惊世骇俗之见，与社会舆论唱对台戏。他勇于并善于做翻案之论，故佩服他的人甚多。

杜慎卿最为人所熟知的"高论"是关于"夷十族"这一话题的。他振振有词地对萧金铉、诸葛佑等人宣称：

> 列位先生，这"夷十族"的话是没有的，汉法最重，"夷三族"，是父党、母党、妻党。这方正学所说的"九族"，乃是高、曾、祖、考、子、孙、曾、元，只是一族，母党、妻党还不曾及，那里诛的到门生上？况且永乐皇帝也不如此惨毒，本朝若不是永乐振作一番，信着建文软弱，久已弄成个齐梁世界了！

"方正学"指的是方孝孺，人称"正学先生"。接下来，杜慎卿还鄙薄方孝孺"迂而无当"："天下多少大事，讲那皋门、雉门怎么？这人朝服斩于市，不为冤枉的。"

杜慎卿谈论的是历史上的一件大公案。明代的开国皇帝朱元璋死后，朱允炆以皇太孙继位，年号建文。因各地藩王势力太大，他采用齐泰、黄子澄的计策，先后废削周、齐、湘、代、岷五王。朱元璋的第四个儿子，镇守北平的燕王朱棣，于建文元年（1399）在北平起兵反抗朝廷，以讨齐、黄为名，自称"靖难"。经过三年的战争，朱棣推翻了建文帝，夺取帝位，是为明成祖，年号永乐。朱棣在攻入南京后，曾令建文帝的翰林学士方孝孺起草登基诏书，方孝孺掷笔于地，拒不从命，朱棣以"灭九族"相威胁，方答道："虽灭十族、亦不附乱！"而朱棣竟真的在灭其九族外，还杀了方的学生，以成十族之数，死者达八百七十三人。明成祖之"惨毒"，有目共睹。

对历史上的这件公案，后人多同情方孝孺而不满于成祖。明朝亡国时，士大夫中不变节的极少，有人指出，明代士大夫人格的堕落与明成祖屠杀方孝孺这批高扬道德风范的君子有关,是明成祖带头摧残士大夫中的节操之士,鼓励他们向新主子博取恩宠。从这个意义上看,方孝孺拒不草诏的举动是值得敬佩的。但在一向缺少道义理想、一向缺少社会责任感的杜慎卿眼里,方孝孺只是个腐儒。皋门、雉门均为古代天子的宫门,杜慎卿用以借喻方孝孺为维系建文帝的正统地位而反对成祖。朱棣与朱允炆叔侄之间争夺皇位,算不了什么"大事",方孝孺尽忠于建文帝而与成祖对抗,只算得"迂而无当",因此"这人朝服斩于市,不为冤枉的"。杜慎卿说得如此轻薄,使我们想起明代田艺蘅《留青日札》的话。田艺蘅嘲讽解缙的诗全是口号,而当时的人都称其才名绝世,可谓贻笑万代;田艺蘅甚至认为解缙不得好死,真是活该!① 也许是巧合,跟方孝孺一样,解缙也是被明成祖害死的,不过方式有别,他是被灌了烧酒后埋在雪中冻死的。

如果说,杜慎卿的话一方面显示了他性格的狷薄、轻佻,另一方面,我们又必须承认,他的话确乎含有某种深刻的内容。比如,他说:"本朝若不是永乐振作一番,信着建文软弱,久已弄成个齐梁世界了!"这话不能算信口胡说。明成祖是位大有作为的皇帝,有明一代的版图在他治下最为广阔。杜慎卿所谓"齐梁世界"的"齐""梁",是六朝时期偏安南方的两个王朝,旧时常用以比喻国家衰弱混乱,大部分疆土被异族所占领。明清之际的王夫之《读通鉴论》卷十三曾说:

> 呜呼!天下之大防,〔人禽〕之大辨,五帝、三王之大统,即使桓温功成而篡,犹贤于戴〔异类〕以为〔中国〕主!②

东晋的桓温是个有夺取皇位野心的人,用传统的君臣伦理来要求,可说是十恶不赦,但明清之际的遗民学者王夫之却认为,与其让异族统治中国,还不如让桓温篡位的好。杜慎卿的话,意思与王夫之相近:与其把国家弄成个"齐梁世界",还不如让明成祖篡位的好。但二人的动机则大为不同。王夫之意在表

---

① 田艺蘅:《留青日札》,上海:上海古籍出版社,1992年,第116页。
② 王夫之:《读通鉴论》,北京:中华书局,1987年,第416页。

达对"率兽食人"的满族新贵的憎恶，杜慎卿则只是要炫耀自己的识见过人。

对于明成祖，《儒林外史》中还有别的人发表过意见。邹吉甫的父亲说："在洪武爷手里过日子，各样都好。二斗米做酒，足有二十斤酒娘子。后来永乐爷掌了江山，不知怎样的，事事都改变了，二斗米只要做出十五六斤酒来。"杨执中也认为："本朝的天下要同孔夫子的周朝一样好的，就为出了个永乐爷，就弄坏了。"这两段议论，一天真，一迂腐，远不及杜慎卿说的高明。可见杜慎卿并非没有才识。但他自命不凡，以"佻荡"的性格驱使才识，则只能引发读者的反感。

与杜慎卿前后映照，《儒林外史》中的娄家两公子也爱发表惊世骇俗之论。只是，他们的目的首先不在于塑造自己才识不凡的形象，而是发牢骚。这两位公子，因科名蹭蹬，不得早年中鼎甲，入翰林，激成了一肚子牢骚不平，经常挂在口边的话是："自从永乐篡位之后，明朝就不成个天下！"每到酒酣耳热，更要发这一种议论。有一次，说起江西宁王反叛的话，娄四公子甚至这样讲："宁王此番举动，也与成祖差不多。只是成祖运气好，到而今称圣称神，宁王运气低，就落得个为贼为虏，也要算一件不平的事。"宁王即朱宸濠（1477—1521），朱元璋第十七子朱权的玄孙，袭封宁王。他与致仕都御史李士实、举人刘养正等阴谋夺取帝位，正德十四年（1519）起兵，从南昌出鄱阳湖，声言直取南京，被王守仁打败，历时仅43天。宁王试图以藩王夺取帝位，其性质与朱棣之"靖乱"大可比拟。因此，娄四公子的话也不能算是"胡说"。然而，"做臣子的"议论"本朝大事"，风险之大，远过于其他方面的不谨慎，又表明他相当轻率，不能跟杜慎卿的老练相比。杜慎卿的言谈，既能达到惊世骇俗的目的，又不会触忤朝廷，这技巧是娄家两公子所望尘不及的。

第三节 "借幽雅以博荣名"

名士风度本包含有对"逸"的追求。由隐逸之逸生发出来的清逸、高逸，无不意味着对凡近污浊的尘俗的超越，亦即出尘绝俗。沿着这个方向，以秋空般明净的胸襟去拥抱升华的人生，其结果必然是内外澄澈：内——心灵的清远，外——生活环境的清远。然而，表里不一，内外不一，言行不一，这个伴随着人类的畸形现象也伴随着名士阶层。为世人所鄙的假名士或自我标榜的名士，过分炫耀或迷信表象的幽雅，而忽略了淡于名利的人生态度，"借幽雅以博荣名"，于是堕入末流。

杜慎卿对幽雅的鉴赏力非寻常人所能及。一次，他邀萧金铉、诸葛佑、季恬逸到寓所小聚，开场白是："我今日把这些俗品都捐了，只是江南鲥鱼、樱、笋下酒之物，与先生们挥麈清谈。"当下摆上来，果真是清清疏疏的几个盘子。当萧金铉提议"即席分韵"时，又被他嘲笑道："这是而今诗社里的故套"，是"雅的这样俗"。一扫斗方名士习气，其趣味之高，不用多说。

杜慎卿的仪表亦给人飘逸清秀之感。《儒林外史》中，季苇萧算得品目人物的高手，他评杜少卿，"天下豪士，英气逼人，小弟一见丧胆"；评迟衡山，"老成尊重"，"有制礼作乐之才"，入《世说新语》，恐怕也不逊色。他对杜慎卿也有几句品题："小弟虽年少，浪游江湖，阅人多矣，从不曾见先生珠辉玉映，真乃天上仙班。今对着先生，小弟亦是神仙中人了。"季苇萧的品题是靠谱的。

如此趣味，如此风采，杜慎卿在行辈中不愧佼佼者了。但他的趣味和风采始终未能赢得读者的倾心向慕，原因何在？简括地说，他太做作。他喜欢吃清淡的食物，且由他去，但"勉强吃了一块板鸭，登时就呕吐起来"，未免过分了些；登雨花台，极目骋怀，亦是快事，但在"太阳地里看见自己的影子，徘徊了大半日"，顾影自怜，风流自赏，却不免有女人气；学陶渊明"若先醉，便语客'我醉欲眠卿可去'"①的真率，也不乏韵致，但又忘不了奴使鲍廷玺送客，则又不够自然。我们眼里的杜慎卿，未能用幽雅的境界充实内心，他努力强化自身的名士派头，却忘了内在的精神比外在的派头重要。他非常接近于《阅微草堂笔记》卷七中被讽刺的游士：

有游士借居万柳堂，夏日，湘帘棐几，列古砚七八，古玉器、铜器、

---

① 李延寿：《南史》，北京：中华书局，2008年，第1858页。

瓷器十许，古书册画卷又十许，笔床、水注、酒盏、茶瓯、纸扇、棕拂之类，皆极精致。壁上所粘，亦皆名士笔迹。焚香宴坐，琴声铿然，人望之若神仙。非高轩驷马，不能登其堂也。①

纪昀借仙人之口鄙薄道：前辈有见到过唐代诗圣杜甫的，外貌和乡村老人差不多；北宋著名诗人黄庭坚和苏轼，也都像平常读书人；不像近日名流，有许多装模作样之处。杜甫、苏轼、黄庭坚，重内轻外；"近日名流"却重外轻内，杜慎卿自然该归入"近日名流"的行列了。

杨执中在情趣和风采方面似无法与杜慎卿比肩而坐，其实，这位老阿呆还真有几分雅趣。我们且随着娄家两公子走进他那小小的书房：面中一方小天井，有几树梅花，开了两三枝。书房内满壁诗画，中间一副笺纸联，上写道："嗅窗前寒梅数点，且任我俯仰以嬉；攀月中仙桂一枝，久让人婆娑而舞。"两公子看了，不胜叹息，此身飘飘如游仙境。三人谈到起更时候，一庭月色，照满书窗，梅花一枝枝如画在上面相似，两公子恋恋不舍，不忍相别。

如果说杜慎卿的幽雅与其做作反差太大，那么，杨执中的幽雅与其呆头呆脑的对照也令人哑然失笑。他本是个秀才，后来补了廪，参加了十六七次乡试，年纪老大，被选为沭阳县儒学正堂，"要去递手本，行庭参，自觉得腰胯硬了，做不来这样的事"。于是借口生病，辞了这官。杨执中的选择看来与"归去来兮"的陶渊明相同，但其实不同。正常年景，陶渊明一家的衣食所需是不成问题的，所以他做得成高士。可杨执中拿什么养家糊口？没办法，辞官不久，他竟做了盐店的管事先生。高何在？清何在？我们只觉得他呆。

既然做不成高士，脚踏实地地做个管事先生也行，他又不乐意。他依旧沉浸在对自我的高士设计中，虽是生意出身，一切账目，却不肯用心料理。到头来，亏空了七百多两银子，被东家告了，拿到监里坐着追比。两个儿子不走正路，既不做生意，又不读书，还靠着老父亲养活；家里穷得一无所有，常日只好吃一餐粥。有一年的除夕，他饿着肚子，只能靠摩弄铜炉打发时光。老夫妻

---

① 纪昀：《阅微草堂笔记》，上海：上海古籍出版社，1980年，第146页。

俩观赏古色古香的铜炉,雅不雅呢?雅。饿着肚子难不难受呢?难受。当然,这种饥寒交迫中的幽雅境界比严贡生之流要高出许多,但如此寒酸,如此不相称,岂不成了对幽雅的讽刺?杨执中也许不想借幽雅以博荣名。可他过分迷信幽雅,已全然被虚幻的隐士光环所异化。

的确,表象的幽雅是不必崇拜的。《儒林外史》中有个精彩的比喻:"亭沼譬如爵位,时来则有之;树木譬如名节,非素修弗能成。"这一比喻,稍加转换即是:内在的幽雅譬如树木,非素修不能成;表象的幽雅譬如亭沼,时来则有之。所以,即使是被娄家两公子嘲笑为"俗到这个地位"的鲁翰林,却也极能领略幽雅的情调。如此看来,过分炫耀表象幽雅的杜慎卿与过分迷信表象幽雅的杨执中,都不足取。名士风度之"逸",核心是淡泊名利的人生态度。

第四节 权勿用的怪诞

怪诞本是名士风度的一个重要表征,《世说新语》有《任诞》一门,其中大量记载了名士们的怪诞言行,如:"阮宣子常步行,以百钱挂杖头,至酒店,便独酣畅。虽当世贵盛,不肯诣也。"[①] 以怪诞示高傲,不屑于与权贵往来,这无可非议。但一味怪诞,并无"玄心",就不值得喝彩了。所以,魏晋之际的阮籍,尽管宣称"礼岂为我辈设",却反对儿子阮浑目无礼法。

明代中叶以后,尤其是万历年间,随着泰州学派的影响日益扩大、公安派的迅速崛起,任诞的风气一时弥漫开来。这一时期的文人,较为普遍地吸取了市民阶层追求享乐、纵情声色的生活情趣,同时又借助于佛家"游戏三昧"与道家"和光同尘"等说法,将这种享乐主义装点为"率心而行"的风雅行径。这就形成了异于魏晋的做派:魏晋人的挥麈清谈,宴游无拘,藐视礼法,任情旷达,常是愤世嫉俗的一种表达方式;而晚明人讲求名士风度,却主要是为了

[①] 刘义庆著,刘孝标注,余嘉锡笺疏,周祖谟、余淑宜、周士琦整理:《世说新语笺疏》,北京:中华书局,2007年,第866页。

自娱，怡悦自己，满足自己。

从怡悦自己、满足自己出发，这一时期许多高自标榜的名士其实是不难做的。晋代的王孝伯曾说："名士不必须奇才，但使常得无事，痛饮酒，熟读《离骚》，便可称名士。"① 那只是一时的"狂"言，未获得广泛的认同。晚明的名坛领袖袁宏道则登高一呼，公开反对涵养，主张越没有涵养越好。他在《叙陈正甫会心集》中宣称，情趣是自发的，与学问的关系不大，比如小孩子，他有什么学问？但小孩子的生活却正是情趣盎然的生活，人生中最快乐的也正是这一阶段。情趣与涵养的关系也不大，比如一些不肖之徒，其人品没有什么可称道的。正因如此，他们放肆地饮酒吃肉，随心所欲地追求声色，却也极富情趣。在袁宏道看来，适情任性是第一位的东西，涵养和学问且退后一步。

"名士"们首先要满足的无疑是对"名"的欲望。如何出名呢？也不难，只要古怪就行，说古怪的话，做古怪的事，便足以受到关注。极为袁宏道所称誉的张献翼其人即颇典型。明末清初的钱谦益曾在《列朝诗集小传》中记载他的一些奇言怪行：或身着紫色的公服，携妓而行；或光着脚，在通都大邑乞讨；每当想起已故的友人，便设置灵位，对着天空劝酒。他的朋友张孝资过生日，张献翼竟率领子侄们为之举行生祭的仪式。② 张献翼的行为如此怪诞不经，同时代的文坛领袖袁宏道对之却推崇备至，这很能说明当时任诞之风的巨大声势。

在吴敬梓生活的时代，任诞之风已较多地受到唾弃：古怪的话，古怪的事，经常被嘲笑为沽名钓誉的工具。稍晚于吴敬梓的纪昀，就曾在《阅微草堂笔记》中对"伪仙伪佛"加以非议。他将伪仙伪佛的伎俩概括为两种："其一故为静默，使人不测；其一故为癫狂，使人疑其有所托。"与伪仙伪佛的伎俩相似，文人中也有类似情形："或迂僻冷峭，使人疑为狷；或纵酒骂座，使人疑为狂。"③

---

① 刘义庆著，刘孝标注，余嘉锡笺疏，周祖谟、余淑宜、周士琦整理：《世说新语笺疏》，北京：中华书局，2007年，第897页。

② 钱谦益：《列朝诗集小传》，上海：上海古籍出版社，1983年，第452—453页。

③ 纪昀：《阅微草堂笔记》，上海：上海古籍出版社，1980年，第258页。

纪昀的锋芒所向，正是所谓"名士习气"。

但吴敬梓并不一刀切地反对怪诞。名士王冕戴高帽，穿阔衣，同样怪诞得很；"四大市井奇人"之一的季遐年，不修边幅，穿着一件稀烂的直裰，趿着一双破不过的蒲鞋，又何尝不怪诞？怪诞是否值得肯定，关键在于怪诞的外表下是否有深厚的底蕴。王冕人品极高，不妨目空千古地任诞；季遐年不贪人的钱，不慕人的势，风骨铮铮，也自具任诞的资格。

而权勿用的人品如何呢？他当然没有拐骗尼姑，那是"学里秀才"诬陷他的，但他因枕头边的五百钱被杨执中的儿子拿走，就跟杨执中"彼此不和"，其人品也就无高尚可言了。他在酒席上谈论"古人听谓五荤者，葱、韭、芫荽之类"，说得不错，可见他确有几分学问。只是，用这点学问来为自己居丧期间吃鱼肉张目，又未必合适。

我们可以设想，假若权勿用老老实实做个普通人，也许吴敬梓会用类似于描写倪霜峰的笔墨为之唏嘘不已。但权勿用却是以"高士"的面目在世人面前亮相的。动不动谈"经纶匡济"，动不动以"真儒""王佐"自许，内在的人品、学问与外在声誉之间的差距大到了骇人听闻的程度，这就把自己摆到了被讽刺的位置上。

《儒林外史》写权勿用的怪诞，一个有趣的细节是：他去拜会娄家两公子时，衣服也不换一件，依然穿着一身白色的孝服，头上戴着高白夏布孝帽。这个细节显示了权勿用的一贯风格：他模仿古代名士，在穿着、举止上已沉溺于对"怪"的偏爱中。"怪模怪样"是任诞的表现，"借此邀名"则是深衷所在。吴敬梓在名与实的反差中发现了名士的可笑，于是就借他的"怪模怪样"来制造喜剧效果。第十二回有这样一段描写：权勿用左手掯着个被套，右手把个大布袖子晃荡晃荡，在街上脚高步低地撞。恰好有个乡下人在城里卖完了柴出来，肩头上横掯着一根尖扁担，对面一头撞将去，将他个高孝帽子横挑在扁担尖上。权勿用不见了孝帽子，望见在那人扁担上，他就把手乱招，口里喊道："那是我的帽子！"乡下人走得快，又听不见，权勿用本来不会走城里的路，这时着了急，七手八脚地乱跑……

这情景好笑吗？当然好笑。吴敬梓让权勿用的高孝帽子被人"挑"走，意在调侃他徒有其表的"怪模怪样"。不过，也仅止于调侃而已。在吴敬梓看来，权勿用只是可笑，并不可恶，他遭人诬陷以至被逮，说来还令人同情呢。

第五节　斗方名士之"酸"

所谓"斗方名士"，就是以写诗得名的名士。单个人写诗不成气候，于是有了诗社或诗会。《儒林外史》中的西湖诗会，便是斗方名士的一次大型活动，其核心成员有赵雪斋、景兰江、支剑峰、浦墨卿等。

既结诗社，那么，择良辰美景以助诗兴，也就是自然的了。清末陈衍《石遗室诗话》曾这样缕述清末同光体诗人结社的活动：遇上人日、花朝、寒食、上巳之类，也就是人们所说的良辰，便选一个风景优美的地方，带上茶果饼饵聚会，傍晚则在寓居的酒楼饮酒，分纸写即事诗，五言、七言、古体、近体均可。下次聚会又换一个地方，汇缴前次聚会的诗，互相品评，以资笑乐。各位轮流做东。① 从陈衍的记叙，可以了解到诗社的一般情况。

西湖诗会的诗人对良辰美景亦格外钟情，比如景兰江。一次匡超人去找他，不在店内。问左邻右舍，店邻说道："景大先生么？这样好天气，他先生正好到六桥探春光，寻花问柳，做西湖上的诗，绝好的诗题，他怎肯在店内坐着？"语带戏谑，正见得景兰江的做派已为左邻右舍所了然。

西湖雅集，是诗人赵雪斋辈的一次盛大活动。说到雅集，总不外谈诗、写诗、聚餐这些内容。而且，雅集之"雅"，实以豪华为骨。狂饮，放谈，来不得丝毫寒俭。明末张岱《陶庵梦忆》卷三《包涵所》说："金谷、郿坞，着一毫寒俭不得，索性繁华到底，亦杭州人所谓'左右是左右'也。西湖大家何所不有，西子有时亦贮金屋。咄咄书空，则穷措大耳。"② 的确，在某些场合，只有

---

① 陈衍：《石遗室诗话》，北京：人民文学出版社，2004年，第202—204页。

② 张岱著，弥松颐校注：《陶庵梦忆》，杭州：西湖书社，1982年，第38页。

靡丽奢华，才足以酝酿气氛、形成气派，才能找到仪式感。既然有兴"雅集"，就该有一番"豪举"，否则即不必附庸风雅。

可正是在理当豪华的时候，西湖诗会的名士们一片酸风扑人，叫读者看不上眼。酸与寒常常并提，谓之寒酸，但寒与酸实在不能同日而语。"四大市井奇人"之一的盖宽，家产变卖几尽。一天，邻居邀他到南京的南门外去玩玩，他直言请不起客，邻居说："我带个几分银子的小东，吃个素饭罢。"这是寒，不是酸。寒并不可鄙，相反，当它与安贫乐道联在一起时，还能赢得我们的敬重，盖宽不就是如此么？

酸是另一回事。本无家底，强装门面；本不阔绰，强做雅事，是之为酸。斗方名士西湖"雅集"，便是一次酸气扑人的表演。

《儒林外史》中有好几次"雅集"，"名士大宴莺脰湖"首开纪录。那真是一次豪举，其食品之精洁，茶酒之清香，自不消说，单那月上时分的情景，就足以令人喝彩：两只船上点起五六十盏羊角灯，映着月色湖光，照耀如同白日。一派乐声大作，在空阔处更觉得响亮，声闻十余里。如此"繁华"，如此"雄快"，虽然几天后在会的名士中即有张铁臂行骗、权勿用被逮的事，使娄家两公子"扫兴"，但这次"大会"的排场仍为吴敬梓所激赏。

相形之下，这群西湖斗方名士，可谓酸态毕露。先是与会者每位凑酒资二钱，已令人失笑；更可笑的是这次"雅集"的承办人胡三公子。娄公子的父亲做过大学士（明代的大学士相当于唐宋时的宰相），胡三公子的父亲做过吏部尚书，都算得豪门公子。但娄公子招接宾客，结纳名士，不失豪迈气象。胡三公子与斗方名士往来，其动机却猥琐至极：这个有"钱癖"的人肯"剜却心头肉"似的拿钱为斗方名士做东，乃是为了借重他们，不受人欺负。"出名的悭吝"与"雅集"岂能合得上拍？

果然，我们看到的是一幅幅令人哑然失笑的喜剧画面。其中的一个程序是买食品。先到鸭子店，三公子恐怕鸭子不肥，拔下耳挖来戳戳脯子上肉厚，方才叫景兰江讲价钱买了。再到馒头店。那馒头三个钱一个，三公子给他两个钱一个，就同那馒头店里吵起来。景兰江在旁劝闹，劝了一回，不买馒头了，买了些素面去下了吃。东西买了，就是景兰江拿着，匡超人也帮着拿些。来参加"雅集"的诗人却做着本该让厨子来做的"俗事"，还谈得上什么"名士风流"？

接下来是吃饭，是喝酒，是拈阄分韵，是回城。"胡三公子叫家人取了食盒，把剩下来的骨头骨脑和些果子装在里面，果然又问和尚查剩下的米共几升，也装起来。"噫嘻！这岂不是比严监生丑得多么？严监生节俭，却并不强做"雅"事；胡三公子的节俭与"雅"事相形，这才真是滑稽！也许有人为胡三公子的勤俭持家而翘大拇指，但那是另一种情形了，不在"雅集"的范围之内。

平心而论，日常生活中在"才"与"豪"上远不及斗方名士的大有人在，但他们不以名士自居，这就无可非议。斗方名士，名实不符，吴敬梓遂忍不住叫他们出洋相。"雅集"归来，天已昏黑，景兰江提议快些走，支剑峰已是大醉，口发狂言道："何妨！谁不知道我们西湖诗会的名士！况且李太白穿着宫锦袍，夜里还走，何况才晚？放心走！谁敢来！"正在手舞足蹈地高兴，迎面碰上了盐捕分府，那分府看见支剑峰戴了方巾，说道："衙门巡商，从来没有生、监充当的。你怎么戴这个帽子！左右的，抖去了！"一条链子锁了起来，景兰江赶紧拉着匡超人往小巷内溜了。一场诗会，如此收场，斗方名士的自负与其真实的社会角色之间的巨大反差，就这样暴露在读者面前。

诗人结社，各有目的。一方面以文会友，切磋艺事，另一方面也不妨如明末的复社、几社，清议朝政，表达读书人的社会责任感。或偏于前者，或偏于后者，或两者兼有，都不失为志士、雅士，不失其风流倜傥或风流儒雅。比如近代的南社，他们选择苏州虎丘的张公祠为雅集地点，意在借起兵抗清的明代臣子张国维之灵，激励民族气节；同时又强调"逸韵""文采"，仍不失才人本色。

西湖诗会的名士们如何呢？看来档次偏低。且听景兰江的自我表白："而今人情是势利的！倒是我这雪斋先生诗名大，府、司、院、道，现任的官员，那一个不来拜他！人只看见他大门口，今日是一把黄伞的轿子来，明日又是七八个红黑帽子吆喝了来，那蓝伞的官不算，就不由的不怕。"他倒也供认不讳：写诗是为了出名，出名是为了与官府交往，与官府交往是为了赢得世俗社会的敬畏。这样看来，斗方名士作诗的动机确实猥琐。

第六节 呆名士之"呆"

在《儒林外史》中，被吴敬梓直呼为"呆名士"的只有丁言志，但作为呆名士来写的则有好几位，比如诸葛天申、景兰江、陈和尚、杨执中、权勿用等。他们迷信"名"，追求"名"，被"名"搅得失去了正常的人生情趣和正常的谋生能力，完全被"名"给异化了，以致只能用"呆"来加以形容。

诸葛天申是盱眙人，积攒了一笔银子，也算得小地方的富裕人家。但他不肯在家好好享用，却大老远地跑到南京来，用二三百两银子请萧金铉"选一部文章"，他自己好"附骥尾"出名。为了突出此举的喜剧效果，吴敬梓安排了一个细节：诸葛天申称出钱把银子，托季恬逸出去买酒菜。季恬逸出去了一会儿，带着一个走堂的，捧着四壶酒，四个碟子来——一碟香肠，一碟盐水虾，一碟水鸡腿，一碟海蜇，摆在桌上。诸葛天申是乡里人，不认得香肠，说道："这是什么东西？好像猪鸟。"萧金铉道："你只吃罢了，不要问他。"诸葛天申吃着，说道："这就是腊肉！"萧金铉道："你又来了！腊肉有个皮长在一转的？这是猪肚内的小肠！"诸葛天申又不认得海蜇，说道："这迸脆的是甚么东西？倒好吃。再买些迸脆的来吃吃。"

读者不妨设想：一个连海蜇、香肠都没吃过的人，他那二三百两银子当然是多年省吃俭用的积蓄。好不容易积下了这笔钱，却找上门来送给"大名士"萧金铉花销。这萧金铉是个有良心的人吗？四五个月后，诸葛天申那二百多两银子快花光了，每日仍旧在店里赊着吃，季恬逸担心："诸葛先生的钱也有限了，倒欠了这些债，将来这个书不知行与不行，这事怎处？"萧金铉却满不在乎地回答："这原是他情愿的事，又没有那个强他，他用完了银子，他自然家去再讨，管他怎的？"大把的银子让如此"大名士"去花，这诸葛天申呆不呆？

景兰江本是开头巾店的，他一心想做诗人，以为写诗是天底下最风光、最得意的事。"每日在店里，手里拿着一个刷子刷头巾，口里还哼的是'清明时节雨纷纷'，把那买头巾的和店邻看了都笑。"结果，"两千银子的本钱，一顿诗做的精光"（第十九回）。他这样舍得血本，为的是出名。景兰江与西湖诗社的几位名士讨论过一个话题：鄞县黄知县与诗人赵雪斋同年、同月、同日生，一个中了进士，却是孤身一人；一个不中进士，却是子孙满堂。这两个人，还是哪一个好？我们还是愿做哪一个？浦墨卿等以为："读书毕竟中进士是个了局，赵爷各样好了，到底差一个进士。"景兰江则从"为名"的角度，以截断众流的气概"侃"道："可知道赵爷虽不曾中进士，外边诗选上刻着他的诗几十处，行遍天下，那个不晓得有个赵雪斋先生？只怕比进士享名多着哩！"

名与利相对，作诗之雅与谋生之俗相对。景兰江一向将"俗事"与"诗会"视为对立的两极，但是到头来，写诗和约诗会还是沦为了谋生的手段。潘三背后鄙薄他说："而今折了本钱，只借这作诗为由，遇着人就借银子，人听见他都怕。"至于约诗会，更是为了缔结关系网，抬高身价，以便和达官贵人往来，使周围人疑猜他"也有些势力"。为了抬高自己，他们还热衷于在"官府"造访时假称"不在家"，以表明他们"应酬"太多——而忙于应酬常是一个人在社会生活中显得重要的标志。

如此看来，景兰江似乎不呆，这样来看事情，就走样了。景兰江是那种"自己觉得势利透了心，其实呆串了皮"之"呆"，他可谓又酸又呆的名士。试问：终年忙忙碌碌地编织与"官府"交往的鬼话，究竟对一家的生计有何用处？所以《儒林外史》卧闲草堂评语说："余见人家少年子弟，略有几分聪明，随口诌几句七言律诗，便要纳交几个斗方名士，以为借此通声气，吾知其毕生断无成就时也。何也？斗方名士，自己不能富贵而慕人之富贵，自己绝无功名而羡人之功名。大则为鸡鸣狗吠之徒，小则受残杯冷炙之苦。人间有个活地狱，正此辈当之，而犹欣然自命为名士，岂不悲哉！"

陈和尚即陈和甫的儿子陈思阮。他老子以名士自居，他也"摆出一副名士脸来"；他老子不会写诗，他却爱诗入迷。其生活由两部分构成：吃肉，念诗。"每日测字的钱，就买肉吃，吃饱了，就坐在文德桥头测字的桌子上念诗"，他没有丝毫的人生责任感。比如，他娶了妻子，却从不管妻子有无吃穿，因而丈人骂他混账。

陈思阮并不自认混账:"老爹,我也没有什么混账处,我又不吃酒,又不赌钱,又不嫖老婆,每日在测字的桌子上还拿着一本诗念,有甚么混账处?""老爹,你不喜女儿给我做老婆,你退了回去罢了。"他为了摆脱做丈夫的责任,不久竟索性出家做了和尚。自此以后,无妻一身轻,有肉万事足,十分自在。至于他的妻子,将如何在凄凉中度日,对这些,陈思阮是无动于衷的。

陈思阮没有人生责任感,也不遵守基本的形式逻辑。"诗言志",他的"志"何在?其看家本事只是一套故弄玄虚的名士腔调。丈人曾责备他:"你赊了猪头肉的钱不还,也来问我要,终日吵闹这事,那里来的晦气!"陈思阮竟振振有词地说:"老爹,假使这猪头肉是你老人家自己吃了,你也要还钱。""设或我这钱已经还过老爹,老爹用了,而今也要还人。""万一猪不生这个头,难道他也来问我要钱?"这有些像六朝玄谈,又有些像禅宗的机锋,可如此油滑无赖,实更近于《水浒传》中泼皮牛二的口吻。陈思阮不遵守基本的形式逻辑,这正是他不遵守正常生活规范的表现。

陈和尚的所言所行,似乎与呆不相干。其实,他一方面极为可厌,另一方面也极其可笑。杨执中做名士,儿子便好吃懒做;陈和甫做名士,儿子便油腔滑调。在"名士父亲"不得当的示范引导下,他们既缺少过正常生活的意识与能力,又自以为比常人高出一等,整天疯疯癫癫、云里雾里,这还不够呆吗?

第八章 侠客梦的破灭与侠文化的反思

司马迁在《史记·游侠列传》中曾热情讴歌侠士"不爱其躯,赴世之厄困"①的精神,并极度向往秦汉以前的那些"为侠者"。吴敬梓秉承着和司马迁一样的情怀,他不但对文士的日益庸俗化深感遗憾,也抱憾于真的侠士和真儒一样日渐稀少。与司马迁不同的是:吴敬梓具有更为深切的文化反思精神。他虽然憧憬秦汉以前的侠文化,却又清醒地意识到,鼎盛于春秋战国时期并绵延不断的侠文化在清代已无足称道。他写假侠客张铁臂是和写娄府的那些假名士相呼应的,旨在写出娄家两公子养士梦的破灭;而写真侠凤四老爹的无谓之举,则表达了更为痛苦的人生体验:不但真儒大贤无用武之地,连真侠也不可能有所作为;至于沈琼枝那种如同堂吉诃德斗风车似的"负气斗狠"、萧云仙一心一

---

① 司马迁著,裴骃集解,司马贞索引,张守节正义:《史记》,北京:中华书局,2013年,第3837页。

原图取自《儒林外史》第九回"娄公子捐金赎朋友 借灯笼冒姓打船家"

意"报效朝廷"却反受惩处,其结局都是侠客梦的破灭。《儒林外史》以此提醒读者:建立在道德理想主义基础上的侠文化拯救不了这个世俗的世界。

第一节 娄家两公子养士梦的破灭

写"侠客"张铁臂,是为了写娄家两公子养士梦的破灭。

这两位公子,因科名蹭蹬,牢骚不平,百无聊赖之余,竟尝试以战国四公子为榜样,大张旗鼓地"养士"。两公子曾"三顾茅庐"拜访"老阿呆"杨执中,把杨执中视为诸葛亮似的"卧龙";又把"怪模怪样"的权勿用当成管、乐、程、朱一流的"高人"。所有这些,都是其养士梦的一个部分。而当这些部分如肥皂泡一样一个接一个被戳破,汇聚起来,也就是其养士梦的破灭。

且看"侠客"张铁臂这个肥皂泡是如何被戳破的。

"侠客"张铁臂的形象是对唐人传奇及《水浒传》中豪侠义士的反仿。张铁臂是否读过《水浒传》,吴敬梓未作交代,但从《儒林外史》的描写来看,他不仅读过,并且早已烂熟于心。且听他自报家门:"只是一生性气不好,惯会路见不平,拔刀相助,最喜打天下有本事的好汉;银钱到手,又最喜帮助穷人。"这不分明是武松、鲁智深的口气么?武松说过"凭着我胸中本事,平生只打天下硬汉,不明道德的人"①;至于鲁智深,"路见不平,拔刀相助",更是给读者留下了不可磨灭的印象。金圣叹曾在评点《水浒传》时笔飞墨舞地赞叹:"写鲁达为人处,一片热血直喷出来,令人读之深愧虚生世上,不曾为人出力。"②

张铁臂自报家门时,还提到过他的功夫:"晚生的武艺尽多,马上十八,马下十八,鞭、锏、链、锤、刀、枪、剑、戟,都还略有些讲究。"这简直就像是《水浒传》在介绍史进。因为史进同样是十八般武艺——矛、锤、弓、弩、铳,鞭、锏、剑、链、挝,斧、钺并戈、戟、牌、棒与枪、杈,一一学得精熟。

张铁臂的自我吹嘘,稚嫩浅露,张皇过甚,本不足以迷惑人。但娄公子听了,仍信之不疑地说:"只才是英雄本色。"所谓"英雄",即豪侠,武松是豪侠,鲁智深是豪侠,张铁臂也想滥竽于豪侠之列。

当然,武松、鲁智深还算不得豪侠的开山祖师。追根溯源,《水浒传》也是师承前人。远在先秦,《韩非子·五蠹》就指斥侠客凭借勇力触犯国家的刑律。这说明侠客的功夫比常人要强。汉代的司马迁写作《史记》,首次为游侠立传,称赞他们言必信,行必果;以德报怨,厚施而薄望。这都集中指向"义"的精神。"功夫"和"义气"构成豪侠的两个核心侧面,所以中唐李德裕的《豪侠

---

① 陈曦钟、侯忠义、鲁玉川辑校:《水浒传会评本》,北京:北京大学出版社,1981年,第541页。

② 陈曦钟、侯忠义、鲁玉川辑校:《水浒传会评本》,北京:北京大学出版社,1981年,第81页。

论》归纳道：所谓侠，都是不寻常的人。他们以诺许人，必然以节义为依据。义非侠不立，侠非义不成。①

豪侠被大量虚构出来是在唐代的传奇小说中，其义气和功夫同时被传奇化了。关于侠的义气，盛唐李白《结袜子》诗说：

> 燕南壮士吴门豪，筑中置铅鱼隐刀。
> 感君恩重许君命，太山一掷轻鸿毛。②

其人生情调慷慨雄劲，令人向慕。而传奇小说就写得更为惊心动魄。晚唐李冗《独异志》记载：侯彝窝藏了一名国贼，御史审问，始终不招出贼的所在。刑罚是够残酷的，"以鏊贮烈火"，放在他的腹部，烤得烟气腾腾，但他不仅不招供，反而倔强地高呼："何不加炭？"唐代宗问他何必自苦，他承认确实藏了国贼，然而既已允诺了人，就至死也不会泄密。③ 这实在称得上悲壮了。

唐人传奇中豪侠的功夫一样令人咋舌。比如晚唐裴铏《昆仑奴》里的昆仑奴磨勒，当他从一品达官"扃锁甚严"的院宅内救出红绡后，一品曾不无自负地夸口要"为天下人除害"，命甲士五十人，包围了崔生第宅，打算生擒磨勒。然而，就在似乎水泄不通的包围圈中，磨勒手持匕首，飞出高墙，像雄鹰一般迅捷，转瞬即逝。④ 裴铏《聂隐娘》中的隐娘，能在天空中飞行，百发百中地刺杀鹰隼；白天在都市上杀人，居然没有人能够察觉。其功夫已近乎传说中的仙人。

张铁臂有志于扮演豪侠，倒也确有几分功夫。且看："张铁臂一上一下，一左一右，舞出许多身份来。舞到那酣畅的时候，只见冷森森一片寒光，如万道银蛇乱掣，并不见个人在那里，但觉阴风袭人，令看者毛发皆竖。权勿用又在

---

① 董浩等编：《全唐文》，上海：上海古籍出版社，1990年，第3224页。
② 李白：《李太白全集》，上海：上海书店，1988年，第125页。
③ 李冗：《独异志》，北京：中华书局，1983年，第27页。
④ 张读、裴铏撰，萧逸、田松青校点：《宣室志 裴铏传奇》，上海：上海古籍出版社，2012年，第109页。

几上取了一个铜盘，叫管家贮满了水，用手蘸着洒，一点也不得入。须臾，大叫一声，寒光陡散，还是一柄剑执在手里。看铁臂时，面上不红，心头不跳。""众人称赞一番"，张铁臂是当之无愧的。

不知张铁臂是天真地相信了唐人传奇有关剑侠的故事，还是为了进一步震慑娄家两公子。他不满足于做个只会耍剑的侠，而试图以来无影去无踪、侠而近乎仙的形象出现在两公子面前，结果弄巧成拙，不待人挑剔，马脚已露了出来。他来时"房上瓦一片声的响"，"满身血污"，去时又是"一片瓦响"。剑侠的功夫居然如此笨拙吗？他一会儿说，他的药末顷刻间即可将人头"化为水"，一会儿又说，"顷刻之间不能施行"，自相矛盾，谎也说得不圆。这样一个张铁臂，迟早是会露馅的。

张铁臂标榜"义气"，却骗朋友的钱，走到了"义气"的反面。富于讽刺意味的是，他行骗也假"义气"之名。他煞有介事地对两公子说："我生平一个恩人，一个仇人。这仇人已衔恨十年，无从下手，今日得便，已被我取了他的首级在此……但我那恩人已在这十里之外，须五百两银子去报了他的大恩。……所以冒昧黑夜来求……"不用说，张铁臂的这一骗术也是学来的。晚唐诗人张祜和他的朋友崔涯自称豪侠，陶醉于"真侠士"的声名中，结果被一位"装束甚武"并口口声声高谈义气的人将财产骗走。① 这位"装束甚武"的假豪侠便是张铁臂的老师。

张铁臂对"装束甚武"者的模仿亦拙劣至极，何也？那位"装束甚武"者倏而来、忽而逝，一旦得手，便无露馅之虞，而张铁臂却骗的是熟人。《儒林外史》第三十七回，蘧駪夫向杜少卿揭了张铁臂（已更名张俊民）的老底，杜少卿当面问他："俊老，你当初曾叫做张铁臂么？"张铁臂见人看破了相，存身不住，只得回天长去了。他岂不是自己给自己断了后路？

以张铁臂这样一个拙劣模仿古代豪侠的人，竟大得娄家两公子的赏识，愈

---

① 冯翊：《桂苑丛谈》（与《松窗杂录》《杜阳杂编》合刊），《丛书集成》本，北京：中华书局，1958年，第2—3页。

显出了两公子的梦幻病之重。明眼人一下便看出张铁臂的虚妄，两公子却信之不疑，敬佩不已，为他的所谓仇必雪、恩必偿，言必信、行必果的豪侠品格所感动，并打算备了筵席，广招宾客，举办人头会。两公子以历史上求贤养客的信陵君自居，以为必能成就大名。他们沉醉在自己编织的美妙的幻境中，失去了现实感，失去了观照眼前生活的能力。他们所招致的几位名士，或迂腐，或怪诞，或为骗子，或为卜者，可在两公子眼里，却都神奇得了不得。嘲笑了张铁臂之流，也就嘲笑了礼待这流货色的两公子。一石双鸟，吴敬梓的笔力是挺拔的。

第二节　凤四老爹：仗义行侠的意义何在

　　《儒林外史》中还有一类侠客，他们并不猥琐，就个人品格而言，他们可称得上是真正的豪侠。只是，对真正的侠客，吴敬梓的赞赏也是有节制的。

　　吴敬梓曾借郭孝子之口说到了侠客在清代的不合时宜："这冒险捐躯，都是侠客的勾当，而今比不得春秋、战国时，这样事就能成名。而今是四海一家的时候，任你荆轲、聂政，也只好叫做乱民。"郭孝子说的是实话。春秋、战国时代，侠客备受尊重，诸侯卿相，争相养士。越王勾践有"君子"六千人，魏无忌、赵胜、黄歇、吕不韦皆有客三千人，而田文招致任侠者六万家，魏文侯、燕昭王、太子丹亦招致宾客无数。这些宾客，核心成员是侠。那时，做一名侠客，甚至做一名侠客的亲朋，都足以引为自豪。聂政为严仲子报仇，杀了韩相侠累，为了不连累亲朋，随即毁容自杀。他的姐姐却以为：我岂能只图保全自己的性命，而使弟弟无豪侠之名！于是"大呼天者三"，悲哀痛哭，死在聂政的尸体旁。① 任侠之名有其超越于生命的价值。

　　秦汉以后，大一统的帝制王朝建立，侠客失去了其依托的社会背景。摆在

---

　　① 司马迁著，裴骃集解，司马贞索引，张守节正义：《史记》，北京：中华书局，2013年，第3045—3049页。

他们面前的路大抵有三条：或成为武装反抗朝廷的绿林好汉，或沦为地方上恃强凌弱的土豪，或成为朝廷的爪牙。侠这一社会阶层，实际上已不存在。但侠的精神，却作为一种人生境界进入了文学作品中，唐诗中的《侠客行》《结客少年场行》，唐人传奇中的黄衫客、昆仑奴等，都已不是生活的写照，而是一种精神、一种气概的表达，是浪漫情怀和少年气象的呈现。所以，对于文学作品中的豪侠，读者万不可"一一作实法会"；作实法会，将成为生活中的"痴人"。

而生活中还真有这样的"痴人"。比如，《水浒传》里的鲁智深曾"大闹五台山"，晚明哲学家李贽充满热情地称道说：这才是真正的佛！"若是那班闭眼合掌的和尚，决无成佛之理。何也？外面模样尽好看，佛性反无一些。如鲁智深吃酒打人，无所不为，无所不做，佛性反是完全的，所以到底成了正果。"①李贽这番话，本是借他人酒杯浇自己块垒，意在表达对假道学或清规戒律的不满，讽刺虚伪，提倡真率，并非鼓励读者效法鲁智深吃酒打人、任性胡为的举动。可他身边的侍者常志却"作实法会"，于是常志的人生遂先成为喜剧，终成为悲剧。据晚明袁中道《游居柿录》记载，常志时常听到李贽"称说《水浒》诸人为豪杰，且以鲁智深为真修行，而笑不吃狗肉诸长老为迂腐，一一作实法会"。起初还恂恂不觉，后来，跟别人闹了点小矛盾，就想放火烧屋。李贽听说了，大为吃惊，数落了几句，常志便感慨道："李老子不如五台山智真长老远矣。智真长老能容鲁智深，老子独不能容我乎？"仍时时欲学鲁智深行径。李贽性情暴躁，见常志越来越不像话，大为恼火，叫人"押送之归湖上"。途中，押送的人牵马慢了些，常志居然怒目大骂道："你有几颗头？"其可笑如此。后李贽"恶之甚，遂不能安于湖上，北走长安，竟流落不振以死"。②

常志的结局是李贽所始料未及的。以李贽的哲学眼光来看，鲁智深狂放不羁的意气，鲁智深摧枯拉朽的气概，鲁智深自然纯朴的生命形态，一句话，鲁

---

① 陈曦钟、侯忠义、鲁玉川辑校：《水浒传会评本》，北京：北京大学出版社，1981年，第121页。

② 陈文新译注：《日记四种》，武汉：湖北辞书出版社，1997年，第254页。

智深的豪侠精神，对于一个被世俗的规则所束缚的人来说，不是值得向往的人生境界吗？然而，梦不等于生活。李贽明白梦与生活的区别，"坐而论侠"，采取的是艺术化的审美态度；常志不明白梦与生活的区别，把梦移到现实中，"起而行侠"，于是其生活便荒唐之至，并因其荒唐自食其果，"流落不振以死"。袁中道从这里得出"痴人前不得说梦"的结论，真是一语中的。

凤四老爹无疑是个真正的侠客，但毋庸置疑，他也是与常志有某种相似之处的"痴人"。他不是仅仅"坐而论侠"，而是实实在在"起而行侠"。只是，他的侠行义举究竟有多大的意义呢？

凤四老爹的原型是甘凤池，甘凤池以侠勇闻名于清雍正年间。据甘熙《白下琐言》卷四记载，有人想试甘凤池的功夫，让他把手臂放在石头上，牛车轮番碾轧，一点伤痕都没有，观看的人无不惊服。又曾醉后跟人较量功夫，把酒瓮倒立在院子里，两指持竹竿，一足立瓮底，叫众人拉，屹然不动；他一松手，拉的人全摔倒了。① 清人徐珂编《清稗类钞》"技勇类"记开封一"多勇力"的"无赖子"，冒冒失失地踢了甘凤池肾囊一脚，以致"仰跌于地，大呼痛不止，须臾，股肿如斗矣"②。后一件事，与《儒林外史》对凤四老爹的描述尤其接近。

在清朝君臣眼里，甘凤池首先是一介"乱民"。当时"大江南北有八侠"，依次为僧了因、吕四娘、曾仁父、路民瞻、周浔、吕元、白泰官、甘凤池。八人中，了因品行卑劣，为其余七人所共"歼"。这七人，据说"皆抱有种族之义"，"非徒博侠客之名而已"，难怪雍正皇帝要"严饬天下督抚逮甘凤池等甚急"③了。浙江总督李卫并言之凿凿地称甘凤池随身携带秘籍，"将各省山川关

---

① 甘熙：《白下琐言》，南京：南京出版社，2007年，第61页。
② 徐珂：《清稗类钞》，北京：中华书局，2010年，第2881页。
③ 天台野叟：《大清见闻录》，郑州：中州古籍出版社，2000年，第484—485页。

隘险要形势，攻守机宜，备悉登记"①，属于图谋不轨的"奸匪"。吴敬梓强调"而今是四海一家的时候，任你荆轲、聂政，也只好叫做乱民"，即暗示出清朝廷仇视甘凤池等人这一现实。

在《儒林外史》中，吴敬梓没有赋予凤四老爹蓄意反抗清廷的色彩，他基本上是一个与政治不沾边的游侠。这样，凤四老爹的"痴人"性格就得到了突显。他凭着勇武和智谋，帮助他人摆平了许多事情，可他帮助的是些什么人呢？一个招摇撞骗的万中书，一个色迷迷的小丝客商人，一个吝啬鬼陈正公。凤四老爹行侠只是"一时高兴"，他自己觉得乐趣不小，读者却感到意思不大。天目山樵评语说得好："所谓豪杰者，必其人身被奇冤，覆盆难雪，为之排难解纷，斯为义士。下而至于丝客、陈正公之被骗，稍助一力犹之可也。如万中书者，冒官撞骗，本非佳士，特高翰林旧交，秦中书乡愚慕势，因亲及友，与凤四老爹何涉？乃为之出死力以救之，何义之有？正与沈琼枝自己上门、自己入室，又窃物逃走相对。作者连类相及，正见《外史》所书皆瑕瑜互掩之品，读者勿徒艳称之，为其所惑。"常志之"痴"，由喜剧而最终成为悲剧；凤四老爹之"痴"，《儒林外史》只写到他"出死力"做些毫无意义之事的喜剧，但其悲凉意味已隐含于其中。试想，他最终可有安身立命之处？

第三节　沈琼枝：一味负气斗狠为哪般

女侠是唐人传奇中的一种新的人物类型。唐以前，女性通常只扮演恋爱故事或神仙故事的主角；赋予她们以豪爽远识、奇侠谋勇的剑侠身份，那是唐代传奇作家的创造。她们美丽、飘逸，无论风度，还是功夫，都臻于奇异的境界。

唐代女侠形象的塑造，是否有充分的生活依据呢？看来没有。中国的女性，一向以闺房为主要的活动空间；即使是在胡风盛行的唐代，也绝没有纵横南北、

---

① 中国历史第一档案馆编：《雍正朝汉文朱批奏折汇编》，南京：江苏古籍出版社，1991年，第17册第732页。

浪迹江湖的美丽青年女子。让女子扮演剑侠,这纯属浪漫的想象。本来,一篇小说,有了女子穿插其间,便觉生色;倘若这女子风采过人,小说自更具魅力。女侠只适合于出现在想象的世界中,如果有谁试图在生活中扮演女侠,那便不免滑稽,有点像堂吉诃德了。

然而,《儒林外史》中的毗陵女士沈琼枝却正是一个努力在实际生活中扮演女侠的喜剧人物。

毗陵是常州的别称。沈琼枝的原型,即清代袁枚《随园诗话》所说的"扬州女子"。据《随园诗话》卷四记载,袁枚任江宁县令时,有个叫张宛玉的扬州女子,初嫁淮安一姓程的盐商,因跟丈夫闹纠纷,私自逃了出来。袁枚提解她时,她在大堂上献上一首诗:

五湖深处素馨花,误入淮西估客家。

得遇江州白司马,敢将幽怨诉琵琶?

诗写得不错。袁枚怀疑是请人代作,于是宛玉要求面试。袁枚指庭前枯树为题,宛玉当场完成了一首五绝:

独立空庭久,朝朝向太阳。

何人能手植,移作后庭芳?①

当场即景赋诗,可见张宛玉不是一位冒充的诗人。

张宛玉其人其事,在当日的南京一带曾使舆论着实热闹了一阵子。她私自出逃,其性格与普通的弱女子大是不同;但袁枚等人尤为欣赏的还是她的诗才。吴敬梓则以其大胆抗争的性格为基础,塑造了一个以女侠自居、打算征服社会却为社会所征服,既可敬又可笑的喜剧性与悲剧性交融的人物。

侠女处事,不必遵循常规。沈琼枝即是如此。但大一统的天下,人们向来按常规生活,不循常规就免不了碰壁。任侠吃不开,一个年轻女子任侠更吃不开。沈琼枝所经历的正是一次又一次的挫折或碰壁。

盐商宋为富用娶妾的规格对待沈琼枝,打发家人来吩咐:一乘轿子,将她

---

① 袁枚:《随园诗话》,北京:人民文学出版社,2006年,第115页。

"抬到府里去"。她去了。按常规,这就是同意做妾的表示。但沈琼枝却意在与宋为富"斗狠",赢了没有呢?没有。宋为富料她飞不到哪里去,压根不理会她的抗辩;她的父亲沈大年去告状,也被宋为富打通关节,"押解他回常州去了"。

沈琼枝被软禁在宋府,无可奈何,只好买通看守的丫鬟,五更时分,从后门走了,席卷了宋为富房里所有的金银器皿、珍珠首饰。这举动,有些像汉代卓王孙的女儿卓文君,但卓文君夜间出走,是去投奔自己的情人司马相如,沈琼枝投奔谁呢?也有些像唐传奇《虬髯客传》中的红拂妓,但红拂妓自有李靖可以依靠,沈琼枝依靠谁呢?回常州老家,怕人耻笑,只好到南京"去卖诗过日子"。这位侠女先是自投宋府这张罗网,现在撞破了罗网,又无枝可栖,真是进退两难了。

沈琼枝到了南京,在城里大贴广告:"毗陵女士沈琼枝,精工顾绣,写扇作诗。寓王府塘手帕巷内,赐顾者幸认'毗陵沈'招牌便是。"她想象"南京是个好地方,有多少名人在那里,我又会做两句诗……或者遇着些缘法出来也不可知"。谁知大谬不然。杜少卿携着娘子的手游山,还惹得"背后三四个妇女,嘻嘻笑笑跟着,两边看的人目眩神摇,不敢仰视"。照常情推断,杜少卿娘子不是宠妾,便是妓女。是呀,岂有身为夫人而在众目睽睽之下"浪游"之理?沈琼枝的所作所为又非携手游山所可比拟。一个单身少妇,在市井招揽顾客,还会是良家女子吗?连武书看了她的广告,也疑心她是暗娼;身为暗娼,"却又挂起一个招牌来,岂不可笑"!岂只是可笑,沈琼枝是自己给自己惹麻烦。自从她挂了招牌,那些好事的恶少,都一传两、两传三地来物色,非止一日。她不胜烦恼地承认:"我在南京半年多,凡到我这里来的,不是把我当作倚门之娟,就是疑我为江湖之盗。"她的"缘法"何在?

沈琼枝不是倚门之娟,也不是江湖之盗,可她不识时务,只能引起这类误解。她沉浸在对自我的侠女感觉中,以侠女的派头跟世俗作对。差人押送她回江都,她不给钱,"走出船舱,跳上岸去,两只小脚就是飞的一般"。两个差人赶着扯她,被她施展拳术,打了一个仰八叉。敢作敢为,独来独往,这都是对豪侠的仿效。武书见过她一面后,观感是:"我看这个女人实有些奇。若说他是

第八章 侠客梦的破灭与侠文化的反思

个邪货,他却不带淫气;若是说他是人家遣出来的婢妾,他却又不带贱气。看他虽是个女流,倒有许多豪侠的光景。他那般轻倩的装饰,虽则觉得柔媚,只一双手指却像讲究勾、搬、冲的。论此时的风气,也未必有车中女子同那红线一流人。却怕是负气斗狠,逃了出来的。"武书的观察可说是相当准确。

车中女子同红线都是唐人传奇中的女侠。前者见于皇甫氏《原化记·车中女子》,后者见于袁郊《甘泽谣·红线》。传奇作家的诗人气质所孕育出的女侠,妩媚而轻妍:比如车中女子,"年可十七八,容色甚佳"①;她营救身陷监狱的举人时,如鸟飞下,有似荡漾的音乐。沈琼枝仿效车中女子和红线一流侠客,落实下来,却只是到处跟人负气斗狠,这几乎是对自我的调侃!天目山樵评语说得恰到好处:"琼枝行径正与凤四老爹相同,观其作为似乎动听,而实无谓。"

或许不应忽略的是《儒林外史》在情节安排上的一个错位。郭孝子论侠,那番话本是针对凤四老爹说的,却安排在写萧云仙时说出。吴敬梓的这一情节错位另有用意。他笔下的萧云仙,听从郭孝子的指教,转换人生轨道,不再行侠,而是投军"报效朝廷"去了。萧云仙以游侠的气概行"建功立业"之事,果然不同凡响,他一连打了几场胜仗,又建城池,立学校,鼓励农民发展生产。其功业这般卓著,理当受到朝廷的嘉奖并获得晋升。然而他不仅依旧身处下僚,还要在他名下"追赔"建城银"七千五百二十五两有零",真叫人哭笑不得。

《儒林外史》就这样展示出了生活的真实状态:要么是张铁臂那样的假侠客,要么是有侠义风骨但实际上却无所作为的凤四老爹和到处碰壁的沈琼枝,要么是行侠和入仕都无法实现人生价值的萧云仙。古代文学作品中光彩夺目的侠客在现实生活中是找不到机缘的。吴敬梓写假侠客张铁臂是和写娄府的那些假名士相呼应的,而将真侠凤四老爹安排在虞博士等真儒消磨尽了之后出场,则具有更深一层的含义:不但许多真儒大贤无用武之地,连真侠也不可能有所作为。至于沈琼枝的"负气斗狠"和萧云仙的"报效朝廷",跟凤四老爹行侠一样,其结局都是梦的破灭。吴敬梓如此处理,含有极为深重的感慨:行侠不

---

① 李昉等:《太平广记》,北京:中华书局,1981年,第1450—1451页

可,"报效朝廷"也不可,没别的选择,只好做隐士了。

"天下有道则见,无道则隐。"真儒和真侠都只有隐居一途,乃是现实"无道"使然。这就是吴敬梓,一个在野儒生,在对整个社会做了长期的观察后所得出的结论。

第九章 青楼才女与情感浪漫主义的没落

《儒林外史》中以名妓聘娘为代表的青楼才女这一形象,来自小说、戏曲深厚的浪漫传统,却又辱没了这一传统。"呆名士"丁言志想凭几卷诗作打动聘娘,这种同样来自浪漫传统的天真举动,与实际生活格格不入,可笑至极。情感浪漫主义之所以不合时宜,乃是因为现实生活过于薄恶和极度功利化。这种功利化的氛围,不仅弥漫在士大夫的生活中,也弥漫在青楼,令人无处逃遁。

第一节 青楼佳人聘娘的素养与白日梦

青楼中的出色女子,在古代小说、戏曲的"佳人群像"中长期扮演着重要角色。

青楼是妓女的所在,对妓女的评价,常常趋于两个极端。一方面,老成持重或道德信念强烈的人们,通常用鄙夷的目光斜视那个角落,内心充满了痛恨原图取自《儒林外史》第五十四回"病佳人青楼算命　呆名士妓馆献诗"

与厌恶。《儒林外史》里，董老太就说："自古道：'船载的金银，填不满烟花债。'他们这样人家，是甚么有良心的！把银子用完，他就屁股也不朝你了。"这大约能够代表一般人的看法。

另一方面，青楼中确实不乏才色俱佳的女子，苏小小、薛涛、柳如是、董小宛等，算得她们中的首选。这些女子，由于摆脱了制约普通女性的规范及生活轨道，集中精力发展其艺术才能，经营有着浓郁的艺术氛围的生活，因此，她们在某些方面有可能别具魅力，成为士大夫文人流连甚至钟情的对象。在大量以风怀为题材的小说、戏曲中，正是这类佳人，令才子们心仪不已。

秦淮河畔的上等妓女，其自我定位如何？我们不妨听听吴敬梓的介绍："那有几分颜色的，也不肯胡乱接人，又有那一宗老帮闲，专到这些人家来，帮他烧香、擦炉、安置花盆、揩抹桌椅、教琴棋书画。那些妓女们相与的孤老多了，却也要几个名士来往,觉得破破俗。"来宾楼的聘娘便是上等妓女之一,邹泰来便是教聘娘下棋的"老帮闲",吐属隽雅又跟国公府沾亲的诗人陈木南则是聘娘相与的"名士"。

聘娘是个"门户人家",却自视甚高,自命不凡,不肯降低了自己的身份。当鸨母醉涎涎地提起国公府里的娘娘"不知怎样像画儿上的美人",若是陈木南将"聘娘带去",必然被"比下来"时,聘娘不以为然地说:"人活在世上,只要生的好,那在乎贵贱!难道做官的有钱的女人都是好看的?我旧年在石观音庵烧香,遇国公府里十几乘轿子下来,一个个团头团脸,也没有什么出奇!"聘娘说的,倒也是实情。

聘娘的房间布置得相当雅致:窗前花梨桌上安着镜台,墙上悬着一幅文化名人陈眉公的画,壁桌上供着一尊玉观音,两边放着八张水磨楠木椅子……如此陈设,再配上那喷鼻的香以及纤纤素手的聘娘,情调就有些醉人了。顺便说一句,陈眉公就是陈继儒,那可是晚明响当当的人物,在秦淮河畔尤其身价不凡。

聘娘与陈木南"相与",是她风尘生涯中的一件盛事。她用宜兴壶、银针茶泡雨水请陈木南喝,用檀香屑泡热水请陈木南洗脚,这一切都异乎寻常。她的院中姐妹们也"人同此心",兴冲冲地向她建议:"聘娘今日接了贵人,盒子会明日在你家做,分子是你一个人出!"盒子会是妓女们的盛会,《儒林外史》对此所做的叙写颇为简略:"又有一个盒子会,邀集多人,治备极精巧的时样饮馔,都要一家赛过一家。"这与盒子会的隆重颇不相称。还是明代沈周《盒子会辞》的序谈得详尽些。他告诉我们:南京的妓院,那些长相过人和技艺出色的妓女,或二十、三十姓,结为手帕姊妹。每到上灯节,便用春檠巧妙地备办各种肉类食品、菜类食品和果类食品,互相比赛,名为盒子会。凡有奇品者为胜,输的必须向胜的敬酒。她们的相好,也来挟金助会,厌厌夜饮,满月才告结束。酒席间设灯奏乐,个个施展其技能。清初孔尚任《桃花扇》也描写过盒子会

"逢令节，齐斗新妆，有海错、江瑶、玉液浆，拨琴阮，笙箫嘹亮"①的"有趣"情景。

一个是名妓，一个是名士，他们的生活，照例该风流旖旎才是。事实也似乎真是如此。陈木南与邹泰来下棋便是表现其风流旖旎的细节之一：

> 这一盘，邹泰来却杀死四五块，陈木南正在暗欢喜，又被他生出一个劫来，打个不清，陈木南又要输了。聘娘手里抱了乌云覆雪的猫，望上一扑，那棋就乱了。两人大笑，站起身来，恰好虔婆来说："酒席齐备。"

聘娘的做派是向唐代的杨贵妃学来的。杨贵妃，字玉环，号太真，极受唐明皇李隆基宠爱，被封为贵妃。据五代王仁裕《开元天宝遗事》卷下记载：一天，唐明皇跟亲王下棋，杨贵妃站在棋盘前观看，明皇眼看就要输了，贵妃忙将她养的宠物康国小狗放上棋盘，把棋局搅乱。明皇非常得意。②《儒林外史》将狗改为猫，一般读者更容易接受。

齐省堂增订本关于这一细节有句评语："用杨太真故事恰好。"为什么"恰好"呢？

这个细节是对聘娘自命不凡性情的生动揭示。聘娘何许人？妓女也。太真何许人？贵妃也。妓女与贵妃，其间的社会等级的差距，不可以道里计。但在聘娘看来，这一差距迟早总会消除。她"最喜欢相与官"，也自以为做个官太太乃理所当然。她曾问陈木南："你几时才做官？"陈木南道："这话我不告诉别人，怎肯瞒你？我大表兄在京里已是把我荐了，再过一年，我就可以得个知府的前程。你若有心于我，我将来和你妈说了，拿几百两银子赎了你，同到任上去。"聘娘听了他这话，当晚便做了一梦，梦见陈木南果然"升授杭州府正堂"，聘娘正式成了知府夫人，"凤冠霞帔，穿戴起来"。聘娘与贵妃的差距不是已经缩小了吗？她在实际生活中模仿模仿杨贵妃，有何不可？

聘娘时时以贵夫人自期，努力向杨贵妃看齐，其用心之切，远远超出了读

---

① 孔尚任著，吴书荫校点：《桃花扇》，沈阳：辽宁教育出版社，1997年，第17页。

② 王仁裕：《开元天宝遗事》，北京：中华书局，1985年，第26页。

者的想象。比如说，妓女的生活中免不了唱曲子，但聘娘唱得最好的恰是李白的《清平三调》，"十六楼没有一个赛得过他"。而李白《清平三调》正是为杨贵妃写的。据宋初乐史《杨太真外传》，唐玄宗开元年间，一天，牡丹盛开，玄宗带着杨贵妃及李龟年等宫廷艺人来赏玩。他兴致极高，说："赏名花，对妃子，哪里用得着旧乐词？"当即派人召来醉中的李白，让他呈进《清平乐词》三篇，李白"因援笔赋之"①。《清平乐词》三篇，简称《清平三调》，是李白的一组相当著名的诗，头一句"云想衣裳花想容"②，就是描写杨贵妃的。

聘娘心中时时有一杨贵妃在，是仰慕贵妃的色艺，更是歆羡贵妃凭借色艺所获得的社会地位。聘娘自视为杨贵妃一流人，做知府夫人只是她起码的人生理想，但吴敬梓却和她大大地开了个玩笑。"窈窕佳人，竟作禅关之客"，她最终"剃光了头，出家去了"。富贵风流的"杨贵妃"何在？"凤冠霞帔"的知府夫人何在？从这个意义上看，"用杨太真故事"又是对聘娘未来生活的反照，一个对比强烈、喜剧兼悲剧的反照。

第二节　天真的名士被销金窟的名妓涮了一把

丁言志与聘娘这一对"才子佳人"，比之聘娘与陈木南，其交往具有更多的喜剧意味。

中国男女之间，至少从唐代起，文士与妓女交往已成为时尚。唐代孙棨《北里志·序》告诉我们，唐代的上等妓女，通常善歌舞，通诗书，能交际，长谈吐，衡量人物，风流之至。她们时常与达官贵人周旋，尤其是当朝士宴聚、文人会饮之时，更少不了她们的曼舞轻歌。③ 于是，在才情与才情的交流中，在容貌与风度的玩赏中，文士们有可能对妓女产生初恋一般的爱，一种沉醉的、

---

① 李剑国辑校：《宋代传奇集》，北京：中华书局，2001年，第25页。

② 李白：《李太白全集》，上海：上海书店，1988年，第150页。

③ 孙棨：《北里志》，北京：中华书局，1985年，第34页。

不由自主的情感。

唐代的传奇小说或许是最早的大量描写文士与妓女恋爱的文体。唐人传奇写文士与妓女的恋爱，热衷于创造一种超越日常的浪漫氛围，与现实人生并不是一回事。比如，其作者常常无视与妓女交往森然可怖的一面或浓厚的铜臭气息。唐代白行简的《李娃传》倒是揭示出了妓院作为销金窟的龌龊一面：郑生在这里仅一年多时间，就花掉了所有的"薪储之费"，先是卖马，接着卖家童，直至"资财仆马荡然"，然后被鸨母和李娃设计逐出妓院。① 但白行简将计逐郑生的罪过委之于鸨母，后又饱含欣赏之情地刻画了李娃的善良、纯洁和高贵，并一厢情愿地让皇帝封她为汧国夫人。遵从情感浪漫主义的传奇小说家不愿损坏这片浪漫国土的浪漫情调，他们关注的是文士与妓女之间风流旖旎的社交生活。

如此看来，小说、戏曲中文士与妓女的遇合，远不能与真实的人生相提并论。作者姑妄言之，读者姑妄听之，在艺术的境界中徜徉片刻，这就够了。倘若认虚为实，竟在生活中以才子自居，到青楼中去寻找心心相印的佳人，那就有可能演成悲剧，至少会闹笑话。

《儒林外史》就讲述了这样一个笑话。以诗人自居的丁言志听说来宾楼的聘娘爱诗，极为欣羡，极为兴奋："青楼中的人也晓得爱才，这就雅极了！"兴奋之余，第二天他就带了一卷诗，换了几件半新不旧的衣服，戴了一顶作为秀才标志的方巾，去来宾楼和聘娘谈诗。结果如何呢？聘娘以其青楼女子的本色把丁言志好好地奚落了一番，开口就要他"拿出花钱来"。看到丁言志的花钱只是二十个铜钱，不禁满怀鄙夷地大笑道："你这个钱，只好送给仪征丰家巷的捞毛的，不要玷污了我的桌子！快些收了回去买烧饼吃罢！"所谓"丰家巷的"，指下等妓女。《儒林外史》第四十二回写汤六老爷与丰家巷的细姑娘、顺姑娘的一番调情，可见其格调之卑俗："吃过了茶，（汤六老爷）拿出一袋子槟榔来，放在嘴里乱嚼，嚼的滓滓渣渣，淌出来，满胡子，满嘴唇，左边一擦，右边一偎，

---

① 张友鹤选注：《唐宋传奇选》，北京：人民文学出版社，1964年，第75—76页。

都偎擦两个姑娘的脸巴子上。姑娘们拿出汗巾子来揩,他又夺过去擦夹肢窝。"

名士与名妓向来并提。丁言志以名士自居,名妓聘娘却不许他开口,丁言志的名士资格也就要大打折扣了。

丁言志碰壁,在于他不通世情。聘娘这样的名妓,"相与的孤老多了",的确也想与"几个名士来往,觉得破破俗"。陈木南之受聘娘抬举,他会写诗自是前提之一。但另外两点却更为重要:第一,他是国公府内徐九公子的表兄。"相与了他,就可结交徐九公子,可不是好!"故聘娘乐于招揽。第二,花钱如流水,颇有"大老官"的派头。仅《儒林外史》中提到的,徐九公子就帮衬了陈木南两次,共四百两银子,全花在了聘娘身上。相形之下,二十个铜钱的丁言志居然想与聘娘谈诗,岂不是太小看这位名妓了吗?聘娘撵他到丰家巷去,没有什么可奇怪的,他活该挨一顿嘲笑。

不通世情的人,也不会懂得文学。清人章学诚《文史通义》卷五《诗话》谈到唐人传奇时说,其内容"大抵情钟男女,不外离合悲欢。红拂辞杨,绣襦报郑,韩、李缘通落叶,崔张情导琴心,以及明珠生还,小玉死报"① 一类。在对这类"情钟男女"的故事作深度分析时,章学诚指出,其作者采取的并不是写实的态度,"其始不过淫思古意,辞客寄怀,犹诗家之乐府古艳诸篇也"②。一句话,其中别有寄托。章学诚说得太中肯了:唐人小说中的大量妓女爱才,"一夕之盟,终身不改"的佳话,说穿了都只是作者的"寄怀"。丁言志想在生活中享受到这种笙箫细响的温馨,确乎太天真了。

吴敬梓是位以社会观察见长的写实型的作家,对青楼的真相有切实的了解。他用丁言志与聘娘这一对名士与名妓的故事,解构了唐传奇以降才子佳人遇合的情感理想主义传统。这一解构既表明了偏于"寄托"的情感理想主义的没落,又显示了现实人生的极度薄恶和功利化。

---

① 章学诚著,叶瑛校注:《文史通义校注》,北京:中华书局,1994年,第560—561页。
② 章学诚著,叶瑛校注:《文史通义校注》,北京:中华书局,1994年,第561页。

第十章 山水、田园与南京风物

说到隐逸，我们习惯于把它和道家联系在一起，其实，隐逸在儒家那里也有一席之地。所谓"天下有道则见，无道则隐"，所谓"邦无道则隐"，都是儒家关于隐逸的表述。儒家和道家的区别在于：儒家的隐逸不仅是抗衡污浊社会风气的一种方式，也是改造污浊社会风气的一种方式，是在"邦无道"的时代履行人生责任的特殊方式。而道家则止于以隐逸来发泄对污浊社会风气的不满，以隐逸来逃避社会。儒家的隐逸和社会责任感密切相关，道家的隐逸则是对社会责任感的放弃；儒家的隐逸背后是入世精神，道家的隐逸背后是出世情怀。

吴敬梓以其对世道人心的深切关怀描写世相百态，也以这种关怀描写山水、田园和南京风物。从中国古代山水描写的传统、田园书写的传统以及南京风物的文化蕴涵等角度解读《儒林外史》的相关内容，有助于体认吴敬梓的诗人气质和儒生情怀，有助于完整把握《儒林外史》的内容，有助于深化关于知识阶层命运的思考。

原图取自《儒林外史》第四十回"萧云仙广武山赏雪　沈琼枝利涉桥卖文"

第一节 《儒林外史》中的山水风景

《儒林外史》的风景描写以写实性见长,而又富于诗意。开卷第一回,我们便看到一幅"透亮之至"的画面:

> 王冕放牛倦了,在绿草地上坐着。须臾,浓云密布,一阵大雨过了。那黑云边上镶着白云,渐渐散去,透出一派日光来,照耀得满湖通红。湖边上山,青一块,紫一块,绿一块。树枝上都像水洗过一番的,尤其绿得可爱。湖里有十来枝荷花,苞子上清水滴滴,荷叶上水珠滚来滚去。王冕看了一回,心里想道:"古人说,'人在画图中',其实不错。可惜我这里没有一个画工,把这荷花画他几枝,也觉有趣。"

这幅画面令我们想起宋代蔡襄的《段家堤西望晚山》诗:"月下西山千万重,日光山色郁葱茏。鲛绡数幅须移得,惆怅如今少画工。"① 一个说"可惜我这里没有一个画工",一个说"惆怅如今少画工",可见这两位眼中的景物,无论色彩还是构图,都与山水画相近。

中国古代的山水画,兴起于魏晋时期,其直接动因是魏晋名士在山水与自我的精神意趣之间建立了密切的联系:自然是清纯的、玄远的,而现实是污浊的、凡近的;走向自然,就是赋予人生以超尘脱俗的意味。所以,山水画从产生之日起就带有清晰可见的隐逸色调。南朝宋宗炳在《画山水序》中说:他因为喜欢各地的名山,遂将它们绘入画中;其目的是要将自我的心灵安顿在山水中,在山水中"畅神"②。这,就是我们所说的隐逸性格。

山水画的隐逸传统,吴敬梓当比我们更为了然。他笔下的画家王冕,即自始至终是一名隐士。王冕所引以为榜样的是段干木和泄柳。泄柳,春秋时人,鲁穆公请他做官,他关门不见;段干木,战国时人,魏文侯请他做官,他跳墙跑掉。王冕执意隐居,遁世避俗,与段干木、泄柳的人生格调相近。

以隐士王冕的形象"檃栝全文",表明了吴敬梓以隐为高的创作旨趣。实际上,《儒林外史》大加赞许的几乎全是隐士或具有隐士品格的人。虞育德虽中过进士,做了南京国子监博士,却"无学博气","尤其无进士气","襟怀冲淡,上而伯夷、柳下惠,下而陶靖节一流人物"。庄绍光受到天子的征聘,却辞爵还家,一心一意在玄武湖中"自在"。杜少卿自以为"走出去做不出什么事业",甘愿隐居秦淮河畔。至于结尾处的"四大市井奇人",或隐于书,或隐于棋,或隐于画,或隐于琴,谁跟官场沾过边?谁跟势利沾过边?

颂美嘉遁,青睐高人逸士,必然大量描写山水风景。因为这是隐士"畅神"之处。

但以什么样的笔调、色彩来处理山水才最为合适呢?

中国古代以山水为题材的画不崇尚金碧,而崇尚淡墨。由唐代王维、孟浩

---

① 陈文新、王山峡编注:《历代山水诗选》,昆明:云南人民出版社,1989年,第15页。

② 杨成寅:《中国历代绘画理论评注》,武汉:湖北美术出版社,2009版,第156页。

然确立其基本风格的以山水为题材的诗,也以淡色见长。苏轼评王维,有"诗中有画""画中有诗"① 之论。这里的画,指山水画;这里的诗,也指山水诗。既然王维的山水诗与山水画风格一致,我们就可以经由对他的山水诗的认识体会出山水画写景的个性,并在必要时拿山水诗的写景与《儒林外史》的写景加以比照。

隐士的人生偏于"逸"的一路,与隐士密不可分的山水诗也洋溢出"逸"的情调。从选择的意象看,空山、幽谷、白云、古寺、曲径、寒松、落花、啼鸟,较之艳阳、红花、暴风、骤雨等出现的频率要高出许多;从表达的情绪看,闲适恬淡、自我解脱、宁静幽雅、淡泊无为,构成其主体部分;从艺术表现看,李白那样的大声鞺鞳的山水诗在王维、孟浩然的诗里极为少见,一般都是节奏舒缓、语调平和的;从审美效果看,这类作品并不引导读者进入亢奋、激动的状态,而是令人忘却尘世,忘却繁华,忘却纷争。这是一片幽深澄明、远于尘俗的空间。

中国古代的山水画,讲求可观、可卧、可游,意在加强山水在隐士心目中的亲切感。否则,可望而不可即,岂不是疏远了人与山水的关系?王维的山水诗也洋溢着这种亲切感。诗人就生活在山水中,朝夕相处,息息相关,你中有我,我中有你;他不把游山玩水写成艰难的追寻,也不让情、景分离,而是叫人与山水,情与景,自然和谐地打成一片。且看他的《竹里馆》:

  独坐幽篁里,弹琴复长啸。

  深林人不知,明月来相照。②

"独坐"的诗人与"幽篁"同时亮相,山水点缀了人的生活,人也点缀了山水风光;隐者的情感是丰富的,但不必格外点出,展开着的景物中已经蕴含着诗人的情思,玩味景物亦即玩味着心灵。

《儒林外史》的风景描写,其旨趣与王维的山水诗大体一致。比如,第三十

---

① 苏轼:《东坡题跋》,北京:人民美术出版社,2008年,第299页。

② 陈铁民校注:《王维集校注》,北京:中华书局,1997版,第424页。

五回写庄绍光隐居玄武湖：

> 这湖是极宽阔的地方，和西湖也差不多大。左边台城，望见鸡鸣寺。那湖中菱、藕、莲、芡，每年出几千石。湖内七十二只打鱼船，南京满城每早卖的都是这湖鱼。湖中间五座大洲：四座洲贮了图籍；中间洲上，一所大花园，赐与庄征君住，有几十间房子。园里合抱的老树，梅花、桃、李、芭蕉、桂、菊，四时不断的花。又有一园的竹子，有数万竿。园内轩窗四启，看着湖光山色，真如仙境。门口系了一只船，要往那边，在湖里渡了过去；若把这船收过，那边飞也飞不过来。庄征君就住在花园。

庄绍光与玄武湖的关系是什么样的呢？他一句话点题："这湖光山色都是我们的了！"是的，山水不是外于隐士的遥远的风景，而是隐士生活的一个组成部分。这里，《儒林外史》虽然提到"四时不断的花"，但一个表示色彩的词都未用。山林隐逸，哪能容得下绚烂的色调？和王维一样，吴敬梓也偏爱淡墨、寒色、幽景。

也许，王冕眼里的那幅"透亮之至"的图画会被认为与使用淡墨的原则不符，其实不然。表面看来，这里也涂染了绿、白、红、青、紫多种颜色，但细加品味，却不难发现，吴敬梓只是以粗疏之笔写了他曾见过的江南水乡美景，与细腻的工笔大为不同。这个《儒林外史》中色调最为鲜明的片段尚且给人恬淡之感，别的就更不必饶舌了。谓予不然，可领略一下王冕的居处环境：屋后有一面大水塘，塘边栽满了榆树、桑树；远处是一座山，青翠葱茏，树木堆满山上。这里，吴敬梓写山写水，却始终聚焦于墨绿色的树，而这种墨绿色正是典型的淡色。

《儒林外史》对西湖的调侃也可由此得到解释。吴敬梓偏爱淡色，南京的清凉山、玄武湖，他都为之配备了隐士，以渲染那种超越世俗的意味；而对大名鼎鼎的西湖，他却让马二先生去游，一片滑稽，令读者捧腹大笑。我们只见他身子又长，戴一顶高方巾，一副乌黑的脸，腆着个肚子，穿一双厚底破靴，茫无头绪地乱撞一气。吸引他的是各种各样的肴馔和他的八股选本。后来，登临吴山，看到湖光山色，若隐若现，马二先生似乎终于有所会心。然而，他发出的赞叹却是："真乃载华岳而不重，振河海而不泄，万物载焉！"这是《四书》之一的《中庸》里写"地"的话，用来表达对江南山水的审美感受，近于将马二先生放在一群花团锦簇的女客中；或近于选家卫体善、随岑庵将八股文承上启下的套语"且夫""尝谓"以及"文章批语上采下来的几个字眼"写在诗中，其不协调几乎到了触目惊心的地步。

马二先生游西湖，有两个细节值得注意。一个，马二先生看人"请仙"，不知道李清照、苏若兰、朱淑真为何许人；另一个，在去丁仙祠的小路上，见石壁上有许多名人的诗词，马二先生也不看它。经由这一次游历，吴敬梓将一个毫无诗人气质的八股行家的形象活生生地展现在读者面前，也把西湖着实调侃了一番。

吴敬梓何以如此鄙薄西湖？原来是因为西湖毫无隐逸气象，倒是颇多市井风情。晚明张岱《西湖梦寻》提到：他的弟弟毅孺，常将西湖比作美人，将湘湖比为隐士，将鉴湖比为神仙。张岱本人则以为，西湖更像名妓，声色俱丽，倚门献笑，人人都可以和她亲昵，其品格不高。① 与张岱相近，吴敬梓亦訾议华艳照人的西湖，崇尚疏逸散淡的清凉山、玄武湖，其趣味偏于冲寂幽静。

第二节 《儒林外史》中的田园风光

"田园风光"，光是这四个字就给人静谧清新之感。不错，当娄家两公子从京城回到湖州老家时，其感受正是如此。两公子坐着一只小船，看见两岸桑阴稠密，禽鸟飞鸣；小港里面撑出船来，卖些菱、藕。两兄弟在船内道："我们几年京华尘土中，那得见这样幽雅景致？宋人词说得好：'算计只有归来是。'果然！果然！"田园风光中弥漫着世外桃源般的气息。

无独有偶，《儒林外史》第四十回所写的农村景物亦充盈着闲适之趣：春天，杨柳发了青，桃花、杏花都渐渐开了。萧云仙骑着马，带着木耐，出来游

---

① 张岱：《西湖梦寻》，上海：上海古籍出版社，1982年，第1页。

玩。见那绿树荫中，百姓家的小孩子，三五成群地牵着牛，也有倒骑在牛上的，也有横睡在牛背上的，在田旁沟里饮了水，从屋角边慢慢转了过来。

《诗经》中的《七月》是最早的"四时田园"诗，它写农民一年四季繁重、辛苦的劳动情况，令人想起唐代新乐府中的《田家词》《悯农》《农家叹》等诗。但中国正宗的田园诗却以陶渊明的创作为起点，它与《农家叹》这类描述农家辛苦的诗不属于同一类别。陶渊明是个崇尚风节的隐士，因耻于为五斗米折腰，才四十一岁就掼掉乌纱帽，躬耕隐居。隐居的生活是孤寂、清贫的，他在《五柳先生传》中自报家门说"环堵萧然，不蔽风日。短褐穿结，箪瓢屡空"①——房子挡不住风和太阳，并且时常缺少衣食。《庚戌岁九月中于西田获早稻》诗也说：

  晨出肆微勤，日入负禾还。

  山中饶霜露，风气亦先寒。

  田家岂不苦？弗获辞此难。②

真实的田家生活，是辛苦的。尽管如此，隐居却因其维护了人格的独立而经常被抹上一层浪漫的诗意。陶渊明曾在《与子俨等书》中以陶醉的口吻告诉几个儿子：他年轻时学过琴、书，性爱闲静，开卷有得，便快活得忘记了吃饭。看见树木一派绿荫，鸟儿随着季节变换叫声，也同样高兴。五六月间，躺在朝北的窗户下，凉风不时吹来，自以为是太古的人。③ 在陶渊明的意识中，隐居是相对官场而言的；无论隐居生活多么清贫，只要与污浊丑恶的官场相比，它就如三月溪水一般清澈、莹润，舒缓的琤琮声直送进诗人的心田，使他觉得，田园最适宜于安身立命，它比在现实中能找到的任何职位都好。于是，经过想象的装点，没有了孤寂，没有了穷困，隐居生活被闲适和飘逸的情调所笼罩。陶

---

① 陶渊明著，逯钦立校注：《陶渊明集》，北京：中华书局，1979年，第175页。

② 陶渊明著，逯钦立校注：《陶渊明集》，北京：中华书局，1979年，第84页。

③ 陶渊明著，逯钦立校注：《陶渊明集》，北京：中华书局，1979年，第188页。

渊明的《归园田居》等诗所表现的"暧暧远人村，依依墟里烟"① 等情景，与其说是真实的田园风光，不如说是一片桃花源似的乐土。它是隐逸情调的理想化的展示，而非田家生活的真实写照。

南宋范成大（号石湖居士）是我国古代田园诗的集大成者，他晚年所作的《四时田园杂兴》六十首，按照时序加以排列，分为"春日""晚春""夏日""秋日""冬日"五组，每组十二首，系统反映了农村生活的各个方面。其中既有传统田园诗中经常出现的那种优美、静谧的农村风物，如"梅子金黄杏子肥，麦花雪白菜花稀。日长篱落无人过，惟有蜻蜓蛱蝶飞"；也展开了一幅幅农民悲苦生活的风俗画，如"采菱辛苦废犁锄，血指流丹鬼质枯。无力买田聊种水，近来湖面亦收租"②。田园诗与"农家叹"合而为一了。

有趣的是，后人眼中的范成大，仍只是传统意义上的田园诗人，一个以隐逸为宗旨的田园诗人。读者想必记得《红楼梦》中的一个片段：大观园落成，贾政带着一群人游园题额。转过山怀中，但见隐隐一带黄泥墙，墙上皆用稻茎掩护，里面数楹茅屋，外面却是桑、榆、槿、柘，各色树稚新条，随其曲折，编成两溜新篱。篱外山坡之下，有一口土井，旁有桔槔辘轳之类；下而分畦列亩，佳蔬菜花，一望无际。贾政见了，笑道："倒是此处有些道理。虽系人力穿凿，却入目动心，未免勾引起我归农之意。"众人笑道："非范石湖之咏不足以尽其妙。"贾宝玉想起唐人"柴门临水稻花香"的诗句，建议题为"稻香村"。③

贾政的"归农"，只是隐居之意。试想，大观园中的稻香村，岂是劳作之处？假如范成大真来咏稻香村，当然只能写成田园诗，写不成"农家叹"。田园诗的隐逸传统之深厚，由此可见。

《儒林外史》中的娄家两公子同样是以田园诗人的眼光来看待乡村的，他们

---

① 陶渊明著，逯钦立校注：《陶渊明集》，北京：中华书局，1979年，第40页。
② 高海夫选注：《范成大诗选注》，上海：上海古籍出版社，1989年，第110—112页。
③ 曹雪芹著，陈文新、王炜辑评：《红楼梦》（百家汇评本），武汉：长江文艺出版社，2005年，第103页。

因功名不得意，激成一肚子牢骚，于是从城市来到乡下，以便使自己的心灵得到几许抚慰。一个过腻了富贵生活的人，初来乍到，换换口味，那感受跟在贫困生活中挣扎的农民绝不相同。一个只拿田园当风景，一个却要靠辛勤耕作来养家糊口。两样"活法"，两种滋味。田园诗人是超脱于苦难之上的，两公子高谈"算计只有归来是"，绝无打算吃苦的念头，他们只是来领略牧歌式的情调。在他们眼里，连杨执中那破败的蜗居也不乏逸韵雅趣。

吴敬梓的人生境界比两公子高出许多。他真的隐居过，在秦淮河畔，不应考，不做官，是个不折不扣的处士。那日子是艰辛的，但在艰辛中，保持了人格的纯洁和心灵的独立，却也值得。所以，吴敬梓一方面体会到隐居不只是赏玩风景，隐居背后有着儒家道义的考量，另一方面也倾向于把隐居生活尽量写得惬意、畅适。只有这样，才能显出与浊世抗争的豪迈气象。田园诗人之美化田园，在"说得好听"的背后，正有深意在。吴敬梓亦然，《儒林外史》第五十五回的描写值得品味：

> 一日，荆元吃过了饭，思量没事，一径踱到清凉山来。这清凉山是城西极幽静的所在。他有一个老朋友，姓于，住在山背后。那于老者也不读书，也不做生意，养了五个儿子，最长的四十多岁，小儿子也有二十多岁。老者督率着他五个儿子灌园。那园却有二三十亩大，中间空隙之地，种了许多花卉，堆着几块石头。老者就在那旁边盖了几间茅草房，手植的几树梧桐，长到三四十围大。老者看看儿子灌了园，也就到茅斋生起火来，煨好了茶，吃着，看那园中的新绿。

荆元评论道："古人动说桃源避世，我想起来，那里要什么桃源？只如老爹这样清闲自在，住在这样城市山林的所在，就是现在的活神仙了！"

如果说田园诗是隐士的梦境，于老者的生活就是吴敬梓的梦境。桃花源本来就与现实无缘，但非现实的描写蕴含着一个现实的选择：邦无道则隐，决不与世俗同流合污！

第三节 《儒林外史》中南京的名胜与风物

吴敬梓隐居南京的秦淮河畔，度过了后半生的大部分时间。他晚年自号"秦淮寓客"，表明他对秦淮一往情深。这是不难理解的，因为这里安顿过他的隐逸理想。

除了秦淮风景外，吴敬梓对南京的其他名胜亦给予了生机盎然的描绘，如雨花台、玄武湖、莫愁湖、瞻园等。

且让我们随着《儒林外史》的记叙来一次神游，重温吴敬梓的一段人生。

雨花台。杜慎卿、萧金铉等游览雨花台时，先看岗子上的庙宇，然后登上山顶远眺，接着坐在草地上清谈，时间拖得很长，景物也展示得较为繁复。其中，"那长江如一条白练"及"我和你到永宁泉吃一壶水，回来再到雨花台看看落照"二句，语妙天下，使读者神情为之一振。而盖宽登上雨花台绝顶时所见到的景象，尤能唤起读者的神往之情：

> 望着隔江的山色，岚翠鲜明，那江中来往的船只，帆樯历历可数。那一轮红日，沉沉的傍着山头下去了。

雨花台位于今南京市城南中华门外，高约一百米，长三千多米。三国时，因山岗上盛产五色鹅卵石（玛瑙石），又名玛瑙岗、石子岗、聚宝山。这种石子来自长江上游，色彩艳丽，称雨花石。雨花台由此得名。但故老相传，说六朝的云光法师在这里讲经，感动天神，落花如雨，故名雨花台；虽出于想象，却极富美感。吴敬梓《金陵景物图诗·雨花台》序记述过这些情形，并提到山上有方正学、景忠介二先生祠，雨花台附近有永宁泉，泉水异常清冽。

在雨花台上看长江，望落日，气象开阔，早已成为诗中胜景。明初高启的《登金陵雨花台望长江》即曾写道：

> 我怀郁塞何由开？酒酣走上城南台。

> 坐觉苍茫万古意，远自荒烟落日之中来。①

高启在日落时分登临，而所望的正是"大江"。明末黄周星的《秋日与杜子过高座寺登雨花台》也有"天为幽人驻夕阳"②的诗句。

清凉山。杜少卿携娘子游清凉山时，但见"高高下下的竹林"，可见其幽静。因为竹的品格，从来就与喧闹无关。吴敬梓在《儒林外史》第五十五回，特意写道："这清凉山是城西极幽静的所在。"它位于今南京市西北，又名石头山。山上有清凉寺、扫叶楼、翠微亭、石城虎踞及六朝、南唐遗井等古迹。清凉寺在五代十国杨吴时名兴教寺；南唐建清凉道场，相传李煜常在宫中避暑；宋代改名为清凉讲惠寺。北宋孔武仲有一首《清凉寺》的诗，其尾联是："云庵快望穷千里，一借澄江洗客愁。"③隐隐透出一种幽静的情趣。清凉山上的姚园，《儒林外史》天目山樵评语说："即后来随园也。园亦不甚大，而称极大。盖借景于园外，简斋（袁枚号简斋，又号随园）固亦自言之。然诗话（指《随园诗话》）中又冒称即《红楼梦》之大观园，则又严贡生、匡超人、牛浦郎辈笔意也。"然乎？不然乎？

玄武湖。在《儒林外史》中，这是庄绍光隐居之处，物产颇为丰富，"菱、藕、莲、芡，每年出几千石。湖内七十二只打鱼船，南京满城每早卖的都是这湖鱼"。但玄武湖的魅力更在于风景优美，尤其是"中间洲上"，庄征君住的那所花园，"园里合抱的老树，梅花、桃、李、芭蕉、桂、菊，四时不断的花。又有一园的竹子，有数万竿。园内轩窗四启，看着湖光山色，真如仙境"。在这儿隐居，可谓惬意之至了。

玄武湖位于今南京市东北玄武门外。湖周长约十五公里，总面积四百四十四公顷，其中陆地面积四十九公顷。湖中有五座大洲，靠近玄武门的是环洲；环洲向东是樱洲（又名连萼洲）；环洲北面是梁洲（又名旧洲），在五洲中开辟

---

① 李圣华选注：《高启诗选》，北京：中华书局，2005年，第88页。

② 杜立选注：《历朝咏史怀古诗》，北京：华夏出版社，2000年，第370页。

③ 夏晨中、宙浩等编注：《金陵诗词选》，南京：南京大学出版社，1986年，第96页。

最早，风景最胜；梁洲东是翠洲（旧名麟趾洲）；从环洲向东到菱洲，南通台城。南朝刘宋以前，玄武湖先后名为桑泊湖、后湖、练湖、蒋陵湖、北湖，宋文帝刘义隆时，湖中出现"黑龙"，遂改名玄武湖。

莫愁湖。这是杜慎卿"逞风流"定梨园榜之处。对于这一片名胜之区，吴敬梓感兴趣的，似乎主要是"轩窗四启"的"湖亭"。置身其中，四望都是湖水，当夏日的熏风从水面吹过，波纹如縠，怎能不产生一种陶然如醉的感觉？难怪吴敬梓不仅在《金陵景物图诗》"莫愁湖"诗序中加以描绘，而且在《儒林外史》中大加渲染。湖在今南京市水西门外，水陆面积达七百余亩。湖面宽阔，周长五公里。六朝时，此地是大江的一部分，唐时称为横塘；北宋初乐史著《太平寰宇记》，才有"莫愁湖"之名。但在传说中，莫愁湖早在南齐就有了，据说那时有个洛阳少女远嫁江东卢家，住在湖滨，故名。

瞻园。徐九公子邀表兄陈木南于积雪初霁时来瞻园赏梅，《儒林外史》就此对瞻园铺陈了一番：

> 只见那园里高高低低都是太湖石堆的玲珑山子，山子上的雪还不曾融尽。徐九公子让陈木南沿着栏杆，曲曲折折，来到亭子上。那亭子是园中最高处，望着那园中几百树梅花，都微微含着红萼。……天气昏暗了，那几百树梅花上都悬了羊角灯，磊磊落落，点将起来，就如千点明珠，高下照耀，越掩映着那梅花枝干，横斜可爱。

瞻园位于今南京市城内夫子庙西瞻园路。明初是中山王徐达的府邸花园。徐达，字天德，濠州（今安徽凤阳）人，初与朱元璋同为郭子兴部将，后从朱元璋征略四方，受命为大将军，兼并张士诚，北伐灭元，功勋卓著。功成归朝，累官中书右丞相，封魏国公，死后追封中山王。徐九公子即徐达的后人。清代的乾隆皇帝曾到过瞻园，至今园门上还嵌有乾隆手书"瞻园"的石刻。吴敬梓以白雪红梅衬其高朗，以"千点明珠"似的羊角灯状其豪华，可谓得其神髓。

从吴敬梓对南京几处名胜的记叙，我们至少可归纳出三个要点：吴敬梓对南京满怀深情；他采用的是写实的笔墨，具有与古代风土笔记、游记散文一样高的精确性，这在明清时代的白话小说中颇为罕见；惯以淡墨写景，与小说家崇尚隐逸的审美旨趣吻合。

　　回到隐逸的话题，读者不难注意到：《儒林外史》第一回以王冕的立身行事来敷陈大义，橐栝全文，而王冕让人崇敬的首先是他不慕功名富贵而甘做隐士的品格。在《儒林外史》中，吴敬梓所推崇的人物如虞博士、庄绍光、迟衡山、杜少卿也全是隐士或具有隐逸品格的人。《儒林外史》对山水、田园和南京风物的描写，就是以这几个人物为核心展开的。与这一类描写相呼应，《儒林外史》强调：虞博士等君子贤人，由于处在一个"吾道不行"的时世，只得退隐，而退隐的目的仍在立德化人。《儒林外史》第四十七回借余二先生之口说得明白："看虞博士那般举动，他也不要禁止人怎样，只是被了他的德化，那非礼之事，人自然不能行出来。"以虞博士为代表的隐士群体，他们的人格魅力起到了感化世人的作用。明白了这一点，也就可以顺理成章地指出：《儒林外史》中的山水描写、田园书写以及对南京风物的描绘以深厚的儒家道义为骨，因而具有丰富的内涵。

第十一章 《诗经》解读在《儒林外史》中的多重功能

在学术研究领域中，吴敬梓的专长是《诗经》，著有《诗说》一书。程晋芳《文木先生传》说："（吴敬梓）与余族祖绵庄为至契。绵庄好治经，先生晚年亦治经，曰：'此人生立命处也。'"① 对于《诗说》，吴敬梓看得很重。程晋芳这里提到的"叔祖绵庄"，即程廷祚，是《儒林外史》中庄征君的原型。

在清代研究《诗经》，无法回避朱熹的《诗集传》。不仅因为《诗集传》代表了宋代《诗经》研究的最高成就，更因为明清时代的科举考试，《诗经》试题以朱熹的注释为答题标准。吴敬梓对学者朱熹是尊重的，但反对"泥定"朱注，主张兼采汉、宋，泯灭门户之见。一些朋友或后学对他的《诗说》大为赞赏，金和《儒林外史·跋》认为《诗说》中许多见解均为"前贤所未发"；沈

---

① 程晋芳：《勉行堂文集》，《清代诗文集汇编》本，上海：上海古籍出版社，2010年，第343册第497页。

原图取自《儒林外史》第三十三回"杜少卿夫妇游山 迟衡山朋友议礼"

大成《全椒吴征君诗集序》说吴敬梓"少治毛诗,于郑氏、孔氏之笺疏,朱子之《集传》,以及宋元明诸儒之绪论,莫不抉其奥,解其症结,猎其菁英,著为《诗说》数万言,醇正可传"①。通读《诗说》,可见这些话并非朋友间的过誉或随口应酬。

吴敬梓是一位《诗经》研究专家,更是一位杰出的小说家。他把自己的《诗经》研究心得纳入《儒林外史》,不足以见出其高明;但是,当《儒林外史》中的《诗经》解读不仅是一种塑造人物的方式,也是一种评价人物的方式,还有助于传达作者的儒生情怀和道义理想时,其叙事功能和文化意义就不同寻

---

① 沈大成:《学福斋集》,《续修四库全书》本,上海:上海古籍出版社,2001年,第1428册第62页。

常了。这里就其中两个例子所蕴含的深意、所发挥的功能加以说明,以期对吴敬梓的文化立场和小说家才情有进一步的体认。这两个例子,一个是关于《女曰鸡鸣》的解读,一个是关于《溱洧》的解读。

第一节 关于《女曰鸡鸣》的解读

《女曰鸡鸣》是《诗经·郑风》中的一篇:

女曰"鸡鸣。"士曰"昧旦。"

"子兴视夜,明星有烂。"

"将翱将翔,弋凫与雁。"

"弋言加之,与子宜之。

宜言饮酒,与子偕老。

琴瑟在御,莫不静好。"

"知子之来之,杂佩以赠之!

知子之顺之,杂佩以问之!

知子之好之,杂佩以报之!"

为了便于理解,我们将程俊英的译文转录在下面:

女说:"雄鸡叫得欢。"男说:"黎明天还暗。""你快起来看夜色,启明星儿光闪闪。""我要出去走一转,射点野鸭和飞雁。"

"射中野雁野味香,为你做菜给你尝。就菜下酒相对饮,白头到老百年长。你弹琴来我鼓瑟,美满和好心欢畅!"

"你的体贴我知道,送你杂佩志不忘!你的温顺我知道,送你杂佩慰情长!你的爱恋我知道,送你杂佩表衷肠!"①

体会得出来,这是一首以男女对话表现夫妻生活和美的诗。但朱熹的《诗集传》

---

① 程俊英译注:《诗经译注》,上海:上海古籍出版社,1985年,第149页。

却认定《女曰鸡鸣》是"贤夫妇相警戒之词"①。在串释三章的内涵时，朱熹也强调夫妇言谈中的"警戒"意味。按照他的阐释，这位妻子心中的理想丈夫，不能满足于、陶醉于安逸舒适的家庭生活，他还必须扮演重要的社会角色，努力将自己塑造为"亲贤友善"、于世有补的儒家君子。她"警戒"丈夫，用意在此。

吴敬梓如何解释这首诗呢？《诗说·鸡鸣》云：

> 朱子读《女曰鸡鸣》之诗曰："此诗意思甚好，读之有不知使人手舞足蹈者。"诸儒所解亦甚多，究未得此诗之妙在何处。窃意此士乃乐天知命而又化及闺房者也。人惟功名富贵之念执于中，则夙兴夜寐，忽然而慷慨自许，忽焉而潦倒自伤。凡琴瑟罇罍，衣裳弓缴，无一而非导欲增悲之具。妻子化之，五花诰，七香车，时时结想于梦魂中，葛簪綦缟，亦复自顾而伤怀矣。故王章牛衣之泣，泣其贫也，所以终不免于刑戮。即伯鸾之妻，制隐者之服，犹欲立隐之名也。此士与女，岂惟忘其贫，亦未尝有意于隐。遇凫雁则弋，有酒则饮，御琴瑟则乐，有朋友则相赠。士绝无他日显扬之语以骄其妻，女亦无他日富贵之想以责其夫，悠游暇日，乐有余闲。此惟在三代太和宇宙时，民间或不乏此。而郑当淫靡贪乱之世，乃有此修身齐家之君子。故诗人述其夫妇之私言，佩诸管弦，便可使威凤翱翔而游鱼出听也。比户尽如此士女，倘所谓风动时雍者矣。其所关于人心政治者，岂细故哉！②

吴敬梓对《女曰鸡鸣》的解说完全跳出了朱熹的阐释框架。在他看来，这首诗中的夫妇，绝不是津津于用世的、如朱熹所说的那一类贤人；恰恰相反，他们淡于功名、安于寒素，当得起安贫乐道的评价，是吴敬梓所认可的贤人。《儒林外史》第三十四回，吴敬梓借杜少卿之口将这一见解通俗化了："但凡士君子横了一个做官的念头在心里，便先要骄傲妻子。妻子想做夫人，想不到手，便事

---

① 朱熹：《诗集传》，北京：中华书局，1962年，第51页。

② 吴敬梓：《吴敬梓诗文集》，北京：人民文学出版社，2002年，第111页。

事不遂心，吵闹起来。你看这夫妇两个，绝无一点心想到功名富贵上去，弹琴饮酒，知命乐天。这便是三代以上修身齐家之君子。"

吴敬梓的解说称得上独标胜义。1949年以来的《诗经》研究者几乎都认同这首诗展示了和谐的夫妇生活，但两百多年前的吴敬梓，却不仅准确地把握了诗的表层氛围，还能深层次地追索夫妻和谐的心理原因：他们"绝无一点心想到功名富贵上去"。这便"得其深味"了。

吴敬梓在《儒林外史》中大谈他关于《女曰鸡鸣》的研究心得，目的不是炫耀学问。他其实是从说《诗》入手，表达他对隐士品格的推崇，为描写两对无意于功名富贵的夫妇寻找经典的依据。

他们是何许人也？

一对是杜少卿夫妇。杜少卿辞掉朝廷的征辟，隐居南京。换个汲汲于富贵的人，岂能忍受得了那种清贫的生活？但他们却过得十分惬意。夫妇俩携手游清凉山，看花吃酒，正是快活的夫妻生活的一个缩影。

一对是庄绍光夫妇。庄绍光辞爵还家，隐居玄武湖。在那儿，他的生活如同一首清澈的小诗。闲着无事，便斟一杯酒，拿出杜少卿作的《诗说》，叫娘子坐在旁边，念给她听。念到有趣处，吃一大杯，彼此大笑。庄征君在湖中着实自在。

对杜家一对夫妻、庄家一对夫妻，《儒林外史》似乎只从外在行迹上写了他们日常生活的快乐，但杜少卿对《女曰鸡鸣》的阐释，却提醒读者，这两对夫妇之所以如此快乐，在于他们无意于功名富贵——这样，说《诗》便发挥了心理描写的功能。对他们无意于功名富贵的品格，该如何评价呢？杜少卿赞赏诗中的"士"算得"修身齐家之君子"，这当然可以移用来评价杜少卿、庄绍光——于是，说《诗》又起到了议论的作用。将"义理、考据、辞章"融为一体，仅从技术处理的角度看，吴敬梓在古代小说家中也是首屈一指的，那些只知道"以小说为皮学问文章之具"① 的作家当然不能与吴敬梓相提并论。

---

① 鲁迅：《中国小说史略》，北京：中华书局，2010年，第152页。

第二节 关于《溱洧》的解读

论《女曰鸣鸣》之后，杜少卿又附带说到了《溱洧》篇，不过《诗说》中未见相关内容。也许，从学术研究的角度看，吴敬梓（杜少卿）对《溱洧》的曲解的确与《诗说》的著述体例不能兼容，但他刻意在《儒林外史》中表达自己的见解，实有一番良苦用心。

《诗经·郑风·溱洧》描写郑国的青年男女在溱河、洧河岸边游春的情景，是一首明快爽朗的情诗。原文是：

  溱与洧，方涣涣兮。士与女，方秉蕳兮。

  女曰："观乎？"士曰："既且。"

  "且往观乎！"洧之外，洵讦且乐。

  维士与女，伊其相谑，赠之以芍药。

  溱与洧，浏其清矣。士与女，殷其盈矣。

  女曰："观乎？"士曰："既且。"

  "且往观乎！"洧之外，洵讦且乐。

  维士与女，伊其将谑，赠之以芍药。

为了便于理解，我们也将程俊英的译文转录在下面：

  溱水流，洧水淌，三月冰融水流畅。男男女女来游春，手拿兰草驱不祥。妹说："咱们去看看？"哥说："我已去一趟。""陪我再去又何妨！"洧水外，河岸旁，确实好玩又宽敞。男男女女喜洋洋，相互调笑心花放，送支芍药表情长。

  溱水流，洧水淌，三月冰融清又凉。男男女女来游春，人山人海闹嚷嚷。妹说："咱们去看看？"哥说："我已去一趟。""陪我再去又何妨！"洧水外，河岸旁，确实好玩又宽敞。男男女女喜洋洋，相互调笑心花放，送支芍药表情长。①

　　朱熹《诗集传》说这首诗是"淫奔者自叙之词"②。拂去"淫奔"二字的贬抑色彩,朱熹其实是说,这首诗描写了青年男女的自由恋爱。他的理解与我们大多数读者的阅读感受相吻合。

　　有意味的是,在《儒林外史》中,吴敬梓却对《溱洧》毫无顾忌地做了曲解。他借杜少卿之口说:"据小弟看来,《溱洧》之诗,也只是夫妇同游,并非淫乱。"他所谓"淫乱",实际上即指自由恋爱或嫖妓。

　　吴敬梓的阐释与诗意相悖,这是不必讳言的。有必要追问一句的倒是:吴敬梓为何要把青年男女的恋爱曲解为"夫妇同游"?用意是什么?

　　要弄清吴敬梓曲解《溱洧》的动机,可以提到另一个相近的事实:对于戏曲中所描写的才子佳人恋爱,吴敬梓也有过加以曲解的例子。他的一位朋友李本宣,年轻时写过一本传奇剧《玉剑缘》。"十部传奇九相思",《玉剑缘》也不例外。其剧情梗概,从第一出的《沁园春》词便看得出来:淮南才子杜器(子村)和一李姓佳人因一笑之缘而终成连理。这种才子佳人故事,在明清时代的传奇剧中比比皆是。吴敬梓曾为《玉剑缘》作序,他以一个艺术家对作品的敏感看出,《玉剑缘》与他所批评的"多言男女之私心,雕镂剿刻,畅所欲言"的其他"南北曲"作品并无不同。但同时,吴敬梓却又郑重告诫"读其词者",千万不要疑心它的作者李本宣是个以风流才子自居的人。他阐述了两条理由:第一,"君子当悒郁无聊之会,托之于檀板金樽以消其块磊。"③ 这与借酒浇愁是一回事。借酒浇愁者并非酒鬼,照此推论,李本宣借戏曲"消其块磊"也不能与风流才子混为一谈。第二,"发于一时,感于一事,非可因玉钗挂冠、罗袖拂衣,遂疑宋玉之好色也。"④ 一时兴之所至,或年轻时忽发奇想,不代表作者

---

① 程俊英译注:《诗经译注》,上海:上海古籍出版社,1985年,第164—165页。

② 朱熹:《诗集传》,北京:中华书局,1962年,第56页。

③ 吴敬梓:《吴敬梓诗文集》,北京:人民文学出版社,2002年,第77页。

④ 吴敬梓:《吴敬梓诗文集》,北京:人民文学出版社,2002年,第77页。

的一贯性情。如果看了这个剧本，就想象李本宣是个风流才子，那就大错特错了。吴敬梓很自信地论证道：李本宣二十年来勤治诸经，有志于立言以垂不朽，他哪里会看重这部戏曲作品呢？

吴敬梓对文学作品中男女恋爱的不恭维，与他对才子风流的反感分不开。清代章学诚曾在《文史通义》中对小说戏曲提出严厉的批评，指责这些作品在描写男女情事时，男的必然轻佻狷薄，而美其名曰才子风流；女的一定冶荡多情，而美其名曰佳人绝世。他以为，这些作品对读者危害甚大，那些有小慧而无学识的男子，以及通文墨却不明礼法的女子，往往将小说戏曲中的才子佳人视为古代的真实人物，愚蠢地加以仿效；另有一些心术不正的人，更自命风流，无所忌惮地以才子佳人故事来引诱少不更事的读者。看起来，吴敬梓的想法与章学诚相近。《儒林外史》第三十四回，紧接在杜少卿解说《溱洧》之后，季苇萧醉中问他："少卿兄，你真是绝世风流。据我说，镇日同一个三十多岁的老嫂子看花饮酒，也觉得扫兴。据你的才名，又住在这样的好地方，何不娶一个标致如君，又有才情的，才子佳人，及时行乐？"杜少卿当即答道："苇兄，岂不闻晏子云：'今虽老而丑，我固及见其姣且好也？'况且娶妾的事，小弟觉得最伤天理。天下不过是这些人，一个人占了几个妇人，天下必有几个无妻之客。小弟为朝廷立法：人生须四十无子，方许娶一妾；此妾如不生子，便遣别嫁。是这等样，天下无妻子的人或者也少几个。"杜少卿反感"才子佳人，及时行乐"的说法，而看重严谨的夫妻生活。

以风流自诩的季苇萧时常流露出作为才子的优越感。第二十八回，扬州娶妾，他扬扬自得地告诉鲍廷玺："我们风流人物，只要才子佳人会合，一房两房，何足为奇！"第三十回，季苇萧又有一通关于才子佳人的"宏论"："才子佳人，正宜及时行乐。"第三十四回是季苇萧第三次发表"高论"了。

季苇萧的言行，常令人想起《聊斋志异》中的"狂生"。在蒲松龄的笔下，"狂生"通常被允许无拘无束地追逐佳人，置礼法于度外，比如《青凤》中的耿去病，《辛十四娘》中的广平冯生。作者和读者都乐于欣赏他们无拘无束的恋爱生活，有人曾把这种现象解释为对封建礼教的叛逆，那是误会了，这其实是才子优越感的表现。旧日的文人有两种，一为儒生，一为才子。儒生必须循规蹈矩，做社会的表率；才子却可以倜傥不羁，扮演"佳话"中的浪漫角色，比如西汉的司马相如、明代的唐寅等。

　　按照一般的逻辑，才子型人物的行径，有败坏社会风气之嫌，何以当局竟能默许，偶尔甚至加以鼓励呢？清人赵翼《廿二史札记》卷三十四"明中叶才士傲诞之习"就此做过解释。他指出：吴中地区的名士，如唐寅、祝允明，才情轻艳，放诞不羁，经常越出礼教的藩篱。这一类恃才傲物、跅弛不羁之人，应该说足以取祸，但真实情形却是，他们在生活中备受宠爱，不只达官贵人争相与他们结交，就连诸王也以与他们交往为幸，唯恐他们离去。这说明了什么呢？或者说，为什么会这样呢？赵翼的结论是："可见世运升平，物力丰裕，故文人学士得以跌荡于词场酒海间，亦一时盛事也。"① 原来如此！才子风流与礼法只在理论上有矛盾，在实际生活中倒是相互补充，相得益彰，至少是井水不犯河水的。礼法维持秩序，才子风流点缀升平，各有各的用处。由此，读者可以理解，何以蒲松龄一方面赋予了"狂生"以自由恋爱的特权，另一方面又在部分作品如《金生色》《金姑夫》《土偶》中极力强调礼教的尊严。看似矛盾的现象其实并不矛盾：因为"金生色"等是为普通人说法，他们是不能像"狂生"那般无拘无束的。蒲松龄认可才子的优越感。

　　吴敬梓如何呢？他明确否定了才子的优越感。季苇萧劝杜少卿娶一个又标致又有才情的如君，杜少卿当即表示反对。季苇萧的社会责任感极其淡薄，他沉溺于才子风流，以享受人生为目的；吴敬梓却执着于挽回世俗颓风，对才子风流可能导致的负面后果保持高度警戒，因而努力加以正确引导。金和《儒林外史·跋》说："读者大半以其体近小说，玩为谈柄，未必尽得先生警世之苦心。""（先生）又自言'聘娘丰若有肌，柔若无骨'二语而外，无一字稍涉亵狎，俾闺人亦可流览，可知先生一片婆心，正非施耐庵所称'文章得失，小不足悔'者比也。"这种一以贯之的态度，所显示的是一个传统儒生的庄重方严和

---

① 赵翼：《廿二史札记》，北京：中华书局，1964年，第719页。

忧世热肠。否定才子的优越感，吴敬梓比起众多自我陶醉的文人来，怕是高出许多了。

　　回到本章的题目，我们的结论是：吴敬梓把自己的《诗经》研究心得纳入《儒林外史》，不仅是一种塑造人物的方式，也是一种评价人物的方式，还有助于在叙事中传达作者的文化理想和道义理念。作为一个杰出的小说家，作为一个具有思想家气质的杰出小说家，他确实身手不凡。

第十二章 《儒林外史》的六种笔法

《儒林外史》不仅是一部凝聚着人生智慧的书，也是一部凝聚着小说智慧的书，当人生智慧与小说智慧融为一体时，就形成了特有的笔法，或特别有表现力的笔法。吴敬梓用类似于史家传记的方式庄重平实地叙写"书中第一人"虞博士，以展现虞育德的贤人风范；用直接心理描写揭示"礼贤下士"的表演意味，启发读者反思历史上的种种戴着面具的政治表演；用类似于"用典"的方式戏拟历史上的"三顾茅庐"，以讽刺失去了现实感的娄家两公子；让立场不同、性情不同的局内人对同一人物展开评价，生活以原生态呈现在读者面前，文本解读因而充满了多种可能性；又让几位局内人相互鄙薄，相互揭短，在多声部的合奏中达到一箭双雕甚至一箭数雕的讽刺效果；而丰富多彩的拆谎技巧，更让读者充分体会了阅读讽刺小说的快感。这里所说的六种笔法，并未穷尽《儒林外史》之胜，但尝鼎一脔，我们对《儒林外史》的伟大确实可以留下较为深刻的印象。

原图取自《儒林外史》第四回"荐亡斋和尚吃官司　打秋风乡绅遭横事"

第一节　用正笔、直笔写"书中第一人"

　　《儒林外史》第三十六回的回目是"常熟县真儒降生　泰伯祠名贤主祭",所谓"真儒""名贤",指的是虞博士。他出生在麟绂镇。在古代,麟被认为是一种象征祥瑞的异兽。因此,天目山樵的评语认为:虞博士出生于麟绂镇,就表明他在《儒林外史》中实际上处于圣人的位置上,具有特殊的重要性。

　　杜少卿对虞博士的评语大体确定了《儒林外史》塑造这个人物的基调:

　　　　这人大是不同,不但无学博气,尤其无进士气。他襟怀冲淡,上而伯夷、柳下惠,下而陶靖节一流人物。

伯夷、柳下惠、陶靖节(陶渊明)都是中国历史上著名的隐士,不食周粟、采薇而死的伯夷更被孔子推崇为"古之贤人"①。中唐韩愈热情洋溢地写过一篇《伯夷颂》，认为朗朗日月，不足以喻其明；巍巍泰山，不足以喻其高；天长地阔，也容不下伯夷特立独行的豪杰之气。他信道笃，自知明，千百年间，一人而已。② 吴敬梓以虞博士比伯夷，确立了虞博士作为《儒林外史》第一人的身份。

写小人易，写君子难；写寻常的君子易，写超凡的君子难。这是小说创作中的普遍现象。对虞博士这样一个"真儒""名贤"，怎样用笔，才算恰当呢？

《三国志演义》也曾推出一个超凡的人物，即诸葛亮。罗贯中在写作中大量采用了第三人称限知叙事的手法。刘备三顾茅庐时，小说家有意放弃了全知全能的资格，宁愿跟着刘备做个初到隆中的陌生人。所有的信息都从刘备那儿来，刘备见到的、听到的，《三国志演义》才写；刘备见不到的、听不到的，《三国志演义》就不写。一切以刘备的所见所闻所知所了解为限，这便是第三人称限知叙事，叫单人物角度，又叫有限范围内的全知作者。其特点，正如美国利昂·塞米利安《现代小说美学》所说：作者被限定在某种范围之内，叙述者即作者不再同所有的人物处于相同的距离，他只同其中一个人物比较接近；我们只能从这个人物那里得到信息，作者不能告诉读者这个人物所不知道的东西。③

第三人称限知叙事有助于将对象保持在神秘的状态。模糊有其自身的价值，潜伏在背景上隐约可见的影子会产生阴险和恐怖的气氛，透过面纱去看一个富有魅力的女人则更加具有诱惑力。所谓魅力往往具有迷惑人们视觉的特点。好莱坞电影界惯以避免他们的明星在公众场合露面的做法来维护他们的魅力，是有充分理由的。同样，描写的有限性和推测性也能使对象显得神秘莫测。因此，

---

① 朱熹：《论语集注》，《四书章句集注》本，北京：中华书局，2012年，第96页。

② 韩愈撰，马其昶校注：《韩昌黎文集校注》，上海：古典文学出版社，1957年，第37页。

③ [美] 利昂·塞米利安（Surmelian L.）著，宋协立译：《现代小说美学》，西安：陕西人民出版社，1987年，第44页。

第三人称限知叙事常被用于处理非凡的人物或超常的境界。《三国志演义》写诸葛亮即是如此。这个《三国志演义》中的第一号人物，迟迟不出场；出场时，又为他安排了刘备三顾茅庐的仪式。在卧龙岗上，刘备是个初来乍到的陌生人，他对一切都不甚了然，这就免不了误会，免不了做推测性的判断。在一次又一次的误会和推测中，诸葛亮越来越显得神秘。清初毛宗岗回前总评很有见地地分析说：这一回着力写诸葛亮，但诸葛亮并未正面出场。原来，善于写"妙人"的作家，往往不在实处写，而在虚处写。写他如同闲云野鹤，踪迹不定，才给人远离尘世之感；写他如同威凤祥麟，难以目睹，才给人以气象森严之感。①毛宗岗说得很对。从阅读感受来看，一个隐约可见的形象比一个清晰完整的形象，自是更加吸引人。

第三人称限知叙事有这么明显的好处，何以吴敬梓在塑造虞博士这一人物时，居然没有采用？原因何在？

是吴敬梓不懂这一技巧吗？当然不是。《儒林外史》开卷第一回就曾娴熟地运用这一技巧来驾驭情节：那天，王冕在七泖湖畔放牛，只见那边走过三个人来，"你一句，我一句，说个不了"。他们姓甚名谁？王冕不知道，作者也就不作交代。吴敬梓的这一模糊化处理，成功地使这三个读书人成为全书中所有沉沦在功名富贵欲望中的读书人的一个象征，一个隐喻。他们越抽象，越神秘，象征和隐喻的功能就越强。

吴敬梓如此擅长第三人称限知叙事，却不用来刻画虞博士，其中必有缘故。这里提出两点供读者参考。

第一，吴敬梓不想把虞育德写成一个神秘莫测的人物。读《儒林外史》，我们深切地感到，在描写那些不可理解、不可接近的人物时，吴敬梓才乐于用第三人称限知叙事，比如他写杨执中、权勿用，就是如此。作家以此表现他们的不合常情，表现他们令人迷惑不解的言行；在观察者和人物之间，划出一道鸿沟，使杨执中、权勿用几乎不再是我们这个正常世界的一员。

---

① 罗贯中：《三国志演义》，北京：商务印书馆，1957年，卷六第30页。

虞育德是吴敬梓笔下的"真儒"。他与汉代的董仲舒不同，与宋代的朱熹等也不同，他更接近于原始的儒家，比如孔子。其性格浑雅、冲淡，绝不故立崖岸，绝不拿腔拿调；在日常生活中，他也平凡无奇，也有弱点。比如，他答应过同僚照应武书的请托；他考过举人，考过进士，还做了官；他也辛辛苦苦地挣钱养家；对那个没法管教的侄儿，他答应其非理要求；还开释过在考场作弊的监生……但他鄙视功名富贵的"真儒"人格，并未因此被遮掩。从他的平易近人的生活境界中，我们领略到"真儒"的纯粹与"古趣"。塑造这样一个寓伟大于平凡的形象，用得着故作神秘吗？在吴敬梓看来，故作神秘是假名士的勾当。

第二，《儒林外史》以"史"为名，手法也多有借鉴正史之处。虞博士是《儒林外史》中的第一号人物，用笔必须郑重，并有意泯灭技巧的痕迹。清代词论家有重、拙、大的说法；古代中国人以缓步慢声为持重；的确，内在的"重"往往伴随着表相的"拙"——即回避机智，回避技巧。吴敬梓写虞博士，即遵循这一原则。卧闲草堂评语说：

> 此篇纯用正笔、直笔，不用一旁笔、曲笔，是以文字无峭拔凌驾处。然细想此篇最难措笔。虞博士是书中第一人，纯正无疵，虽有易牙，无从施其烹饪之巧……尝谓太史公一生好奇，如程婴立赵孤诸事，不知见自何书，极力点缀，句句欲活；及作《夏本纪》，亦不得不恭恭敬敬将《尚书》录入，非子长之才，长于写秦汉，短于写三代，正是其量体裁衣，相题立格，有不得不如此者耳。

天目山樵的评语也说：虞博士是书中第一人，故特起立传，写"第一人"，犯不着花里胡哨。

第二节 用直接心理描写揭示礼贤下士的表演意味

说来读书人的处境是颇为尴尬的。一方面，他们是"道"的承担者，但另一方面，他们又并不拥有实际的政治权力。也就是说，他们参与治理天下的过程,可能即是其依附政治领袖的过程。士阶层如何既保持自身的尊严,又实现其"济天下"的抱负,便成为一个现实的难题。早期知识阶层提供的解决方案是:士以帝王师自处,君王则以师礼待士。据西汉刘向编撰的《说苑》记载,郭隗曾请燕昭王以师礼尊贤,他的理由是:帝者之臣,其名义是臣子,其实质是师傅;王者之臣,其名义是臣子,其实质是朋友;霸者之臣,其名义是臣子,其实质是仆从;危国之臣,其名义是臣子,其实质是奴隶。如果君王以颐指气使的态度寻找臣子,那么到来的只是执劳役供使唤的人;以宾主相见的礼节对待臣子,那么到来的就是人臣之才;以彼此平等的礼节相待,那么可以做您朋友的人才就来了;以谦卑虚心的态度相待,那么足以做您师傅的人才就来了。有了师傅之才做大臣,就上可以称王,下可以称霸。① 郭隗在把士抬高为"师"的同时,也把君王抬高为"帝",这样,妨碍政治领袖们礼贤下士的心理障碍就容易被克服了。由此可见,郭隗不愧为一个出色的策士。

如果说,战国时代的礼贤下士常常只是君王的一种姿态,只是为了迎合士阶层的自尊心,或赢得士人的"为知己者死"的忠诚。那么,秦汉以降的帝制政权下的礼贤下士,其政治表演意味就更为浓重。比如《三国志演义》中三顾茅庐的故事,即不免装腔作势的意味,清初毛宗岗在第三十七回的回前总评中说:

> 每到玄德访孔明处,必夹写张翼德几句性急语以衬之。或谓孔明装腔,玄德作势,一对空头,不若张翼德十分老实。予笑曰:为此言者,以论今人则可,以论玄德、孔明则不可。孔明真正养重,非比今人之本欲求售,只因索价,假意留难。玄德真正慕贤,非比今人之本不爱客,只因好名,虚修礼貌也。②

毛宗岗的辩护自有其理由,《三国志演义》关于君臣关系的描写几乎就是依据郭隗的话而展开的:写诸葛亮,以"其名义是臣子,其实质是师傅"为基调;

---

① 刘向著,向宗鲁校正:《说苑校正》,北京:中华书局,1987年,第16—17页。
② 罗贯中:《三国志演义》,北京:商务印书馆,1957年,卷六第30页。

写周瑜、鲁肃，则"其名义是臣子，其实质是朋友"；写荀彧、贾诩，则"其名义是臣子，其实质是仆从"；写辛毗等人，则"其名义是臣子，其实质是奴隶"。这也同时显示了刘备、孙权、曹操、袁绍的高下。假如刘备、诸葛亮被视为装腔作势，岂不太煞风景？但毛宗岗并没有因为怕煞风景而掉头不看世态的真相，他坦率承认了"今人"的"空头"与"假意"。

吴敬梓也和毛宗岗一样了然于世态的真相。只是，"今人"的"空头"与"假意"，怎样才能使读者一目了然？看来吴敬梓在这方面也高明过人，他采用了直接心理描写的手法。

《儒林外史》开卷第一回便记叙了时知县拜访王冕的事。在下乡拜访王冕之前，时知县曾在心里反复盘算该不该去。他一会儿想道："一个堂堂县令，屈尊去拜一个乡民，惹得衙役们笑话。"一会儿又想道："老师前日口气，甚是敬他，老师敬他十分，我就该敬他一百分。况且屈尊敬贤，将来志书上少不得称赞一篇。这是万古千年不朽的勾当，有甚么做不得！"终于拿定了主意。

时知县的心理活动颇耐寻味。王冕何许人也？以社会身份而论，仅是诸暨县的一介乡民，虽说"会画没骨花"，可毕竟只是乡民而已。时知县何许人也？乃是诸暨县的父母官。父母官如此之尊，乡民如此之卑，则父母官万不可下顾，否则就有失身份。的确，连翟买办也大大咧咧地对王冕发话："难道老爷一县之主，叫不动一个百姓么？"倘若时知县竟亲自去拜访王冕，岂不"惹得衙役们笑话"？这思路可谓逻辑严密。然而事情还有另外一面。王冕虽是乡民，却大受危素赏鉴。危素是谁？父母官之"老师"也。王冕虽卑，"老师"却尊。既然如此，则尊王冕即尊"老师"，拜王冕即拜"老师"，何乐而不为？"况且屈尊敬贤""礼贤下士"这原是古圣所倡导的，历来史家无不交口称赞。拜一乡民而兼收"拜老师"之利与"敬贤"之名，合算至极，虽为"衙役们笑话"也顾不得了。

每次读到这段心理描写，都不免产生奇想，如今且将这奇想披露给读者。试问，假如吴敬梓只写时知县下乡拜王冕的外在行迹而不揭示其动机，读者的感受又将如何？

不做直接心理描写本是中国古代史家信守的原则。他们认为，作者只能报告人物的行动和语言，因为这是可见可闻的；不应该直接交代人物的所思所想，因为这是外人无法观察到的。这一叙事原则的效果是明显的，比如它增强了读者对事件的真实性的信任。但它也伴随着一个遗憾，由于作者无权揭示人物的心理活动，读者对作品中人物的某些行为的真正动机难以有准确无疑的了解。

可以看一个实例。《三国志演义》第三十三回，曹操打败袁绍后，为之设祭，"再拜而哭甚哀"，并以金帛粮米赐绍妻刘氏。这大体符合历史事实，但怎样评价历史人物曹操的这一举动，却众说纷纭，迄无定论。北宋刘敞《题魏太祖纪》认为，曹操之哭是真实的。因为，在董卓之乱时，袁绍和曹操曾真心实意地结为同盟，艰难周旋，祸福与共，度过了一段难忘的岁月。后来，形势发生了变化，袁、曹都想称霸一方，于是相互进攻。这是由特定的历史条件决定的，并不是由于二人怀有宿怨积仇。等到曹操打败袁绍，功成业就，想起当初共同对敌的日子，英心感动，自然流泪，"此乃所谓慷慨英雄之风也，岂介介然幸己成而乐人祸哉"①。但毛宗岗评点《三国志演义》，却咬定曹操是假哭，是"奸雄手段"：杀了他的儿子，夺了他的儿媳妇，占了他的土地，却又到他的墓前大哭，这会是发自内心的吗？

刘敞和毛宗岗的看法，读者尽可自由选择。但两人的分歧表明，由于《三国志》《三国志演义》对人物的心理活动没有直接描写，读者对于某些人物所采取的行动背后的真正动机不甚了然，很难准确把握。假如作者能揭示出曹操行动背后的心理原因，读者就不会有什么分歧了。

吴敬梓即意在避免读者误解。时知县下乡拜访王冕，仅以外在的行迹论，当然值得大书特书。刘备三顾茅庐，中国老百姓几乎妇孺皆知。时知县当然不是刘备那种挟带着天子气的豪杰，他仅仅是个七品芝麻官；但一个七品芝麻官，如果能礼贤下士，其境界却与刘备三顾茅庐相当。怎样表现时知县才不致使读

---

① 曾枣庄、刘琳主编：《全宋文》，上海：上海辞书出版社；合肥：安徽教育出版社，2006年，第59册第210页。

者误将他当成一个礼贤下士的人呢？光写行迹不行，只能从把握他的行为的动机入手。

不过，吴敬梓的目的似乎又不只是想避免读者误解。他写了一个"只因好名，虚修礼貌"的时知县，便足以引起读者的进一步思索：像周威公师事宁越、魏文侯师事子夏等在士阶层中千载流传的佳话，是否也仅仅是化了妆的政治表演？在更广阔的社会生活场景中，比如官场，是否也有许多类似的表演？

事实上，对官场着墨不多的《儒林外史》，也用解构的笔法展示出了官场中的表演。第四回写到汤知县办案的一件事。几个教亲给汤知县送了五十斤牛肉的礼，求他办事。汤知县不知这礼能不能收，便请教举人张静斋，张静斋说：

老世叔，这话断断使不得的了，你我做官的人，只知有皇上，那知有教亲？

张静斋还出主意叫汤知县严惩那个为首的老师夫。第二天汤知县果然雷厉风行，将那老师夫惩罚至死。表面看来，汤知县真是个不贪贿赂、执法如山的清官。但是，读者可能注意到了张静斋对他说过的另一段话：

依小侄愚见，世叔就在这事上出个大名。……上司访知，见世叔一丝不苟，升迁就在指日。

原来，所谓"严格执法"，有时也只是谋取名利的手段而已。连严贡生这类下流之辈都会援引"公而忘私、国而忘家"的古训，读者对某些冠冕堂皇的言行是不能不掂量一番的。

第三节　"三顾茅庐"的戏拟与解构

罗贯中《三国志演义》在塑造刘备这样一个求贤者的形象时，精心设置了"三顾茅庐"的情节，吴敬梓则以"用典"的方式戏拟这一情节，将之移植到娄家两公子身上，使之具有颠覆意味和喜剧色彩。戏拟经典情节，这是《儒林外史》独特的解构技巧之一。

娄氏两公子"三顾茅庐"，起因于兄弟俩的错觉：他们把杨执中当成了一位善于养重的卧龙似的人物。两公子何以会产生这种错觉呢？契机之一是杨执中"受恩不谢"。

受恩不谢是古代读书人养重的常用方式之一。之所以不谢，意在暗示自己发迹后将以几何级增长的倍数来回报。其自负意味是不难感觉到的。较早的榜样是春秋时的越石甫。据《晏子春秋》记载，齐国大夫晏婴遇见服劳役的越石甫后，便用拉车的马把他赎了出来，但越石甫并不称谢。后来，因晏婴没有及时接待，越石甫提出绝交，于是晏婴奉他为上客。①

越石甫的做法常为后人所仿效，比如晋人刘道真。刘道真年轻时，时常在湖泽中捕鱼。他擅长唱歌和吹口哨，听的人往往为之流连忘返。有一老妇人看出他是个人才，而且喜欢他的歌声和啸声，于是炖了一只猪肘给他吃。刘道真吃完，一句道谢的话也不说。老妇人见他尚未吃饱，又送一只猪肘。后来，刘道真做了吏部郎，这老妇人的儿子正在做小令史，道真便越级提拔了他。这故事见于裴启《语林》②，《世说新语·任诞》③ 也有记载。

说来有趣，在《红楼梦》中，那个忘恩负义的贾雨村，亦曾以受恩不谢来显示他抱负不凡。他欲入京赶考而盘费不足，甄士隐当即赠送"五十两白银并两套冬衣"④，雨村收了银衣，不过略谢一语，并不介意，仍是吃酒谈笑。

娄家两公子之赏识杨执中，很大程度上也是因他"受恩不谢"。

杨执中是位"忠直不过"的读书人，年纪老大，才"补得一个廪"，被选为教官。他辞了官，为生计所迫，到一家盐店做管事先生。虽是生意出身，一切账目，却不肯用心料理。除了出外闲游，在店里时，也只是垂帘看书，凭着

---

① 晏婴：《晏子春秋》，北京：中华书局，1985年，第50页。

② 裴启撰，周楞伽辑注：《裴启语林》，北京：文化艺术出版社，1988年，第38页。

③ 刘义庆著，刘孝标注，余嘉锡笺疏，周祖谟、余淑宜、周士琦整理：《世说新语笺疏》，北京：中华书局，2007年，第866页。

④ 曹雪芹著，陈文新、王炜辑评：《红楼梦》（百家汇评本），武汉：长江文艺出版社，2005年，第6页。

伙计胡闹,结果亏空了七百多两银子。东家一状告到德清县,"老阿呆"身陷囹圄。

杨执中倒也不脱以清流自居、非议朝政的名士习气。他寻常爱说的话是:"本朝的天下要同孔夫子的周朝一样好的,就为出了个永乐爷,就弄坏了。"这跟两公子酒酣耳热后的议论如出一辙。穷乡遇知音,两位贵胄子弟遂豪兴大发,为这位在押的"读书君子"还债赎罪、出名保释。这恩惠是够大的了,依邹吉甫的看法,"若救出杨先生来,这一镇的人,谁不感仰"!

然而,出狱一个多月的杨执中居然未登门道谢。是杨执中有意养重么?非也。他压根就不知道是谁行了这一番"义举"。可在富于想象的两公子眼里,这却成了杨执中学问"高绝"、人品过人的标志:"娄公子过了月余,弟兄在家,不胜诧异。想到越石甫故事,心里觉的杨执中想是高绝的学问,更加可敬。"

欲擒故纵,借隐居提高声望,是古代读书人养重的又一做法,诸葛亮是其出色代表。在娄公子看来,杨执中就是诸葛亮再世。于是,一出"新编三顾茅庐"的戏上演了。

刘备驻扎新野时,徐庶把诸葛亮推荐给他,刘备让徐庶找个时间把诸葛亮带来,徐庶忙说不行。他强调,诸葛亮这个人,可以求见,不可屈致,刘备应该登门拜访。于是刘备去拜访诸葛亮,一共去了三次,才得以见面。这一事实表明,诸葛亮非礼聘不出的原则已为交游们所了然。为什么一定要刘备三顾茅庐才出山呢?这既是对刘备诚意的考验,也表明他诸葛亮不是招之即来挥之即去的等闲人物,如此,才能赢得刘备的尊敬和重用。诸葛亮的这一用意,刘备不会不明白。明白了却依旧"三顾",实在更为高明。诸葛亮为刘备的事业"鞠躬尽瘁,死而后已",不就是被刘备诚意所感动的结果吗?养重与礼贤向来是相辅相成的。

历史上既然有刘备这样出色的榜样,有志于求贤养士的娄家两公子岂有不仿效之理?难怪《儒林外史》的"三顾茅庐"几乎就是《三国志演义》相关情节的卡通版了。

刘备一顾茅庐,诸葛亮不在家,看门童子神秘兮兮地介绍诸葛亮说:"踪迹不定……归期亦不定。"弄得刘备"惆怅不已"。① 娄家两公子一顾茅庐,杨执中也不在家,"老阿呆"的聋妻子老老实实地告诉来访者:"从昨日出门看他们打鱼,并不曾回来,你们有甚么话说,改日再来罢。"但在两公子的感觉中,却有晚唐贾岛《寻隐者不遇》所展示的"只在此山中,云深不知处"②的气象,故与刘备一样,"不胜怅怅"。

二顾茅庐,杨执中索性躲起来了。隐士躲避非隐士的来访者,一向被视为清高之举。刘备二顾茅庐,诸葛亮据说是"闲游去矣",其实是故意避开。杨执中的躲避与诸葛亮动机不同,他只是怕"差人要来找钱"。但娄家两公子不相信生活会如此平淡,如此缺乏浪漫气息。在读了那首署名杨执中的"不敢妄为些子事"的七绝后,两公子更是"不胜叹息":"这先生襟怀冲淡,其实可敬!"

三顾茅庐,终于见到了杨执中。如同诸葛亮终于出山一样,杨执中也答应"三四日后,自当敬造高斋,为平原十日之饮"。一件"礼贤下士"的伟业至此完成,两公子内心的快活不言而喻。然而,诸葛亮何人也?他是"有经天纬地之才"的卧龙。杨执中何人也?他是连一家生计也维持不了的"老阿呆"。走出两公子用想象编织的幻境,我们看到的不是一则笑话么?杨执中不知道养重为何物(只有那些世故极深、绝顶聪明的人才知道养重),两公子却硬派这位"老阿呆"做卧龙,此情此景,适成对求贤者的反讽。

第四节　局内人视角与生活的原生态

北宋苏轼有一首《题西林壁》的诗:

横看成岭侧成峰,远近高低各不同。

不识庐山真面目,只缘身在此山中。③

---

① 罗贯中:《三国志演义》,北京:商务印书馆,1957年,卷六第33页
② 黄鹏笺注:《贾岛诗集笺注》,成都:巴蜀书社,2002年,第386页。
③ 王水照选注:《苏轼选集》,上海:上海古籍出版社,1984年,第159页。

此诗并非写庐山的一景一胜，而是游庐山的总体观感。随着横侧、远近、高低角度的改变，庐山呈现出不同的姿容。苏轼由此引申出一个带普遍性的命题："当局者迷"，局内人对事物的评价很难全面，很难公正，即所谓"不识庐山真面目，只缘身在此山中"。

吴敬梓是否受到过这首诗的启发，我们不得而知。可以确认的是，在《儒林外史》中，他经常让几位性情相异的局内人对同一人物做出各自的评价。于是，生活以原生态的形式呈现出来，丰富多彩，错综有致。当读者置身局外观察这些生活场景时，虽然很难一目了然地得出结论，却也因此增加了阅读的快感。毕竟，"远近高低各不同"的景致比无论从哪一方位看去都是一个模样的呆板的画面动人，也有更大的阐释空间。我们不妨领略一下《儒林外史》对几个人物的处理。

第一个人物是权勿用。

有两位局内人评价过权勿用，一位是杨执中，一位是"胡子客人"。在杨执中眼里，权勿用"真有经天纬地之才，空古绝今之学，真乃'处则不失为真儒，出则可以为王佐'"，"管、乐的经纶，程、朱的学问。此乃是当时第一等人"。在戴方巾的"胡子客人"眼里，权勿用却一钱不值："他是个不中用的货，又不会种田，又不会作生意，坐吃山崩；把些田地都弄的精光。足足考了三十多年，一回县考的复试也不曾取。""他那一件不是骗来的！同在乡里之间，我也不便细说。"

杨执中与"胡子客人"，谁说的对呢？杨执中陶醉在自我编织的高人梦中，也让权勿用分享梦中的光环；他的话自是难以全信。"胡子客人"与权勿用"同在乡里"，他戴着方巾，看来是个秀才（梅玖刚做秀才时的服饰是"戴着新方巾"，秀才马二先生也"头戴方巾"）。第十三回，权勿用被逮，罪名是奸拐尼僧心远。据陈木南说：那是他学里几个秀才诬赖他的，后来这件官司也昭雪了。"胡子客人"大约即是诬赖权勿用的秀才之一。这帮秀才见权勿用虽连秀才都不是，却是出了名的"高人"，嫉妒他，总想给他苦果吃。"胡子客人"嘲笑他"一回县考的复试也不曾取"，正是秀才口气。所以，这位戴方巾者的言辞，读者也万不可句句相信。不妨认为，权勿用既不像杨执中说的那么了不得，也不像"胡子客人"说的那么卑下，权勿用只是个模拟"高人"、失去了现实感的古怪迂腐的老童生。

用于权勿用的这种表现方式也曾用在杜少卿身上。

杜少卿的原型是吴敬梓本人，不过，勇于反省的吴敬梓并未将杜少卿无节制地理想化，他坦然地展示出杜慎卿、高翰林、韦四太爷、迟衡山等对杜少卿的评价即是一例。

杜慎卿是杜少卿的族兄，他的原型是吴敬梓的堂兄吴檠。杜慎卿表面上花钱散漫，其实每花一分钱都大有斟酌。比如，他赏妓莫愁湖，用了许多银子，鲍廷玺误以为"这人慷慨"，求他资助几百两银子，被杜慎卿一口回绝。鲍廷玺把杜慎卿看扁了。杜慎卿为梨园子弟评奖，也像今日的企业家赞助体育明星或影星，意在为自己做广告。果然，仅此一举，"这位杜十七老爷"便"名震江南"。他不是合算得很吗？而"赞助"鲍廷玺，却相当于拿钱往水里扔，最多泛几个泡罢了。杜慎卿哪会做这种傻事？

杜少卿花钱却毫无"算计"，只要别人拿他当"大老官"看就心满意足了。所以，重视现实利益的杜慎卿，认为杜少卿是个不折不扣的"呆串皮"："他是个呆子"，"听见人向他说些苦，他就大捧出来给人家用"，"但凡说是见过他家太老爷的，就是一条狗也是敬重的"。

韦四太爷是杜少卿的座上客，性格豪放，极能领略酒中情趣。他曾在杜少卿家"吃了一坛九年的陈酒，醉了一夜，心里畅快的紧"，兴之所至，竟特意给三千里外的庄濯江写了一封信，专述这一韵事。以韦四太爷之豪放，当然更欣赏举止阔略的杜少卿而不大惬意于顾影自怜的杜慎卿。他比较杜少卿和杜慎卿说："两个都是大江南北有名的。慎卿虽是雅人，我还嫌他带着些姑娘气。"

高翰林是举业中的得意者，也是生活中的得意者。其处世原则是：随机应变，以维护个人和家族利益；所谓道德感，所谓操守，不必过于拘泥。他对"败家子"杜少卿既厌恶又蔑视："诸公莫怪学生说，这少卿是他杜家第一个败类！""学生在家里，往常教子侄们读书，就以他为戒。每人读书的桌子上写一纸条贴着,上面写道:'不可学天长杜仪。'"

迟衡山则是提倡"古学"、提倡礼乐的君子。他性情迂腐,但他的人品之高却足以与虞育德、庄绍光相提并论。他的一个基本判断是,朝廷征辟杜少卿,杜少卿不就,这便非寻常人所能企及。因此,当季苇萧以杜慎卿、杜少卿并举时,他表示:"两位中是少卿更好!"高翰林骂杜少卿,迟衡山又当场跟高翰林抬杠,而且旗帜鲜明地断言:"众位先生,少卿是自古及今难得的一个奇人!"

杜慎卿、韦四太爷、高翰林、迟衡山对杜少卿的评价,谁对谁错?杜慎卿错吗?高翰林错吗?他们说杜少卿好做"大老官",乱花银子,交往的多是些小人,并非信口开河,倒是正中少卿之病。那么,他们对吗?从他们的言论,读者又分明感觉到了杜慎卿的乖巧、不厚道,高翰林的趾高气扬与庸俗。对与错二字,均不大贴切。

韦四太爷与迟衡山的话,亦当做两面观。他们推崇杜少卿是个"豪杰","是自古及今难得的一个奇人",这是对的。只是,这个"豪杰"、这个"奇人"的所作所为全值得喝彩么?在他的"知己"中,杜慎卿、张俊民、臧荼,哪一个是值得深交的?臧荼向他借银买廪生,为的是将来"做知县、推官,穿螺蛳结底的鞋,坐堂、洒签、打人"。如此"下流无耻",杜少卿却大把地拿银子给他用。韦四太爷与迟衡山只看到杜少卿"豪"与"奇"的一面,看不到他妄施滥用的纨绔习气和"不会相与朋友"的短处,不也表明了其品评尚有偏颇么?

《儒林外史》把杜少卿放在各种不同的人面前,让他们从自己的角度来发表评论。其作用之一是加强对比,增加文本的丰富性;作用之二是展示人生的复杂性,并使读者明白,《儒林外史》中的人物语言,也如同生活中的人物语言一样,各出于不同的动机,听的人应该仔细分辨,切莫被某个"局内人"牵着鼻子走,以致"不识庐山真面目"。吴敬梓置身局外,读者也应该置身局外。

第五节 局内人的相互攻讦与讽刺效果

吴敬梓不仅让几个局内人对同一人物做出评价,还让局内人相互评论,最典型的当数文人墨客之间的攻讦。三国魏曹丕在《典论·论文》中曾有"文人相轻,自古而然"①的论断,极大胆,又极中肯。《儒林外史》以文人墨客为写照对象,他们之间的相互攻讦便是题中应有之意了。吴敬梓的卓越之处在于:他不仅记录了他们相互攻讦的言谈,而且使其言谈成为对他们自身的尖锐讽刺。我们且选两组来看看。

第一组:严贡生与王德、王仁。

王德、王仁两兄弟,一个是府学廪膳生员,一个是县学廪膳生员,在生员(秀才)中是"铮铮有名"的。明清时的生员,有附学生员、增广生员和廪膳生员之别,简称附生、增生和廪生。一般初进学的生员或岁科考成绩在三四等的生员称为附生,属于最低一级的生员;岁科考成绩在二等的称为增生;最优者为廪生。廪生能得到一笔增生、附生所没有的政府津贴,即廪膳费,还有资格替应试的童生作保,特别重要的是有优先出贡的权利。廪生在秀才的行列里是可以高视阔步的。

贡生的身份又高出廪生。贡生虽不能直接参加会试(要参加会试,必须先参加乡试取得举人的资格),但他们社会地位较高,可以和举人、进士一样,在宗祠或家门前竖起旗杆,表示"荣宗耀祖,改换门庭"。比如,严贡生出贡竖旗杆,趁机拉人出贺礼,此后口口声声自称"乡绅";匡超人被选为优贡,"和潘三商议,要回乐清乡里去挂匾,竖旗杆"。贡生还可以直接考选教职,甚至考选行政官职。如匡超人做贡生不久,即考取"教习"(皇室宗学的教师),对人大吹"而今比不得做诸生(秀才)的时候"。

严贡生虽地位高些,王德、王仁却不买他的账,原因之一是看不起他的八股文章。当然,在堂堂严贡生眼里,王德、王仁也未必算"文章"(八股文)好手。

王德、王仁与严贡生的八股文究竟写得如何呢?吴敬梓未加评论,只是优游自在地让这几位喜剧人物相互攻讦一番,由读者来具体感受。第六回,三位

---

① 魏宏灿校注:《曹丕集校注》,合肥:安徽大学出版社,2009年,第313页。

都"从省里科举了回来",谈起这次"科举",以才气自许的王德、王仁故意当着严贡生的面挖苦"汤父母"。王仁道:"大哥,你不知道么?因汤父母前次入帘,都取中了些'陈猫古老鼠'的文章,不入时目,所以这次不曾来聘。今科十几位帘官,都是少年进士,专取有才气的文章。"而自认为以"法则"见长的严贡生则针锋相对地还击道:"这倒不然。才气必须是有法则,假若不照题位,乱写些热闹话,难道也算有才气不成?就如我这周老师,极是法眼,取在一等前列,都是有法则的老手,今科少不得还在这几个人内中。"严贡生说这话,是因王家两兄弟在周进手里都考的是二等。王家两兄弟与严贡生以己之长,轻人所短,相互鄙薄,相互嘲笑。吴敬梓既借他们之口揭开了对方之"短",又暗示出他们并非真有所长,而只是"自我感觉良好"。

第二组:娄家两公子与鲁翰林。

娄家两公子与鲁翰林之间的攻讦不像严贡生之流如此刻露。两公子是娄中堂的儿子,鲁翰林是娄中堂的门生;两公子称鲁翰林为"世先生",鲁翰林称两公子为"世兄"。这层关系使鲁翰林总是以师兄的口吻说话,带有教诲的意味。两公子曾向鲁编修提到杨执中的品行极高,还把"一张诗拿出来"送给他看。鲁编修看完,皱着眉道:"老世兄,似你这等所为,怕不是自古及今的贤公子?就是信陵君、春申君,也不过如此。但这样的人,盗虚声者多,有实学者少。我老实说:他若果有学问,为甚么不中了去?只做这两句诗,当得甚么?……依愚见,这样的人不必十分周旋他,也罢了。"两公子听了这话,沉默不语。

《荀子·非十二子》谈到:古代的所谓处士,是些道德超拔的人,是些恬退静默的人。而现在的所谓处士,却是没有能耐却说有能耐,没有智慧却说有智慧的人。他们的逐利之心得不到满足,于是就假装没有欲望;他们本质丑恶,偏要高谈阔论地宣称自己谨慎忠厚。两公子所结纳的,如张铁臂,确近于荀子所非难的"处士"。至于杨执中、权勿用,当然没那么卑劣,但鲁编修断定他们"盗虚声者多,有实学者少",却并不过分。认为鲁编修一针见血也罢,认为他歪打正着也罢,反正,他这瓢冷水泼得对。但从他的言辞中,我们又分明嗅到一股迷信八股、以资格论人的世俗气息。所以,《儒林外史》第十二回,听蘧駪夫转述完鲁编修的一席话（"令表叔在家，只该闭户做些举业，以继家声，怎么只管结交这样一班人！"），此处"默默不语"的两公子终于忍不住了，嘲笑道："就俗到这个地位！"对鲁编修这样一位以"时文八股、中举人、中进士"为"实学"的人，评之为"俗"，不也甚为恰当吗？刘咸炘《小说裁论》这么评道：

  其他摹写，皆本旨之枝叶，而激射回互，旁见侧出，细意尤多。如娄、鲁相形，二娄讥鲁为俗气是也，鲁讥二娄为好虚声亦是也。鲁之教女固非，蘧之教孙亦非也。全书如此者甚多，互相评而真情见，欲读者执其两端也。①

  由此可见，吴敬梓写局内人的相互攻讦、相互讽刺，注意到两个方面：第一，对于被攻讦者而言，攻讦者的话包含有中肯的成分；第二，攻讦者的话同时也暴露了自身的某一弱点。作为读者，切莫把事情看得太简单。作者虽然隐藏了他的观点，但并非没有是非，只是，这需要读者细加体味。《儒林外史》不是一部可以草草浏览的书。

第六节　拆谎的技巧

  拆谎是讽刺艺术的重要技巧之一。有些喜剧性人物，言行不一，表里不一，作者无须直接点破，只消将他们的谎言拆开，就足以达到讽刺的效果。

  《儒林外史》第四回，严贡生和范进、张静斋聊天，信口胡吹，把他与汤知县之间的关系说得亲密至极，顺便把自我形象点染得极有光彩。听听他说的："……小弟到衙门去谒见，老父母方才下学回来，诸事忙作一团，却连忙丢了，叫请小弟进去，换了两遍茶，就像相与过几十年的一般。""实不相瞒，小弟只是一个为人率真，在乡里之间，从不晓得占人寸丝半粟的便宜，所以历来的父

---

① 刘咸炘：《推十书》（增补全本·丁辑），上海：上海科学技术文献出版社，2009年，第217页。

母官，都蒙相爱。汤父母容易不大喜会客，却也凡事心照。就如前月县考，把二小儿取在第十名，叫了进去，细细问他从的先生是那个，又问他可曾定过亲事，着实关切。"

严贡生的话，给读者印象较深的大体有三个方面：第一，严贡生大受汤知县青睐；第二，严贡生从不占人便宜；第三，严贡生的二儿子是个有教养的童生。但真实的情形如何呢？正当严贡生谈兴正浓时：

一个蓬头赤足的小使走了进来，望着他道："老爷，家里请你回去。"严贡生道："回去做什么？"小厮道："早上关的那口猪，那人来讨了，在家里吵哩。"严贡生道："他要猪，拿钱来！"小厮道："他说猪是他的。"

接下来是王小二告状。王小二是严贡生的紧邻："去年三月内，严贡生家一口才过下来的小猪，走到他家去，他慌送回严家。严家说，猪到人家，再寻回来，最不利市。押着出了八钱银子，把小猪就卖与他。这一口猪在王家已养到一百多斤，不想错走到严家去，严家把猪关了。"小二的哥子王大到严家讨猪，严贡生叫他"拿几两银子来"；王大同严家争吵了几句，"被严贡生几个儿子，拿拴门的闩，赶面的杖，打了一个臭死，腿都打折了，睡在家里"。汤知县听了王小二等人的陈诉，大为光火，说道："一个做贡生的人，忝列衣冠，不在乡里间做些好事，只管如此骗人，其实可恶！"便准了状子，打算审问严贡生。严贡生吓得逃到省城去了。

故事的讲述过程便是拆谎的过程。读完这一系列情节，我们终于恍然大悟：第一，严贡生从未得到过汤知县青睐。所以王仁当着严监生的面取笑严贡生："你令兄平日常说同汤公相与的，怎的这一点事就吓走了？"第二，严贡生一向占人便宜。第三，严贡生的儿子都如狼似虎一般。连严监生都说："几个舍侄，就像生狼一般，一总也不听教训。"让严贡生当场出丑，其恶劣无耻遂活现于纸上。

《儒林外史》中常有些好吹牛的人物，他们大都是"黯于好名"者。这些人热衷于吹嘘自己与官场人物的关系及自己的才识，希望借此获得他人的艳羡。第二十三回，牛浦对着子午宫道士吹牛皮：

第十二章　《儒林外史》的六种笔法

> ……我一向在安东县董老爷衙门里,那董老爷好不好客!记得我一初到他那里时候,才送了帖子进去,他就连忙叫两个差人出来请我的轿。我不曾坐轿,却骑的是个驴。我要下驴,差人不肯,两个人牵了我的驴头,一路走上去。走到暖阁上,走的地板格登格登的一路响。……

"董老爷"即淮安府安东县新补的知县董瑛。牛浦确曾与他有过交往,后来牛浦到安东,董瑛也待他为上客,"牛浦三日两日进衙门走走",并未被拒之门外。然而在牛浦与子午宫道士交谈之前,他何曾到过安东?又怎么可能进董知县的衙门呢?"书中之道士,不知是谎;书外之阅者,深知其谎。行文之妙,真李龙眠白描手也。"(卧闲草堂评语)此等处,便不必当面揭穿,因为读者记得牛浦的行踪。

喜剧人物吹牛,大都富于想象力,说得天花乱坠,有声有色。然而,越是有声有色地吹牛,就越有可能露出破绽。比如牛浦,他没到过安东县衙门,却要虚构这一经历,为了说得煞有介事,便编造了骑驴走上暖阁的细节。殊不知暖阁乃是官府大堂中间放案卷的低矮的木阁子,后面遮有屏风,岂能让他的驴踏上去。牛浦缺少这方面的生活经历,因而在"创作"时留下了漏洞,幸好子午宫道士也不知道暖阁为何物,否则牛浦就免不了当场出丑。

匡超人的运气没有牛浦那么好。《儒林外史》第二十回,这位与景兰江、赵雪斋等人已有过几番交往的小伙子,愈来愈懂得"自我推销"的重要性;初识牛布衣、冯琢庵,便因冯琢庵说了句"先生是浙江选家。尊选有好几部弟都是见过的",就顺着杆子往上爬,滔滔不绝地大吹一通:

> 我的文名也够了。自从那年到杭州,至今五六年,考卷、墨卷、房书、行书、名家的稿子,还有《四书讲书》《五经讲书》《古文选本》——家里有个账,共是九十五本。弟选的文章,每一回出,书店定要卖掉一万部,山东、山西、河南、陕西、北直的客人,都争着买,只愁买不到手;还有个抽稿是前年刻的,而今已经翻刻过三副板。不瞒二位先生说,此五省读书的人,家家隆重的是小弟,都在书案上,香火蜡烛,供着"先儒匡子之神位"。

他说得太兴奋了,在无限的自我陶醉中,全神贯注地想象着他被尊崇的情形。可他缺少常识,缺少必要的学问,于是闹出了笑话。牛布衣当下反驳道:"先生，你此言误矣！所谓'先儒'者，乃已经去世之儒者。今先生尚在，何得如此称呼？"厚脸皮的匡超人也不禁脸红了。

《儒林外史》中还有另外一种人物：他们相信假话，却愣是不相信真话，还要振振有词拆真话的"谎"。

第四十六回，厉太尊的幕僚季苇萧来拜访杜慎卿的表弟虞华轩。他刚走，姚五爷便怀疑："可是太尊那里来的？"虞华轩道："怎么不是？"姚五爷便摇头表示不信。唐二棒椎更沉思片刻，推论道："老华，这倒也不错。果然是太尊里面的人？太尊同你不密迩，同太尊密迩的是彭老三、方老六他们二位。我听见这人来，正在这里疑惑。他果然在太尊衙门里的人，他下县来，不先到他们家去，倒有个先来拜你老哥的？这个话有些不像。恐怕是外方的甚么光棍，打着太尊的旗号，到处来骗人的钱，你不要上他的当！"虞华轩辩解道："难道是太尊叫他来拜我的？是天长杜慎卿表兄在京里写书子给他来的。这人是有名的季苇萧。"唐二棒椎摇手道："这话更不然！季苇萧是定梨园榜的名士。他既是名士，京里一定在翰林院衙门里走动。况且天长杜慎老同彭老四是一个人，岂有个他出京来，带了杜慎老的书子来给你，不带彭老四的书子来给他家的？这人一定不是季苇萧。"

把拆谎的技巧反过来用，出奇制胜，令人忍俊不禁。拆谎有术，或依据事实，或依据常识，或依据推理。推理有大前提、小前提，大前提错了，小前提必错。唐二棒椎用的是推理术，其大前提是：厉太尊只同彭老三、方老六亲密；杜慎卿与彭老四是一个人。这大前提是势利熏心的五河县人用自己的势利逻辑编造出来的，所以，唐二棒椎的拆谎只是加倍地暴露了他的势利，他愈说得振振有词，自我讽刺的效果就愈强烈。吴敬梓反用拆谎的技巧，让读者看到了一个以撒谎为正常，以说实话为非正常的风俗恶薄的民间社会。

第十三章 胡适何以扬《儒林外史》而抑《红楼梦》

"新红学"的创始者胡适投入了巨大精力和智慧研究《红楼梦》，却又不遗余力地贬抑《红楼梦》。与之形成对照的是，他对《儒林外史》却推崇有加。1959 年 12 月 27 日，在《找书的快乐》的演讲中，他说："如果拿曹雪芹和吴敬梓二人作一个比较，我觉得曹雪芹的思想很平凡，而吴敬梓的思想则是超过当时的时代，有着强烈的反抗意识。吴敬梓在《儒林外史》里，严刻地批评教育制度，而且有他的较科学化的观念。"① 1960 年 11 月 20 日，胡适在给苏雪林的信中写道："我写了几万字考证《红楼梦》，差不多没有说一句赞颂《红楼梦》的文学价值的话。大陆上共产党清算我，也曾指出我只说了一句《红楼梦》只是老老实实地描写了这一个'坐吃山空''树倒猢狲散'的自然趋势，因为如

---

① 胡适：《胡适红楼梦研究论述全编》，上海：上海古籍出版社，2013 年，第 257—258 页。

原图取自《儒林外史》第四十九回"翰林高谈龙虎榜　中书冒占凤凰池"

此,所以《红楼梦》是一部自然主义的杰作。其实这一句已是过分赞美《红楼梦》了。《红楼梦》的主角就是含玉而生的赤霞宫神瑛侍者的投胎;这样的见解如何能产生一部'平淡无奇的自然主义'的小说!我曾见到曹雪芹同时的一些朋友——如宗室敦诚、敦敏等人——的诗文;我也曾仔细评量《红楼梦》的文字以及其中的诗、词、曲子等。我平心静气的看法是:在那些满洲新旧王孙与汉军纨绔子弟的文人之中,曹雪芹要算是天才最高的了,可惜他虽有天才,而他的家庭环境及社会环境,以及当时整个的中国文学背景,都没有可以让他发展思想与修养文学的机会。在那一个浅陋而人人自命风流才士的背景里,《红楼梦》的见解与文学技术都不会高明到哪儿去。……我向来感觉,《红楼梦》比不上《儒林外史》,在文学技术上,《红楼梦》比不上《海上花列传》,也比不上

《老残游记》。"① 1960 年 11 月 24 日，在《与高阳书》中又说道："我曾仔细评量《红楼梦》前八十回里的诗、词、曲子，以及书中表现的思想与文学技术；我也曾评量曹雪芹往来的朋友——如宗室敦诚、敦敏等人——的诗文所表现的思想与文学技术。我平心静气的看法是：雪芹是个有天才而没有机会得着修养训练的文人，——他的家庭环境、社会环境、往来朋友、中国文学的背景等等，都没有能够给他一个得着文学的修养训练的机会，更没有能够给他一点思考或发展思想的机会。（前函讥评的'破落户的旧王孙'的诗，正是曹雪芹的社会背景与文学背景。）在那个贫乏的思想背景里，《红楼梦》的见解当然不会高明到那儿去，《红楼梦》的文学造诣当然也不会高明到那儿去。试看第二回里冷子兴嘴里说的宝玉和贾雨村说的甄宝玉：'女儿是水做的骨肉，男人是泥做的骨肉。''"女儿"两个字，极尊贵，极清静的，比那瑞兽珍禽奇花异草更觉希罕尊贵呢。'《红楼梦》作者的最高明见解也不过如此。更试读同一回里贾雨村'罕（悍）然厉色'的长篇高论，更可以评量作者的思想见解不过如此。我常说，《红楼梦》在思想见地上比不上《儒林外史》，在文学技术上比不上《海上花》（韩子云），也比不上《儒林外史》，——也可以说，还比不上《老残游记》。（那些破落户的旧王孙与满汉旗人，人人自命风流才子，在那个环境里，雪芹的成就总算是特出的了。）"② 扬《儒林外史》而抑《红楼梦》，尤其是在思想内涵上，高扬《儒林外史》而力贬《红楼梦》，胡适自然有他的依据。对胡适的人文立场作"同情之了解"，其意义至少有三个方面：第一，加深对胡适的了解；第二，加深对《儒林外史》和《红楼梦》的了解；第三，加深对中国传统文化或文化传统的了解。这一工作具有相当的难度和挑战性，而这也正是其吸引力之所在。

我们的讨论拟以比较的方式展开，一共包括三个层面。

---

① 胡适：《胡适红楼梦研究论述全编》，上海：上海古籍出版社，2013 年，第 244—245 页。

② 胡适：《胡适红楼梦研究论述全编》，上海：上海古籍出版社，2013 年，第 290 页。

第一节　婚姻与恋爱

讨论这一话题有一个前提，即：传统社会的婚姻与恋爱同"五四"以后所说的婚姻与恋爱不是同一回事。"五四"以后所说的恋爱是以婚姻为归宿的恋爱，所说的婚姻是以恋爱为基础的婚姻。一个流行的观点是：爱情是婚姻的基本前提和基础，没有爱情的婚姻是不道德的婚姻。而传统社会并没有这一套理念。且看两者之间的区别大到何种程度。

一　中国传统社会的婚姻与恋爱

传统社会的婚姻基本上是一种社会关系。传统社会有所谓"五伦"，也称"五常"，即君臣、父子、兄弟、夫妇、朋友，这五种关系构成社会生活的核心。婚姻关系作为一种社会关系，首先强调的是夫妇要遵守社会的契约和规定，要承担相应的社会责任和义务。换句话说，传统社会的婚姻并不看重现代婚姻所强调的那种被称为爱情的感情因素。古代一些诗人所写的现代人看来好像是写爱情的诗，其实只是表达夫妇之间特定境况下的某种感情。如杜甫的《望月》、陆游的《沈园》等，前者表达的是离乱之中对妻子的牵挂和思念，后者表达的是对亡妻的眷念和哀悼。像这类作品写的感情，是夫妇之间在长期共同生活中培养起来的信任、体贴、关心、爱护之情，而恋爱的感情是一种比较单纯的、两性之间相互吸引的感情。夫妇之间责任比感情更重要，这是传统社会对婚姻的一个基本认定。这个基本认定的背后贯彻着这样的宗旨，即社会是由家庭组成的，社会的稳定以家庭的稳定为基础。夫妇之间相互尽责，实际上是对社会尽责。

传统社会的恋爱则是另一回事。在古代，尤其是秦汉以后，"男女授受不亲"，未婚男女的交往受到限制，恋爱发生的空间和机会较少。所以，古代文学作品中所写的恋爱往往是理想或梦幻中的恋爱，如仙女与人间男子的恋爱、花妖狐魅与人的恋爱、才子佳人一见钟情式的恋爱。而实际生活中的恋爱，一般只在青年士子与青楼女子之间才会时有发生。这种恋爱通常不以婚姻为归宿，因为按照社会惯例，青年士子与青楼女子是不宜结为夫妇的。唐代蒋防的传奇小说《霍小玉传》所安排的一个情节深具意味。李益和霍小玉之间产生了山盟海誓的感情，二人"婉娈相得"了两年，诀别之际，霍小玉说："妾年始十八，君才二十有二，迨君壮室之秋，犹有八岁。一生欢爱，愿毕此期。然后妙选高门，以谐秦晋，亦未为晚。妾便舍弃人事，剪发披缁，夙昔之愿，于此足矣。"① 这一细节表明，《霍小玉传》后来之所以对李益的愆期负约极尽嘲讽，并非责怪李益没有娶霍小玉，而是责怪他过早地进入了婚姻阶段，没能和霍小玉"恋爱"更长时间。

明代话本小说《杜十娘怒沉百宝箱》中，孙富之所以能够轻易说动李甲，关键就在于他向李甲点明了社会惯例下将要发生的结局："尊大人位居方面，必严帷薄之嫌。平时既怪兄游非礼之地，今日岂容兄娶不节之人。况且贤亲贵友，谁不迎合尊大人之意者？兄枉去求他，必然相拒。就有个不识时务的进言于尊大人之前，见尊大人意思不允，他就转口了。兄进不能和睦家庭，退无词以回复尊宠。"② 孙富这些话并非危言耸听，假如李甲娶了杜十娘，后果确实就是如此。孙富的话所以能打动李甲，在于他抓住了问题的要害。

可以看出，在中国传统社会里，恋爱通常只是一种名士风流、"佳话"性质的"风怀"，一般不会过渡到婚姻，婚姻和恋爱之间没有必要相互衔接。在婚姻和恋爱是两件事的情况下，传统社会对于婚姻是重视的，对于恋爱则是轻视的或大体宽容的。

二 《红楼梦》如何对待婚姻与恋爱

不难看出，《红楼梦》钟情于恋爱而畏惧婚姻。《红楼梦》用大量笔墨表现恋爱状态中"女儿"的美好情怀和浪漫情调，而对婚姻状态中的"女儿"则关

---

① 李昉等：《太平广记》，北京：中华书局，1981年，第4008页。
② 抱瓮老人：《今古奇观》，北京：人民文学出版社，1957年，第72页。

第十三章　胡适何以扬《儒林外史》而抑《红楼梦》

注其悲剧结局，两相对比，用意显然。大观园中宝黛的卿卿我我自不待言，就连那些下人也不乏令人震撼的痴情。如第三十回龄官画"蔷"："那蔷薇花叶茂盛之际"，"只见一个女孩子蹲在花下，手里拿着根别头的簪子在地下抠土，一面悄悄的流泪"，"竟是向土上画字"，"原来就是个蔷薇花的'蔷'字"。"画来画去，还是个'蔷'字。……再看，还是个'蔷'字。里面的原是早已痴了，画完一个'蔷'又画一个'蔷'，已经画了有几十个，外面的不觉也看痴了"。①《红楼梦》于此不厌繁复，意在展示恋爱中"女儿"的动人情态。而一旦离开大观园进入婚姻状态，"女儿"们的生活便为悲剧气氛所笼罩。唯其如此，当迎春被接出大观园等候孙家迎娶时，宝玉才会因此痴痴呆呆，当听说又要陪四个丫头过去，更是跌足叹道："从今后这世上又少了五个清净人了！"②（第七十九回）后来知道迎春嫁了个"没人心的东西"，又为"人到了大的时候，为什么要嫁"③（第八十一回）而痛哭。在这一点上，《红楼梦》的立场是同宝玉一致的，宝玉对婚姻的恐惧也正透露出曹雪芹对婚姻的恐惧。

俞平伯在谈到《红楼梦》中的钗黛时，曾说："书中钗黛每每并提，若两峰对峙双水分流，各极其妙莫能相下。"④ 的确，就形貌而言，宝钗"生得肌骨莹润，举止娴雅"⑤（第四回），"品格端方，容貌美丽，人人都说黛玉不及"⑥

---

① 曹雪芹著，陈文新、王炜辑评：《红楼梦》（百家汇评本），武汉：长江文艺出版社，2005年，第197—198页。

② 曹雪芹著，陈文新、王炜辑评：《红楼梦》（百家汇评本），武汉：长江文艺出版社，2005年，第565页。

③ 曹雪芹著，陈文新、王炜辑评：《红楼梦》（百家汇评本），武汉：长江文艺出版社，2005年，第575—576页。

④ 俞平伯：《红楼梦辨》，上海：亚东图书馆，1929年，中卷第16页。

⑤ 曹雪芹著，陈文新、王炜辑评：《红楼梦》（百家汇评本），武汉：长江文艺出版社，2005年，第25页。

⑥ 曹雪芹著，陈文新、王炜辑评：《红楼梦》（百家汇评本），武汉：长江文艺出版社，2005年，第28页。

(第五回)。就才情而言,黛玉和宝钗也不相上下。如,海棠结社时,李纨评黛玉诗稿:"若论风流别致,自是这首;若论含蓄浑厚,终让蘅稿。"①(第三十七回)前有林黛玉魁夺菊花诗,后即有薛宝钗讽和螃蟹咏,在大观园诗赛中,钗黛可谓平分秋色。就学识而言,宝钗实际上强过黛玉。如第四十回,黛玉行酒令时顺口说了《牡丹亭》《西厢记》中的唱词,当即被宝钗察觉。因为宝钗七八岁上,就已经和兄弟姊妹们背着大人偷看了家里藏的《西厢》《琵琶》以及《元人百种》(第四十二回)。诸如《西厢记》《牡丹亭》之类,这些似乎黛玉应更熟悉的,薛宝钗也比她读得更早,更多,记得也牢。此外,黛玉的健康状况不如宝钗,理家的才能也不如宝钗。总起来看,我们不能说黛玉胜过宝钗,反过来,很容易说宝钗胜过黛玉。但我们又分明感觉到,在《红楼梦》里,宝玉的心是明显偏向黛玉的。原因何在?很重要的一点是:黛玉是他恋爱生活中的人,宝钗主要是他婚姻生活中的人。作为宝玉婚姻生活中的人,宝钗其实是无可挑剔的。第五回里,一曲"终身误"就用"齐眉举案"来形容宝玉、宝钗之间的夫妇关系。"齐眉举案"是说夫妇相敬如宾,但相敬如宾也就意味着他们可能感情上不太亲密。所以才有"纵然是齐眉举案,到底意难平"②之叹。这说明,尽管婚姻生活是完美的,但宝玉"终不忘世外仙姝寂寞林"③,正彰显出恋爱的缺席所导致的心灵失落。对"生于公侯富贵之家"而"为情痴情种"的贾宝玉来说,恋爱生活比婚姻生活更让他有心灵的归属感,所以他才认定:"都道是金玉良缘,俺只念木石前盟。"④(第五回)

---

① 曹雪芹著,陈文新、王炜辑评:《红楼梦》(百家汇评本),武汉:长江文艺出版社,2005年,第244页。

② 曹雪芹著,陈文新、王炜辑评:《红楼梦》(百家汇评本),武汉:长江文艺出版社,2005年,第33页。

③ 曹雪芹著,陈文新、王炜辑评:《红楼梦》(百家汇评本),武汉:长江文艺出版社,2005年,第33页。

④ 曹雪芹著,陈文新、王炜辑评:《红楼梦》(百家汇评本),武汉:长江文艺出版社,2005年,第33页。

由此，我们可以得出结论：在宝玉的心目中，在《红楼梦》当中，恋爱是比婚姻更重要的。《红楼梦》实际是为恋爱而写的，不是为婚姻而写的。这是《红楼梦》的一个基本立足点。

三　《儒林外史》如何对待婚姻与恋爱

与《红楼梦》形成对照，《儒林外史》则是重婚姻而轻恋爱。第三十四回，杜少卿有意曲解《诗经·郑风·溱洧》就表达了这种立场。吴敬梓从解决社会问题的角度讨论男女关系，而不是从感情的角度讨论男女关系，重婚姻而轻恋爱乃是理所当然的。婚姻之所以重要，就在于它是社会关系的基本组成部分。而传统社会中的恋爱，却通常是一种与社会责任不搭边的感情。吴敬梓以解决社会问题作为人生最重要的事情，怎么会肯定这种性质的恋爱呢？纵观《儒林外史》，作者从不涉笔恋爱，这不是偶然的。

综上所述，《儒林外史》是重婚姻而轻恋爱的，《红楼梦》是重恋爱而轻婚姻的。假如站在吴敬梓的立场读《红楼梦》，一定会像胡适那样对《红楼梦》提出质疑和批评。

第二节　责任与感情

责任与感情，两者孰轻孰重，也体现了《儒林外史》与《红楼梦》的显著区别。

一　从贾宝玉看《红楼梦》如何对待责任与感情

《红楼梦》第三回有两首《西江月》词"批宝玉极恰"："无故寻愁觅恨，有时似傻如狂；纵然生得好皮囊，腹内原来草莽。　潦倒不通庶务，愚顽怕读文章；行为偏僻性乖张，那管世人诽谤！""富贵不知乐业，贫穷难耐凄凉；可怜辜负好时光，于国于家无望。　天下无能第一，古今不肖无双；寄言纨绔与膏粱，莫效此儿形状！"①《红楼梦》以这样一个人物做主角，明确地显示出它关注的不是责任。

贾宝玉是一个感性的人，是一个感受女儿世界进而感受生活的人，而作者也在《红楼梦》中设法为他提供了这样的空间。首先，专为贾宝玉设计了一个大观园。大观园表面上是为元妃省亲而建，其实是为宝玉精心造设的一个独立的空间。这个空间和外面的世界是不一样的。外面的世界是和责任联系在一起的，无论贾政，还是贾珍、贾琏，不管人品如何，都必须进入社会生活去承担责任。大观园里面就没有诸多扰攘的事务，宛如世外桃源。作为唯一可以住进大观园的男子，宝玉可以用心感受这里的一切而不必为责任所困扰。其二，当宝玉正处于应该读书即为进入社会做必要准备的人生阶段，却因贾母的宠爱和放纵，竟然也得以解脱出来。特别是在宝玉被打后，贾母更不让贾政对宝玉管得太紧，这就给他提供了一个长期自由的空间。在这个空间里，他主要就是和女孩子们待在一起。可见，《红楼梦》以贾宝玉为重心，而又有意识地把他从社会的责任当中解脱出来，实际上就是要创造一个可以集中笔墨写感情与感受的空间。

读《红楼梦》，我们有一个强烈印象：贾宝玉从没有为他的家庭承担过任何值得一提的责任，《红楼梦》也从来不给身为男子的贾宝玉理家的机会。这是作者有意的设计：《红楼梦》绝不能让贾宝玉陷入这样的生活中。一旦他陷入庶务，那么他就成了完成他人生责任的角色。《红楼梦》把他从这样的生活中解脱出来，我们看到的宝玉就不再是一个行动的人，而主要是一个关注感受的人，感受那些女孩子的欢乐与悲泣，感受她们的美丽与凋落，并以他特有的深情来表达这种感受。他总是处在一个没有间断的感受和表达感受的过程里。第三十回写龄官画"蔷"，其中的宝玉就处于一种如痴如傻、具有连续性的感受的状态中。他两个眼珠儿只管随着簪子动，心里还想："这女孩子一定有什么说不出的

---

① 曹雪芹著，陈文新、王炜辑评：《红楼梦》（百家汇评本），武汉：长江文艺出版社，2005年，第19—20页。

心事，才这么个样儿。外面他既是这个样儿，心里还不知怎么熬煎呢！看他的模样儿，这么单薄，心里那里还搁的住熬煎呢？可恨我不能替你分些过来。"忽然落下一阵雨来，宝玉就又想："他这个身子，如何禁得骤雨一激。"便禁不住说："不用写了，你看身上都湿了。"① 他不曾想自己也没有什么遮雨的，经这个女孩子提醒，才觉得浑身冰凉，身上也都湿了。这段细节主要是摹写宝玉细腻的感受，心理活动是其主体部分。可以说，外在的行动对于宝玉来说不是最重要的，重要的是他对这个世界的感受。第四十四回也有一段意味深长的细节：凤姐泼醋，平儿受打。宝玉请平儿来到怡红院，又是代为道歉，又是吩咐拿换的衣服、舀洗脸水，还亲自为平儿取脂粉。《红楼梦》这样写他的心理："宝玉因自来从不曾在平儿前尽过心，……深以为恨。今日是金钏儿生日，故一日不乐。不想后来闹出这件事来，竟得在平儿前稍尽片心，也算今生意中不想之乐。因歪在床上，心内怡然自得。忽又思及贾琏，惟知以淫乐悦己，并不知作养脂粉。又思平儿并无父母兄弟姊妹，独自一人，供应贾琏夫妇二人，贾琏之俗，凤姐之威，他竟能周全妥贴，今儿还遭荼毒，也就薄命得很了。想到此间，便又伤感起来。"② 因没有机会在平儿面前尽心而深以为恨，又因有机会得偿夙愿而怡然自得，又为平儿薄命而伤感不已。宝玉的感受的确是极真极挚极动人的。上述两例，或者从叙事者的角度写人物怎么想，或者从书中人物的角度直接展示其心理。像这样对人物心理活动做无微不至的描写，在《红楼梦》中随处可见，尤其是对宝玉的刻画，更主要集中于对他心灵世界的揭示上，这在以往的小说中是从来没有过的。而心理描写的优势即在于它可以充分展示人物面对外在世界时的感受。与此相关，对那些承担责任之辈，如贾雨村、贾珍、贾琏等，《红楼梦》乐于把他们写得庸俗可厌，也从另一方面表达了作者对责任的疏

---

① 曹雪芹著，陈文新、王炜辑评：《红楼梦》（百家汇评本），武汉：长江文艺出版社，2005年，第198页。

② 曹雪芹著，陈文新、王炜辑评：《红楼梦》（百家汇评本），武汉：长江文艺出版社，2005年，第296页。

离感。

二 从虞博士看《儒林外史》如何对待责任与感情

在学识之外兼重或更重社会责任感是儒家源远流长的传统，《儒林外史》的核心也是强调读书人必须执着于道义，必须认真履行社会角色和文化职能。《儒林外史》最推崇的人物虞博士就是为了传达这一宗旨而设计的。

《儒林外史》写了虞博士这样一件事：他三十二岁上失了馆。有一次，替人家看葬坟，得了十二两银子。坐船回去时，遇到一个人因父亲得病死在家里，无钱买棺木而跳河寻短见，虞博士便道："这是你的孝心，但也不是寻死的事。我这里有十二两银子，也是人送我的，不能一总给你，我还要留着做几个月盘缠，我而今送你四两银子。"（第三十六回）资助人，还告诉他自己实有十二两，只能给四两，因为还要留够几个月的家庭开销，故天目山樵于此评道："并非一时豪举博慷慨之名。"

这是一个耐人寻味的细节。如果把虞博士同《水浒传》里的鲁达比较一下，会更有意味。《水浒传》第二回，鲁达要资助金氏父女盘缠，将身边摸遍，只得五两银子，就向史进、李忠借，李忠只摸出二两银子，鲁达便道："也是个不爽利的人！"① 在鲁达看来，倾其所有帮人才算"爽利"，才算具有豪侠气概。以鲁达的标准来衡量，虞博士也有"不爽利"之嫌。鲁达与虞博士的区别在于：鲁达是豪侠本色。豪侠的生活中没有家庭，因此也没有家庭开销之虑；讲义气是重要的，而尤其看重与义气相伴的"豪举"气概。虞博士是有妻儿老小的，他必须首先完成自己应尽的人生责任——养活妻儿，然后才谈得上帮助别人。豪侠凭义气，任感情；虞博士乐于助人，但绝不因此放弃基本的人生责任。而这恰好是《儒林外史》认同虞博士的一个缘由。

虞博士作为《儒林外史》中的第一人，他的为人行事都是富于理性，充满

---

① 陈曦钟、侯忠义、鲁玉川辑校：《水浒传会评本》，北京：北京大学出版社，1981年，第90页。

责任感的,《儒林外史》也正是以理性和社会责任感来作为支撑小说的骨干。贾宝玉则是在感性的引导下生活,责任不属于他的人生,《红楼梦》也正是以感性意味和个体的感情来作为小说的核心。可以说:假如站在责任的立场上,是难以接受《红楼梦》的价值观念和过于感性的生活的。

第三节 儒家与道家

儒家与道家的区别,可以罗列出许多方面,而关键的区别在于:儒家是入世的,而道家是出世的。

一 《红楼梦》如何面对《庄子》

《红楼梦》富于感性意味,注重的是个人的感受。从这一意义上看,它与《庄子·盗跖》所表达的理念具有极大的共通性。《盗跖》绝不推尊忠信孝悌等伦理道德,而是强调人要轻利葆真,养其情性。《盗跖》的一段话尤其畅快地表达了面对短促而又艰难的人生,务要"说其志意,养其寿命"的人生态度:"今吾告子以人之情,目欲视色,耳欲听声,口欲察味,志气欲盈。人上寿百岁,中寿八十,下寿六十,除病瘦死丧忧患,其中开口而笑者,一月之中不过四五日而已矣。天与地无穷,人死者有时,操有时之具而托于无穷之间,忽然无异骐骥之驰过隙也。不能说其志意,养其寿命者,皆非通道者也。丘之所言,皆吾之所弃也,亟去走归,无复言之!子之道,狂狂汲汲,诈巧虚伪事也,非可以全真也,奚足论哉!"① 关注个人感受,而非社会责任,这代表了一般意义上的道家的观念。同样,在《红楼梦》中,贾宝玉一听周围人向他谈起"仕途经济",就说是混账话,凡读书上进的人,都被他叫作"禄蠹"。儒家所尊奉的立德、立功、立言被悬置一边:事业、责任、社会都不重要,重要的是个人的感受,因为人的心灵需要获得抚慰。或许在一个充满诈巧虚伪、争腥趋利的时代,

---

① 陈鼓应:《庄子今注今译》,北京:中华书局,1983年,第779—780页。

《庄子》是以一种极端的方式为人的心灵争取一方可以憩息的空间。而大观园也正是一个可以避开社会、安顿心灵的世外桃源。《红楼梦》承继的无疑是《庄子》的避世传统。

二 《儒林外史》如何面对《庄子》

《儒林外史》第一回以王冕的立身行事来敷陈大义，橐栝全文，而王冕最让人崇敬的品格就是他不慕功名富贵而做隐士。在楔子中树立这样一个隐士的楷模，旨在为《儒林外史》确立基调，即以隐为高。《儒林外史》把隐士推崇到如此高的位置，它承继的究竟是道家的传统还是儒家的传统？

或许有人以为它承继的是道家的传统。因为当人们提到《庄子》时，经常会把它和后世的陶渊明、王维、孟浩然等隐逸诗人联在一起，说这些诗人受到了老庄思想的影响，所以他们要避世，要隐居。而本书要强调的是，在儒家的人生哲学里面，本来就包含了隐居这种理念。孔子最得意的弟子颜渊其实就是一个隐士，孔子赞扬他："贤哉，回也！一箪食，一瓢饮，在陋巷，人不堪其忧，回也不改其乐。贤哉，回也！"① 后来儒家的一些杰出人物，如北宋的张载、程颐、程颢，南宋的朱熹，明代的陈献章、湛若水等，都曾长期生活在山林之中，以隐居作为重要的生活方式。那些因"既无功业以为显明之资，又乏低昂以为植立之地"的峭直狷介之士②，也常常选择退隐，并因此而为士夫清议所推许。

以儒家的隐居传统为背景，不难注意到：《儒林外史》对儒家"太上有立德，其次有立功，其次有立言"的理念有着自己独特的关注。从时间指向上看，立德、立功更多是指向当世，关注当下的责任；而立言更多是指向后世，重在追求社会性的不朽。《儒林外史》中，虞博士等君子贤人首先关注的也是当下的人生，但由于处于一个"吾道不行"的时世，只得退隐，而退隐的目的仍主要在于立德化人。《儒林外史》第三十七回写了一场盛大的祭泰伯祠的仪式。之所

---

① 朱熹：《论语集注》，《四书章句集注》本，北京：中华书局，2012年，第87页。
② 焦竑：《玉堂丛语》，北京：中华书局，1981年，第233—234页。

以要祭泰伯祠,就是要用祭祀"让王"的方式,提倡一种当时社会所严重缺失的"让德"。显而易见,与《红楼梦》中的贾宝玉不同,虞博士是一个行动的人,是一个充满责任感的行动的人。《儒林外史》以极为庄重的笔墨铺写虞博士主祭泰伯祠的场面,也正是历史责任感和文化使命感的深切表达。面对这样一群隐士,可以确认,《儒林外史》中的隐居不是来自道家的传统,而是来自儒家的传统,因为它提倡的隐居是贤人在邦无道的时代履行人生责任的另一种方式。

从儒家传统看《儒林外史》和《红楼梦》,结论是:如果一个人因对污浊的社会风气不满而退隐是可以的,但应该向山水田园归隐,而不能退到大观园里去。这种不同的退隐指向,显露出《儒林外史》与《庄子》《红楼梦》不同的人生态度。退隐到无何有之乡,退隐到大观园,这是一种避开社会责任的隐居。退隐到山水田园中则仍可能是心系天下的归隐,退隐关系着强烈的社会责任感,这是《儒林外史》的核心所在。

《儒林外史》与《红楼梦》的异同,如果要作简要的归纳,至少有两个方面:第一,《儒林外史》和《红楼梦》是两部旨趣迥异的小说,前者立足于儒家、社会和责任,后者立足于道家、个人和感情,其差异之大,远远超出常人的想象;第二,中国传统文化或文化传统不是单一的,而是丰富多彩的,《儒林外史》和《红楼梦》分别与传统文化中不同的层面(如儒、道)相对接,源流不同,宗旨各别。

第四节　胡适是一个现代儒生

胡适对《红楼梦》的贬抑分思想和文学技术两个层面,这里只讨论思想的层面。胡适的结论是:《红楼梦》比不上《儒林外史》。我们关心的是,他是根据什么标准做出这一结论的?或者这样提问:在思想上,《儒林外史》哪些内容特别引起胡适的共鸣?《红楼梦》哪些内容特别引起胡适的反感?作为对比,且看胡适有关《儒林外史》的几段议论:

吴敬梓是个有学问、有高尚人格的人,他又不曾梦想靠做小说吃饭,故他的小说是一部全神贯注的著作。他是个文学家，又受了颜习斋、李刚主、程绵庄一派的思想的影响，故他的讽刺能成为有见解的社会批评。他的人格高，故能用公心讽世；他的见解高，故能"哀而不愠，微而婉"。（胡适《官场现形记序》）①

《儒林外史》这部书所以能不朽，全在他的见识高超，技术高明。

这书的"楔子"一回，借王冕的口气，批评明朝科举用八股文的制度道："将来读书人既有此一条荣身之路，把那文行出处都看得轻了。"这是全书的宗旨。

书里的马二先生说：

> 举业二字是从古及今，人人必要做的。就如孔子在春秋时候，那时用言扬行举做官；故孔子只讲得个"言寡尤，行寡悔，禄在其中"：这便是孔子的举业。……到唐朝用诗赋取士，他们若讲孔孟的话，就没有官做了。……到本朝用文章取士，就是夫子在而今也要念文章，做举业，断不讲那"言寡尤，行寡悔"的话。何也？就日日讲"言寡尤，行寡悔"，那个给你官做？孔子的道，也就不行了。

这一段话句句是恭维举业，其实句句是痛骂举业。末卷表文所说："夫萃天下之人才而限制于资格，则得之者少，失之者多。"正是这个道理。国家天天挂着孔、孟的招牌，其实不许人"说孔、孟的话"，也不要人实行孔、孟的教训，只要人念八股文，做试帖诗；其余的"文行出处"都可以不讲究，讲究了又"那个给你官做"？不给你官做，便是专制君主困死人才的唯一妙法。要想抵制这种恶毒的牢笼，只有一个法子：就是提倡一种新社会心理，叫人知道举业的丑态，知道官的丑态；叫人觉得"人"比"官"格外可贵，学问比八股文格外可贵，人格比富贵格外可贵。社会上养成了这种心理，就不怕皇帝"不给你官做"的毒手段了。

---

① 胡适：《胡适文集》，北京：北京大学出版社，1998年，第4册第436页。

一部《儒林外史》的用意只是要想养成这种社会心理。看他写周进、范进那样热衷的可怜,看他写严贡生、严监生那样贪吝的可鄙,看他写马纯上那样酸,匡超人那样辣。又看他反过来写一个做戏子的鲍文卿那样可敬,一个武夫萧云仙那样可爱。再看他写杜少卿、庄绍光、虞博士诸人的学问人格那样高出八股功名之外。——这种见识,在二百年前,真是可惊可敬的了!(胡适《吴敬梓传》)①

2003年,笔者曾在武汉大学做过一个讲座,题为《站在〈儒林外史〉的立场看〈红楼梦〉》,而之所以讲这个题目,正是有感于胡适对《儒林外史》给予如此热情洋溢的赞誉,对《红楼梦》却评价如此之低。我试图对胡适做"同情之了解"。胡适扬《儒林外史》而贬《红楼梦》,或者说,他认同《儒林外史》的内涵而排斥《红楼梦》的内涵,是基于一种什么样的人文立场?

胡适是比较典型的现代儒生,如他自己所说:"有许多人认为我是反孔非儒的。在许多方面,我对那经过长期发展的儒教的批判是很严厉的。但是就全体来说,我在我的一切著述上,对孔子和早期的'仲尼之徒'如孟子,都是相当尊崇的。我对十二世纪'新儒学'(Neo-Confucianism)("理学")的开山宗师的朱熹,也是十分崇敬的。"② 胡适认为孔子是世界上最伟大的教育家:"根据这个'仁'的观念,以及'修己以安仁,修己以安百姓'的观念,孔子因而变成一位伟大的民主改革家。他要宣扬一种以'性相近也,习相远也'为基础的教育原理,更主张一项了不起的四字真言的教育哲学叫做'有教无类'。'类'也就是社会阶级。那也就是说教育人民是不管受教育者的阶级成分。这一观念的形成,也使孔子变成世界上最伟大的教育家之一。通过教育这条路,孔子和儒教终于征服了中国,主宰了千百年来的中国人的生活和理想。"③ 胡适还热情地赞美宋代的理学:"在这场伟大的'新儒学'(理学)的运动里,对那(道

---

① 胡适:《胡适古典文学研究》,上海:上海古籍出版社,2013年,第867—869页。
② 唐德刚译注:《胡适口述自传》,合肥:安徽教育出版社,2005年,第272页。
③ 唐德刚译注:《胡适口述自传》,合肥:安徽教育出版社,2005年,第275页。

德、知识，也就是《中庸》里面所说的'诚则明矣；明则诚矣'的）两股思潮，最好的表达，便是程颐所说的：'涵养须用敬，进学则在致知。'后世学者都认为'理学'的真谛，此一语足以道破。"① 凡此种种，已足以表明胡适与儒家一脉相承，两者之间的血缘关系是不容割断的。正是因为看出了这一事实，唐德刚在译注《胡适口述自传》时，在"一语足以道破"之下，竟情不自禁地插入了一段他个人的评议。唐德刚长期追随胡适，对胡适的了解极为真切，所以他的评议明快而简洁："这两句话译成白话则是'要提高你的道德标准，你一定要在"敬"字上下功夫；要学识上有长进，你一定要扩展你的知识到最大极限'。适之先生对这两句话最为服膺，他老人家不断向我传教的也是这两句。一次我替他照相，要他在录音机边作说话状。他说的便是这两句。所以胡适之先生骨子里实在是位理学家。他反对佛教、道教乃至基督教，都是从'理学'这条道路上出发的。他开口闭口什么实验主义者，在笔者看来，都是些表面账。"②

对国民生活是否有益，这是胡适判断《儒林外史》《红楼梦》的标尺。他认可富于理性的、有责任感的生活，而对逃避责任的行径极度不满，无论这种逃避有多少现实的理由。他扬《儒林外史》而抑《红楼梦》，乃是顺理成章的一件事情。至于他内心里是否真的不喜欢《红楼梦》，那是另一个问题，这里暂不讨论。

---

① 唐德刚译注：《胡适口述自传》，合肥：安徽教育出版社，2005年，第287页。
② 唐德刚译注：《胡适口述自传》，合肥：安徽教育出版社，2005年，第288页。

第十四章 《儒林外史》研究的五个阶段与热点问题

19世纪以来，在广大研究者的不断努力下，伟大作家吴敬梓和他的《儒林外史》离我们越来越近：学术界关于《儒林外史》的主题、结构、成书年代等的争议，让我们从不同角度领略到这部作品的伟大与"难懂"。

第一节 《儒林外史》研究的五个阶段

两百余年的《儒林外史》研究，可以大体分为五个阶段。

第一个阶段，19世纪的《儒林外史》评点

嘉庆八年（1803）卧闲草堂本的闲斋老人序（简称闲序）是现今所能见到的第一篇评论《儒林外史》的文章。这以后陆续有：同治八年（1869）苏州群玉斋本金和跋，同治十三年（1874）齐省堂本惺园退士序和例言，光绪十一年

原图取自《儒林外史》人物绣像

(1885)上海宝文阁刊《儒林外史评》黄安谨序和天目山樵（张文虎）识语，光绪年间上海石史（徐允临）从好斋辑校本中徐允临题跋、华约渔题记、王承基信件，光绪十四年（1888）上海鸿宝斋增补齐省堂本东武惜红生序等。

《儒林外史》的评点，卧闲草堂本有回末总评（简称卧评），齐省堂本有眉批和回末总评（简称齐评），光绪七年（1881）上海申报馆第二次排印本有天目山樵的夹批（简称天一评），光绪十一年（1885）有上海宝文阁刊行的天目山樵评语"定本"《儒林外史评》（简称天二评）。天一评、天二评中夹有几条黄小田评语。此外苏州潘氏清抄本有潘祖荫眉批，从好斋辑校本有华约渔眉批、石史眉批，平步青《霞外攟屑》卷九有针对天目山樵评点而写的几十条评语。

早期的《儒林外史》研究对小说的主题作了较多探讨。其中，闲序和卧评提出的"功名富贵"说影响最大。在创作特色方面，《儒林外史》面向日常生活的倾向为众多评点家所称道。闲序以小说史家的眼光指出,《儒林外史》"摹写人物事故,即家常日用、米盐琐屑",比《水浒》《金瓶梅》更进一步,卧评还引用友人的话说:

> 慎毋读《儒林外史》,读竟乃觉日用酬酢之间无往而非《儒林外史》。

(第三回)

肯定《儒林外史》摹写世态人情所达到的出神入化的境地,这一结论,得到许多有趣的小事例的支持:(一)第二十回匡超人吹牛皮,说自己名满天下,有个名叫潘祖荫的读者不禁批道:"丁守存亦尝如此说,其人号心斋,其八股刻本甚多。"他发现匡超人其实就在现实生活中。(二)张文虎喜欢坐茶社,有人不解,问他,他说:"吾温《儒林外史》也。"原来,茶社所见与《儒林外史》所写有很多相似之处。《儒林外史》的这种写实性在惺园退士、黄安谨、徐允临等评点家那里都得到了高度赞赏。

《儒林外史》的序跋评点还有一个重要特点,即注重对小说人物和情节素材的本事考证,这也是乾嘉以降考据风气的影响所致。在这个方面取得突出成绩的是金和、天目山樵和平步青。

对小说人物原型的考证,金和指出有名有姓者11人:杜少卿为吴敬梓、杜慎卿为吴檠、虞博士为吴蒙全、庄绍光为程廷祚、马二先生为冯粹中、迟衡山为樊圣谟、武书为程文、平少保为年羹尧、凤四老爹为甘凤池、牛布衣为朱草衣、权勿用为是镜;只知其姓者还有17人。在此基础上,天目山樵和平步青又考出下列原型人物:荀玫为卢见曾、向鼎为商盘、沈琼枝为张宛玉、汤奏为杨凯、高翰林为郭长源、娄氏兄弟为史奕簪、太保公为张廷玉、云晴川为杜诏、严贡生为庄有恭、庄濯江为程晋芳。另外,据蒋瑞藻《小说考证》所引《缺名笔记》,匡超人为汪中。① 这些考证,大部分是有根据的。也有一些则明显错误,比如吴敬梓去世时汪中才十岁,显然不可能将他作为匡超人的原型。作为读者,了解这些原型,对理解作品确有好处;但如果认为书中人物即等同于原

---

① 蒋瑞藻:《小说考证》,上海:古典文学出版社,1957年,第178页。

型,则有悖于文学创作和欣赏的规律。

对故事情节的来源,评点家们也做了大量考述。比如平步青指出,"筮得天山遁,用朱子事","钉鞋一段,本《宋书·刘敬宣传》","洪憨仙一段,亦本《桂苑丛谈》李皋条"等。①

第二个阶段,20世纪初叶的《儒林外史》研究

20世纪初叶,小说研究的一个突出成果是小说类型意识的初步确立。尽管分类的标准很不统一,比如白话小说和历史小说这两个概念就出于不同的区分角度,但这种研究方法确实为后人开启了无穷的法门。《儒林外史》在当时被公认为是社会小说的典范。所谓社会小说,按梁启超等《小说丛话》所引侠人之评论,即"写社会之恶态,而警笑训诫之"②。社会小说实际上被赋予了改造社会人生的政治功能。《儒林外史》以广阔而深刻的社会生活视角切合了那个时代变革社会的要求,因而受到空前的重视和推崇。《清朝野史大观》卷十一《清代述异》说:

> 近日社会小说盛行,如《孽海花》《怪现状》《官场现形记》,其最著也,然追溯源委,不得不以《儒林外史》一书为吾国社会小说之嚆矢也。③

《儒林外史》被认为和《红楼梦》一样,是反映日常社会生活的最成功的作品。觚庵《觚庵漫笔》指出:

> 余谓小说可分两大派……一为描写派,本其性情,而记其居处行止谈笑态度,使人生可敬、可爱、可怜、可憎、可恶诸感情。凡言情、社会、家庭、教育等小说皆入此派。我国以《红楼梦》《儒林外史》为最。④

---

① 平步青:《霞外攟屑》,上海:上海古籍出版社,1982年,第674—675页。
② 原载《新小说》第一、二卷(1903—1904),据阿英《晚清文学丛钞·小说戏曲研究卷》转录,北京:中华书局,1960年,第326页。
③ 小横香室主人:《清朝野史大观》,上海:上海文艺出版社,1990年,下册第59页。
④ 据阿英《晚清文学丛钞·小说戏曲研究卷》转录,北京:中华书局,1960年,第432页。

研究者们并且把《儒林外史》作为社会小说的权威范本,用以衡量这类小说的得失成败。浴血生《小说丛话》中肯地指出了《儒林外史》高于其他同类小说之处:

> 社会小说,愈含蓄愈有味。读《儒林外史》者,盖无不叹其用笔之妙,如神禹铸鼎,魑魅魍魉,莫遁其形。然而作者固未尝落一字褒贬也。今之社会小说夥矣,有同病焉,病在于尽。①

这见地相当精辟,后来鲁迅《中国小说史略》的某些论述与之十分相近。

在高度评价《儒林外史》的同时,研究者们也指出了作品的一些缺陷。例如,吴敬梓表为上上人物的虞博士,在夏曾佑看来,"乃适成一迂阔枯寂之人"②,与《三国演义》写关羽和诸葛亮一样都是败笔。在结构方面,《儒林外史》缺乏贯穿始终的人物和事件,也受到一些论者的指责。

第三个阶段,"五四"前后的《儒林外史》研究

1917年,陈独秀、胡适、钱玄同等人在《新青年》发表一系列文章和通信,反对旧文学,提倡新文学,反对文言文,提倡白话文,举起了"文学革命"的大旗。《儒林外史》被作为白话文学的典范受到高度重视。新文化运动的主将们把包括《儒林外史》在内的几部小说列为"吾国第一流小说"③。

1920年,上海亚东图书馆出版标点本《儒林外史》,陈独秀、钱玄同分别写了新叙,胡适也作了《吴敬梓传》载于卷首。

陈独秀的新叙高度评价了《儒林外史》的写实性,认为它"之所以难能可贵,就在他不是主观的、理想的,——是客观的、写实的。这是中国文学书里

---

① 据阿英《晚清文学丛钞·小说戏曲研究卷》转录,北京:中华书局,1960年,第337页。

② 夏曾佑:《小说原理》,见朱一玄、刘毓忱编:《儒林外史资料汇编》,天津:南开大学出版社,1998年,第439页。

③ 胡适:《再寄陈独秀答钱玄同》,原载1917年6月1日《新青年》第3卷第4号,据《胡适文集》,北京:北京大学出版社,1998年,第2册第32页。

很难得的一部章回小说"。陈独秀紧接着举了三个例子,说明吴敬梓思想的深刻:由鲍廷玺的婚姻看出"吴敬梓不满意于父母代定婚姻制";由王玉辉女儿殉夫一事看出"吴敬梓对于贞操问题,觉得是极不自然";由倪老爹与于老者的比较看出"吴敬梓把'工'比'读'看得重"。①

钱玄同的新叙首先表明:"中国近五百年来第一流的文学作品,只有《水浒》《儒林外史》和《红楼梦》三部书。"他认为《儒林外史》有三层好处,且适宜于青年学生阅读:一是"描写真切,没有肤泛语,没有过火语";二是"没有一句淫秽语";三是"国语的文学"。钱玄同对吴敬梓的思想也相当推崇,认为他"在二百年前能够讪笑举业,怀疑礼教,这都可以证明他在当时是一个很有新思想的人"。②

胡适自称"吴迷",对吴敬梓和《儒林外史》的研究取得了卓越成就。继1920年的《吴敬梓传》之后,1921年访得四卷本《文木山房集》,1922年撰《吴敬梓年谱》。另外,在《五十年来中国之文学》《重印〈文木山房集〉序》《〈官场现形记〉序》《白话文学史》等论著中,对《儒林外史》都有论述。他认为吴敬梓写《儒林外史》,是要造成"真自由,真平等"的社会心理,比方苞、姚鼐等人高明得多,所以他是"安徽的第一个大文豪"③。并认为全书的主旨是批判科举制度。他对作品的人物塑造、语言特色、结构方式、讽刺艺术都有独到的见解。例如,他认为《儒林外史》结构不严谨,缺乏布局。但也有个好处,"最容易学,又最方便",所以"成了近代讽刺小说的普遍法式"④。他首次提出吴敬梓受了"颜习斋、李刚主、程绵庄一派的思想的影响,故他的讽刺

---

① 陈独秀:《儒林外史新叙》,转引自朱一玄、刘毓忱编《儒林外史资料汇编》,天津:南开大学出版社,1998年,第454—455页。

② 钱玄同:《儒林外史新叙》,转引自朱一玄、刘毓忱编《儒林外史资料汇编》,天津:南开大学出版社,1998年,第445—453页。

③ 胡适:《胡适文集》,北京:北京大学出版社,1998年,第2册第592页。

④ 胡适:《胡适文集》,北京:北京大学出版社,1998年,第3册第242页。

能成为有见解的社会批评"①。

鲁迅对《儒林外史》有十分精辟的论述。《中国小说史略》第二十二篇《清之讽刺小说》指出"迨吴敬梓《儒林外史》出……说部中乃始有足称讽刺之书","是后亦鲜有以公心讽世之书如《儒林外史》者"②。随后出版的《中国小说的历史的变迁》第六讲《清小说之四派及其末流》亦作了相似的论断。这就明确提出了一个命题:"讽刺"是《儒林外史》最突出的审美特征。鲁迅认为作者"秉持公心,指摘时弊",是小说"足称讽刺之书"的前提条件,只有这样才能做到"戚而能谐,婉而多讽"。他批评《官场现形记》《二十年目睹之怪现状》等作品"辞气浮露,笔无藏锋,甚且过甚其辞,以合时人嗜好"③,"殊不足望文木老人后尘"④,"《儒林外史》是讽刺,而那两种都近于漫骂"⑤。经由对比研究,鲁迅成功地突出了《儒林外史》的小说史地位。

鲁迅在他的杂文中,也时常论及此书。例如《叶紫作〈丰收〉序》说:"《儒林外史》作者的手段何尝在罗贯中下,然而留学生漫天塞地以来,这部书就好像不永久,也不伟大了。伟大也要有人懂。"⑥ 鲁迅的感叹既强调了《儒林外史》是中国古典小说的一部伟大杰作,同时也表明,该小说背后隐藏的深意并非所有读者都能一目了然。

《儒林外史》深得许多作家、学者的喜爱,他们对这部小说做了不少研究。茅盾在《谈我的研究》里说:"《红楼梦》在我们过去的小说发展史上自然地位颇高,然而对于现在我们的用处会比《儒林外史》小得多了。如果有什么准备写小说的年青人要从我们旧小说堆里找点可以帮助他'艺术修养'的资料,那

---

① 胡适:《胡适文集》,北京:北京大学出版社,1998年,第4册第436页。
② 鲁迅:《中国小说史略》,北京:中华书局,2010年,第141页。
③ 鲁迅:《中国小说史略》,北京:中华书局,2010年,第181页。
④ 鲁迅:《中国小说史略》,北京:中华书局,2010年,第182页。
⑤ 鲁迅:《中国小说史略》,北京:中华书局,2010年,第216页。
⑥ 鲁迅:《且介亭杂文二集》,北京:人民文学出版社,1973年,第4页。

我就推荐《儒林外史》。"①钱锺书在20世纪40年代曾写《小说识小》，对《儒林外史》的取材来源做了考证。并非偶然的是，他的名著《围城》在人物塑造、讽刺手法、语言风格等方面都受到《儒林外史》的影响。做过资料考证工作的还有季羡林、赵景深、叶德辉等人。作家张天翼写过一篇《读〈儒林外史〉》，谈到吴敬梓笔下的社会生活与当时现实的相似之处。他说，一记起《儒林外史》的人物，"就不免联想到我自己所处的这个世界，联想到我自己的一些熟人"，"似乎觉得他们是我同时代的人"。②

第四个阶段，20世纪50年代至70年代的《儒林外史》研究

20世纪50年代至70年代，研究者们注重用历史唯物主义的方法分析和评价作品的思想倾向，注重作家本人的经历和思想对作品的影响，注重作品所反映的现实与当时的社会状况以及时代思潮的联系。

1954年是吴敬梓逝世二百周年，报刊上发表相关论文约三十篇③，稍后还出版了何满子的《论〈儒林外史〉》等专著，出现了《儒林外史》研究的高潮，并一直持续到1956年。其中，茅盾、吴组缃、冯至、姚雪垠、何其芳等人的论文较有代表性。

茅盾在"吴敬梓逝世二百周年纪念会"上所作的开幕词指出："《儒林外史》的影响之深远，其原因还不仅在于它是白话写的小说，而尤其重要的是在于它无情地暴露了当时的封建统治阶层的腐朽和愚昧，辛辣地讽刺了当时的在'八股制艺'下讨生活的文人，特别是它热情地赞美了来自社会底层的富于反抗精神和创造才能的'小人物'。"这些进步思想必须和"吴敬梓的身世、教养，以及他那个时代的政治社会环境联系起来看"，才能"充分地评量这一部杰出的

---

① 茅盾：《茅盾全集》，北京：人民文学出版社，1991年，第21卷第63页。

② 张天翼：《张天翼文集》，上海：上海文艺出版社，1993年，第十卷第128页。

③ 李汉秋编：《儒林外史研究论文集》，北京：中华书局，1987年，"前言"。

小说的历史价值和它的现实的意义"。①

吴组缃《儒林外史的思想与艺术》一文认为：吴敬梓的身世经历是他严肃的现实主义精神的直接渊源；他的思想基础是正统的儒家思想，他"以一个正统儒者的观点，以一种热爱自己民族与社会的积极态度，欲罢不能地要对当时罪恶窳败的政治与社会痛加攻击和针砭"②；但由于当时的文化高压政策，他对清政权的态度，他的民族思想和感情，就只能隐晦地表达出来；《儒林外史》攻击和揭露清朝封建统治下的政治与社会，主要还是就士大夫阶层下手，即以士子们对功名富贵的问题作为中心的；其讽刺艺术根基于严肃的现实主义创作态度，采取了"口无所臧否，而心有所褒贬"的史家笔法。

冯至《论〈儒林外史〉》一文认为吴敬梓揭开了"太平盛世"的帷幕，把腐朽的封建社会指给读者；对他面前的社会和在这社会里活动的官僚、地主、举子以及各种各样的寄生虫给予了无情的揭露和尖锐的讽刺；对杜少卿、沈琼枝等人给予了热情的赞扬；其语言、结构、讽刺艺术都有特色；凤四老爹等人物写得比较失败。

姚雪垠《试论〈儒林外史〉的思想性》认为小说表达了吴敬梓的民族思想和反对科举的理性主义；揭发了礼教的虚伪和违反人性；描绘出一幅明清封建社会阶级生活的插图。

何其芳《吴敬梓的小说〈儒林外史〉》一文认为《儒林外史》批判了科举制度、封建道德以及地主阶级等丑恶事物；在庄绍光、迟衡山、杜少卿、市井奇人等身上寄托了作者的理想；该文还对小说的讽刺艺术和结构特色进行了论述。③

资料搜寻和考证工作在这个时期取得了较为丰硕的成果。《金陵景物图诗》

---

① 茅盾：《茅盾全集》，北京：人民文学出版社，1996年，第23卷第323页。

② 吴组缃：《儒林外史的思想与艺术》，见李汉秋编：《儒林外史研究论文集》，北京：中华书局，1987年，第14页。

③ 冯至、姚雪垠、何其芳三文俱见李汉秋编《儒林外史研究论文集》。

《文木山房集》外的吴敬梓佚文佚诗三十二篇陆续发现,为研究工作提供了宝贵的第一手资料。吴敬梓的亲友吴檠、金榘、吴培源、吴烺等人的诗文集也逐渐发掘出来,其中有不少关于吴敬梓的重要资料。1957年何泽翰出版的《儒林外史人物本事考略》是《儒林外史》本事考的集大成之作。

第五个阶段,20世纪80年代以来的《儒林外史》研究

注重探究文学作品内在的而非外部的规律,从美学、文化学等多个角度而非单纯的认识论和阶级论的角度解读文本,是20世纪80年代以来《儒林外史》研究的重要特点。以对作品讽刺艺术的研究为例,过去多注重其讽刺艺术的喜剧性一面,实际上"《儒林外史》却不同于《西游补》《镜花缘》之类讽喻现实的小说只是调侃、揶揄,更不同于《官场现形记》一类'辞气浮露'的谴责小说往往凑集社会新闻、单纯提供笑料;它同时充满着悲剧性:纯洁蒙上垢污,善良屈服于邪恶,美好的追求被黑暗腐败的人世社会所吞噬"。"不妨这样认为:《儒林外史》在表现形式上是喜剧性的,而从其描写内容上看则是悲剧性的。"① 在吴敬梓的"讽刺人物和喜剧行动背后几乎都隐藏着内在的悲剧性的潜流。这就是说,他透过喜剧性形象,直接逼视到悲剧性的社会本质"②。《儒林外史》的这些美学特征开始被学术界重新认识。

再如,论吴敬梓的思想追求,过去多注重其批判性的一面而忽视其审美性的一面,后者在这个时期也受到了应有的重视。研究者们指出:"吴敬梓称扬隐逸,包含着对淳朴淡远的生活意趣和淳朴敦厚的道德品性的向往和追求。"③

---

① 赵齐平:《喜剧性的形式 悲剧性的内容——浅谈〈儒林外史〉的讽刺艺术》,见李汉秋编《儒林外史研究论文集》,北京:中华书局,1987年,第435页。

② 宁宗一:《喜剧性和悲剧性的溶合——〈儒林外史〉的实践》,见李汉秋编《儒林外史研究论文集》,北京:中华书局,1987年,第449页。

③ 李汉秋:《吴敬梓与魏晋风度》,见李汉秋编《儒林外史研究论文集》,北京:中华书局,1987年,第184页。

"《外史》中吴敬梓创造的最能引为自己满足的情感体现,通过自己的艺术进入的审美理想的世界,是杜少卿形象洋溢着的'豪放'的'逍遥自在,做些自己的事'的旨趣。"① 作者笔下的杜少卿夫妇,"已无意追逐封妻荫子这种众所公认的价值观,而转向新的人生理想:追求以夫妇为主体的、审美化、享乐化、富于浪漫情调的生活方式与理想"②。这些观点表明了《儒林外史》研究的视野在不断拓宽。

对《儒林外史》叙事特征的研究是近年来的一个热点,不少研究者努力探究小说中具有民族特色的叙事手法。杨义《〈儒林外史〉的时空操作与叙事谋略》是这方面较具代表性的力作。文章认为作品的"结构形态有点类乎我国唐宋旧籍装帧形制中的'叶子',……也称'旋风装',以长幅之纸反复折叠,有若原、反、正、推的文章理路一样,往复回旋,是相当严谨而舒展自如的。进而言之,《儒林外史》采用连八股文也难以逃避的文章体势来批判八股取士制度,其结构体制就是非常有反讽意味的"③。还有一些研究者从传统的讽刺文学、史传文学的角度观照《儒林外史》的叙事特征,提出了一些独到的见解。④

对作者吴敬梓的研究,这个时期也有新的成果。孟醒仁《吴敬梓年谱》(安徽人民出版社1980年版)、陈汝衡《吴敬梓传》(上海文艺出版社1981年版)、孟醒仁等《吴敬梓评传》(中州古籍出版社1988年版)、陈美林《吴敬梓评传》(南京大学出版社1990年版)等著作的出版,标志着对吴敬梓研究的不断深入。

探讨《儒林外史》的本事来源,是一项有益于学术事业的基础性工作。李

---

① 周月亮:《从〈儒林外史〉看吴敬梓的审美理想》,见李汉秋编《儒林外史研究论文集》,北京:中华书局,1987年,第365页。

② 韩石:《披洒在落照时分的心灵之光——论〈儒林外史〉中一种新的生活理想及其时代和声》,《明清小说研究》,1999年第2期。

③ 杨义:《〈儒林外史〉的时空操作与叙事谋略》,《江淮论坛》,1995年第1期。

④ 可参孟昭连:《〈儒林外史〉的讽刺意识与叙事特征》,《南开大学学报》(哲学社会科学版),1996年第2期;杜志军:《史传文学的影响与情节模式的突破——儒林外史的结构特征及其意义》,《河北学刊》,1993年第6期。

汉秋、朱泽吉、房日晰、王欲祥等学者在前人已有成果的基础上，又有一些新的发现。1984年，上海古籍出版社出版了李汉秋编的《儒林外史研究资料》；1998年，南开大学出版社出版了朱一玄、刘毓忱编的《儒林外史资料汇编》，为研究工作提供了方便。郑志良等学者关于宁楷《〈儒林外史〉题辞》的解读是近年来的研究热点之一。以往学界在研究宁楷与吴敬梓的关系时，所用材料是嘉庆八年（1803）刻本《修洁堂集略》，但宁楷还有《修洁堂初稿》存世，此稿成于吴敬梓去世（乾隆十九年，1754）之前。稿中有宁楷所作《〈儒林外史〉题辞》及其他有关《儒林外史》的研究材料。研读《〈儒林外史〉题辞》，再次引发了对《儒林外史》第五十六回是否为吴敬梓原稿这一问题的关注。郑志良认为，根据《修洁堂初稿》可以判定，宁楷即是《儒林外史》中"武书"这一人物的原型。

20世纪80年代以来，学术界对《儒林外史》各个侧面的研究不断有新的突破，还出现了关于《儒林外史》研究史的研究。主要成果有：陈美林关于四家评点的系列文章（分别发表于《文献》1990年第3期、《河北师范学院学报》1991年第4期、《文学遗产》1994年第3期、韩国《中国小说研究会报》总16期）、李汉秋《儒林外史研究纵览》（天津古籍出版社1992年版）、陈美林主编《儒林外史辞典》（南京大学出版社1994年版）、李忠明等《〈儒林外史〉研究史》（海峡文艺出版社2006年版）等。

值得一提的是，《儒林外史》研究开始走出纯学术的圈子，越来越多的人有机会了解吴敬梓和《儒林外史》。胡适曾说："第一流的小说中，《儒林外史》的流行最不广。"① 这是事实，最明显的体现就是《三国志演义》《水浒传》《西游记》《红楼梦》这几部名著都已制作成电影或电视连续剧，为广大群众所喜闻乐见，而《儒林外史》至今尚未搬上银幕或荧屏。不过，1985年吴敬梓逝世230年之际，南京电视台拍摄了反映作家生平的电视片《秦淮寓客》，在这方面迈出了可喜的一步。另外，一些为普通读者撰写的读本也取得了良好的社会

---

① 胡适：《胡适文集》，北京：北京大学出版社，1998年，第3册第242页。

效益，例如陈美林《新批〈儒林外史〉》（江苏古籍出版社 1989 年版）、李汉秋《儒林外史鉴赏辞典》（中国妇女出版社 1992 年版）、张国风《浮世画廊——〈儒林外史〉的人间》（江苏古籍出版社 1992 年版）、陈文新《士人心态话儒林》（华中理工大学出版社 1994 年版）等。相信，随着人们文学艺术鉴赏能力的不断提高，在各界有识之士的不断努力下，《儒林外史》也会像其他古典小说名著一样，走进老百姓的日常生活。

第二节 《儒林外史》研究中的热点问题

在两百余年的研究历程中，学术界对有关《儒林外史》以及吴敬梓的一些话题产生过许多不同意见。这里，我们介绍几个争议比较大的热点问题。

一 关于《儒林外史》的主题

研究者们受各自时代思潮的影响，从不同角度对小说的主题做了阐释。这些观点之间实际上有许多相互关联或互补之处。

（一）"功名富贵"说

此说由乾隆元年（1736）春二月闲斋老人的序首先提出：

> 其书以功名富贵为一篇之骨，有心艳功名富贵而媚人下人者；有倚仗功名富贵而骄人傲人者；有假托无意功名富贵自以为高，被人看破耻笑者；终乃以辞却功名富贵，品地最上一层，为中流砥柱。

"功名富贵"说贯穿了整个卧评，例如第一回卧评有云：

> "功名富贵"四字是全书第一着眼处，故开口即叫破，却只轻轻点逗。以后千变万化，无非从此四个字现出地狱变相。可谓一茎草花丈六金身。

第二回卧评亦云：

> "功名富贵"四字是此书之大主脑，作者不惜千变万化以写之。

在第五回、第二十一回等均有相关卧评。这一观点也为以后的许多评点家所接受：齐评在小说开场词"功名富贵"四字上眉批"全书主脑"；天目山樵评语加以发挥说"功名富贵具甘、酸、苦、辣四味";东武惜红生序也说:"其命意,以富贵功名立为一编之局。"

在此后的研究中,不少论者都对这一说法表示赞同。如吴组缃《儒林外史的思想与艺术》一文认为闲序"全面概括地阐明了这书的主题,说得非常中肯和确切"。① 还有一些论者对这一说法做了发挥,如朱万曙《〈儒林外史〉:理性作家的理性小说》认为:"反'功名富贵',这是小说的正题;吴敬梓又以对先秦儒家及颜李思想的接受,倡'文行出处',是小说的反题。于是小说便以反'功名富贵'倡'文行出处'为主旨总纲。"②

(二)"反对科举"说

此说首先由胡适明确提出。他于1920年写的《吴敬梓传》指出:

> 这书的"楔子"一回,借王冕的口气,批评明朝科举用八股文的制度道:"将来读书人既有此一条荣身之路,把那文行出处都看得轻了。"这是全书的宗旨。③

这一观点的提出,在"批判封建主义、宣传民主主义"的"五四"时期,自有其现实意义。"反对科举"说被广泛接受和申说是在50年代中期,许多论者一致认为吴敬梓"写《儒林外史》的主要目的在批判科举制度"④,"八股文是作者从始到终攻击的目标"⑤。不少研究者还指出,《儒林外史》不仅批判科举制度,还批判封建礼教,"在反八股与反礼教这两方面,就中反八股更是贯穿全书

---

① 吴组缃:《儒林外史的思想与艺术》,见李汉秋编:《儒林外史研究论文集》,北京:中华书局,1987年,第8页。

② 朱万曙:《〈儒林外史〉:理性作家的理性小说》,《安徽大学学报》,1998年第2期。

③ 胡适:《胡适文集》,北京:北京大学出版社,1998年,第2册第592—593页。

④ 姚雪垠:《试论〈儒林外史〉的思想性》,见李汉秋编:《儒林外史研究论文集》,北京:中华书局,1987年,第52页。

⑤ 冯至:《论〈儒林外史〉》,见李汉秋编:《儒林外史研究论文集》,北京:中华书局,1987年,第74—75页。

的主要思想"①。

对于上面的两种主题说,李汉秋《儒林外史研究资料》"前言"部分这样评价:

"功名富贵"主题说,尽管不够科学,但比起"反科举"主题说来,要更接近实际,更能统摄《儒林外史》的思想内容。只是需要我们加以科学的阐释。……

明清的八股科举是求官的"正途",对待功名富贵的态度当然包括了对待八股科举的态度,但比后者的包涵要深,外延要广。以功名富贵为主题,既可统帅对科场士人面目的描写,也可以统摄对斗方名士嘴脸的揭露,而不必牵强地把名士说成八股的"副产品",因为他们虽不以八股为敲门砖,但仍要附庸富贵,谋求"异路功名";这一主题既可包容对士子灵魂的勾画,也可以概括对社会陋俗的掊击。②

(三)"描摹世相"说

描摹世相说发端于20世纪初叶晚清小说理论家的论述。他们把小说看成改造社会人生的有力武器,因此特别推崇社会小说,《儒林外史》被视为这类小说的楷模。关于这方面的论述,第一部分已经提及,兹不赘述。后来有研究者用分类统计的方法对"描摹世相"说进行了论证。滕云《世相、人情与人物——读〈儒林外史〉札记》指出:

《儒林外史》中,叙及其言动的人物,约在三百七八十之数。……士人一百人……从这简单的人物分类看,半数以上不属于儒林中人。

从书中情节也可看到,《儒林外史》不但写科场、名场、文场,而且写官场、市场、乡场、武场;不但写儒林,而且写绿林(豪侠强人)、禅林(僧尼道士)、武林(士马金鼓)……。在重点写儒林之外,也有些章节与

---

① 吴小如:《吴敬梓及其〈儒林外史〉》,见《古典小说漫稿》,上海:上海古籍出版社,1982年,第66页。

② 李汉秋:《儒林外史研究资料》,上海:上海古籍出版社,1984年,第9页,"前言"。

儒林不发生什么关系,或者关系不直接,展示的是明清社会广阔复杂的世相世情。

这是一部描摹世相的社会小说。……此书名为"儒林外史",而不名为"儒林内史""儒林正史",是很有道理的。①

这种分类统计的方法,也遭到一些研究者的质疑,认为不仅要看小说中士人的数量,更重要的是要考察这些士人在作品中占有何种地位。②

(四)"穷极文士情态"说

"穷极文士情态"这一评语出自程晋芳《文木先生传》,他虽未指明这是全书主旨,但后人对此做了许多阐发。张文虎《儒林外史评序》认为:

是书特为名士下针砭,即其写官场、僧道、隶役、娼优及王太太辈,皆是烘云托月,旁敲侧击。

虽然只突出了"名士",但也表明,这是一部反映士人生活的小说。鲁迅《中国小说史略》指出作者"秉持公心,指摘时弊,机锋所向,尤在士林",把"士林"看作小说关注的中心。陈美林《吴敬梓评传》也说:"从这部小说的主要思想内容来看,作者所反映的乃是18世纪上半叶生活在八股科举制下的知识分子的生活情景。最早出现的'穷极文士情态'说,倒颇有识见。"③

那么,《儒林外史》究竟表现了怎样的士人生活呢?有研究者认为,作品揭露了儒林群丑。例如,吴小如《重论吴敬梓的〈儒林外史〉》第二节《"儒林"群丑图》写道:

通过作者有力地讽刺和鞭挞,全书所展示的是一幅穷形尽相的封建知识分子群丑的画卷,其批判锋芒实质上已指向封建地主阶级所用以维护其

---

① 滕云:《世相、人情与人物——读〈儒林外史〉札记》,见李汉秋编:《儒林外史研究论文集》,北京:中华书局,1987年,第310—311页。

② 陈美林:《吴敬梓评传》,南京:南京大学出版社,1990年,第447页。

③ 陈美林:《吴敬梓评传》,南京:南京大学出版社,1990年,第447页。

反动统治的意识形态。①

率先对此论持异议者是傅继馥,他在《一代文人的厄运——〈儒林外史〉主题新探》一文中说:

> 打开第一回,迎面便刮起一阵可怕的怪风,传来一声惊心动魄的呼喊:"一代文人有厄!"这就是作者对全书主题思想的提示,并且确定了对一代文人遭遇厄运的基本态度是同情,一代文人形象的主要特征是厄运的受害者,而不是厄运的制造者。全书通过一系列典型形象所表现出来的客观意义,比这一提示自然还要丰富得多,深刻得多。它怵目惊心地展示了巨大深重的厄运笼罩着一代文人:他们的思想被禁锢了,智能被破坏了,道德被腐蚀了;却仍然保留着一些令人同情的,甚至是善良的品质。②

这一观点纠正了过去的一些偏颇,持论比较公允。

就《儒林外史》所表现的士人生活,笔者在考察中国古代士人心态的基础上认为:《儒林外史》既有别于宋明以来的道德理想主义传统,也有别于唐以降的情感浪漫主义传统。它所表现的理想人物更接近于孔子等原始儒家,所表现的文人雅士更接近于生活的原生态。今且不揣浅陋,摘录几段,以就教于方家:

> 清乾隆时期的文学普遍具有向日常生活贴近的倾向。相对这个时期而言,古代文学作品常常具有一种诗性品格,是人的精神自由舒卷之地,亦是对现实逃避的家园,因此常常处于与日常生活形成对照的文化系统之中。……吴敬梓用还原和对照的方式对古代文学中出现的浪漫的富于想象的形象进行了重新处理,其依据有两点,一是作家在日常生活中的切身感受,

---

① 吴小如:《重论吴敬梓的〈儒林外史〉》,见《古典小说漫稿》,上海:上海古籍出版社,1982年,第87页。

② 傅继馥:《一代文人的厄运——〈儒林外史〉主题新探》,《社会科学战线》,1982年第1期。

一是作家心中的道德准则。①

吴敬梓有意对传统的圣贤形象进行解构，褪去他们身上为常人所难以接近的光环，给我们塑造了两个走下神坛、圣坛的具有普通人的人格魅力的圣贤形象：虞博士和庄绍光。如果说传统圣贤形象的精义在于卓越中显伟大，那么，吴敬梓通过虞、庄重新建构了平实中显崇高的圣贤形象。……吴敬梓拉开了他们（指权勿用、杨执中）外在声誉与内在品性的巨大差距，将畸人的窘态展示出来，与虞、庄形成对比，共同表达出对朴实自然、平易亲切的人生境界的追求。②

吴敬梓隐逸思想的两个要素是相辅相成的。惟有经济上独立，并完成了基本的人生责任，才能够跳出世俗眼光的局限；也只有将人生价值的判别标准归诸自己，才不会把物质和名誉当作人生目标，才不会误入歧途。③

从明清两代文学发展的脉络看：吴敬梓对贤人的圣贤人格和诗人气质的塑造，反映出清代章回小说向士大夫古典精神传统的回归；容众人格则是对明代中后期世俗化趋势中合理因素的继承。在这个意义上，《儒林外史》是一部里程碑式的作品。④

还有一些研究者对上述几种主题说进行了综合，如卢敬川《一幅围着"功

---

① 陈文新、鲁小俊：《颠覆传统——〈儒林外史〉的解构主义特征》，《武汉大学学报》（哲学社会科学版），1998年第2期；人大复印资料《中国古代、近代文学研究》，1998年第7期。

② 陈文新、鲁小俊：《解构与重组——再论〈儒林外史〉对传统的颠覆》，《武汉大学学报》（哲学社会科学版），1998年第6期。

③ 陈文新、鲁小俊：《吴敬梓的隐逸理想与〈儒林外史〉的笔墨情趣》，《贵州社会科学》，2000年第2期。

④ 陈文新、鲁小俊：《〈儒林外史〉与传统文化精神》，《江汉论坛》，1998年第9期。

名富贵"旋转的世相图——对〈儒林外史〉主题的再认识》认为《儒林外史》是"以反映封建社会知识分子生活和命运为主兼以反映明清时代的世相小说、社会小说"①。在主题探索的过程中，研究者们的视野也在不断拓宽。

二 关于《儒林外史》的结构

在19世纪，还没有谁对《儒林外史》的结构表示非难。大约在"五四"前后，由于西方文学思潮的影响，一些研究者开始对此提出批评，这以后，关于其结构得失成败的论争持续至今。我们将争论划为大体否定派和大体肯定派。

（一）大体否定派

以西方的小说结构观念来衡量，《儒林外史》被认为缺乏贯穿始终的人或事，结构显得松散。

最先对《儒林外史》的结构表示不满的是蒋瑞藻《小说考证·拾遗》所引《缺名笔记》：

> 《儒林外史》之布局，不免松懈。盖作者初未决定写至几何人几何事而止也。故其书处处可住，亦处处不可住。处处可住者，事因人起，人随事灭故也。处处不可住者，灭之不尽，起之无端故也。此其弊在有枝而无干，何以明其然也？将谓其以人为干耶，则杜少卿一人，不能绾束全书人物；将谓其以事为干耶，则"势利"二字，亦不足以赅括全篇事情。则无惑乎篇自为篇，段自为段矣。②

《缺名笔记》指责《儒林外史》缺乏主干，这种观点为"五四"时期的许多研究者所接受。他们对中国传统文学普遍持有批判态度，在结构上迥异于西方小说的《儒林外史》理所当然地引起他们的不满。胡适虽然肯定它开创了一种"新体"，并承认这种结构样式"成了近代讽刺小说的普遍法式"，但他对这种

---

① 卢敬川：《一幅围着"功名富贵"旋转的世相图——对〈儒林外史〉主题的再认识》，《江汉论坛》，1991年第7期。

② 蒋瑞藻：《小说考证》，上海：古典文学出版社，1957年，第561页。

新体是十分不满的。在《建设的文学革命论》一文中他指出：

> 《儒林外史》的坏处在于体裁结构太不紧严，全篇是杂凑起来的。……如今的章回小说，大都犯这个没有结构，没有布局的懒病。①

在《五十年来中国之文学》里他又说：

> 《儒林外史》没有布局，全是一段一段的短篇小品连缀起来的；拆开来，每段自成一篇；斗拢来，可长至无穷。②

他甚至认为《儒林外史》的结构不如《二十年目睹之怪现状》，因为"《怪现状》的体例还是散漫的，还含有无数短篇故事；但全书有个'我'做主人，用这个'我'的事迹做布局纲领，一切短篇故事都变成了'我'二十年中看见或听见的怪现状"③。

鲁迅虽没有明确批评《儒林外史》的结构，但在《中国小说史略》中说"惟全书无主干，仅驱使各种人物，行列而来，事与其来俱起，亦与其去俱讫，虽云长篇，颇同短制"④，《中国小说的历史的变迁》也说它"是断片的叙述，没有线索"⑤，也隐隐反映出西方小说结构观念对他的影响。

此后的研究过程中，陆续有论者对《儒林外史》的结构表示不满。如宋云彬《讽刺小说和〈儒林外史〉》、刘大杰《〈儒林外史〉与讽刺文学》、陆侃如《略论吴敬梓和他的〈儒林外史〉》等。还有论者提出设想：吴敬梓如果推迟十年逝世，他很可能把《儒林外史》重新整编一下，增添必要情节，使杜少卿这个似主角非主角人物，成为《儒林外史》真正的主角；而其他人物则被安置在次要位置，不让他们喧宾夺主。这样，《儒林外史》的结构就可和《红楼梦》

---

① 胡适：《胡适文集》，北京：北京大学出版社，1998年，第2册第52页。
② 胡适：《胡适文集》，北京：北京大学出版社，1998年，第3册第242页。
③ 胡适：《胡适文集》，北京：北京大学出版社，1998年，第3册第245页。
④ 鲁迅：《中国小说史略》，北京：中华书局，2010年，第138页。
⑤ 鲁迅：《中国小说史略》，北京：中华书局，2010年，第215页。

《西游记》等媲美了。①

(二) 大体肯定派

从中国传统小说的实际出发,许多研究者发现了《儒林外史》结构的独特价值。

吴组缃《儒林外史的思想与艺术》一文提出《儒林外史》的结构是"连环短篇"式,这一说法得到许多研究者的认可。该文说:

> 这种形式,显然受了"三言""二拍"之类话本小说和《三国》《水浒》之类长篇的影响;同时也有些像《史记》的"列传"或"五宗""外戚"诸篇形式的放大。总之,它综合了短篇与长篇的特点,创造为一种特殊的崭新形式。这种形式运用起来极其灵活自由,毫无约束,恰好适合于表现书中这样的内容;正和绘画上"清明上河图""千里江山图"或"长江万里图"之类"长卷"形式相类。若要将它取个名目,可以叫做"连环短篇"。②

从传统文学艺术的形式中寻找与之相似的因子,从而肯定了小说结构艺术的民族特色。

美国学者林顺夫《〈儒林外史〉的礼及其叙事体结构》一文从中国人传统的致思途径出发,认为《儒林外史》的结构是吴敬梓自觉地、有秩序地加以组织的,并不低于西方任何一位著名小说家的作品。该文指出:

> 小说的结构,不仅是一种适当的文学技巧——这是相当重要的,而且也是一种人们看待生活事件的方法。……
>
> 《儒林外史》有三部分明显的结构:在这些结构关系中,"礼"的成份是作为中心的完整的原则体现出来的。因为"礼"不仅对小说的结构来说是中心,而且也是作者的道德观念。……

---

① 陈汝衡:《吴敬梓传》,上海文艺出版社,1981年版,第150页。

② 吴组缃:《儒林外史的思想与艺术》,见李汉秋编:《儒林外史研究论文集》,北京:中华书局,1987年,第39页。

这部小说结构的顶点是祭泰伯祠的隆重仪式，书中一切理想化的优秀知识分子都尊崇泰伯，正说明这种梦想的重要意义。……

礼仪在《儒林外史》中，基本上有两个结构功能：第一，它将一连串分散的插曲构成一个较大的集中的部分；第二，它又将这些较大的部分，组成一部优秀的完整的书。……

第一部分（第二回至三十回）集中讽刺了两类知识分子，……有三个事件（按指莺脰湖大会、西湖诗会和莫愁湖大会）。……第二部分（第三十一回至三十七回）集中于更为不寻常的优秀的知识分子身上，……整个第二部分集中在为到泰伯祠祭祀的完善的准备工作中。……第三部分从内容上看显得零乱冗长，但这决不是作者创作才能的衰退，刚好相反，作者设计这种冗长的描写是在暗示本书的中心人物所珍爱的完善道德理想的彻底失败。因此，我们也许可以把整个第三部分看做与泰伯祠神圣礼仪是一致的整体。以泰伯祠祭祀作为分界线，能够看出由两个方面组成的《儒林外史》的三个重要部分。①

林顺夫的这篇论文影响颇大，最重要的是该文启发了人们从中国文学的民族传统去挖掘《儒林外史》独特的小说艺术。黄秉泽《论〈儒林外史〉的长篇艺术结构》、陈美林《论〈儒林外史〉的结构艺术》等文都在这方面做了有益的探讨。

三 关于《儒林外史》的成书年代

成书年代的考察主要是根据序言的写作时间，因为序言一般都写于作品完成之后。闲斋老人的序是考察《儒林外史》成书年代的重要标志。

现存最早的《儒林外史》版本是卧闲草堂刻本，其卷首序文题署为"乾隆元年（1736）春二月闲斋老人序"，但胡适认为"这个年月是不可靠的"，他作的《吴敬梓年谱》指出：

---

① 林顺夫：《〈儒林外史〉的礼及其叙事体结构》，《文献》第12辑，第67页。

先生于乾隆元年三月在安庆应考博学鸿词的省试，前一月似无作小说序之余暇。况且书中写杜少卿、庄绍光应试事，都是元年的事，决无元年二月已成书之理。况且那时的吴敬梓只有三十六岁，见解还不曾成熟，还不脱热心科名的念头，元年《除夕述怀》诗可以为证。那时的吴敬梓决作不出一部空前的《儒林外史》来！①

对于具体的写作时间，胡适在该年谱中说道：

我们看他（吴敬梓）对于科第功名的大觉悟，起于乾隆二年以后（说见上文）。我们可以推测他这部《儒林外史》大概作于乾隆五年至十五年（1740至1750）之间。到程晋芳作《怀人诗》时，《外史》已成功了——至少大部分已成功了。②

此后在相当长时间内，学术界在成书问题上似尚未见异说。吴组缃《儒林外史的思想与艺术》、王俊年《吴敬梓和〈儒林外史〉》（上海古籍出版社1980年版）、陈汝衡《吴敬梓传》（上海文艺出版社1981年版）、孟醒仁《吴敬梓年谱》（安徽人民出版社1981年版）等都把《儒林外史》的成书年代划定在吴敬梓36岁至49岁之间，即1736年（乾隆元年丙辰）至1749年（乾隆十四年己巳）十多年间。

20世纪80年代中期，先后有几位学者对这一问题提出了不同看法，比较一致的意见是：约在1736年以前，吴敬梓已完成了作品的一部分。

陈新、杜维沫《〈儒林外史〉第五十六回真伪辨》的结尾部分指出：

《儒林外史》前半部作于乾隆元年前，不仅有闲斋老人序的证据，《文木山房集》中的诗文也可证明；后半部分作于乾隆元年以后，小说本身就反映了这个事实。③

---

① 胡适：《吴敬梓年谱》，北京：北京大学出版社，1998年，第3册第490—491页。

② 胡适：《吴敬梓年谱》，北京：北京大学出版社，1998年，第3册第491页。

③ 陈新、杜维沫：《〈儒林外史〉第五十六回真伪辨》，见李汉秋编：《儒林外史研究论文集》，北京：中华书局，1987年，第212页。

两位作者对这一论断并未加以具体论证。谈凤梁《〈儒林外史〉创作时间、过程新探》则对这一问题进行了专门研究。他的结论是:

> 《闲斋老人序》确实写在1736年2月。吴敬梓在此以前已经开始创作《儒林外史》。那么，究竟哪一年动手的呢？笔者认为当是1735年。①

在这篇文章中他又提到：

> 深感《儒林外史》是分阶段创作而成的。具体地说，开头至第二十五回，写在1736年2月以前，是为第一阶段；第二十六回至第三十五回，写在1736年至1739年之间，是为第二阶段；第三十六回以下部分则陆续完成于作者逝世以前，是为第三阶段。②

其后孟醒仁《也揭闲斋老人之谜》一文表达了与谈凤梁相似的观点，即认为《儒林外史》所署的写作时间"乾隆元年春二月""不是假托"，他的重要证据之一是：

> 闲斋老人序，其笔迹同吴敬梓《奉题雅雨大公祖出塞图》的笔迹极其相似，几乎一模一样。今其序文和诗作俱在，不难查考，一望而知。③

陈美林对这一说法表示质疑，他认为写完二十回后即有闲序是不符合实际的；《儒林外史》完成于吴敬梓晚年。《吴敬梓评传》对这一问题有如下论述：

> 近来有的论著以吴敬梓《奉题雅雨大公祖出塞图》一诗的墨迹，与闲斋老人序的笔迹对照，认为闲斋老人即为吴敬梓化名。并进而推断在乾隆元年，传主已写成二十二回，可以独立成书，所以先成此序言：此说尚待进一步验证。首先，仅从两者笔迹近似即做出同为一人之手笔的判断，似嫌论证不够充足，……其次从序言述及的对待功名富贵不同态度的四种人来看，在前二十回仅出现两类；同时序中又说"故其为书，不必善善恶恶，俾读者有所观感戒惧，而风俗人心庶以维持不坏也"。在前二十回中也只出

---

① 谈凤梁：《古小说论稿》，杭州：浙江古籍出版社，1989年，第161页。
② 谈凤梁：《古小说论稿》，杭州：浙江古籍出版社，1989年，第165页。
③ 孟醒仁：《也揭闲斋老人之谜》，《光明日报》，1985年12月17日。

现"恶恶",而能够维持"风俗人心"的"善善"人物却在小说的下半部方始出现。因而说写完二十回后即写出这样内容的序言似乎不符合作品的实际。①

陈美林在此段文字后又指出:"在目前尚无充分根据发现以前,尚难以做出闲斋老人即传主的结论。因而他在序中所署的'乾隆元年春二月',对于判定《儒林外史》完成时间并无多大意义。程晋芳一诗所表明的时间应是可信的,即《儒林外史》完成于传主晚年。"②

刘良明《闲斋老人〈儒林外史序〉撰年之我见——兼论〈儒林外史〉的成书年代》一文在评介了前人的各种说法后,考察了卧本的校刻情况。指出由于校刻不精,卧本《儒林外史》的目录、正文、评语都有不少错误。其中又以字形相近致误者最多。"目录、正文、评语既然错讹甚多,出于同一版本的序文何以独能例外?"该文通过对吴敬梓笔迹的研究,指出"乾隆元年"很可能原本作"乾隆九年","九"字形近而讹为"元"。而错误一旦产生,后人沿袭不改,一误再误,导致后出刻、抄诸本都错成了"乾隆元年",作者接着指出:

> 乾隆九年,……从各方面条件来看,吴敬梓都完全可能在这段时间写成不朽巨著《儒林外史》。

> 乾隆九年,《儒林外史》写成之后,吴敬梓很可能顾虑读者难以正确理解其作品内容,因此,写了一篇阐发其小说见解、评介作品内容的序文置于《儒林外史》卷首;为了避免自炫己作之嫌,于是题署了"闲斋老人"的化名。……

> 乾隆九年(1744)春,如《儒林外史》全书已大体完成,以后作者虽可能还作过增补修改,但全书主要内容改动不大。因此,写于此时的《儒林外史序》可以全面述及对待功名富贵不同态度的四种人,总括涵盖全书

---

① 陈美林:《吴敬梓评传》,南京:南京大学出版社,1990年,第442页。

② 陈美林:《吴敬梓评传》,南京:南京大学出版社,1990年,第443页。

主要内容。①

该文还对程晋芳《怀人诗》（1749）提及此书与成书年代相隔五年之久的原因作了推测。认为原因之一是吴敬梓因生活贫困无钱雇人抄录副本，朋友之间最初只能借阅，然后才抄录副本以广流传，这个过程不会很短。而且程晋芳家居淮安，吴敬梓在南京，二人不能常相过从。原因之二是《儒林外史》不好懂，当时能认识其价值的人寥寥无几。程晋芳虽是吴的好友，但对"稗说"也是轻视的。"不知程晋芳落笔至此时，要踌躇多长时间了。"而且《怀人诗》不是专为吴敬梓一人而写，可能是程晋芳心闲无事时将相当长一段时间以来对多位朋友的思念追怀集中抒写，因而写此诗时可能距《儒林外史》成书已有数年时间。有关吴敬梓的这首居十八首之末，也可以说明这一点。

《儒林外史》研究过程中有争议的问题还有许多。比如，学术界曾对吴敬梓的生父是谁、第五十六回的真伪等问题进行过热烈的讨论。限于篇幅。不再一一缕述。

---

① 刘良明：《闲斋老人〈儒林外史序〉撰年之我见——兼论〈儒林外史〉的成书年代》，《人文论丛》1998年卷，武汉大学出版社，1998年。

主要参考文献

B

《稗海厄谈》,张稔穰著,吉林人民出版社,2002 年

《百衲本南齐书》,萧子显撰,国家图书馆出版社,2014 年

《白下琐言》,甘熙撰,南京出版社,2007 年

《北里志》,孙棨撰,中华书局,1985 年

《北美中国古典文学研究名家十年文选》,乐黛云、陈珏编选,江苏人民出版社,1996 年

C

《沧州集》,孙楷第著,中华书局,1965 年

《沧州后集》,孙楷第著,中华书局,1985 年

《才子佳人小说述林》,春风文艺出版社编,春风文艺出版社,1985 年

《才子佳人小说研究》,周建渝著,台北文史哲出版社,1998 年

《才子佳人小说研究》,任明华著,中国文联出版社,2002 年

《曹丕集校注》,魏宏灿校注,安徽大学出版社,2009 年

《程毅中文存》,程毅中著,中华书局,2006 年

《传统小说与小说传统》,陈文新著,武汉大学出版社,2007 年

D

《大清见闻录》,天台野叟撰,中州古籍出版社,2000 年

《丁辛老屋集》,王又曾著,《清代诗文集汇编》本第 305 册,上海古籍出版

社，2010 年

《东坡题跋》，苏轼著，人民美术出版社，2008 年

《东坡志林》，苏轼著，中华书局，1981 年

《东塾集》，陈澧著，《清代诗文集汇编》本第 637 册，上海古籍出版社，2010 年

《读通鉴论》，王夫之著，中华书局，1987 年

《独异志》，李冗撰，中华书局，1983 年

E

《200 种中国通俗小说述要》，吴村著，香港中华书局，1988 年

《儿女英雄传》，文康著，上海书店，1981 年

《二十世纪中国小说理论资料》（第一卷），陈平原、夏晓虹编，北京大学出版社，1989 年

《二十世纪中国小说史》（第一卷），陈平原著，北京大学出版社，1989 年

F

《发迹变泰——宋人小说学论稿》，康来新著，台北大安出版社，1996 年

《范成大诗选注》，高海夫选注，上海古籍出版社，1989 年

《佛门俗影——〈西游记〉与中国民俗文化》，陈文新、阎东平著，黑龙江人民出版社，2003 年

G

《高启诗选》，李圣华选注，中华书局，2005 年

《古代白话小说形态发展史论》，鲁德才著，南开大学出版社，2002 年

《古代小说公案文化研究》，吕小蓬著，中央编译出版社，2004 年

《古代小说与城市文化研究》，葛永海著，复旦大学出版社，2004 年

《古代小说文献丛考》，潘建国著，中华书局，2006 年

《古今谭概》，冯梦龙撰，中华书局，2007 年

《怪诞与讽刺——明清通俗小说诠释》，刘燕萍著，学林出版社，2003 年

《桂苑丛谈》（与《松窗杂录》《杜阳杂编》合刊），冯翊撰，《丛书集成》

本,中华书局,1958年

《国史新论》,钱穆著,台北东大图书公司,1984年

H

《韩昌黎文集校注》,韩愈撰,马其昶校注,古典文学出版社,1957年

《韩诗外传集释》,韩婴撰,许维遹校释,中华书局,1980年

《汉文华语康熙皇帝圣谕广训》,《近代中国史料丛刊续辑》本第61册,文海出版社,1964年

《鹤山集》,魏了翁著,《文渊阁四库全书》第1172册,台湾商务印书馆,1983年

《胡适古典文学研究》,胡适著,上海古籍出版社,2013年

《胡适红楼梦研究论述全编》,胡适著,上海古籍出版社,2013年

《胡适口述自传》,唐德刚译注,安徽教育出版社,2005年

《话本小说概论》,胡士莹著,中华书局,1980年

《话本与古剧》,谭正璧著,上海古籍出版社,1985年

《话本小说史》,欧阳代发著,武汉出版社,1994年

《话本小说史》,萧欣桥、刘福元著,浙江古籍出版社,1997年

《话本与才子佳人小说之研究》,胡万川著,台北大安出版社,1994年

《话本叙录》,陈桂声著,珠海出版社,2001年

《话本小说的历史与叙事》,王昕著,中华书局,2002年

《话本小说叙事研究》,罗小东著,学苑出版社,2002年

《话本小说文体研究》,王庆华著,华东师范大学出版社,2006年

《幻想的魅力》,刘勇强著,上海文艺出版社,1992年

《黄庭坚诗集注》,黄庭坚著,刘尚荣校点,中华书局,2003年

《红楼梦》(百家汇评本),曹雪芹著,陈文新、王炜辑评,长江文艺出版社,2005年

《红楼梦辨》,俞平伯著,亚东图书馆,1929年

《红楼梦的两个世界》,余英时著,上海社会科学院出版社,2002年

《红学与百年中国》，刘梦溪著，中央编译出版社，2005年

《红学档案》，郭皓政主编，陈文新审订，武汉大学出版社，2007年

《洪武御制全书》，张德信、毛佩奇主编，黄山书社，1995年

《后汉书》，范晔撰，中华书局，1997年

《缑山先生集》，王衡著，《四库全书存目丛书》集部第178册，齐鲁书社，1997年

J

《鸡窗集》，夏志清著，上海三联书店，2000年

《纪晓岚文集》，孙致中等校点，河北教育出版社，1991年

《寄园寄所寄》，赵吉士撰，黄山书社，2008年

《纪昀评传》，周积明著，南京大学出版社，1994年

《贾岛诗集笺注》，黄鹏笺注，巴蜀书社，2002年

《稼轩词编年笺注》（增订本），邓广铭笺注，上海古籍出版社，1993年

《剑南诗稿校注》，陆游著，钱仲联校注，上海古籍出版社，2015年

《蒋士铨戏曲集》，蒋士铨著，中华书局，1993年

《近代文学的突围》，袁进著，上海人民出版社，2001年

《近代小说理论批评流派研究》，刘良明等著，武汉大学出版社，2003年

《今古奇观》，抱瓮老人撰，人民文学出版社，1957年

《禁忌与放纵——明清艳情小说文化研究》，李明军著，齐鲁书社，2005年

《金陵诗词选》，夏晨中、宙浩等编注，南京大学出版社，1986年

《金楼子校笺》，萧绎撰，许逸民校笺，中华书局，2011年

《晋书》，房玄龄等撰，中华书局，2010年

《〈镜花缘〉公案辨疑》，孙佳讯著，齐鲁书社，1984年

《经史百家杂钞》，曾国藩编，岳麓书社，2015年

《竞争的话语：明清小说中的正统性、本真性及所生成之意义》，[美]艾梅兰著，江苏人民出版社，2005年

《静志居诗话》，朱彝尊著，人民文学出版社，1990年

K

《开元天宝遗事》,王仁裕撰,中华书局,1985年

《科举学导论》,刘海峰著,华中师范大学出版社,2005年

《空同集》,李梦阳著,《文渊阁四库全书》第1262册,台湾商务印书馆,1983年

L

《历朝咏史怀古诗》,杜立选注,华夏出版社,2000年

《历代山水诗选》,陈文新、王山峡编注,云南人民出版社,1989年

《历代笑话集》,王利器辑录,上海古籍出版社,1981年

《礼法与人情:明清家庭小说的文化研究》,段江丽著,中华书局,2006年

《李太白全集》,李白著,上海书店,1988年

《聊斋志异》(会校会注会评本),蒲松龄著,张友鹤辑校,上海古籍出版社,2012年

《列朝诗集小传》,钱谦益著,上海古籍出版社,1983年

《吝啬鬼、泼妇、一夫多妻者——十八世纪中国小说中性与男女关系》,[美]马克梦著,人民文学出版社,2001年

《林则徐集》,林则徐撰,中华书局,1965年

《凌濛初和二拍》,马美信著,上海古籍出版社,1994年

《留青日札》,田艺蘅著,上海古籍出版社,1992年

《六韬译注》,盛冬铃译注,河北人民出版社,1992年

《陆九渊集》,陆九渊著,中华书局,1980年

《鲁斋遗书》,许衡著,《北京图书馆古籍珍本丛刊》第91册,书目文献出版社,1998年

《论中国古典小说的艺术》,宁宗一、鲁德才编,南开大学出版社,1984年

《论金瓶梅的成书及其他》,徐朔方著,齐鲁书社,1988年

《论儒林外史》,何满子著,人民文学出版社,1981年

《落帆楼文集》,沈垚著,《续修四库全书》本第1525册,上海古籍出版社,

2001 年

M

《媚幽阁文娱》，郑元勋著，上海杂志公司，1936 年

《勉行堂诗集》，程晋芳著，《清代诗文集汇编》本第 343 册，上海古籍出版社，2010 年

《勉行堂文集》，程晋芳著，《清代诗文集汇编》本第 343 册，上海古籍出版社，2010 年

《明代科举与文学编年》，陈文新、何坤翁、赵伯陶主撰，武汉大学出版社，2009 年

《明代小说》，黄霖、杨红彬著，安徽教育出版社，2001 年

《明代小说史》，齐裕焜著，浙江古籍出版社，1997 年

《明代小说史》，陈大康著，上海文艺出版社，2000 年

《明代小说四大奇书》，浦安迪著，沈亨寿译，中国和平出版社，1993 年

《明代志怪传奇小说研究》，陈国军著，天津古籍出版社，2005 年

《明代宗教小说中的佛教"修行"观念》，宋珂君著，中国社会科学出版社，2005 年

《名家解读水浒传》，竺青编，山东人民出版社，1998 年

《明末清初小说述录》，林辰著，春风文艺出版社，1988 年

《明清历史演义小说艺术论》，纪德君著，北京师范大学出版社，2000 年

《明清人情小说研究》，方正耀著，华东师范大学出版社，1986 年

《明清神魔小说研究》，胡胜著，中国社会科学出版社，2004 年

《明清时期的小说传播》，宋莉华著，中国社会科学出版社，2004 年

《明清世态人情小说史稿》，王增斌著，中国文联出版公司，1998 年

《明清文学史》（明代卷），吴志达著，武汉大学出版社，1991 年

《明清文学史》（清代卷），唐富龄著，武汉大学出版社，1991 年

《明清稀见小说汇考》，薛亮著，社会科学文献出版社，1999 年

《明清小说》，周先慎著，北京大学出版社，2003 年

《明清小说理论批评史》，王先霈、周伟民著，花城出版社，1988年

《明清小说论稿》，孙逊著，上海古籍出版社，1986年

《明清小说史》，谭邦和著，湖北人民出版社，2002年

《明清小说思潮》，董国炎著，山西人民出版社，2004年

《明清小说探幽》，蔡国梁著，浙江文艺出版社，1985年

《明清小说新考》，欧阳健著，中国文联出版公司，1995年

《明清小说续书研究》，高玉海著，中国社会科学出版社，2004年

《明清小说资料选编》，朱一玄主编，齐鲁书社，1989年

《明清章回小说流派研究》，陈文新、鲁小俊、王同舟著，武汉大学出版社，2003年

《明清之际小说评点学之研究》，林岗著，北京大学出版社，1999年

《明清之际章回小说研究》，莎日娜著，北京师范大学出版社，2004年

《明儒王心斋先生遗集》，王艮著，《王心斋全集》本，江苏教育出版社，2001年

《明史》，张廷玉等撰，中华书局，1974年

《明斋小识》，诸联撰，《笔记小说大观》第21编第10册，台北新兴书局，1978年

N

《南史》，李延寿撰，中华书局，2008年

《廿二史札记》，赵翼著，中华书局，1964年

P

《裴启语林》，裴启撰，周楞伽辑注，文化艺术出版社，1988年

《曝书亭集》，朱彝尊著，《清代诗文集汇编》本第116册，上海古籍出版社，2010年

《蒲松龄集》，蒲松龄著，路大荒整理，中华书局，1962年

Q

《奇特的精神漫游——〈西游记〉新说》，刘勇强著，香港三联书店，

1992 年

《乾隆时期自况性长篇小说研究》，王进驹著，中国社会科学出版社，2006 年

《且向长河看落日——〈儒林外史〉》，陈文新、鲁小俊著，云南人民出版社，2001 年

《钦定大清会典》，昆冈等撰，台北新文丰出版公司，1976 年

《钦定四库全书总目》，永瑢等纂，中华书局，1997 年

《钦定学政全书校注》，素尔讷等纂修，霍有明、郭文海校注，武汉大学出版社，2015 年

《清稗类钞》，徐珂撰，中华书局，2010 年

《清初才子佳人小说叙事模式研究》，邱江宁著，上海三联书店，2005 年

《清初前期话本小说之研究》，徐志平著，台北学生书局，1998 年

《清朝经世文正续编》，贺长龄、盛康辑，广陵书社，2011 年

《清代长篇讽刺小说研究》，吴淳邦著，北京大学出版社，1995 年

《清代女作家弹词小说论稿》，鲍震培著，天津社会科学院出版社，2002 年

《清代四大才学小说》，王琼玲著，台湾商务印书馆，1997 年

《清代小说》，李汉秋、胡益民著，安徽教育出版社，1989 年

《清代小说论稿》，林薇著，北京广播学院出版社，2000 年

《清代小说史》，张俊著，浙江古籍出版社，1997 年

《清代志怪传奇小说集研究》，占骁勇著，华中科技大学出版社，2003 年

《青溪文集》，程廷祚著，《清代诗文集汇编》本第 269 册，上海古籍出版社，2010 年

《全宋诗》，傅璇琮等主编，北京大学出版社，1998 年

《全宋文》，曾枣庄、刘琳主编，上海辞书出版社、安徽教育出版社，2006 年

《全唐诗》，彭定求等编，中华书局，1979 年

《全唐文》，董浩等编，上海古籍出版社，1990 年

R

《日本东京所见中国小说书目》，孙楷第著，人民文学出版社，1958 年

《日记四种》，陈文新译注，湖北辞书出版社，1997 年

《日知录集释》（全校本），顾炎武著，黄汝成集释，上海古籍出版社，2013 年

《儒林外史》（会校会评本），吴敬梓著，李汉秋辑校，上海古籍出版社，2010 年

《儒林外史人物本事考略》，何泽翰著，上海古籍出版社，1985 年

《儒林外史研究资料》，李汉秋编，上海古籍出版社，1984 年

《儒林外史研究纵览》，李汉秋著，天津教育出版社，1992 年

《儒林外史资料汇编》，朱一玄、刘毓忱编，南开大学出版社，1998 年

S

《三国志平话》，上海古典文学出版社整理，古典文学出版社，1955 年

《三国志演义》，罗贯中著，商务印书馆，1957 年

《邵子湘全集》，邵长蘅著，《清代诗文集汇编》本第 145 册，上海古籍出版社，2010 年

《神怪小说史》，林辰著，浙江古籍出版社，1998 年

《沈周集》，沈周著，张修龄、韩星婴点校，上海古籍出版社，2013 年

《升庵诗话新笺证》，杨慎著，王大厚笺证，中华书局，2008 年

《史记》，司马迁著，裴骃集解，司马贞索引，张守节正义，中华书局，2013 年

《诗集传》，朱熹著，中华书局，1962 年

《17 世纪白话小说编年叙录》，许振东著，中国文联出版社，2003 年

《17 世纪白话小说的创作与传播——以苏州地区为中心的研究》，许振东著，中国社会科学出版社，2005 年

《17 世纪中国通俗小说编年史》，李忠明著，安徽大学出版社，2003 年

《世纪转折时期的中国小说》，［俄］维林吉诺娃编，胡亚敏、张方译，华

中师范大学出版社，1990 年

《诗经译注》，程俊英译注，上海古籍出版社，1985 年

《世情小说史》，向楷著，浙江古籍出版社，1998 年

《世说新语笺疏》，刘义庆著，刘孝标注，余嘉锡笺疏，周祖谟、余淑宜、周士琦整理，中华书局，2007 年

《石遗室诗话》，陈衍撰，人民文学出版社，2004 年

《诗与唐人小说》，崔际银著，天津古籍出版社，2004 年

《睡庵稿》，汤宾尹著，《四库禁毁书丛刊》本集部第 63 册，北京出版社，2000 年

《水浒研究》，何心著，上海古籍出版社，1985 年

《水浒传会评本》，陈曦钟、侯忠义、鲁玉川辑校，北京大学出版社，1981 年

《水浒传研究》，[韩]李慧淳著，韩国正音社，1985 年

《水浒传资料汇编》，朱一玄、刘毓忱编，南开大学出版社，2002 年

《水浒资料汇编》，马蹄疾编，中华书局，1980 年

《说稗集》，吴组缃著，北京大学出版社，1987 年

《说诗说稗》，陶尔夫、刘敬圻著，黑龙江教育出版社，1997 年

《说书史话》，陈汝衡著，人民文学出版社，1987 年

《说苑校正》，刘向著，向宗鲁校正，中华书局，1987 年

《四库全书总目》，永瑢等撰，中华书局，1965 年

《四书章句集注》，朱熹集注，中华书局，2012 年

《宋代传奇集》，李剑国辑校，中华书局，2001 年

《宋代话本研究》，乐蘅军著，台湾大学文学院，1969 年

《宋代文言小说研究》，赵章超著，重庆出版社，2004 年

《松陵集》，陆龟蒙著，何锡光校注，《陆龟蒙全集校注》本，凤凰出版社，2015 年

《宋史》，脱脱等撰，中华书局，1977 年

《宋元小说史》，萧相恺著，浙江古籍出版社，1997年

《宋元小说研究》，程毅中著，江苏古籍出版社，1998年

《苏轼选集》，王水照选注，上海古籍出版社，1984年

《岁时民俗与古小说研究》，李道和著，天津古籍出版社，2004年

《隋唐五代文学史》，侯忠义著，浙江古籍出版社，1997年

《随园诗话》，袁枚著，人民文学出版社，2006年

T

《太平广记》，李昉等编，中华书局，1981年

《台湾中国古代文学研究文选》，卢兴基编，人民文学出版社，1988年

《谈艺录》（补订本），钱锺书著，中华书局，1984年

《唐传奇笺证》，周绍良著，人民文学出版社，2000年

《唐传奇新探》，卞孝萱著，江苏教育出版社，2001年

《唐代传奇小说选》，［韩］丁范镇译，韩国汎学图书社，1975年

《唐代非写实小说之类型研究》，李鹏飞著，北京大学出版社，2004年

《唐代小说重写研究》，黄大宏著，重庆出版社，2004年

《唐代小说的嬗变研究》，程国赋著，广东人民出版社，1997年

《唐代小说观念与小说兴起研究》，韩云波著，四川民族出版社，2002年

《唐代小说史》，程毅中著，人民文学出版社，2003年

《唐代小说研究》，刘开荣著，商务印书馆，1955年

《唐代小说研究》，［韩］丁范镇著，韩国成均馆大学大东文化研究所，1982年

《唐前志怪小说史》，李剑国著，南开大学出版社，1984年

《唐人传奇》，李宗为著，中华书局，1985年

《唐人小说研究》（全四集），王梦鸥著，台北文艺印书馆，1973年

《唐宋传奇选》，张友鹤选注，人民文学出版社，1964年

《唐五代小说的文化阐释》，程国赋著，人民文学出版社，2002年

《唐五代志怪传奇叙录》，李剑国著，南开大学出版社，1993年

《唐摭言》，王定保撰，《唐五代笔记小说大观》本，上海古籍出版社，2000年

《陶庵梦忆》，张岱著，弥松颐校注，西湖书社，1982年

《桃花扇》，孔尚任著，吴书荫校点，辽宁教育出版社，1997年

《陶渊明集》，陶渊明著，逯钦立校注，中华书局，1979年

《通俗小说的历史轨迹》，陈大康著，湖南出版社，1992年

《推十书》（增补全本），刘咸炘著，上海科学技术文献出版社，2009年

W

《万历野获编》，沈德符著，中华书局，1959年

《晚清狭邪小说新论》，侯运华著，河南大学出版社，2005年

《王维集校注》，陈铁民校注，中华书局，1997年

《魏晋南北朝志怪小说通论》，张庆民著，首都师范大学出版社，2000年

《文木山房集》，吴敬梓著，《续修四库全书》本第1428册，上海古籍出版社，2001年

《文史通义校注》，章学诚著，叶瑛校注，中华书局，1994年

《文天祥全集》，文天祥著，中国书店，1985年

《文言小说审美发展史》，陈文新著，武汉大学出版社，2007年

《文学理论》，[美]韦勒克、沃伦著，刘象愚等译，北京生活·读书·新知三联书店，1984年

《文学史学的明清小说研究》，袁世硕著，齐鲁书社，1999年

《吴敬梓话儒林：士人心态》，陈文新著，台北亚太图书出版社，1995年

《吴敬梓年谱》，孟醒仁著，安徽人民出版社，1981年

《吴敬梓评传》，陈美林著，南京大学出版社，1990年

《吴敬梓诗文集》，吴敬梓著，人民文学出版社，2002年

《吴敬梓研究》，陈美林著，上海古籍出版社，1984年

《吴敬梓传》，陈汝衡著，上海文艺出版社，1981年

《巫文化视野中的中国古代小说》，万晴川著，中国社会科学出版社，

2003 年

X

《西湖梦寻》，张岱著，上海古籍出版社，1982 年

《戏曲小说丛考》，叶德均著，中华书局，1979 年

《西游补》，董说著，上海古籍出版社，1983 年

《侠义公案小说史》，曹亦冰著，浙江古籍出版社，1998 年

《现代小说美学》，［美］利昂·塞米利安（Surmelian L.）著，宋协立译，陕西人民出版社，1987 年

《想象中国的方法》，王德威著，北京生活·读书·新知三联书店，1998 年

《小仓山房尺牍》，袁枚著，世界书局，1937 年

《小仓山房诗文集》，袁枚著，上海古籍出版社，1988 年

《小说二谈》，阿英著，上海古籍出版社，1985 年

《小说见闻录》，戴不凡著，浙江人民出版社，1980 年

《小说考信编》，徐朔方著，上海古籍出版社，1997 年

《小说考证》，蒋瑞藻编，古典文学出版社，1957 年

《小说美学》，吴功正著，江苏文艺出版社，1986 年

《小说旁证》，孙楷第著，人民文学出版社，2000 年

《小说三谈》，阿英著，上海古籍出版社，1979 年

《小说史大略》，鲁迅著，陕西人民出版社，1981 年

《小说史：理论与实践》，陈平原著，北京大学出版社，1993 年

《小说四谈》，阿英著，上海古籍出版社，1981 年

《小说闲谈》，阿英著，上海古籍出版社，1985 年

《小说修辞学》，［美］W. C. 布斯著，华明等译，北京大学出版社，1987 年

《小说艺术论》，马振方著，北京大学出版社，1999 年

《小说与艳情》，陈益源著，学林出版社，2000 年

《型世言》，［韩］朴在渊校注，韩国江原大学出版部，1993 年

《醒世姻缘传》，西周生著，上海古籍出版社，1981 年

《许政扬文存》，许政扬著，中华书局，1984 年

《学福斋集》，沈大成著，《续修四库全书》第 1428 册，上海古籍出版社，2001 年

《宣室志　裴铏传奇》，张读、裴铏撰，萧逸、田松青校点，上海古籍出版社，2012 年

Y

《晏子春秋》，晏婴著，中华书局，1985 年

《杨万里集》，杨万里著，三晋出版社，2008 年

《夜雨秋灯录》，宣鼎著，上海古籍出版社，1987 年

《艺苑卮言校注》，王世贞著，罗仲鼎校注，齐鲁书社，1992 年

《隐秀轩集》，钟惺著，上海古籍出版社，1992 年

《袁宏道集笺校》，袁宏道著，钱伯城笺校，上海古籍出版社，1981 年

《元明小说戏曲关系研究》，涂秀虹著，上海三联书店，2004 年

《元明中篇传奇小说研究》，陈益源著，华艺出版社，2002 年

《阅微草堂笔记》，纪昀著，上海古籍出版社，1980 年

《阅微草堂笔记研究》，吴波著，上海古籍出版社，2005 年

《雍正朝汉文朱批奏折汇编》，中国历史第一档案馆编，江苏古籍出版社，1991 年

《玉堂丛语》，焦竑撰，中华书局，1981 年

Z

《在文学与文化之间》，谭邦和著，湖北人民出版社，2001 年

《增补新编清末民初小说目录》，[日]樽本照雄著，齐鲁书社，2002 年

《增补中国通俗小说书目》，[日]大塚秀高著，日本汲古书院，1987 年

《章回小说史》，陈美林主编，浙江古籍出版社，1998 年

《珍本禁毁小说大观》，萧相恺著，中州古籍出版社，1998 年

《郑振铎古典文学论文集》，郑振铎著，上海古籍出版社，1984 年

《郑振铎文集》，郑振铎著，人民文学出版社，1988 年

《芝园后集》，宋濂著，《宋濂全集》本，浙江古籍出版社，1999年

《中国章回小说考证》，胡适著，上海书店，1979年

《中国白话小说史》，[美]韩南著，尹慧珉译，浙江古籍出版社，1989年

《中国笔记小说史》，陈文新著，台湾志一出版社，1995年

《中国才子佳人小说演变史》，苏建新著，社会科学文献出版社，2005年

《中国传奇小说史话》，陈文新著，台湾正中书局，1995年

《中国的神话传说与古小说》，[日]小南一郎著，中华书局，1993年

《中国古代白话小说戏曲传播论》，李玉莲著，山西教育出版社，2005年

《中国古代公案小说史论》，苗怀明著，南京大学出版社，2005年

《中国古代文言小说总集研究》，秦川著，上海古籍出版社，2005年

《中国古代小说大百科全书》，本书编委会编，中国大百科全书出版社，1993年

《中国古代小说的原型与母题》，吴光正著，社会科学文献出版社，2002年

《中国古代小说的主题与叙事结构》，陈美林、李忠明著，安徽文艺出版社，2000年

《'93中国古代小说国际研讨会论文集》，'93中国古代小说国际研讨会学术委员会编，开明出版社，1996年

《中国古代小说和小说评点》，[韩]赵宽熙译，韩国素命出版社，2009年

《中国古代小说论集》，郭豫适著，华东师范大学出版社，1992年

《中国古代小说史论》，刘勇强著，北京大学出版社，2007年

《中国古代小说书目研究》，潘建国著，上海古籍出版社，2005年

《中国古代小说文化研究》，王平著，山东教育出版社，1996年

《中国古代小说文体论》，宋常立著，天津社会科学院出版社，2000年

《中国古代小说戏曲关系论》，许并生著，文化艺术出版社，2002年

《中国古代小说叙事研究》，王平著，河北人民出版社，2001年

《中国古代小说演变史》，齐裕焜著，敦煌出版社，1990年

《中国古代小说研究》，齐裕焜、王子宽著，福建人民出版社，2005年

《中国古代小说研究》，刘世德编，上海古籍出版社，1993年

《中国古代小说艺术史》，刘上生著，湖南师范大学出版社，1993年

《中国古代小说艺术论》，鲁德才著，百花文艺出版社，1987年

《中国古代小说艺术教程》，张稔穰著，山东教育出版社，1991年

《中国古代小说与方术文化》，万晴川著，中国社会科学出版社，2005年

《中国古代小说与宗教》，孙逊著，复旦大学出版社，2000年

《中国古代小说总目》（白话卷·文言卷·索引卷），石昌渝主编，山西教育出版社，2004年

《中国古代小说总目提要》，朱一玄、宁稼雨、陈桂声主编，人民文学出版社，2005年

《中国古典通俗小说总目提要》（第1卷—第5卷），[韩]吴淳邦译，韩国蔚山大学校出版部，1993年—1999年

《中国古典小说的出版和研究资料集成》，[韩]闵宽东著，韩国亚细亚文化社，2008年

《中国古典小说的传播和受容》，[韩]闵宽东著，韩国亚细亚文化社，2007年

《中国古典小说的文体独立》，董乃斌著，中国社会科学出版社，1994年

《中国古典小说理论史》，方正耀著，华东师范大学出版社，2005年

《中国古典小说论集》，聂绀弩著，上海古籍出版社，1981年

《中国古典小说批评资料丛考》，[韩]闵宽东著，韩国学古房，2003年

《中国古典小说史料丛考》，[韩]闵宽东著，韩国亚细亚文化社，2001年

《中国古典小说史论》，杨义著，中国社会科学出版社，1995年

《中国古典小说史论》，夏志清著，胡益民等译，江西人民出版社，2001年

《中国古典小说研究资料汇编》，朱传誉主编，台北天一出版社，1982年

《中国古典小说在韩国之传播》，[韩]闵宽东著，上海学林出版社，1998年

《中国公案小说史》，黄岩柏著，辽宁人民出版社，1991年

《中国公案小说艺术发展史》，孟犁野著，警官教育出版社，1996年

《中国近代白话短篇小说研究》，[日]小野四平著，上海古籍出版社，1997年

《中国近代文学发展史》，郭延礼著，山东教育出版社，1990年

《中国近代文学发展史》，管林、钟贤培著，中国文联出版公司，1991年

《中国近代小说编年》，陈大康著，华东师范大学出版社，2002年

《中国近代小说的兴起》，[美]韩南著，上海教育出版社，2004年

《中国近代小说思想》，王旭川、马国辉著，华东师范大学出版社，1997年

《中国近代小说演变史》，武润婷著，山东人民出版社，2000年

《中国禁毁小说百话》，李梦生著，上海古籍出版社，1994年

《中国禁毁小说大全》，李时人主编，黄山书社，1992年

《中国近三百年学术史》，梁启超著，东方出版社，1996年

《中国旧小说考证》，胡适著，商务印书馆，2014年

《中国历代绘画理论评注》，杨成寅著，湖北美术出版社，2009年

《中国历代小说辞典》第一卷，侯忠义主编，云南人民出版社，1986年；第二卷黄霖主编，第三卷苗壮主编，第四卷王继权主编，云南人民出版社，1993年

《中国历代小说论著选》（上、下），黄霖、韩同文编，江西人民出版社，1982年

《中国历代小说序跋集》，丁锡根编，人民文学出版社，1996年

《中国历代政治得失》，钱穆著，北京生活·读书·新知三联书店，2001年

《中国历史小说的艺术流变》，纪德君著，中国社会科学出版社，2002年

《中国历史小说通史》，齐裕焜著，江苏教育出版社，2000年

《中国民间文学概论》，谭达先著，台北木铎出版社，1983年

《中国散文小说史》，陈平原著，上海人民出版社，2005年

《中国神怪小说通史》，欧阳健著，江苏教育出版社，1997年

《中国四大古典小说论稿》，张锦池著，华艺出版社，1993年

《中国通俗小说家评传》，周钧韬主编，中州古籍出版社，1993年

《中国通俗小说鉴赏辞典》，周钧韬、欧阳健、萧相恺主编，南京大学出版社，1993年

《中国通俗小说理论纲要》，周启志著，台北文津出版社，1992年

《中国通俗小说书目》，孙楷第编，人民文学出版社，1982年

《中国通俗小说总目提要》，江苏省社科院明清小说研究中心编，中国文联出版公司，1990年

《中国古代文化的特质》，许倬云著，鹭江出版社，2016年

《中国文学编年史》，陈文新主编，湖南人民出版社，2006年

《中国文学史》，袁行霈主编，高等教育出版社，1999年

《中国文言小说家评传》，萧相恺主编，中州古籍出版社，2004年

《中国文言小说参考资料》，侯忠义编，北京大学出版社，1985年

《中国文言小说史》，吴志达著，齐鲁书社，1994年

《中国文言小说史稿》，侯忠义、刘世林著，北京大学出版社，1993年

《中国文言小说书目》，袁行霈、侯忠义编，北京大学出版社，1981年

《中国文言小说总目提要》，宁稼雨著，齐鲁书社，1996年

《中国文学在朝鲜》，韦旭升著，花城出版社，1990年

《中国武侠小说史》，刘荫柏著，花山文艺出版社，1992年

《中国小说比较研究》，侯健著，台北东大图书公司，1983年

《中国小说丛考》，赵景深著，齐鲁书社，1980年

《中国小说的近代变革》，袁进著，中国社会科学出版社，1992年

《中国小说的起源及其演变》，胡怀琛著，正中书局，1934年

《中国小说发达史》，谭正璧著，光明书局，1935年

《中国小说发展史概论》，王恒展著，山东教育出版社，1999年

《中国小说理论批评史》，陈谦豫著，华东师范大学出版社，1989年

《中国小说理论批评史》，刘良明著，武汉大学出版社，1991年

《中国小说理论史》，陈洪著，安徽文艺出版社，1992年

《中国小说理论史》，王汝梅、张羽著，浙江古籍出版社，2001年

《中国小说美学》，叶朗著，北京大学出版社，1982年

《中国小说美学史》，韩进廉著，河北大学出版社，2004年

《中国小说评点研究》，谭帆著，华东师范大学出版社，2001年

《中国小说史》，范烟桥著，台北汉京文化事业有限公司，1983年

《中国小说史》，孟瑶著，台北传记文学出版社，1980年

《中国小说史》，郭箴一著，台湾商务印书馆，1986年

《中国小说史》，北京大学中文系编，人民文学出版社，1978年

《中国小说史》，徐君慧著，广西教育出版社，1991年

《中国小说史集稿》，马幼垣著，台湾时报文化出版公司，1987年

《中国小说世界》，[日]内田道夫著，上海古籍出版社，1992年

《中国小说史略》，鲁迅著，中华书局，2010年

《中国小说史略》，鲁迅著，丁范镇译，韩国汎学图书社，1978年

《中国小说史略》，赵宽熙译，韩国Sallim图书出版社，1998年

《中国小说史漫稿》，李悔吾著，湖北教育出版社，1992年

《中国小说史学史长编》，胡从经著，上海文艺出版社，1998年

《中国小说戏曲理论的近代转型》，程华平著，华东师范大学出版社，2001年

《中国小说叙事模式的转变》，陈平原著，上海人民出版社，1988年

《中国小说续书研究》，王旭川著，学林出版社，2004年

《中国小说学通论》，宁宗一主编，安徽教育出版社，1997年

《中国小说研究》，胡怀琛著，商务印书馆，1933年

《中国小说研究史》，黄霖著，浙江古籍出版社，2002年

《中国小说艺术史》，孟昭连、宁宗一著，浙江古籍出版社，2003年

《中国小说源流论》，石昌渝著，北京生活·读书·新知三联书店，1994年

《中国叙事学》，[美]浦安迪讲演，北京大学出版社，1996年

《中国叙事学》，杨义著，人民出版社，1997年

《中外比较文学研究》，李达三主编，台北学生书局，1990年

《周易正义》，王弼、韩康伯注，孔颖达疏，《十三经注疏》本，中华书局，1980年

《朱子语类》，朱熹著，中华书局，2010年

《庄子今注今译》，陈鼓应注译，中华书局，1983年

《资治通鉴》，司马光撰，中华书局，2007年

《宗教民俗文献与小说母题》，王立著，吉林人民出版社，2001年

《棕亭诗钞》，金兆燕著，《清代诗文集汇编》本第344册，上海古籍出版社，2010年

《〈左传〉与传统小说论集》，[美]王靖宇著，汉译本，北京大学出版社，1989年

附 录
《儒林外史学术档案》关于陈文新的评介

甘宏伟

陈文新，1957年生，湖北公安人。1977年考入武汉大学，获文学学士、文学硕士、哲学博士学位。现为武汉大学文学院博士生导师、教育部长江学者特聘教授、国家社科基金重大招标项目《中国文学史著作整理、研究及数据库建设》首席专家、教育部哲学社会科学重大课题攻关项目《中国古代文学史》（马工程重点教材编写专项）首席专家，享受国务院政府特殊津贴专家，兼任中华炎黄文化研究会科举文化专业委员会主席团主席、中国俗文学学会顾问、中国儒林外史学会副会长、中国三国演义学会常务理事、中国水浒学会常务理事、中国西游记文化研究会理事、中国红楼梦学会理事、中国明代文学学会理事等。主要研究中国小说史、明代诗学和科举文化。主编的《中国文学编年史》是我国首部系统完整、涵盖古今的文学编年史，荣获首届中国出版政府奖和湖北省社会科学优秀成果奖一等奖。学术著作主要有：《传统小说与小说传统》《文言小说审美发展史》《韩国所见中国古代小说史料》《中国小说的谱系与文体形态》《明代诗学的逻辑进程与主要理论问题》《中国文学流派意识的发生和发展》《集部视野下的辞章谱系与诗学形态》《明代文学与科举文化生态》《刘永济评传》等。在《儒林外史》研究领域，出版有《士人心态话儒林》《且向长河看落日——〈儒林外史〉》等，并先后发表《从传统的致思途径看〈儒林外史〉结构的完整性》《〈儒林外史〉与传统人文精神——论吴敬梓笔下的贤人及其人格追求》《吴敬梓的隐逸理想与〈儒林外史〉的笔墨情趣》《〈儒林外史〉

与科举时代的士人心态》等近二十篇论文。

《士人心态话儒林》由华中理工大学出版社1994年出版,1995年改为《吴敬梓话儒林:士人心态》由台北亚太图书出版社出版繁体字版。本书是陈文新研究《儒林外史》的一部用心之作。书中首篇"一部关于士人心态的专书"为总论。其余五十篇则大略可分为五类:从"名士王冕"至"少卿敬梓异同辨"计六篇为第一类,说王冕、虞博士、庄绍光、杜少卿等贤人及其人格追求;从"祭泰伯祠·定梨园榜"至"豪侠与女色"计十六篇为第二类,主要说名士及豪侠形迹的"外"之"相"与"内"之"实";从"范进考中秀才的奥秘"至"八股取士的效应"计九篇为第三类,主要说与科举有关的几个特写镜头所蕴含的作者用意及所关涉的科举文化内容;从"一冷一暖,谓之世情"至"聘娘效颦"计十篇为第四类,主要说一定文化背景下与"功名富贵"相关的世态人情;其余九篇为第五类,主要说《儒林外史》的笔墨情趣与吴敬梓的隐逸理想。

《儒林外史》是与科举、与八股取士密切相关的一部小说,说起《儒林外史》,"科举""八股取士"就成为绕不开的话题。不过,尽管科举在1905年即被废除,可是对它进行批评的声音却延续至今。起初,胡适出于提倡"活"的白话的新文学的良苦用心,拿科举说事,对其进行批评。19世纪50年代,基于文化批判和思想批判的需要,科举受到了更为激烈的批判。直至19世纪80年代以来,科举、八股取士是个坏东西的思维定式仍在发生着深刻影响:既然科举、八股取士是个坏东西,吴敬梓作为一位伟大作家,不可能不对科举、对八股取士持反对态度。正是在这一情势下,《儒林外史》"反科举"的意义被发明、发掘并不断得到复述、强化。楔子里王冕说"这个法却定的不好!将来读书人既有此一条荣身之路,把那文行出处都看得轻了",更被视为吴敬梓是以此明确表示反对八股取士的态度。然而,正如天目山樵评所说,"然古来荣禄开而文行薄,岂特八股为然"。这从一个方面启示人们,对"《儒林外史》与科举"问题的认识不应止于"反科举""反八股取士"。但是,由于论《儒林外史》者鲜有对古代科举的实际情形作较全面了解的,自然难免囿于"反科举"之类话语模式。陈文新《士人心态话儒林》在《儒林外史》研究史上的意义也就首先因此而凸显出来。

《士人心态话儒林》首先从士阶层独立性自先秦至秦汉以降的变化说起，考察了士人阶层以"道"自任传统的形成与蜕变，进而揭示出吴敬梓创作《儒林外史》的基本意图。书中指出，秦汉以降的大一统专制政权"希望士阶层依附于皇帝，他们不能容忍士阶层以帝王师自居的传统，他们想方设法诱逼读书人服从自己"，而始于隋唐的科举制度则"威风凛凛地宣告了帝王（'势'的代表者）对士（'道'的代表者）的优势"。基于对古代社会传统的这一把握，《士人心态话儒林》就不再是从科举的制度层面上认识问题，而是从科举影响士人心态的层面展开讨论，进而提出，科举制度下的士人心态"实则具有广泛的意义"，"不妨视为专制制度下士人心态的一个缩影"。比如，就"道"与"势"的矛盾而言，"汉魏与明清确有程度的不同，但并无本质的差异"。至于科举制度，陈文新指出，"事实上，它在唐宋时期曾发挥过相当多的好作用，在明清时期也并非一无是处"。由此，《士人心态话儒林》从根本上摆脱了现代文学史著述中习见的"反科举""反八股取士"，以及与此相类的诸如"反理学""反礼教"之类话语，不再仅仅是站在"今人"的立场上阐发《儒林外史》的客观意义，评判吴敬梓笔下的人物，而是尽量贴近作者的时代和作者的立场，对《儒林外史》及其赖以产生的文化传统采取"了解之同情"的态度，细致地评说其文学与文化意蕴。正是基于此，《士人心态话儒林》对《儒林外史》形成了这样一个基本的认识："吴敬梓异常关注知识分子的命运，他的名著《儒林外史》便是一部关于士人心态的专书，吴敬梓执着于知识阶层的历史使命，痛苦于部分读书人对自我意识和独立性的放弃，满怀悲壮之情地展示了科举制度下士人生活的方方面面，向社会、向历史、向未来发出了响亮的呼吁：读书人，保持你的自尊和高贵！"

在"反科举"的话语下，说起《儒林外史》，人们经常首先关注且关注最多的小说人物，是周进、范进、王惠、王德、王仁、严贡生、匡超人、鲁小姐等，而对虞博士、庄绍光等的关注则少得多，有的甚至被忽略，即便说到，也多是对其做"进步"与"局限"的区分。马二先生虽关注得也不少，但更多的是关注他痴迷八股而又迂又呆的一面。《士人心态话儒林》则不再"以二元对立的致思方式去解说作品",而是从"科举制度下的士人心态"这一角度切入,将《儒林外史》中的相关人物分为三大类,以求准确把握吴敬梓所写众多人物及相关细节、场景的用意或蕴意。一类是"从开始就以'学成文武艺,货与帝王家'为目的,眼睛直盯着功名富贵"的读书人,如周进、范进、王惠、王德、王仁、严贡生、匡超人等。一类是"继承了知识分子足以引为自豪的任道传统"的读书人,他们是士人中的佼佼者,如王冕、虞博士、庄绍光、杜少卿、"四大市井奇人"等。一类是"借清高或风雅为名,以获取王惠等人从科名中得到的东西"的读书人,这类人"实际上是科举制度的副产品"。在文章《〈儒林外史〉视野中的四类名士》中,陈文新又进一步明确,小说中"追名逐利的冒牌名士"还可细分为四类:一类是"穿凿附会、故作高论"的杜慎卿、金东崖;一类是"飞来飞去宰相衙"却自称"山人"的陈和甫;一类是"酸风扑人"的西湖名士赵雪斋、支剑峰、浦墨卿等;一类是"被'名'给异化了"的"呆"名士诸葛天申、陈和尚、杨执中、权勿用、丁言志等,而景兰江可谓又酸又呆的名士。即便做出如此细致的分类,陈文新也并非只注意他们作为某一类的特征,而是重在揭示其同中之异及异中之同。论同中之异者,如同为"穿凿附会、故作高论"的杜慎卿、金东崖,其论金东崖为"表现拙劣,适成笑柄",而论杜慎卿则是"高出几筹,并因而声名鹊起"。论异中之同者,如虞博士、庄绍光、杜少卿等人和杜慎卿显然不属同一类人物,很多论者也是把他们作为互为相对的两类人截然对待。但陈文新却注意到,第四十六回写庄绍光、虞博士、杜少卿等人相约作登高会,特意邀了杜慎卿所定梨园榜上的名角;而且,当余大先生把当年杜慎卿的这件"风流事"向虞博士等人讲述一遍后,众人还开心地"大笑"。就此,陈文新指出,这是基于虞博士等贤人对"风流事"和名士、才子的理解,正因理解,故而"能够容纳"。陈文新的讨论揭示了这样一个非常重要的情形,即:吴敬梓创作《儒林外史》不是把笔下的人物简单地排列出截然对立的两支队伍,互相之间界限分明,非此即彼,非好即恶;小说中倾心表现的每个人物都有属于各自的"个性",分别承载着所要传达的特定内容,且不乏互相之间的往来、交叉。而《士人心态话儒林》的鲜明特色之一,即是致力于读"懂"书中各色人物的"个性"及相互间的联系,努力揭示出其所传达的内容,进而读"懂"《儒林外史》的"伟大"。

首先,书中论王冕、虞博士、庄绍光、杜少卿等贤人形象,就别具眼界,独具卓识。书中指出,中国知识分子是顶追求仕进的,但当仕进与任道发生冲突时,为了弘道,为了向"势"显示"道"的尊严,他们宁可不再"进取",其结果,崇拜隐逸的处世态度和行为方式便成为题目中应有之意。而王冕、虞博士、庄绍光、杜少卿等贤人正是这样,他们"清高自许,淡于名利,贫贱不能移,威武不能屈",所表现的"正是以道自任的传统儒家精神",是"社会责任感的另一种实践方式"。这里需要指出的是,此前,每论王冕、虞博士、庄绍光、杜少卿等人物的隐逸,人们总首先想到他们这是受了道家的影响,殊不知"天下有道则见,无道则隐"却正是儒家所倡导的。如果注意到道家和儒家在隐逸上的根本区别,不难发现吴敬梓笔下贤人的隐逸是以儒家为根底的。在文章《〈儒林外史〉与传统人文精神——论吴敬梓笔下的贤人及其人格追求》中,陈文新对王冕、虞博士、庄绍光、杜少卿等贤人形象做了更进一步的论述。文中指出,吴敬梓"在他笔下的贤人身上寄托了一种理想:保持人格独立而又实践用世之志,亦即以任道为己任"。但"贤人们对科举这条'荣身之路'并不全盘否定,他们采取了向儒家元典精神回归的态度"。他们也读《四书》《五经》,但《四书》《五经》"在他们那里,没有了'主卖官爵,臣卖智力'的买卖关系,没有了'学成文武艺,货与帝王家'的功利目的",仅是"他们修身的重要内容和为人处世的经典依据"而已。文中还指出,吴敬梓笔下的贤人不仅有"以道自任"的圣贤人格,还有"理解人、尊重人"的"容众"人格精神,以及将二者有机贯穿起来的"冲淡"的诗人气质。所谓"容众"人格,也就是"在保持自己的崇高理想和追求的同时,决不忘掉与普通人的联系,力图使自己成为公共生活的一部分,而不是其外面的游魂"。如,"在符合道义的前提下,贤人也不排斥比较优裕的生活",像虞博士"丝毫不热衷于做官,但倘若只有做官才能保证家庭衣食所需,他也决不会辞五斗米";他们"以社会中平等一员的眼光看待一切人和事，表现出理性的高贵"，"对于生活中的'小人''坏人'，贤人们也能够设身处地地为之着想"；等等。在"反科举"的话语之下，是难以读"懂"吴敬梓经由其笔下的贤人的言谈、行迹等传达出的这些意蕴的。

书中对严监生这一形象及其文本意义的理解也值得特别提出。关于严监生，论者常将其与巴尔扎克笔下的葛朗台、莫里哀《悭吝人》中的阿巴公、莎士比亚《威尼斯商人》中的夏洛克、果戈理《死魂灵》中的泼留希金等相提并论，阐发他的守财奴、吝啬鬼性格。紧紧抓住"两茎灯草"的细节看严监生，得出他是吝啬鬼的结论可以说是必然的。面对小说中严监生几次花钱的描写，则解释为其性格具有复杂性、多面性，体现了吝啬鬼的时代、民族特色和个人性格特色等。不过，也有论者举出严监生多次"慷慨"花钱的情节，试图为严监生"翻案"，论说严监生不是吝啬鬼，可面对"两茎灯草"一节，又解释为形象不够统一，具有矛盾的二重性等。其实，无论认为严监生是典型的吝啬鬼，还是辩说严监生不是吝啬鬼，有一点是共同的，即皆将严监生抽离了文本语境和文化语境而孤立地就严监生论严监生。陈文新则立足于文本语境和文化传统，指出，如果打量严监生的为人处世，说他是吝啬鬼"总嫌""不够妥当"。因为"严监生一辈子最大的遗憾，不是钱攒得不多，而是受他哥的欺负"，"在窝窝囊囊的境遇中，严监生养成了'胆小'的性格，凡事只要别人不惹他的麻烦，不找他的岔子，钱他是很不在乎的"。但陈文新并非意在为严监生"翻案"，而是进一步指出，严监生"用银子来讨好、巴结别人，其另一侧面便是鄙视自己、作践自己，自己的钱却不敢大大方方地花在自己身上"。由此，陈文新揭示了"两茎灯草"一节的真正意蕴在于，它体现了严监生"畏惧舒展的活力充沛的人生。在他眼里，可怕的不是'两茎灯草'费油，可怕的是赵氏尚未充分意识到压缩自己的必要性。如果是为了严贡生、王德、王仁，即使点一百茎灯草，他严监生也不会在意；然而，这是赵氏在'享用'，那便万万使不得。那会带来灾祸的"。所以，"只有当赵氏亲手挑掉一茎灯草时，他才放心地走了，卑微地走了"。至于严监生为什么如此压缩自己、作践自己，陈文新揭示了其与《唐摭言》中同样"逆来顺受""自认卑贱"的湛贲之间的互文关系，指出，畏灾惧祸之所以成为贯串严监生一辈子的主题，根本在于他哥是贡生，他是花钱买来的功名，地位不能相提并论。也就是说，严监生压缩自己、作践自己，只是"科举制度下的士人心态"的又一种极端表现而已，他临死前对王德、王仁说的那段可以做证："我死之后，二位老舅照顾你外甥长大，教他读读书，挣着进个学，免得像我一生，终日受大房里的气！"至此，对于严监生的认识，先后就有了三种基本看法：最早出现的看法认为严监生是吝啬鬼，然后即有论者辩说严监生并非吝啬鬼，陈文新则揭示出吴敬梓写严监生是展示"科举制度下的士人心态"的一种极端表现，即因"监生"身份低微受气，而生出对科举功名的终生渴求，且由此养成了"胆小"的性格和自我压缩、自我作践的性情。赵峻发表于《明清小说研究》2013 年第 1 期的《中国吝啬鬼之谜——以严监生为路径研读〈儒林外史〉》则对这三种看法均作了回应。一方面，赵峻仍然确定"严监生是一个吝啬鬼"，并且提出，"我们不能因为他不和世界文学中其他的吝啬鬼一样无情，就认定他不是吝啬鬼，那样做的出发点本来是不妄加比附，结果反而是以西方的标准来衡量自身了"；文中还断然否定了诸多为严监生"翻案"文章的观点，认为，"吴敬梓写严监生这个吝啬鬼的主要目的，并不是告诫世人正确面对金钱；不是为了赞扬其勤劳节俭；更不是要'为严监生招魂'"，又直接断言"说严监生具有'自我压缩、自我作践的性情'也是没有根据的"。另一方面，赵峻又认为，吴敬梓写严监生的"真实意图还应该从读书进学、功名富贵上去落实，这也是严监生形象关联全书的所在"。愚弄严监生的，"不只是对金钱的占有欲，更是对读书进学或功名富贵的幻想。他是吝啬鬼，而且是一个科举噩梦中迷醉的中国吝啬鬼"。文中还提出："人们容易看见严监生临终两个指头的吝啬鬼招牌，仅把讽刺的矛头停留在这里；确实，人不能做金钱的奴隶；不过，人们却不容易看见胆小的严监生大胆的内心追求：要让子孙后代读书进学功名富贵，严监生的等式是读书＝进学＝功名富贵＝人生的价值。"显然，其与陈文新论严监生的根本区别在于，陈文新认为视严监生为吝啬鬼"不妥当"，而"两茎灯草"一节则是其一生胆小与自我压缩、自我作践的典型表现；赵峻则认同已为众多学者所论证的严监生是吝啬鬼的看法，同时也不认同严监生具有"自我压缩、自我作践的性情"的看法。但是他们在吴敬梓写严监生的意图这一关键点上,认识是相同的,即严监生是反映科举制度下士人迷恋科举功名之心态的一个典型。

陈文新对《儒林外史》研究的又一鲜明特色,是融合中国传统叙事思想和西方叙事理论,并充分考虑中国的文学创作传统,对《儒林外史》通过特定叙事方式以实现特定叙事意图、达到特定叙事效果的笔墨做出了独到的理解。以小说中对虞博士的书写为例。若只以源于西方的现代文学观的叙事理论看待虞博士,很容易得出虞博士写得不生动、不典型、不成功的看法。但虞博士又"是书中第一人",是吴敬梓心目中的"真儒",尤其主祭泰伯祠一节更明显是吴敬梓用心之笔。这样一来,那就等于说吴敬梓的叙事没有很好地实现他的意图。果真如此么?陈文新引入西方的叙事学理论的同时,又充分考虑中国小说创作的实际,对此提供了一种解释。他在《士人心态话儒林》中指出,"写小人易,写君子难;写寻常的君子易,写超凡的君子难",是小说创作中的普遍现象。吴敬梓在写那些不可理解、不可接近的人物时,"格外乐于用第三人称限知叙事"。他写王冕在七泖湖畔放牛时看到的三个人以及杨执中、权勿用等这些或神秘或奇怪的人物都是如此。这样的叙事可以"在观察者和人物之间,划出一道鸿沟",使他们"几乎不再是我们这个世界的一员"。可是对于虞博士这样一位"寓伟大于平凡中的形象",用不着故作神秘,"故作神秘是假名士的勾当"。陈文新进一步指出,吴敬梓写虞博士这位"作品中第一号人物",用笔郑重,并有意泯灭技巧的痕迹,借鉴的正是中国传统的正史的叙事手法和"重""拙"的叙事理念。也就是说,吴敬梓写虞博士所采用的叙事方式正是为了实现郑重其人、郑重其事的叙事意图,而且也很好地实现了这一意图。陈文新在《论〈儒林外史〉对故事的规范》等文中对《儒林外史》的叙事作了更为细致的论述。如,《论〈儒林外史〉对故事的规范》在谈到《儒林外史》的价值判断时指出,"《外史》常对一些著名的情节进行仿写,而且有意识提醒读者透过上下文去寻找其仿写的出处。这种仿写,引导读者在行文的表层意义下,去追索它的深层意义"。文中还进一步指出,小说运用这种方式大都是为了讽刺,其中娄二娄三访杨执中，匡超人停妻再娶是最成功的两例，前者有着明显仿写《三国演义》中刘备"三顾茅庐"的痕迹，后者有意将之与《琵琶记》中的蔡伯喈相联系。而这种手法既类似中国传统的"诗文中的用典和用事"，也正是"当代西方文艺理论十分关注的'互文手法'"。引入西方文艺理论与方法的同时，也充分尊重研究对象的实际，并与中国传统的文艺理论融汇，才能更好地帮助"理解"中国古代的文学作品和文学现象，这是陈文新研究《儒林外史》给我们的一个重要启示。

总起来说，以《士人心态话儒林》等为代表，陈文新对《儒林外史》的研究首先是以"了解之同情"的态度，致力于贴近文本，致力于贴近作者，贴近作者的时代，贴近作者所承接的文化与文学传统，同时又吸纳西方叙事学等理论，持以"中西会通"的眼界，以"理解"吴敬梓及其《儒林外史》作为学术追求，取得了诸多创见，为读"懂"《儒林外史》提供了重要的示范。李汉秋在《〈儒林外史〉研究史略》中对陈文新的《儒林外史》研究就这样评价："在理念和方法上，陈文新致力于中西会通，既充分挖掘使用传统的学术思想与方法，又合理引进和使用西方文艺理论。如《从传统的致思途径看〈儒林外史〉结构的完整性》一文，从民族传统的致思途径的特殊性出发，令人信服地揭示了《儒林外史》所体现的中国古典小说作家特有的整体观念；《颠覆传统——〈儒林外史〉的解构主义特征》《道德理想主义与现实人生困境——论〈儒林外史〉对经典叙事的戏拟》等文，借鉴西方解构主义理论，着重强调这一理论对传统文本放逐和瓦解的意义，认为《儒林外史》是一部具有解构主义特征的小说，颠覆传统是吴敬梓的创作宗旨之一，小说以写实的手法打破了源远流长的诗性传统，将浪漫的诗意人生还原到日常生活状态，并从道德伦理的角度对部分日常生活作出判断，对曾经受到推崇、赞美的古典典型形态和情节模式进行了消解；其他如《论〈儒林外史〉的写意特征》《论〈儒林外史〉对故事的规范》等文，同样体现出将现代文学理论与传统学术思想融合以理解《儒林外史》的学术追求，在理论、方法和见解上也都有进展。"

陈文新《儒林外史》研究作品目录：

著作：

1. 《士人心态话儒林》，华中理工大学出版社 1994 年 5 月版。

2. 《吴敬梓话儒林：士人心态》，台北亚太图书出版社 1995 年 12 月版。

3. 《且向长河看落日——〈儒林外史〉解读》，云南人民出版社 2001 年 9 月版。

论文：

1. 《从传统的致思途径看〈儒林外史〉结构的完整性》，载《江汉论坛》1987 年第 6 期。人大复印资料《中国古代近代文学研究》1987 年第 9 期全文收入。

2. 《严监生与两茎灯草》，载《古典文学知识》1995 年第 6 期。

3. 《颠覆传统——〈儒林外史〉的解构主义特征》，陈文新、鲁小俊，载《武汉大学学报》1998 年第 2 期。人大复印资料《中国古代近代文学研究》1998 年第 7 期全文收入。

4. 《论〈儒林外史〉的写意特征》，陈文新、欧阳峰，载《明清小说研究》1998 年第 2 期。

5. 《〈儒林外史〉与传统人文精神——论吴敬梓笔下的贤人及其人格追求》，陈文新、鲁小俊，载《江汉论坛》1998 年第 9 期。收入李汉秋主编《〈儒林外史〉研究新世纪》一书，上海交通大学出版社 2013 年 4 月版。

6. 《解构与重组——再论〈儒林外史〉对传统的颠覆》，陈文新、鲁小俊，载《武汉大学学报》1998 年第 6 期。

7. 《论〈儒林外史〉的时间操作》，陈文新、欧阳峰，载《贵州社会科学》1998 年第 6 期。

8. 《吴敬梓的隐逸理想与〈儒林外史〉的笔墨情趣》，陈文新、鲁小俊，载《贵州社会科学》2000 年第 2 期。

9. 《论〈儒林外史〉对故事的规范》，陈文新、欧阳峰，载《求是学刊》2001 年第 5 期。

10. 《〈儒林外史〉对诗性叙事传统的反省》，载《传统小说与小说传统》，武汉大学出版社 2005 年 5 月版。

11.《道德理想主义与现实人生困境——论〈儒林外史〉对经典叙事的戏拟》，陈文新、郭皓政，载《福州大学学报》2007 年第 2 期。人大复印资料《中国古代近代文学研究》2007 年第 9 期全文收入。

12.《〈儒林外史〉以思想见长》，载《中国文学流派意识的发生和发展》，武汉大学出版社 2007 年 8 月版。

13.《站在〈儒林外史〉的立场看〈红楼梦〉》，陈文新、甘宏伟，载《明清小说研究》2010 年第 1 期。收入李汉秋主编《〈儒林外史〉研究新世纪》一书，上海交通大学出版社 2013 年 4 月版。

14.《吴敬梓戏拟"三顾茅庐"》，载《文史知识》2013 年第 8 期。

15.《〈儒林外史〉的四种笔法》，载《南京师范大学文学院学报》2013 年第 3 期。

16.《〈儒林外史〉中〈诗经〉解读的文化意义和叙事功能》，陈文新、鲁小俊，载《学术交流》2013 年第 10 期。

17.《〈儒林外史〉才女形象的文化解读》，载《中国文学研究》第二十二辑，复旦大学出版社 2013 年 12 月版。

18.《〈儒林外史〉视野中的四类名士》，载《安徽大学学报》2014 年第 1 期。

19.《〈儒林外史〉与科举时代的士人心态》，载《福州大学学报》2014 年第 1 期。

20.《〈儒林外史〉中的山水、田园与南京风物》，载《明清小说研究》2014 年第 1 期。

21.《儒林外史侠客形象的文化解读》，收入陈平原主编《科举与传播：中国俗文学研究》，北京大学出版社 2015 年版。

（《儒林外史学术档案》，甘宏伟、白金杰主编，武汉大学出版社 2017 年版）

后 记

《吴敬梓与〈儒林外史〉》一书的撰写，参考了拙著《士人心态话儒林》及相关论文，可以说，这是一部半新半旧的书。其中，第四章由陈庆执笔，第十四章由鲁小俊执笔，谨此说明，并向陈庆和鲁小俊致谢。

感谢张弦生先生的约稿，没有他的热情催促，本书的写作不知道要延宕到何时。期待这本小书得到普通读者的青睐，也期待得到同行的认可。

陈文新

2018 年 7 月 4 日

于博鳌香槟郡观海居

图书在版编目(CIP)数据

吴敬梓与《儒林外史》/陈文新著— 郑州：中州古籍出版社，2019.3
　　ISBN 978-7-5348-8571-6

　　Ⅰ.①吴… Ⅱ.①陈… Ⅲ.①吴敬梓(1701-1754)-人物研究②《儒林外史》-小说研究 Ⅳ.①K825.6②I207.419

中国版本图书馆 CIP 数据核字(2019)第 062942 号

出版社：中州古籍出版社
　　　（地址：郑州市郑东新区祥盛街 27 号 6 层　邮政编码:450016）
发行单位：新华书店
承印单位：河南省四合印务有限公司
开本：710mm×1000mm　　1/16　　印张：19.5
字数：291 千字　　　　　　　　　　印数：1-3 000 册
版次：2019 年 3 月第 1 版　　　　　印次：2019 年 6 月第 1 次印刷

定价：39.00 元
本书如有印装质量问题，由承印厂负责调换。